Lindsay Harrel
DAS HERZ VOLLER TRÄUME

Lindsay Harrel

Das Herz voller Träume

francke

Über die Autorin:
Lindsay Harrel hat Journalismus und Englische Literatur studiert. Zusammen mit ihrem Mann, ihren zwei kleinen Kindern und zwei Golden Retrievern lebt sie in Arizona. Es ist ihr ein Herzensanliegen, mit ihren Romanen all denen neue Hoffnung zu geben, denen diese irgendwie abhandengekommen ist, und darauf hinzuweisen, dass Gott in einem ganz gewöhnlichen Leben Außerordentliches zu vollbringen vermag.

Bibliografische Information der Deutschen Nationalbibliothek
Die Deutsche Nationalbibliothek verzeichnet diese Publikation in der Deutschen Nationalbibliografie; detaillierte bibliografische Daten sind im Internet über http://dnb.dnb.de abrufbar.

ISBN 978-3-96362-038-6

Originally published in English under the title
The Heart Between Us
Published by arrangement with Thomas Nelson, a division of HarperCollins Christian Publishing, Inc. USA

35037 Marburg an der Lahn
Deutsch von Dorothee Dziewas
Umschlagbilder: © iStockphoto.com / primo-piano; heather_mcgrath; Sentavio; jperales
Umschlaggestaltung: Verlag der Francke-Buchhandlung GmbH / Christian Heinritz
Satz: Verlag der Francke-Buchhandlung GmbH
Druck und Bindung: CPI books GmbH, Leck – Germany

www.francke-buch.de

Für meinen Mann Mike –
du hilfst mir, so mutig wie möglich zu sein.
Ohne dich hätte ich nicht den Mut gehabt,
meine Träume zu verwirklichen.

Die Menschen machen weite Reisen, um zu staunen:
über die Höhe der Berge,
über die riesigen Wellen des Meeres,
über die Länge der Flüsse,
über die Weite des Ozeans
und über die Kreisbewegung der Sterne.
An sich selbst aber gehen sie vorbei, ohne zu staunen.

Augustinus

Prolog

Amy sagt, um voranzukommen, muss ich aufhören, mich an die Vergangenheit zu klammern.

Aber es ist nicht so einfach, etwas sein zu lassen, was man jahrelang getan hat. Also hat sie mich aufgefordert, mich stattdessen auf meine Zukunft zu konzentrieren. Auf meine Träume.

Träume geben einem nämlich etwas, wofür man lebt.

Deshalb hat sie mich eine Liste mit fünfundzwanzig Dingen schreiben lassen, die ich machen will, bevor ich sterbe. Fünfundzwanzig Dinge, die meine Zukunft heller machen, die dafür sorgen, dass meine Erinnerungen nicht so viel Macht über mein Leben haben.

Sieben Jahre lang war ich in Therapie, aber ich habe immer noch Probleme. Nicht jeden Tag – so wie am Anfang. Aber manchmal schleichen sich die Erinnerungen immer noch an, wenn ich am wenigsten damit rechne. Sie ziehen mich herunter und schlagen über mir zusammen wie ein Tsunami.

Und obwohl ich so gerne dagegen ankämpfen würde, ermüden meine Arme und Beine und ich werde schwach.

In diesen Augenblicken ist es mir irgendwie egal, dann lasse ich mich mitreißen und erlaube den Wellen, mich irgendwohin zu bringen.

Aber jetzt habe ich ein neues Werkzeug, wenn das passiert. Ich kann versuchen, mich auf meine Träume zu konzentrieren, auf die Pläne, die Ziele, die ich habe. Und ich kann sagen: „Heute nicht. Ich werde nicht zulassen, dass du mir diese Träume entreißt."

Dabei geht es nicht unbedingt darum, zu verdrängen oder zu vergessen. Es gibt nämlich Dinge, die vergisst man nie. Stattdessen geht es darum zu lernen, wie man am Ufer entlangschwimmt und eins mit den Wellen wird, eins wird mit dem Schmerz. Wie man Schwäche durch Stärke ersetzt, die Angst durch Hoffnung.

Amy sagt, die Hoffnung kann meine Rettung sein. Wenn ich sie lasse.

Kapitel 1

1. Juni

Zum ersten Mal in ihrem Leben fühlte Megan Jacob sich beinahe mutig.

Ihre Hände hielten das Lenkrad noch ein bisschen länger umklammert als nötig, bevor sie ihren Ford Focus in die Parkposition schaltete und den Motor ausstellte. Der Parkplatz vor dem Festsaal war voll und die Leute schlenderten in Smokings und Ballkleidern auf den Eingang zu, bereit für die Benefizveranstaltung.

Megan hoffte inständig, dass Caleb unter ihnen war.

Gleichzeit hoffte sie, dass er nicht dabei war.

Aber genau deshalb war sie ja hier. Nicht, dass eine Fundraising-Veranstaltung für genau das Krankenhaus, in dem sie ihre Herztransplantation erhalten hatte, nicht auch so einen Besuch wert gewesen wäre, aber trotzdem hatte sie die Einladung nur deshalb in letzter Minute noch angenommen, weil sie auf Facebook gesehen hatte, dass ihr alter Krankenhauskumpel an diesem Wochenende zu Hause war.

Es wurde Zeit, dass sie sich bei ihm entschuldigte.

Megan atmete aus und klappte den beleuchteten Spiegel in der Sonnenblende herunter. Ihr naturbraunes Haar umrahmte in Wellen ihr Gesicht. In den letzten dreieinhalb Jahren nach der Operation hatte sie deutlich zugenommen und sah jetzt gesünder aus als je zuvor. Würde Caleb den Unterschied bemerken?

Ihre zitternde Hand berührte den tiefen runden Ausschnitt ihres roten Satinkleides. Dabei fanden ihre Finger die Narbe, die vom Halsansatz bis fast bis zum Bauchnabel reichte. Die Ärzte hatten gesagt, sie würde mit der Zeit verblassen. Aber mehr als drei Jahre später war sie so gut sichtbar wie eh und je, wie eine dicke weiße Raupe, die sich nie bewegte.

Megan nahm den glatten, leichten Schal, der auf dem zugemüllten Beifahrersitz lag, und überlegte einen Augenblick lang, wie es sich wohl anfühlen würde, wenn sie ihn dort liegen ließe. Aber dann seufzte sie, schlang den Schal um ihren Hals und band ihn so, dass er die Narbe verdeckte.

Als sie sich noch einmal nach rechts beugte, um ihre kleine Handtasche zu nehmen, berührte ihre Hand den Brief, den sie letzte Woche bekommen hatte – noch immer konnte sie sich nicht überwinden, etwas deswegen zu unternehmen. Megan legte eine Zeitschrift darauf, die im Fußraum des Wagens lag. Über den Brief würde sie später nachdenken. Jetzt musste sie sich darauf konzentrieren, Caleb Watkins zu finden.

Sie öffnete die Wagentür und stieg in den abendlichen Sonnenschein von Minnesota aus. Auf ihren nagelneuen Pfennigabsätzen wackelte sie ein wenig. Jetzt, wo der Sommer endlich da war, wurden die Tage länger. Der Winter war in diesem Jahr hartnäckiger gewesen als sonst und selbst Anfang Mai hatte es noch etwas Schnee gegeben.

Megan liebte alle Jahreszeiten, aber mit dem Winter fühlte sie sich besonders verbunden. Vielleicht, weil sie ihn am besten verstand – der Schnee bedeckte den Erdboden und begrub ihn unter sich, wo er darauf wartete, dass etwas geschah. Dass etwas wuchs.

Manchmal schien es ihr, als würde sie ihr ganzes Leben lang warten.

Winzige Kiesel knirschten unter ihren Absätzen, als sie sich der Halle näherte. Klassische Musik drang an ihr Ohr. Einige andere Gäste hatten sich an der Tür versammelt, wo ein großes Schild darauf hinwies, dass sie am richtigen Ort war.

Megan begrüßte die Empfangsdamen am Eingang und wurde von einem prunkvollen Raum verschluckt, in dem mindestens dreißig runde Tische jeweils mit einer schwarz glänzenden Tischdecke versehen waren, einer kunstvollen Dekoration aus Gold und Blumen, acht Tischsets und Platzkarten. Zwischen diesen Tischen liefen die Gäste herum, die bereits eingetroffen waren, fanden sich in kleinen Gruppen und nahmen sich Champagnerflöten oder Weingläser. Die Bedienungen kamen mit Silbertabletts durch eine Schwingtür auf der linken Seite und boten den Gästen Horsd'œuvres an. Ein schwacher Duft von scharf angebratenem Rindfleisch drang jedes Mal aus der Küche herein, wenn ein Kellner durch die Tür verschwand oder hereinkam.

Sie zwang sich dazu, einen Fuß vor den anderen zu setzen, während sie verstohlen nach jemandem Ausschau hielt, den sie kannte – genauer gesagt, nach einem schlaksigen Typen mit dunklem Haar, der immer die Fähigkeit gehabt hatte, ihr ein Lächeln zu entlocken, selbst an ihren schlimmsten Tagen. Megan begab sich an den Rand des überfüllten Raumes. Da sie sich einen Großteil ihres Lebens mit hypertropher Kardiomyopathie herumgeschlagen hatte, waren die Gelegenheiten zu schicken gesellschaftlichen Ereignissen wie diesem nicht sehr zahlreich gewesen und bis jetzt erkannte sie niemanden. Vielleicht kam Caleb ja doch nicht.

Instinktiv legte sie zwei Finger an ihr Handgelenk. Fünfzehn Sekunden lang zählte sie, dann rechnete sie im Kopf. Neunzig Schläge. Pro Minute. Das war im Rahmen, auch wenn der Puls ein wenig höher war als sonst. Sie holte das kleine Notizbuch aus ihrer Handtasche und notierte ihren aktuellen Wert. Mancher mochte das für eine unnötige Angewohnheit halten, die sie sich in dem ersten Jahr nach der Operation zugelegt hatte. Damals hatte der Arzt ihr vorgeschlagen, sie sollte ihren Puls ebenso kontrollieren wie die Nahrungsmittel, die sie zu sich nahm, und die Uhrzeiten, zu denen sie ihre Medikamente einnahm.

Bei der Kontrolluntersuchung nach dem ersten Jahr hatte er ihr empfohlen, sich einen Pulszähler zuzulegen, zum Beispiel ein Fitbit – etwas, was nicht so viel Wachsamkeit von ihr erforderte.

Doch sie hatte sich dagegen entschieden. Wenn sie sich auf ein Gerät verließ, vergaß sie am Ende vielleicht ganz, ihren Puls zu überprüfen – und sie konnte es sich nicht leisten, nachlässig zu sein.

Megan setzte die Kappe auf den Stift und verstaute ihn zusammen mit dem Notizbuch in ihrer Handtasche. Dann holte sie tief Luft. Es wurde Zeit, dass sie ihren Platz suchte. Mit Schritten, die so unsicher waren, wie sie sich fühlte, ging Megan erst zum Sitzplan und dann zur ersten Tischreihe, um ihr Platzkärtchen zu suchen. Dabei war sie so konzentriert, dass sie die Person vor ihr gar nicht wahrnahm und plötzlich mit einem Mann zusammenprallte, der groß und kräftig gebaut war.

„Au." Sie schloss die Augen bei dem Schmerz, der ihr durch die Nase fuhr, und wich einen Schritt zurück. „Tut mir leid."

Zwei Arme streckten sich nach ihr aus, um sie zu stützen. „Meg?"

Diese Stimme würde sie überall erkennen. Sie machte die Augen auf und legte den Kopf in den Nacken. Caleb starrte sie mit seinen smaragdgrünen Augen an.

Oh.

Er war nicht mehr der blasse, dürre Kerl, der ein neues Herz brauchte. Seine Wangen waren nicht eingefallen, sein Haar war kurz geschnitten und sein Teint angenehm gebräunt. Sein Körperbau war muskulös, so kannte sie ihn nicht. Auf Facebook waren keine aktuellen Bilder von ihm zu sehen gewesen. Die einzigen Fotos, die er gepostet hatte, waren diejenigen, die er als Profifotograf gemacht hatte. Auf diese Verwandlung war sie nicht im Geringsten vorbereitet.

Er sah einfach umwerfend aus.

Megan blinzelte hektisch und stand wie eine Idiotin da, weil sie keinen Ton herausbrachte. Ihre entspannte Freundschaft war wie weggeblasen, da Caleb und sie seit über einem Jahr nicht mehr miteinander gesprochen hatten.

Nicht, seit er angerufen und sie gefragt hatte, ob sie mit ihm in London zusammenarbeiten wollte, so wie sie es sich immer ausgemalt hatten – und sie Ja gesagt hatte, nur um dann eine Woche vor der Abreise kalte Füße zu bekommen, sodass er in letzter Minute noch einen anderen Autor hatte finden müssen.

„Ist alles in Ordnung, Meg?" Caleb musterte sie mit besorgter Miene.

Sie ließ die Hand sinken. „Ja." Ihre Stimme klang piepsig, als sie die Worte hervorpresste. Sie räusperte sich. „Ja, mir geht's gut. Tut mir leid, der Zusammenstoß. Das heißt aber nicht, dass ich mich nicht freuen würde, dich zu sehen." *Oh Mann.* Die ganze Sache wurde mit jeder Minute unangenehmer. Und was jetzt? Sollte sie ihn umarmen? Wie früher? Oder sich umdrehen und durch die Tür fliehen, ohne sich noch mal umzublicken?

Eine andere Art von Angst als die in jener Nacht durchfuhr sie jetzt. Beinahe als …

Aber das war Unsinn. Sie hatte es hier mit Caleb zu tun. Dem

Typen, der ihr Mitpatient-Schrägstrich-Freund war, seit sie beide verlegene Teenager gewesen waren, und der mit seinem Rollstuhl unzählige Male in ihr Krankenhauszimmer gefahren war, um seine verbotene Pizza mit ihr zu teilen. Der Freund, der mit ihr im Kindertrakt des Krankenhauses Stunden und Tage damit zugebracht hatte, alte Ausgaben des *National Geographic* durchzusehen und davon zu träumen, wie ihr Leben aussehen würde, wenn sie erst einmal ihre neuen Herzen hatten. Er hatte seins vor fünf Jahren bekommen und sie hatte sich riesig für ihn gefreut.

Aber es war unendlich schwer gewesen, dabei zuzusehen, wie er beinahe sofort getan hatte, was sie zusammen hatten tun wollen – und das ohne sie. Natürlich hatte es keinen Sinn, ihm das vorzuwerfen. Schließlich hatte er nicht aufgehört, sie anzurufen und sie vor der Operation und in der Genesungsphase aufzubauen.

Jedenfalls nicht bis vor einem Jahr, als er sie gefragt hatte, ob sie zu ihm kommen und mit ihm zusammenarbeiten wolle, und sie gekniffen hatte.

Deshalb war sie heute hier, um Abbitte zu tun.

Genug gezögert. Megan trat einen Schritt vor und schlang die Arme um seinen Oberkörper. Seine Arme umfingen sie und einen Moment lang war sie zu Hause und die lauten Hintergrundgeräusche um sie herum verklangen.

Als sie sich von ihm löste, war der Lärm gleich wieder da. Caleb lächelte, aber seine Miene wirkte angespannt. „Schön, dass wir uns sehen."

„Finde ich auch." Sie wollte noch etwas sagen, aber wie sollte sie innerhalb von zwei Sekunden von „Hallo" zu „Es tut mir wirklich leid" schwenken?

Crystal hätte gewusst, was sie sagen sollte. Sie hätte völlig selbstbewusst den Raum betreten, so als gehörte er ihr. Im Gegensatz zu Megan, die von einem Fuß auf den anderen trat und an ihrer Nagelhaut knibbelte.

Aber ihre Zwillingsschwester war ja schon immer genau das Gegenteil von Megan gewesen.

Megan zupfte an den kurzen Wellen in ihrem Nacken. „W… wie geht es dir?"

„Du weißt schon, ich lebe meinen Traum." Caleb lachte, aber

irgendetwas klang nicht richtig an diesem Lachen. Er fingerte an seiner Fliege herum.

„Super." Das Wort klang in ihrer beider Ohren zu fröhlich. „Du arbeitest immer noch als freischaffender Fotograf, oder?" Als hätte sie nicht all die tollen Fotos aus der ganzen Welt gesehen, die er auf Facebook postete – atemberaubende Landschaften, gefährliche Tiere, fremde Menschen, Wunder der Erde.

All die Orte, von denen sie sich ausgemalt hatten, sie „irgendwann" zu bereisen, sah er jetzt tatsächlich. Und sie war damit beschäftigt ... ja, womit eigentlich?

„Ja, ich komme gerade aus Kamerun." Wieder trat ein Lächeln auf Calebs Lippen. „Du glaubst nicht, wie üppig dort alles ist. Und die Menschen sind ungeheuer freundlich. Du würdest ständig etwas in dein Notizbuch kritzeln."

Augenblicklich stiegen in ihr Erinnerungen an die unzähligen Nächte im Krankenhaus auf, die sie zusammen mit Caleb vor dem Fernseher verbracht und Reisesendungen geguckt hatte. Megan hatte sich Notizen zu dem gemacht, was über den Bildschirm geflimmert war, und anschließend versucht, diese zu einem schriftlichen Bericht zusammenzufügen. Caleb hatte ihre „Artikel" gelesen und sich überlegt, was für Bilder er als Ergänzung dazu machen würde.

Und jetzt war es Jahre her, dass sie überhaupt ein Notizbuch angefasst hatte.

„Das würde ich bestimmt."

„Arbeitest du immer noch in der Bibliothek?"

„Ja. Alles beim Alten." Megan hatte schon in der Highschool in der kleinen Bücherei ihrer Heimatstadt gejobbt und trotz ihres Abschlusses in Englisch, den sie im Fernstudium gemacht hatte, war sie bei diesem Minijob hängen geblieben.

Nicht nur das – im Alter von zweiunddreißig Jahren lebte sie immer noch bei ihren Eltern und hatte keine konkreten Pläne auszuziehen. Eigentlich hatte sie es vorgehabt, wenn es ihr „wieder besser" ging. Dann waren aus den Tagen Wochen und Monate geworden, irgendwann sogar Jahre, und Megan war geblieben.

Ihr Leben schien ihr mit jedem Augenblick erbärmlicher zu werden.

Caleb runzelte die Stirn. Dann setzte er an, noch etwas zu sagen.

Aber sie konnte es nicht ertragen, egal was er sagen wollte. Schlimm genug, dass sie selbst von sich enttäuscht war. Dieser Last auch noch die Enttäuschung ihres einstmals besten Freundes hinzuzufügen, war mehr, als sie verkraften konnte. „Es ist wirklich stickig hier drin. Ich brauche frische Luft." Megan machte auf dem Absatz kehrt und drängte sich durch die Menschenmenge. Dann stürzte sie auf einen Balkon hinaus und sog die frische Luft in hektischen Atemzügen ganz tief ein.

Ihre Lunge brannte.

„Warte, Meg."

Als er näher kam, lehnte sie sich an das Betongeländer, mit dem Rücken zu Caleb.

Er stützte die Ellbogen neben ihr auf die Balustrade. Der Geruch seines Aftershaves zog in der Abendluft zu ihr herüber – ein rustikaler Duft, den sie nicht kannte. Nicht vertraut, aber auch nicht unangenehm. Überhaupt nicht unangenehm. „Können wir noch mal von vorne anfangen?"

Megan neigte den Kopf ein wenig in seine Richtung. In seinem Blick lag eine Entschuldigung. Sie nickte und biss sich auf die Unterlippe.

„Du siehst toll aus heute Abend."

Ihre Wangen wurden warm und ihr Blick huschte zum Horizont zurück. „Danke." Sie sollte das Kompliment erwidern. „Du siehst aber auch nicht übel aus."

„Ich weiß."

Sie lachte. Ihre Hand schnellte vor und boxte spielerisch seinen Arm. „Sehr bescheiden." Das wiederum war ihr vertraut.

„Aber ich hätte lieber Jeans und T-Shirt an." Er sah sich um, riss sich dann die Fliege vom Hals und stopfte sie anschließend in seine Jacketttasche. Dann öffnete er die oberen Knöpfe seines gestärkten weißen Hemdes. „So. Jetzt kann ich wieder atmen."

Seine Transplantationsnarbe lugte ein wenig hervor, aber das schien ihm nichts auszumachen.

Schweigen senkte sich auf sie. *Jetzt oder nie, Megan.* Sie wandte sich mit dem ganzen Körper zu ihm um, die Hüfte ans Geländer gelehnt. „Ich bin heute Abend gekommen, um dich zu sehen, Caleb."

„Wirklich?"

Sie nickte. „Das mit London tut mir leid.“

Einen Moment lang sagte er nichts. „Was ist passiert?“

Ihn so zu sehen – stark, widerstandsfähig, seinen Traum lebend –, ließ einen Damm der Sehnsucht in ihr aufbrechen. Wie sehr sie doch wünschte, sie hätte nur halb so viel Mut wie er. „Ich habe mir eingeredet, ich wäre noch nicht gesund genug. Es wäre ein Abenteuer für *später.*“

„Ich dachte, ich hätte dir genügend Zeit für die Genesung gegeben. Zwei Jahre hätten doch reichen müssen und nach unseren Mails und Telefonaten schien es mir so, als wäre dein Arzt von deinen Fortschritten wirklich beeindruckt. Ich wollte dich nicht unter Druck setzen.“

„Das hast du auch nicht.“ Sie begann, auf und ab zu schreiten, und ihre Worte überschlugen sich jetzt. „Es stimmt, dass ich im Hinterkopf immer die Angst vor einem Rückfall habe. Aber es war mehr als das. Du wolltest, dass ich nach London komme und mich mit dir in dieses große Abenteuer stürze – und für eine Zeitschrift darüber schreibe.“

Caleb kratzte sich hinterm Ohr. „Das verstehe ich nicht. Haben wir nicht jahrelang davon gesprochen, dass wir genau das machen wollten? Ich fotografiere und du schreibst? Und dann kam die perfekte Gelegenheit und du hast sie ausgeschlagen.“

„Ich wollte schon. Aber die Angst hat gesiegt. Denn welche Legitimation hatte ich denn, so etwas zu schreiben? Ich, die nie irgendwo war oder irgendetwas gemacht hat? Die immer noch zu Hause wohnt und denselben Job macht wie in der Highschool? Die im Laufe der Jahre unzählige Artikel geschrieben hat und nie den Mut hatte, sie jemandem außer dir und meiner Familie zu zeigen? Noch nie habe ich sie eingereicht.“

Caleb schwieg eine Weile. „Du hast gesagt, dass es dir leidtut. Heißt das, du bereust, dass du Nein gesagt hast, oder nur, dass du mich damit in Schwierigkeiten gebracht hast?“

Tränen traten ihr in die Augen und liefen ihr über die Wangen. Sie wischte sie fort, während sie kullerten. „Ich bereue all das.“

„Warum hast du dann nichts unternommen, um es zu ändern? Warum hast du nicht einen dieser Artikel eingeschickt? Warum bist du nicht irgendwohin gegangen und hast Erfahrungen gesammelt?“

Die Gretchenfrage. „Das kann ich nicht erklären. Ich sitze einfach fest. Und immer, wenn ich den Wunsch habe, mich weiterzuentwickeln, hält mich etwas zurück. Ich meine, es geht nicht nur ums Schreiben. Ich kann noch nicht einmal den Mut aufbringen, die Familie meiner Spenderin zu besuchen." Das Bild des Briefes, der im Wagen lag, zuckte vor ihrem geistigen Auge auf. Noch ein Versagen, das sie ihrer langen Liste hinzufügen konnte. Sie ging noch ein paar Schritte, drehte sich dann um und ging wieder zurück. Und dann wieder von vorne.

Caleb hielt sie sanft auf und führte sie zum Balkongeländer zurück. „Haben die Eltern mit dir Kontakt aufgenommen?"

„Janice Harding hat mir eine Nachricht weitergeleitet, die sie mir vor ein paar Wochen geschrieben haben. Sie sagten, sie seien bereit, mich kennenzulernen."

„Als ich die Familie meines Spenders getroffen habe, war das für mich wirklich ein wichtiger Schritt zur Heilung." Caleb zögerte. „Natürlich macht da jeder seine eigenen Erfahrungen. Aber es könnte vielleicht gut für dich sein."

„Vielleicht." Janice, die zuständige Koordinatorin des Transplantationsprogramms, hatte einen eigenen Brief hinzugefügt, als sie den der Eltern weitergeleitet hatte. Sie hatte geschrieben, die Entscheidung liege jetzt ganz bei Megan, sie habe die Wahl. Eine Wahl, um die sie nicht gebeten hatte, die aus heiterem Himmel gekommen war und die in Megan Panik auslöste. Aber wie konnte sie diesen Menschen ihren Wunsch abschlagen?

Es war etwas, von dem Nana, wenn sie noch am Leben gewesen wäre, gesagt hätte, sie solle darüber beten. Aber was hatte das für einen Sinn? Gott würde sowieso tun, was er wollte, ob sie betete oder nicht.

Caleb streckte den Arm aus und drückte Megans Hand. Die sanfte Berührung war so vertraut, aber das Feuer, das ihr bis in die Fingerspitzen schoss, war es nicht. „Wenn du einen Weg suchst, um aus dem ‚Festsitzen' herauszufinden, dann könnte das doch ein guter Anfang sein."

Er verstand das nicht. Obwohl, wahrscheinlich schon. „Aber wie kann ich da reinspazieren, eine lebende Erinnerung an all das, was diese Menschen verloren haben? Ich weiß nicht viel über meine

Spenderin, außer dass sie ein achtzehnjähriges Mädchen war, das sein ganzes Leben noch vor sich hatte. Was würde ihre Familie denken, wenn sie wüsste, dass ich überhaupt nichts mit meinem Leben angefangen habe, seit sie es gerettet hat?“

Es stimmte doch, oder nicht? Sie hatte sich versteckt. Im Haus ihrer Eltern, in der Bücherei … sie hatte sich vor dem Leben versteckt.

Megan drehte sich um und blickte über die Lichter von Rochester hinaus. Irgendwo da draußen wartete eine Familie darauf, mit der Vergangenheit abschließen zu können. Doch dafür brauchte sie sie. Und vielleicht würde Megan ja, wenn sie sich der Familie zuliebe zu diesem Schritt durchrang, auch endlich den Mut finden, nach dem sie all die Jahre gesucht hatte.

Kapitel 2

Auf einer Schmerzskala von eins bis zehn waren Crystal Ballingers Magenschmerzen schon jenseits von zehn anzusiedeln.

Sie stöhnte und drehte sich im Bett, eine Hand auf den Bauch gepresst. Mit der anderen Hand tastete sie im Dunkeln, bis sie die Rennies auf ihrem Nachttisch fand. Wie ein Profi schraubte sie die Flasche mit einer Hand auf, fischte eine Tablette heraus und schob sie sich in den Mund. Dann kaute sie, bis das eklige Pulver ihre Zunge bedeckte. Anschließend lag sie einen Moment lang nur da und ließ ihre neblige Schläfrigkeit verfliegen.

Warum war Brian nicht im Bett? War ihr Mann schon zur Kirche gegangen? Normalerweise verabschiedete er sich eigentlich.

Heute *war* doch Sonntag, oder?

Ach nein, Moment. Gestern Abend war er zu einer 24-Stunden-Schicht am Bahnhof aufgebrochen.

Und heute war Montag.

„Wie spät ist es?" Niemand antwortete ihr, aber die Katze am Fußende des Bettes protestierte, als Crystal hochfuhr und nach ihrem Handy griff.

8.16 Uhr.

Und mehrere Textnachrichten von Tony, der fragte, wo sie war. Oh nein.

Trotz des flauen Gefühls im Magen sprang Crystal auf und ging zu ihrem Wandschrank, wobei sie angesichts der Schmerzen eine Grimasse zog. Sie schaltete das Licht ein und sah das Outfit, das sie für heute rausgehängt hatte. Dann riss sie sich den Schlafanzug vom Leib und schob die Beine eilig in die Hose ihres Hosenanzugs – zu eilig. Ihr Fuß blieb hängen und sie hörte, wie etwas zerriss.

„Nein, nein, nein." Sie zerrte sich die Hose vom Bein und untersuchte sie. Ein Riss in der Hauptnaht sorgte dafür, dass sie diese Hose vergessen konnte. Crystal warf sie beiseite und griff nach der passenden zweiten Ersatzhose – aber sie hing nicht auf dem Bügel.

Am Freitag hatte sie die Hose getragen, oder? Ja, und dann hatte sie sie in den Beutel für die Reinigung gestopft, zusammen mit allen anderen Hosen, die sie besaß. Nur hatte sie am Wochenende keine Zeit gehabt, zur Reinigung zu gehen, da sie am Samstag und am Sonntag vom Morgengrauen bis Mitternacht an dem Hoffman-Entwurf gearbeitet hatte.

Dies war ein Albtraum.

Ihr blieb nichts anderes übrig. Ungeduldig zerrte sie die Hose vom Freitag aus dem Beutel und stieg vorsichtig hinein. Dann zog sie ihre weiße Bluse und die passende Jacke über, bevor sie in ein Paar Pumps schlüpfte. Als sie am Spiegel vorbeiging, stöhnte sie. Sie musste einfach hoffen, dass Leonard Hoffman mehr Interesse an Crystals Plänen für die Neugestaltung seiner New Yorker Bank hatte als an ihrer zerknitterten Hose.

Crystal eilte zur Haustür, packte Laptoptasche und Handtasche und lief zu ihrer U-Bahn-Haltestelle. Bei jedem Schritt bettelte ihr Körper nach Kaffee. Kaffee. Kaffee. Endlich erreichte sie ihren Zug – er war überfüllt und es roch unangenehm, sie wollte gar nicht wissen, wonach – und klammerte sich an die Haltestange, während der Waggon mit Vollgas anfuhr, was immer noch nicht schnell genug war. Crystal schickte Tony eine Nachricht, um ihm zu sagen, dass sie rechtzeitig da sein würde. Sie betete – nein, hoffte –, dass sie recht hatte.

Zum Glück hatte sie ein ganzes Arsenal an Make-up in ihrer Handtasche. Crystal bemühte sich, mit einer Hand so gut wie möglich etwas Grundierung, Rouge und Lippenstift aufzutragen. Dann warf sie ein Pfefferminzbonbon ein und fuhr sich mit der Hand durch ihr Haar, das sie seit zwei Tagen nicht mehr gewaschen hatte. Sie band es zu einem lockeren Knoten, den sie mit einem Stift vom Grund ihrer Handtasche feststeckte.

Endlich kam ihre Haltestelle und sie stieg aus. Mit einem Blick auf die Armbanduhr stieg sie die Treppe aus der U-Bahn hinauf und wurde von der viel zu fröhlichen Sonne begrüßt. Noch zehn Minuten, bis die Präsentation beginnen sollte. Crystal schlängelte sich durch die Passanten, vorbei an Kindern, die auf dem Weg zur Schule waren, an Müttern mit Buggys und an unzähligen Geschäftsmännern und -frauen. „Sorry. Sorry."

Dann war sie bei ihrem Gebäude. Als sie die Menschentraube vor den Aufzügen sah, entschied sie sich für die Treppe und lief mit ihren zehn Zentimeter hohen Absätzen die zehn Stockwerke hinauf. Die stickige Luft im Treppenhaus raubte ihr beinahe den Atem.

Keuchend riss sie die schwere Brandschutztür auf und lief zu ihrem Büro. Ihre Magenschmerzen waren jetzt so schlimm, dass sie sich beinahe krümmte, aber davon ließ sie sich nicht aufhalten. Die Schmerzen schienen immer im ungünstigsten Augenblick aufzutauchen. Noch zwei Minuten Puffer und sie war beinahe da. Als sie durch die Tür des Architekturbüros Samson stürmte, fuhr Todd, der Mitarbeiter am Empfang, zusammen. „Was in …"

„Ich will es nicht hören." Crystal straffte die Schultern und verlangsamte ihre Schritte. Wenn Leonard Hoffman schon hier war, wollte sie ihn keinesfalls überrumpeln. Den ersten Eindruck konnte man nicht ungeschehen machen – und ihrer würde ohnehin katastrophal ausfallen, dank ihrer verschwitzten Achseln und ihres zerrupften Äußeren.

Schließlich war sie bei den Kabinen im Großraumbüro angekommen. Andere Nachwuchsarchitekten liefen hin und her, einige unterhielten sich am Wasserspender. Die Praktikantin Jamie sah sie vom anderen Ende des Ganges aus und riss die Augen auf. Crystal kam zu ihrer Kabine, zog den ausgedruckten Entwurf und den Laptop aus ihrer Tasche und warf die leere Tasche auf ihren Stuhl. Dann fuhr sie herum und begab sich den Flur entlang zum Konferenzraum, aus dem lautstark Tonys Stimme drang. Als sie eintrat, atmete sie erleichtert aus, weil sie nur Tony und Jamie sah.

„Ich brauche Kaffee, Jamie. Notfallmäßig. Bitte."

Das Mädchen rannte sofort los.

Der Blick ihres Chefs wurde skeptisch, als er sie sah. „Wo warst du?"

„Hast du meine Nachricht nicht gesehen?" Crystal stellte ihren Laptop ab und bückte sich nach den passenden Kabeln. „Ich habe verschlafen. Gestern war ich noch spätabends hier und muss heute Morgen völlig fertig gewesen sein. Es tut mir wirklich leid." Sie wich seinem prüfenden Blick aus und steckte die Kabel in die entsprechenden Anschlüsse ihres Computers. Jetzt war nicht der richtige Zeitpunkt, um inkompetent zu wirken, nicht wenn eine potenzielle Beförderung auf dem Spiel stand.

„Du hast Glück, dass der Kunde so spät dran ist. Er ist gerade erst in der Stadt angekommen. Sein Flug hatte Verspätung."

Sie warf ihm ein müdes Lächeln zu. „Siehst du? Passt doch."

Mancher hätte gesagt, das liege daran, dass der gütige Gott seine schützende Hand über sie hielt, aber Crystal wusste es besser.

Sie öffnete die richtige Präsentationsdatei, die kurz darauf auf dem Bildschirm hinter ihr erschien. So. Sie hatte es geschafft. Mit einer Grimasse hielt sie sich die Seite.

Tony runzelte die Stirn und sah sie prüfend an. „Wieder der Magen?"

„Kein Problem." Wahrscheinlich ein lästiges Magengeschwür. Mom hatte sie ständig gehabt, angeblich vom Stress. Kein Wunder bei all den Sorgen, die sie sich Megans wegen immer gemacht hatte. Und es würde Crystal nicht überraschen, wenn sie auch ein Magengeschwür hatte, bei all der Arbeit, die sie in letzter Zeit investiert hatte. Wenn Brian davon wüsste, würde er auf sie einreden, zum Arzt zu gehen, aber dazu war nie Zeit. Außerdem hatte sie die Beschwerden bisher ganz gut mit Medikamenten in den Griff bekommen.

„Du siehst furchtbar aus. Hoffman erwartet die beste Nachwuchsarchitektin des Jahres 2017, nicht eine Obdachlose von der Straße."

Ihre Wangen wurden ganz heiß und rot. „Ich gehe eben auf die Toilette und mache mich ein bisschen frisch." Sie wartete nicht ab, bis ihr Chef etwas sagen konnte, sondern lief gleich hinaus – und prallte mit Jamie zusammen. Kaffee aus dem Becher in Jamies Hand schwappte über Crystals Bluse und Jacke. Es gelang ihr nicht, einen Aufschrei zu unterdrücken.

Jamie zuckte zusammen. „Oh nein. Das wollte ich nicht … Was für ein Missgeschick! Ich hole Papierhandtücher oder so."

„Schon gut. Ich wollte sowieso gerade zur Toilette." Als wären zerknitterte Hosen und ein halb geschminktes Gesicht nicht schlimm genug …

Crystal lief in Richtung Lobby, entdeckte jedoch ein paar Frauen, die dort auf den Sofas saßen, Aktentaschen auf dem Schoß.

Nicht Mr Hoffman, aber es könnten andere Klientinnen sein oder Mr Hoffmans Geschäftspartnerinnen. So konnte sie sich unmöglich blicken lassen. Deshalb machte sie auf dem Absatz kehrt und lief schnell zu ihrer Kabine zurück. Was sollte sie wegen des Kaffeeflecks auf ihrer Bluse unternehmen?

In diesem Moment bog Jamie um die Ecke. „Mr Hoffman und seine Leute sind da." Die Praktikantin sah aus, als müsste sie sich jeden Augenblick übergeben.

Crystals Blick huschte zu Jamies rotorangefarbenem Pullover. Er passte vom Stil her nicht zu Crystals Hosenanzug, aber was blieb ihr anderes übrig? „Ich brauche deinen Pulli, Jamie. Schnell." Ups, das hatte mehr nach Befehl geklungen als beabsichtigt. „Bitte."

Das Mädchen zögerte nicht und enthüllte ein kurzärmeliges Top mit Stehkragen unter dem Pullover. Crystal knöpfte ihre Jacke auf und warf sie beiseite, dann zog sie Jamies Pulli über ihre schmutzige Bluse. Der Pullover war aus dem kratzigsten Material, das Crystal jemals getragen hatte – Polyester, wenn sie raten müsste –, aber ein schneller Blick an sich hinunter verriet ihr, dass zumindest der Fleck nicht mehr zu sehen war. „Das muss so gehen. Danke."

Sie verließ ihren Arbeitsplatz und Jamie und wandte sich wieder dem Konferenzraum zu. Als sie eintrat, unterhielten sich Tony und Landon – ein anderer Partner ihres Büros – mit einem eleganten Herrn über siebzig und den beiden Frauen, die Crystal im Eingangsbereich gesehen hatte. Der Mann trug einen Armani-Anzug und roch nach kubanischen Zigarren.

Crystal setzte ein breites Lächeln auf und trat auf ihn zu, die Hand ausgestreckt. „Crystal Ballinger. Es ist mir eine Freude, Sie endlich kennenzulernen, Mr Hoffman."

Er musterte sie, eine Augenbraue hochgezogen, nickte dann aber. „Das Vergnügen ist ganz auf meiner Seite. Ich habe sehr viel Gutes über Ihre Arbeit gehört."

„Danke, Sir. Ich hoffe, Sie werden nicht enttäuscht sein."

Dies war ihre Chance. Wenn die Präsentation ein Erfolg war, würde Tony sie befördern müssen. Er stand ohnehin seit Jahren hinter ihr und nach Karens Ausscheiden letzte Woche war die Position eines der leitenden Architekten der Firma zum Greifen nah.

Crystal begann mit ihrer Präsentation. Irgendwelche interessanten Ideen aus ihrem übermüdeten Gehirn zu pressen, war in den letzten Wochen eine Herausforderung gewesen, aber sie hatte ein gutes Ergebnis vorzuzeigen. Brian hatte es nicht gefallen, dass sie so viel gearbeitet hatte, aber sie hatte ihm versprochen, etwas kürzerzutreten, wenn der Hoffman-Entwurf erst einmal fertig und ihre Beförderung in trockenen Tüchern war. Sie hatte ihm sogar versprochen, dass sie endlich einen Besuch bei ihrer Familie in Minnesota einplanen würden. Weil Brian keine eigene Familie hatte, wollte er ihre besser kennenlernen. Ihr drehte sich jetzt schon der Magen um, wenn sie daran dachte, ihren Eltern und Megan gegenüberzutreten.

Aber das taten Menschen nun einmal, wenn sie sich gegenseitig liebten – sie machten Kompromisse. Und sie liebte ihren Mann so sehr, dass es ihr manchmal Angst machte. Nicht, dass sie besonders gut darin war, ihm das zu sagen. Aber sie würde sich bessern. Es stand jedenfalls auf ihrer Liste von Dingen, die sie in Angriff nehmen wollte.

Mit viel Schwung nahm sie ihre Präsentation in Angriff. Hoffentlich erkannte Mr Hoffman, dass ihre Arbeit trotz ihres Aussehens für sich sprach. Er war schwer zu durchschauen, aber das waren andere Kunden auch und sie hatte noch jeden Auftrag an Land gezogen, seit sie vor sieben Jahren bei der Samson Group angefangen hatte. Trotz des Kaffeemangels und der Schmerzen, die wie eine Nadel in ihren Eingeweiden stachen, war ihre Präsentation fehlerlos. Sie zeigte die letzte Folie. „Und jetzt beantworte ich gerne Ihre Fragen, wenn Sie welche haben."

Schweigen. Mr Hoffmans Pokerface verwandelte sich in ein Stirnrunzeln und Selbstzweifel bahnten sich in Crystal einen Weg. Trotzdem behielt sie ihr Lächeln bei.

„Ich habe tatsächlich eine Frage." Mr Hoffman legte auf der Tischplatte die Fingerspitzen aneinander und sein Blick bohrte ein Loch in Crystals Selbstbewusstsein.

Sei stark. Sei ruhig. Lass ihn nicht sehen, dass du schwitzt. „Ja, gerne."

„Ich will wissen, wo Sie die brillante junge Architektin versteckt haben, von der ich so viel gehört habe."

Meinte er Meredith, eine Kollegin, die zugleich ihre größte Konkurrentin beim Kampf um die Beförderung war? „Tut mir leid, ich verstehe nicht …"

„Diese Präsentation. So etwas würde ich von einer Studentin erwarten." Jedes Wort schlug ein weiteres Loch in Crystals Fassade des Selbstvertrauens.

Ihr Magen zog sich vor Schmerzen zusammen und sie musste durch die Zähne ausatmen, sodass es leicht zischte. „Es tut mir sehr leid, wenn es nicht das war, was Sie wollten."

Tony bemerkte ihre Grimasse und rettete sie. „Als eine unserer talentiertesten jungen Mitarbeiterinnen ertrinkt Crystal in letzter Zeit in Arbeit und bewältigt das Pensum einer Kraft mit doppelt so viel Erfahrung. Vielleicht haben wir ihr nicht genug Unterstützung gegeben, um Ihrem Projekt gerecht zu werden. Würden Sie uns noch eine Woche Zeit geben, um einen ansprechenderen Entwurf vorzulegen?"

„Ich glaube nicht." Mr Hoffman stand auf und seine beiden grimmigen Gefährtinnen taten es ihm gleich. „Ms Ballinger, ich hatte gehört, Sie seien einer der kreativsten Köpfe in dieser Branche und Lichtjahre weiter als ihre Kollegen." Angewidert warf er ihren Entwurf auf den Tisch. „Da habe ich mich wohl verhört. Guten Tag." Dann drehte er sich um und verließ den Raum und seine Mitarbeiterinnen folgten ihm.

Crystal sank auf den nächstbesten Stuhl. Dann blickte sie zu Tony auf, der sie mit gerunzelter Stirn ansah. „Tut mir leid."

Tony nahm seine Brille ab und drehte die Fassung zwischen den Fingern. „Mir auch." Dann tippte er mit dem Brillenbügel auf den Eichentisch. „Er hat recht. Das ist nicht deine beste Arbeit."

Tief im Innern wusste sie das. „Ich habe mir ein Bein ausgerissen, um es hundertprozentig zu machen. Es ist nur …"

Crystal verstummte. Sie konnte ihrem Chef nicht sagen, dass ihr die Ideen ausgegangen waren – dass sie keine Inspiration mehr fand, sosehr sie sich auch mühte. Großartige Architekten waren nicht nach sieben Jahren im Job am Ende. Nach zwanzig Jahren vielleicht. Aber nach sieben?

Sie musste sich einfach noch mehr Mühe geben. Einen neuen Plan machen. Immer daran denken, dass sie ihr Schicksal selbst in der Hand hatte.

In der Vergangenheit hatte das immer funktioniert. Warum sollte es jetzt anders sein?

Kapitel 3

Megan konnte nicht fassen, dass sie es wirklich tun würde.

Trotzig betrachtete sie das riesige Backsteingebäude – den Ort, an dem ihre Organspenderin gelebt hatte. Ihre Hände zitterten, als sie die Wagentür schloss und die Auffahrt hinaufging. Das Haus befand sich mitten in einem Vorort von Rochester und war von großen, üppigen Eichen umgeben. Eine Brise raschelte in den Ästen und die Blätter winkten ihr zu.

Beinahe so, als würden sie ihr Herz zu Hause willkommen heißen.

Dieses Herz würde niemals ihr gehören. Nicht richtig jedenfalls. Und obwohl es sie am Leben erhielt, schien es nichts daran geändert zu haben, wer sie war, sosehr sie sich das auch gewünscht hätte.

Über ihr spannte sich ein leuchtend blauer Himmel mit der einen oder anderen kleinen Wolke daran. Es war ein Tag, an dem sie rücklings im grünen Gras liegen und von ihrer Zukunft träumen sollte. Aber dieser Tag gehörte den Abbotts.

Am Ende hatte ihre Teilnahme an dem Fundraiser-Event am Freitag nicht nur dazu geführt, dass sie die Sache mit Caleb ausbügeln konnte. Die Stunden, die sie gemeinsam in Erinnerungen geschwelgt und geredet hatten, hatten ihre Erwartungen weit übertroffen. Seine aufmunternden Worte hatten ihr Mut gemacht, Janice Harding nach der Telefonnummer der Abbotts zu fragen und die Familie dann am Montag anzurufen.

Mrs Abbott hatte Megans Anruf entgegengenommen und darum gebeten, dass Megan sie zu Hause besuchte. Ihr Mann, ein Arzt, hatte am Mittwoch frei – ob ihr das passen würde?

Sie hatte gedacht, sie hätte mehr Zeit, sich darauf vorzubereiten, aber wahrscheinlich war es so besser. Es gab ihr weniger Gelegenheit, einen Rückzieher zu machen. Mom hatte angeboten, sie zu begleiten, aber Meg wusste, dass sie das hier allein tun sollte.

Als Megan die große Haustür der Abbotts erreichte, starrte ein

Löwenkopf als Türklopfer sie an. Sie entschied sich stattdessen für die Klingel. Als sie sie betätigt hatte, ertönte eine Melodie, die fröhlich ihre Ankunft verkündete.

Eine mittelgroße Frau öffnete die Tür. Sie trug eine blaue Stoffhose mit Bügelfalte, einen Pullover und hatte eine Perlenkette um. Sie wirkte wie Mitte vierzig und ihre Haare waren im Nacken zu einem Knoten gebunden. Ihre Lippe bebte, als sie Megan ansah. „Ich bin Charlene. Charlene Abbott." Die Worte purzelten mit einem leichten Südstaatenakzent heraus. „Sie müssen Megan sein."

„Ja." Einen Moment lang stand sie wie erstarrt auf der Schwelle. Hinter Charlene erhob sich eine breite Treppe und teilte sich in zwei Richtungen. Ein atemberaubender Kronleuchter hing an der Decke und warf kleine Lichtstrahlen in alle Richtungen, als das Sonnenlicht durch die Tür hereindrang.

Charlene streckte die Hand aus. „Es ist wirklich schön …" Sie schluckte. „Tut mir leid, ich bin nur …"

„Das ist in Ordnung. Geht mir genauso." Megan hatte sofort Mitleid mit dieser Frau, die eine Tochter verloren hatte. Es spielte keine Rolle, wie groß ihr Haus war oder wie viel Geld sie hatte. Charlene würde nie bekommen, was sie sich wirklich wünschte. Megan ergriff Charlenes Hand und zog die Frau in ihre Arme, ohne lange nachzudenken.

Charlenes Arme schlossen sich um Megan. Sie war kleiner als Megan und ihr Kopf ruhte fast an Megans Brust. Einen Augenblick lang beugte die Frau sich vor, als ob – oh. Megans Herz schlug schneller.

Charlene fröstelte in ihren Armen. Dann löste sie sich von Megan und fuhr sich über die Augen. „Es tut mir schrecklich leid. Es ist nur … Danke. Ich hätte nie gedacht, dass ich Amandas Herz noch einmal schlagen hören würde."

Megan spürte, wie ihr die Tränen kamen, und sie konnte einen Schluchzer nicht unterdrücken. „Gern geschehen."

Charlene schüttelte den Kopf und straffte die Schultern. „Sehen Sie nur, wir zwei Heulsusen. Kommen Sie doch bitte herein. Ich möchte Sie meinem Mann vorstellen." Sie führte Megan einen Gang mit hohen Decken entlang zu einem Wohnzimmer, das im eleganten Landhausstil eingerichtet war. Charlene zeigte auf den hellbraunen Zweisitzer und bedeutete Megan, sie solle sich setzen. „Ich hole ihn. Er ist in seinem Arbeitszimmer."

Sie ging und kam mit einem groß gewachsenen Mann zurück, der einen grau melierten Schnurrbart und volles Haar hatte. „Ich bin Gary Abbott, Ms Jacobs." Er gab Megan die Hand, dann setzten Charlene und er sich auf das Sofa ihr gegenüber.

„Bitte nennen Sie mich Megan."

„Megan. Danke, dass Sie gekommen sind." Gary nahm die Hand seiner Frau und hielt sie. Dabei strich er mit dem Daumen sanft über ihren Handrücken, während er sich vorbeugte. „Wir wissen sehr zu schätzen, dass Sie hergekommen sind. Ich weiß, dass es für Sie auch schwer sein muss, aber wir sind jetzt endlich so weit, dass wir die Menschen, denen Amanda geholfen hat, kennenlernen wollten."

Es war durchaus üblich, dass Organspender mehreren Menschen das Leben retteten, abhängig davon, wie sie gestorben waren. „Wie viele sind das denn?"

„Sechs. Einer wollte uns nicht kennenlernen und zwei leben in anderen Bundesstaaten. Mit den übrigen beiden haben wir uns getroffen – und Sie sind die Dritte." Charlenes Lippen verzogen sich zu einem dünnen Lächeln.

„Ich bin froh, dass ich herkommen durfte." So viel Überwindung es sie auch gekostet hatte, es war die Wahrheit. Megan verdankte es Caleb, dass sie den Mut gehabt hatte, mit den Abbotts Kontakt aufzunehmen. Vielleicht würde es ihnen allen helfen, nach vorne zu blicken. „Ich würde gerne etwas über Amanda erfahren, wenn Sie erzählen mögen."

„Natürlich." Charlene biss sich auf die Unterlippe und sah Gary an. Dann wanderte ihr Blick zu Megan zurück. „Möchten … möchten Sie vielleicht Amandas Zimmer sehen?"

Ein Zimmer war etwas sehr Persönliches. Was würde Megan darüber erfahren, was für ein Mensch ihre Spenderin gewesen war? Sie nickte zustimmend.

Charlene strahlte und sprang sofort vom Sofa auf. „Kommen Sie."

Megan erhob sich und folgte Charlene den Flur entlang und die große Treppe hinauf. Sie fuhr mit der Hand über das glatte Geländer, während sie nach oben ging, und stellte sich vor, wie Amanda das Tag für Tag ebenso getan hatte. „Wie lange wohnen Sie schon hier?"

„Wir kommen ursprünglich aus Georgia. Als Amanda zehn war, sind wir hierhergezogen." Oben angekommen, wandte Charlene sich nach links und blieb abrupt vor einer Reihe Fotos stehen. Ihre Hand wischte ein unsichtbares Staubkorn von einem der Bilderrahmen.

Als Megan näher kam, sah sie, dass in jedem Rahmen ein Foto eines blonden Mädchens mit einem umwerfenden Lächeln war. Amanda Abbott war eine Schönheit gewesen, so wie jedes Mädchen es gerne wäre. Aber etwas in ihrem Blick strahlte auch Güte aus – und deshalb kam sie Megan vor wie die Art von Mädchen, mit der sie sich gleich verbunden gefühlt hätte. Auf einem Bild saß eine junge Amanda auf einem Pferd und ihre Haltung auf dem Rücken des Tieres drückte Stolz und Selbstbewusstsein aus. Ein anderes Foto zeigte sie grinsend, während sie die Arme um den Hals ihres Daddys schlang.

Megans Herz machte einen Satz – beinahe, als würde es das Bild erkennen und sich danach sehnen, ihm und den Erinnerungen näher zu sein.

Megan riss den Blick von den Bildern los und sah, dass Charlene sie beobachtete. Sie räusperte sich. „Sie war wunderschön."

„Innerlich und äußerlich." Charlene wischte eine Träne von ihrer Wange und zeigte den Gang hinunter. „Zu ihrem Zimmer geht es hier entlang."

Megan folgte der Frau in das Zimmer am Ende des Flures. Sie ging einmal in dem Raum herum und betrachtete all die kleinen Dinge, darunter auch ein gerahmtes Foto an Amandas Bett, das sie und ihre Freundinnen zeigte. Auf einem anderen war sie mit ihren Eltern zu sehen. Megan drehte sich zu Charlene um, die ein Schmuckkästchen in die Hand genommen hatte. An der vorderen Kante war Amandas Name eingraviert. „Haben Sie noch andere Kinder?"

Ohne aufzublicken, schüttelte Charlene den Kopf. „Wir haben einige Babys schon vor der Geburt verloren. Das war vor Amanda. Sie war unser Wunder."

Megan spürte die Trauer wie einen Schlag in die Magengrube. Alle ihre Kinder tot.

Die Dinge, die Gott geschehen ließ … Manchmal ergaben sie einfach keinen Sinn.

Megan wollte gerade den Raum verlassen, als ihr Blick auf eine Pinnwand mit einer riesigen Fotocollage fiel. Sie ging darauf zu. Jedes Foto zeigte etwas anderes aus unterschiedlichen Ländern: Flamenco-Tänzer in Spanien, Gondeln in Venedig, Buckingham Palace in London und vieles mehr.

„Sie wollte immer ins Ausland reisen." Charlene stand gleich hinter Megan und ihre sanfte Stimme schwebte durch die Luft, beinahe andächtig hier in Amandas Welt. „Sie hat davon geträumt, Ärztin zu werden, wissen Sie. Wie ihr Daddy. Nach Harvard wollte sie." Megan hatte auch immer an einer namhaften Uni studieren wollen, aber stattdessen hatte sie über acht Jahre hinweg zwischen Krankheitsschüben ein Fernstudium in Englisch absolviert. „Sie hatte gerade erfahren, dass sie einen Studienplatz bekommen hatte, als … der Unfall war zwei Tage später."

Megan fuhr mit den Fingern über den Rand eines Fotos. Darauf strömte eine Tierherde über die Serengeti-Ebene in Afrika. „Was ist ihr zugestoßen, wenn ich das fragen darf?"

„Dürfen Sie." Charlene ging zum Bett und setzte sich. „Es war kurz vor Weihnachten, wie Sie wissen. Wir waren auf dem Weg zu einer Feier und jemand ist uns auf einer Kreuzung in die Seite gefahren. Gary und ich hatten nur ein paar gebrochene Rippen, aber Amanda saß genau dort, wo der Wagen aufprallte."

Megan starrte das Bild der Flamenco-Tänzer an. Das Rot und Grün und Orange verschwammen vor ihren Augen wegen der aufsteigenden Tränen. Die Kleider schienen sich zu drehen, als wären die Tänzer lebendig und würden nur für sie tanzen. Für Amanda. „Es tut mir schrecklich leid."

„Eine Krankenschwester hat doch tatsächlich zu mir gesagt, ich könnte mich glücklich schätzen, dass ich keine schwerwiegenderen Verletzungen hatte, weil Amanda und ich auf derselben Seite des Wagens saßen. *Glücklich*." Charlene erstickte fast an dem Wort. „Können Sie fassen, dass jemand das zu mir gesagt hat?"

„Die Leute sagen blöde Sachen, wenn sie nicht wissen, was sie sonst tun sollen." Megan hatte im Laufe der Jahre selbst genügend dummes Zeug gehört.

Sie riss sich von der Fotocollage los und wandte sich Amandas Mutter zu, die angefangen hatte zu weinen. Megan machte mit ihrer Anwesenheit sicher alles nur noch schlimmer für die arme Frau. „Ich sollte besser gehen."

„Nein, tut mir leid." Charlene räusperte sich, stand auf und strich ihre Bluse glatt. „Gehen wir wieder hinunter. Wir wollen Ihnen etwas zeigen."

Megan folgte Charlene den Flur entlang, vorbei an den Fotos von Amanda und nach unten, wo Gary wartete. Er saß immer noch auf seinem Platz auf dem Sofa.

„Setzen Sie sich, meine Liebe. Ich bin gleich wieder da." Charlene eilte aus dem Zimmer in Richtung Küche.

Gary starrte die Uhr an der Wand an – oder vielleicht das Familienfoto darunter. Wie schwer das alles für ihn sein musste.

So saßen sie schweigend da, bis Charlene mit einem Teller Schokokekse, einer Art Buch und einem Becher mit Eiswasser wiederkam, den sie vor Megan auf die Glasplatte des Couchtisches stellte. „Bitte. Greifen Sie zu."

Mom hatte Megan und Crystal beigebracht, höflich zu sein, also nahm sie einen Keks. Dies war der erste Bissen Süßes, den sie überhaupt zu essen in Erwägung zog, seit ihr Arzt ihr im Anschluss an die Transplantation einen strengen Diätplan verordnet hatte. Sie schob sich den Keks in den Mund und ließ ein Stück Schokolade auf ihrer Zunge zergehen. Wow. Sie hatte vergessen, wie gut Schokolade schmeckte.

Als sie wieder auf dem Sofa Platz genommen hatte, sah Charlene ihren Mann mit hochgezogenen Augenbrauen an – eine Art Übergabe, wie es schien. Gary richtete sich ein wenig auf und nickte. „Wir sind sehr dankbar, dass Sie heute gekommen sind, Megan. Sie wissen nicht, wie viel es uns bedeutet zu sehen, dass Amandas Tod nicht umsonst war. Dass andere Menschen durch sie gerettet wurden."

Megan schluckte den Bissen hinunter. „Natürlich."

Er zögerte. „Unsere Tochter hatte Probleme im Leben, die sie nicht selbst verschuldet hat. Sie hat sich bemüht, so gut wie möglich damit fertigzuwerden …" Er hielt inne und schluckte.

Neben Gary knabberte seine Frau an einem Fingernagel und starrte auf ihre Füße.

Endlich sprach Gary weiter. „Seit wir hierhergezogen sind, war sie in Therapie, um diese Schwierigkeiten in den Griff zu bekommen. Ihre Therapeutin hat sie ermutigt, Tagebuch zu führen. Nach ihrem Tod haben wir das Journal von ihrem letzten Lebensjahr bei ihr im Schreibtisch gefunden."

„Wir wollten nicht spionieren." Charlene beugte sich plötzlich vor, als wäre es ihr ein inständiges Anliegen, Megan wissen zu lassen, dass sie nicht solche Eltern waren. „Ich habe es gefunden, als ich mir endlich ein Herz gefasst hatte, ihr Zimmer aufzuräumen." Sie zeigte auf das Buch, das auf dem Couchtisch lag. Es hatte eine Spiralbindung und auf dem Umschlag war der Eiffelturm abgebildet. „Ich weiß, dass es etwas ungewöhnlich ist, Ihnen so etwas zu zeigen. Schließlich ist es sehr persönlich, manchmal auch schmerzhaft. Aber wir haben beschlossen, Ihnen das Buch zu zeigen, falls Sie sich für einen Besuch bei uns entscheiden und mehr über Amanda wissen wollen."

Megan nahm das Tagebuch und fuhr mit den Fingern über das Bild. Dann schlug sie die Kladde auf der ersten Seite auf, wo Amandas Name in für Teenager so typischen runden Buchstaben stand.

Gary räusperte sich. „In diesem Journal hat sie eine Liste für sich erstellt. Dinge, die sie tun wollte, Orte, die sie sehen wollte. Es war Amys Idee – Amy war ihre Therapeutin –, dass Amanda so ihre Verluste und ihre Trauer durch etwas anderes ersetzen sollte. Freude. Hoffnung. Etwas, worauf sie sich freuen konnte, anstatt immer nur zurückzublicken."

Megan hob den Blick und sah Gary an. Wie gut sie sich mit dieser letzten Aussage identifizieren konnte!

„Das auf der ersten Seite ist diese To-do-Liste."

Megan überflog die Liste und sah eine Menge Träume – von albernen Dingen wie *Den Blarney Stone in Irland küssen* bis zu Abenteuern wie *Beim Stierrennen in Pamplona mitmachen*. Über Nummer 19 musste Megan kichern: *Einen gut aussehenden Fremden im Regen küssen.*

„Sehen Sie sich den letzten Eintrag auf Amandas Liste an."

Megan blätterte um und sah noch einige weitere Punkte. Als ihr Blick auf die Nummer fünfundzwanzig fiel, starrte sie mit offenem Mund darauf.

25. Mein Herz verschenken.

Megan schlug sich die Hand vor den Mund. Die Luft summte. Es schien ihr kein Zufall zu sein, dass sie hier war.

Charlene drehte den riesigen Ring an ihrem Finger. „Wir wissen, dass sie es nicht so gemeint hat, aber das hat sie getan. Sie hat ihr Herz verschenkt – an Sie. Einen Punkt auf ihrer Liste hat sie erledigt."

„Und Sie wissen gar nicht, wie dankbar ich dafür bin." Eine Träne lief über Megans Nase und tropfte auf das Papier, landete aber zum Glück nicht auf der Schrift. Sie wischte den Tropfen mit dem Daumen fort.

Einen Moment lang musterte Charlene sie. Etwas an ihrem Blick schien, als könne sie Megans Inneres lesen. Sie sah zu Gary hinüber und biss sich wieder auf die Unterlippe. „Würden … möchten Sie das Tagebuch eine Weile behalten?"

„Oh, das könnte ich nicht. Es ist für Sie doch so kostbar." Und doch wusste sie, dass sie nichts lieber tun wollte, als Amandas Worte zu lesen und dieses Mädchen, das sein Herz einer Fremden geschenkt hatte, besser kennenzulernen.

Charlene erhob sich, trat neben Megan und ging in die Hocke. Sie streckte die Hand aus, zögerlich zuerst, und legte sie dann auf Megans – Amandas – Herz. „Das ist es wirklich. Aber ich verspüre das Bedürfnis, es für eine Weile herzugeben, damit jemand anders die Freude hat, meine Tochter kennenzulernen, mit all ihren Höhen und Tiefen."

„Sind Sie sicher?" Die Worte waren nur ein Flüstern.

Charlene sah wieder zu Gary hinüber und der nickte. Dann blickte sie wieder Megan an. „Ganz sicher."

Und Megan hatte das merkwürdige Gefühl, dass dieser Besuch nicht das Ende eines Kapitels sein würde, wie sie es gehofft hatte. Er würde der Beginn von etwas ganz anderem sein.

Man würde sie feuern. Crystal wusste es einfach.

Komm in mein Büro. Jetzt. Mehr hatte in Tonys Textnachricht nicht gestanden. In Crystals Kopf drehte sich alles, als sie den Flur entlangging. Zwei Tage war es jetzt her, dass sie die Hoffman-Präsentation in den Sand gesetzt hatte. Sie hatte gehofft, noch einmal davongekommen zu sein, aber inzwischen hatte Tony Zeit gehabt, mit den anderen Partnern zu sprechen und sich bewusst zu machen, dass Crystal nicht das Zeug zur leitenden Architektin hatte.

Vielleicht hatte sie überhaupt nicht mehr das Zeug zur Architektin.

Ihr Magen zog sich zusammen, als sie die Tür zu Tonys Büro öffnete und den Kopf hineinsteckte.

Ihr Chef saß vornübergebeugt an seinem Schreibtisch, die Finger an den Schläfen, und las einen Bericht. Seine Krawatte hatte er abgelegt.

„Klopf, klopf." Crystal versuchte zuversichtlich zu klingen, aber ihre Stimme verriet sie.

Tony blickte auf. „Komm rein." Er fing an, mit seiner Computermaus zu klicken, und der Drucker hinter ihm schnurrte. „Nimm dir einen Kaffee, wenn du magst."

Er wollte also, dass sie sich entspannte. Vielleicht war dies ja doch nicht der schlimmste anzunehmende Fall. Crystal ging zu Tonys privater Kaffeemaschine und brühte eine Tasse für sich auf, mit einem winzigen Schuss Haselnusssirup. Als sie die Finger um den Becher legte, breitete sich die Wärme in ihren Händen aus. Ein Schluck und der Kaffee glitt ihre Kehle hinunter. Aber die Süße des Getränks konnte nicht die Säure in ihrer Seele wettmachen.

Crystal setzte sich Tony gegenüber, der immer noch mit etwas anderem beschäftigt war. Während er einen Stapel Papier aus dem Drucker zog und zusammentackerte, ließ sie den Blick durch das Büro schweifen, betrachtete die Wand voller Auszeichnungen, von denen jede einzelne ein Zeugnis seiner unermüdlichen Anstrengungen war, als einer der besten Architekten der Stadt die Skyline von Manhattan zu gestalten. Das Sofa in der Ecke, auf dem er viele Nächte verbracht hatte, nachdem er wie ein Irrer gearbeitet hatte. Die gerahmten Bilder von seinen Jungs, jetzt dreizehn und fünfzehn, die ganz bei ihrer Mutter lebten. Tony und seine Frau waren achtzehn Jahre verheiratet gewesen, als Carrie sich letztes Jahr von ihm hatte scheiden lassen – weil er zu viel gearbeitet hatte, wie man sagte.

Ein nagendes Gefühl der Angst machte sich in Crystal breit. Aber das würde Brian und ihr nie passieren. Sie würde es nicht zulassen. Sie würden ihre Meinungsverschiedenheiten klären und bald einen besseren Alltagsrhythmus finden.

Am Montagabend war er sehr lieb zu ihr gewesen, nachdem sie das Hoffman-Projekt vermasselt hatte. Er hatte ihr Lieblingsessen für sie gekocht und dann hatte eins zum anderen geführt …

Bei der Erinnerung daran wurden ihre Wangen ganz warm. Es war seit Wochen das erste Mal gewesen, dass sie miteinander geschlafen hatten. Oder war es seit Monaten?

Vielleicht war ihr schlechter Auftritt bei der Hoffman-Präsentation eigentlich ein großes Glück im Unglück gewesen.

Obwohl sie sich unwillkürlich fragte – und sich selbst dafür hasste –, ob Brian insgeheim hoffte, ihr Scheitern würde bedeuten, dass sie ihr Ziel, in der Firma aufzusteigen, aufgab. Er unterstützte ihre Träume, das schon, aber sie wusste, dass er sich auch nach einer Frau sehnte, die sich auf dieselben Dinge konzentrierte wie er. Für ihn hatte die Karriere nie eine solche Priorität gehabt.

Für Crystal lange auch nicht. Aber gerade die letzten Jahre hatten in ihr ein Feuer entzündet und sie hatte sich immer mehr auf den Gedanken versteift, zur leitenden Architektin befördert zu werden und mit vierzig dann Partnerin zu sein. Und jetzt, wo eine Stelle auf der nächsthöheren Ebene frei geworden war, hatte sie den Sieg förmlich riechen können.

Jedenfalls, bevor die Hoffman-Präsentation schiefgelaufen war.

Endlich drehte Tony sich mit seinem Sessel zu ihr um, eine Akte in der Hand. „Wie ich dich kenne, wurmt dich die Ablehnung von Hoffman immer noch."

Sie zwang sich zu einem Lachen. „Offenbar kennst du mich ganz gut."

„Ich werde nicht lügen. Es wäre ein ordentlicher Auftrag gewesen und Landon und die anderen sind nicht glücklich darüber, dass wir ihn nicht bekommen haben. Meine Entscheidung, einer Nachwuchskraft wie dir ein so großes Projekt überhaupt zu geben, haben sie immer kritisch gesehen."

Sie schluckte. Es gab nichts, was sie zu ihrer Verteidigung sagen konnte. Selbst ein Versprechen, es in Zukunft besser zu machen, schien unangemessen.

Er fuhr fort: „Aber ich habe sie daran erinnert, wie talentiert du bist und dass jeder mal einen Fehler machen darf. Das war deiner. Schauen wir nach vorne.“ Tony hielt Crystal die Mappe hin. „Ich habe gerade von dieser spannenden neuen Gelegenheit erfahren.“

Sie stellte ihren Kaffeebecher auf seinen Schreibtisch und nahm die Akte, die er ihr entgegenstreckte. Darin lag eine Ausschreibung der Jeff Lerner Corporation. „Ist das nicht eine der führenden Investmentgesellschaften in New York?“

„Stimmt.“ Tony beugte sich vor und in seinen Augen leuchteten Begeisterung und Energie auf.

Crystal überflog die Ausschreibung und ein merkwürdiges Gefühl breitete sich in ihrem Magen aus. „Sie wollen das James-Lawrence-Gebäude abreißen?“

Wie oft war sie auf dem Weg zur Arbeit schon an dem heruntergekommenen Bau im Herzen von Manhattan vorbeigelaufen, war immer wieder stehen geblieben und hatte sich vorgestellt, was es früher einmal gewesen war – und was man daraus machen könnte.

„Nein, nein, nicht abreißen. Sanieren. Erweitern. Wieder zum Leben erwecken sozusagen. Es gibt mehrere angrenzende Wohnblöcke, die die Firma ebenfalls gekauft hat. Sie wollen ein ganzes Viertel daraus machen, anders als alles andere in der Stadt.“

Jeder Architekt hatte ein Traumprojekt: der Skyline von Manhattan einen Wolkenkratzer hinzufügen oder einen eleganten Einkaufstempel für die Elite bauen oder großen Politikern ein Denkmal setzen. Irgendetwas in Crystal sagte ihr, dass dieses Projekt der Grund war, warum sie Architektin geworden war. Das Potenzial, das in diesem alten Gebäude steckte, hatte sie schon gleich erkannt, als sie es als Studentin, die neu in New York war, zum ersten Mal gesehen hatte. Es war ein verborgener Schatz, überschattet von den umstehenden Bauten.

Aber mit ein bisschen Liebe und Zuwendung würde es leuchten. Das wusste sie einfach.

„Ich will dieses Projekt, Tony.“ Sie versuchte, ihre Erregung nicht an die Oberfläche blubbern zu lassen. Aber es war das erste Mal seit einer Ewigkeit, dass sie sich für ein Projekt wirklich begeisterte. Auf keinen Fall konnte sie zulassen, dass jemand anders daran arbeitete.

„Das freut mich. Denn es wird ein wichtiges Projekt sein."

„In welcher Hinsicht?"

„Es könnte deine Eintrittskarte zur Beförderung sein."

Auf einen Schlag war Crystal wieder ganz auf dem Boden der Tatsachen. Das waren die Worte, die sie hören wollte.

„Wie du weißt, denken wir als kleine Firma langfristig und bereiten unsere leitenden Architekten auf eine Partnerschaft vor. Sie haben außerdem Führungsverantwortung, es geht also nicht nur um Kreativität. Es geht auch um Kommunikation, Einsatz, Fleiß – und von alldem hast du jede Menge, wie ich glaube."

Tony zog eine Augenbraue hoch und sah sie an. „Es ist kein Geheimnis, dass ich jetzt schon seit Jahren Lobeshymnen auf dich singe, aber die anderen sind noch nicht überzeugt. Ja, du hast in der Vergangenheit tolle Arbeit geleistet, aber in letzter Zeit … Jedenfalls wollen sie wissen, ob du mit einer leitenden Position wirklich klarkommst."

„Das werde ich, Tony. Das weißt du."

„Wie gesagt, ich vertraue dir, aber einige andere glauben, Meredith wäre besser geeignet. Das Lerner-Projekt ist angesichts seines Umfangs eine gute Gelegenheit zu zeigen, was du kannst. Ich werde euch beide bitten, je einen Entwurf vorzubereiten, dann stellen wir sie Mr Lerner und seinen Leuten vor. Wenn er einem der Entwürfe den Vorzug gibt, ist die Wahl klar."

Okay, also doch nicht ganz das, was sie hören wollte.

Ihre Arbeit hatte in letzter Zeit nicht mit den höchsten Standards mithalten können, aber es war eine Riesenchance, an dem James-Lawrence-Gebäude zu arbeiten, um sich diese Beförderung zu sichern. Wenn sie an göttliche Zeichen glauben würde, wäre dies eins für sie. Dieser Job war ihr so gut wie sicher. „Alles klar. Wann brauchst du den Entwurf?"

„Das ist die gute Nachricht. Wir haben Zeit. Ungefähr zwei Monate."

„Warum so lange?"

„Weil der Geschäftsführer selbst bei den Präsentationen dabei sein will, und er ist bis August außer Landes."

Gut. Nicht nur, dass sie dadurch Zeit hatte, den Entwurf zu perfektionieren, sondern sie konnte auch das Versprechen halten, das sie Brian gegeben hatte, mehr Zeit mit ihm zu verbringen. Meistens jedenfalls. Es würde auch lange Arbeitstage geben, aber das verstand er sicher. Immerhin war ihre Beförderung direkt an den Erfolg dieses Projekts geknüpft.

Wenn sie ihr Ziel erreichen würde, würde allen klar sein: Sie war ein Mensch, der der Welt etwas zu bieten hatte, der das Leben in die Hand nahm und es nach dem eigenen Willen formte.

Crystal stand auf, um zu gehen. „Ich fange sofort damit an."

Endlich lief alles nach Plan. All ihre fleißige Arbeit würde sich jetzt auszahlen. Sie würde Jeff Lerner mit ihrem Entwurf für das James-Lawrence-Gebäude begeistern, an ihrem Herzensprojekt arbeiten und erst leitende Angestellte und dann Partnerin werden – und irgendwann würde sie jemand sein, an den man sich erinnerte.

Jetzt musste sie nur noch ihren Mann davon überzeugen, dass die Zeit, die sie mit der Arbeit an diesem neuen Entwurf verbrachte, sich am Ende lohnen würde.

Kapitel 4

Megan trat durch die schwere Eichentür ihres Elternhauses und streifte ihre braunen Sandalen am Eingang ab. Die Stunde Fahrt von den Abbotts zurück nach Little Lakes hatte ihr ausreichend Gelegenheit gegeben nachzudenken – und zu weinen –, während der Tag sich neigte.

Im Haus war es still, obwohl der Wagen ihrer Eltern in der Auffahrt stand. Vielleicht waren sie nebenan und genossen den ersten Teil des Abends auf der Veranda der Johnsons. Gut. Sie liebte ihre Eltern, aber Mom würde sofort alles über ihren Besuch wissen wollen. Und im Augenblick hatte Megan nicht die Energie, jemanden an all ihren Gefühlen teilhaben zu lassen, auch deswegen nicht, weil sie sich dieser Gefühle selbst nicht ganz sicher war.

Megan ging in die Küche. Mit ihren gelb gestrichenen Wänden und der weißen Arbeitsplatte aus Granit hob sie ihre Stimmung immer. Die Gardinen im Shabby-Chic-Stil flatterten in der Brise, die durch das offene Fenster drang. Der Geruch eines frühen Abendessens hing in der Luft, Megan tippte auf Lasagne. Da sie nicht sicher gewesen war, wann sie heimkommen würde, hatte sie ihre Eltern gebeten, mit dem Essen nicht auf sie zu warten.

Megan durchsuchte den Kühlschrank und holte etwas Gemüse und einen Salatkopf heraus. Sie schnitt das Gemüse klein, mischte es mit dem Salat und goss ein Essig-Öl-Dressing darüber. Dann ging sie ins Untergeschoss, wo das bequemste Sofa der Welt vor einem 55-Zoll-Fernseher stand. Sie ließ sich in die Polster fallen, stellte ihren Salat neben sich auf dem Sofa ab und griff zur Fernbedienung, um durch die Sender zu zappen.

Dann lehnte sie sich zurück und guckte ein paar Minuten eine Wiederholung der *Gilmore Girls*. Dabei kaute sie auf Paprika und Karotten, ohne wirklich etwas davon zu schmecken. Mit einer Handbewegung schaltete sie wieder durch die Sender. Als sie bei dem Dokumentarfilm eines Reisesenders hängen blieb, zerriss das vertraute Stechen ihr beinahe das Herz entzwei und sie drückte auf die Aus-Taste. Mit einem Mal war es dunkel im Zimmer.

Als ihr vor dreieinhalb Jahren ein neues Herz eingepflanzt worden war, hatte sie sich oft gefragt, ob sie jemals wieder „gesund genug“ sein würde, um zu reisen. Aber nach ihrer Unterhaltung mit Caleb am Freitagabend sah sie die Dinge klarer. Letzten Endes lief alles auf Angst hinaus … und darauf, was sie dagegen unternehmen würde.

Vielleicht hatte ihre Krankheit gar nichts mit ihrem neuen Herzen zu tun, sondern es war etwas Emotionales. Sie legte eine Hand auf Amandas Herz und saß einen Moment lang regungslos da. Das Herz schlug gleichmäßig in ihrer Brust. Heute hatte es sich beinahe so angefühlt, als wollte es Megan etwas sagen. Aber das war natürlich Unsinn.

Trotzdem hatte es einmal in der Brust eines Mädchens geschlagen, das wie Megan von Abenteuern geträumt hatte. *„Möchten Sie das Tagebuch eine Weile behalten?“* Charlenes Frage hallte in ihren Gedanken wider.

Megan nahm ihre Salatschüssel und brachte sie zurück in die Küche, wo sie ihre Handtasche liegen gelassen hatte. Sie nahm sie, ging in ihr Zimmer und setzte sich aufs Fußende ihres Himmelbetts. Darauf lag noch immer dieselbe blass lavendelfarbene Steppdecke wie in den letzten fünfzehn Jahren. Genau genommen war das gesamte Zimmer ein Denkmal für den Teenager Megan. Die *Backstreet Boys* grinsten sie immer noch von einem Poster über ihrem Schreibtisch an und der tragbare CD-Spieler lag auf ihrer weißen Mädchenkommode, daneben ein Stapel aus der Mode gekommener CDs. Eine Kappe der *Minnesota Vikings* hing an einer Seite des Schminkspiegels, ein Geschenk ihres Vaters, der Football liebte und versucht hatte, wenigstens eine seiner Töchter für den Sport zu begeistern, den er so mochte.

Sie nahm Amandas Tagebuch aus ihrer Handtasche und schlug es auf. Gleich nach der Wunschliste gab es einen Eintrag, der so begann: *Amy sagt, um voranzukommen, muss ich aufhören, mich an die Vergangenheit zu klammern.*

Megan las den Abschnitt – und war gefesselt. Sie las gleich den nächsten Eintrag.

1. Die Welt vom London Eye aus betrachten.

Als ich acht Jahre alt war, ist Daddy das erste Mal mit mir Riesenrad gefahren. Es war atemberaubend, die Welt aus einer so anderen Perspektive zu sehen.

Und das brauche ich jetzt auch: einen Perspektivwechsel.

Sieben Jahre lang kämpfe ich jetzt schon gegen die Depressionen. Also hatte ich sieben Jahre lang mehr als genügend Therapiesitzungen, Tagebuchschreiberei und Verarbeitung. Und ich habe eine Menge erreicht. Ich bin jetzt siebzehn und gesünder als je zuvor. Stärker. Manchmal sehe ich mir meine alten Tagebucheinträge an und kann sehen, welche Fortschritte ich gemacht habe. Ich kann sehen, dass ich jemand ganz anderes geworden bin; neu erschaffen, eine Seite nach der anderen.

Aber es gibt auch noch Zeiten, in denen ich mich nur im Kreis drehe. Dann sehe ich nicht einmal das, was genau vor meiner Nase ist. Ich kann Onkel Joe nicht vergeben, was er mir angetan hat, wie er unsere Familie für immer auseinandergerissen hat. Dafür, dass Mom immer noch denkt, es wäre ihre Schuld, weil sie ihren mit Problemen belasteten jüngeren Bruder in unser Leben gelassen hat.

Siehst du? Das alte Ich hätte gesagt, dass es meine Schuld ist. Fortschritt.

Aber trotzdem kämpfe ich gegen das blöde Ungeheuer „Depressionen". Manchmal ertappe ich mich dabei, wie ich im Zimmer herumlaufe, meine Fotos anstarre und darauf ein blondes Mädchen sehe, das ich nicht erkenne. Wer ist diese Amanda? Sie sieht zwar aus wie ich und ich kann mir auch vorstellen, dass sie genauso redet wie ich, aber sie lächelt nicht wie ich. Es ist ein echtes Lächeln – in diesen Augenblicken. Aber wenn ich zurückblicke und sie in diesen erstarrten Fotos sehe, kann ich mich nicht an die Fröhlichkeit erinnern.

Wird die Freude jemals von allein zurückkommen? Wird sie jemals meine erste Reaktion sein? Werde ich jemals dazu in der Lage sein, mich ganz dieser Freude zu überlassen, ohne in einen Strudel aus Schmerz und Schuld gesogen zu werden?

Meine Kindheit ist beinahe zu Ende – das ist sie eigentlich schon seit Jahren – und ich bin in dem Körper eines Kindes herumgelaufen, obwohl ich Dinge weiß, die ich nicht wissen sollte.

Wenn dieses nicht ganz erwachsene, aber auch nicht mehr ganz kindliche Ich doch nur zurückgehen und das zehnjährige Ich retten könnte!

Aber eines ist mir in all den Jahren meiner Therapie bewusst geworden: *Wäre, hätte, könnte* gibt es nicht.

Und ich glaube, das ist die Perspektive, die ich einnehmen muss, wenn ich jemals wieder richtig leben will.

Megan konnte sich in eine so schreckliche Situation, wie Amanda sie andeutete, nicht hineinversetzen – niemand sollte das tun müssen –, aber sie merkte, wie sie beim Lesen nickte. Auch ihr war die Kindheit geraubt worden, wenn auch auf andere Weise, weil sie jede freie Minute im Krankenhaus verbracht hatte, während sie zusah, wie Crystal das Leben führte, das sie wollte.

Aber Amanda hatte recht. *Wäre, hätte, könnte* gab es nicht.

Das Einzige, was es gab, war das Hier und Jetzt. Und das hatte Amanda nicht mehr. Auch das war ihr genommen geworden. Sie hatte nur einen Punkt von ihrer To-do-Liste erledigen können, und nicht einmal in der Weise, wie sie es gemeint hatte. Amanda würde nie die Gelegenheit haben, die anderen vierundzwanzig Dinge auf ihrer Liste zu tun.

Und plötzlich kam Megan eine Idee. Eine Idee, die zu verrückt und beängstigend war, um sie ernsthaft in Erwägung zu ziehen.

Es war nicht realistisch.

Es überschritt ihre Grenzen.

Bestimmt war es nicht einmal machbar.

Dafür brauchte sie Zeit. Geld.

Und Mut. Jede Menge Mut.

Aber bei dem Gedanken schlug plötzlich Amandas Herz in Megans Brust schneller, so als wollte es sie drängen.

„Ist es das, was du willst, Amanda? Die Wünsche auf deiner Liste erfüllen?“

Ba-dam. Ba-dam. Ba-dam. Das Herz des Mädchens pochte zustimmend, als Megan die Hand darauflegte.

„Vielleicht … vielleicht kannst du es tun. Wir können es tun.“ Megans Atem bebte angesichts dieser unheimlichen Vorstellung. „Vielleicht kann ich es für dich tun.“

Nach einem weiteren anstrengenden Zwölfstundentag ging Crystal den schummrigen Flur ihres Bürogebäudes entlang. Den ganzen Tag über hatte die Begeisterung für das Lerner-Projekt ihren Körper mit Adrenalin versorgt, seit Tony ihr davon erzählt hatte. Bewegungsmelder ließen das Licht angehen, als sie daran vorbeiging. Sie betrat den Aufzug und fuhr zehn Stockwerke nach unten. Sie lehnte ihren müden Körper an die Wand, während sie die Zahlen auf der Digitalanzeige über der Tür beobachtete.

Aber der Gedanke an das bevorstehende Gespräch mit Brian bohrte sich wie ein großer Splitter in ihre Seite. Egal, in welche Richtung sie sich bückte, sie spürte das Unbehagen. Und wegen seiner Vierundzwanzigstundenschicht auf der Feuerwache würde sie erst morgen früh mit ihm reden können.

Ein Hausmeister, der im Eingangsbereich den Boden wischte, nickte zum Gruß, als sie an ihm vorbeiging. Crystal stieß die schwere Eingangstür des Gebäudes auf und der Lärm der belebten Straße schlug ihr entgegen. Taxis hupten und krochen wie Schnecken durch die Innenstadt von Manhattan und Menschen unterschiedlichster Couleur drängten sich auf dem Bürgersteig – Theaterbesucher, Künstler, Mädchen in aufreizenden Kleidern, die zu den Kneipen und angesagten Klubs unterwegs waren. Der Duft von italienischem Essen aus dem vornehmen Restaurant ein Stück weiter mischte sich mit dem Aroma von Hotdogs, das von dem Verkaufsstand vor Crystals Bürogebäude aufstieg.

Sie wünschte, Brian wäre zu Hause, wenn sie dort ankam. Dann könnten sie eine Pizza bestellen und eine weitere Folge ihrer Lieblingsserie anschauen. Und vielleicht, wenn das Timing stimmte, könnte sie ihm von dem Lerner-Projekt erzählen und davon, wie viel es ihr bedeuten würde, daran zu arbeiten. Sie würde erklären, woran ihr Herz hing, und er würde sagen, was ihm auf dem Herzen lag, und sie würden ihre Meinungsverschiedenheiten klären, wie alle Ehepaare es taten.

Plötzlich verspürte sie eine heftige Sehnsucht nach ihrem Mann. Sie vermisste ihn und wollte nicht bis morgen warten, bis sie ihn wiedersah. Vielleicht … oder war das albern? Nein, warum? Wenn die Mannschaft nicht bei einem Einsatz war, würden sie trotzdem alle wach sein.

Es war schon länger her, dass sie ihn bei der Arbeit besucht hatte. Zu lange. Ja, das würde sie machen. Ihn überraschen. Ihm zeigen, dass ihre Ehe doch noch etwas Geheimnisvolles an sich hatte. Ein gewisses Gefühl der Vorfreude machte sich in Crystal breit, als sie zur U-Bahn ging und bis zur richtigen Haltestelle fuhr. Sie ging die

Treppe hoch und kam vor Brians Wache heraus. Die Löschzüge waren drinnen, also waren die Jungs da.

Sie stieß die Eingangstür auf und betrachtete das geschäftige Treiben in der Wache. Ein paar Männer spielten Tischtennis, andere feuerten sie an. Einige hingen auf Polstersesseln und lasen oder unterhielten sich, Dosen mit Limo in der Hand. Auf einem alten Fernseher, der aussah, als stammte er aus den Neunzigerjahren, sahen zwei Männer *Top Gun*. Mehrere Mitglieder des Löschteams standen in der Küche und bereiteten ein spätes Abendessen zu. Crystals Blick blieb an ihrem Mann hängen, der plauderte und lachte, während er das Gemüse schnippelte.

Brian blickte auf. „Crys." Er legte das Messer zur Seite, wischte sich die Hände an einem Handtuch ab und kam um die Kücheninsel herum. Ihr Mann sah mit seinen kurzen blonden Haaren, den breiten Schultern und der sonnengebräunten Haut unglaublich gut aus und ihr war oft nicht bewusst, was für eine Wirkung er auf andere hatte.

Aber in diesem Augenblick raste ihr Puls und ihr Mund fühlte sich auf einmal ganz ausgetrocknet an.

Als er bei ihr war, schlang er die Arme um sie. „Du bist hier." Der schwache Duft seines Rasierwassers umfing sie.

Sie schmiegte sich an ihn und lachte. „Ich dachte, ich komme mal vorbei …"

„Hey, lange nicht gesehen, Crystal." Sie löste sich von Brian und sah Ben, einen dünnen Rotschopf mit Knubbelnase, auf sich zukommen. Er hatte am selben Tag bei dem Feuerwehrtrupp angefangen wie Brian. „Wie geht's?"

Sie fühlte, dass alle im Raum sie ansahen. „Schön, dich zu sehen, Ben. Mir geht's gut. Viel zu tun."

„Offensichtlich. Früher bist du mindestens zweimal die Woche hergekommen." Ben boxte sie spielerisch am Arm. „Hast mir eine Bärentatze mitgebracht, weißt du noch?"

„Stimmt. Von Gino ein paar Häuser weiter." Sie wandte sich an Brian. „Und für dich hatte ich einen Schokodonut dabei."

„Das waren die besten Donuts, die ich je hatte." Er zwinkerte ihr zu.

Plötzlich fühlte sie sich wie ein Schulmädchen, das zum ersten

Mal verliebt ist. „Wie ich sehe, gibt es hier ein paar Leute, die ich noch nicht kenne. Willst du sie mir nicht vorstellen?"

„Eigentlich nicht." Er legte den Arm um ihre Taille und zog sie näher an sich. „Ich will dich ganz für mich." Seine geflüsterten Worte ließen ihr Ohr heiß werden.

„Na, geht schon in ein Zimmer." Ben schob Brian den Gang entlang und die anderen Männer lachten und pfiffen.

Brian nahm Crystals Hand und führte sie über den Flur. Dann öffnete er die Tür zu einem der Schlafräume. In der kleinen Kammer standen zwei Einzelbetten und zwei Kommoden. Durch das Fenster sah man, wie sich die untergehende Sonne verabschiedete, hinter dem Horizont verschwand und den Himmel der Mondsichel überließ.

Ihr Mann schloss die Tür hinter ihnen und zog sie an sich. Dann fuhr er mit den Händen durch ihr Haar und sah ihr in die Augen – mit einem Hunger, den sie schon lange nicht mehr darin gesehen hatte. War er am Montag da gewesen? Wenn, dann war sie zu sehr mit ihren eigenen Sorgen beschäftigt gewesen, um es zu bemerken.

Aber was auch immer ihn überkommen hatte, sie hatte überhaupt nichts dagegen. „Hi."

„Hi." Er beugte sich vor und küsste sie. Dann ließ er seine Lippen zu ihren Ohren und zu ihrem Hals wandern.

Sie verlor sich in seiner Umarmung wie schon lange nicht mehr. Es war eine Wonne.

Brian fuhr mit den Fingern über ihre Arme. „Ich habe zu Ben gesagt, dass du es niemals vergessen würdest und heute Morgen wahrscheinlich nur deswegen so früh gegangen bist, damit ich schlafen konnte, weil du wusstest, dass ich Schicht habe."

Crystal schüttelte den Nebel aus ihrem Hirn. Was vergessen? Sie überlegte krampfhaft, ob sie irgendetwas versprochen hatte, aber ihr fiel nichts ein. Vielleicht, wenn sie einfach mitspielte … „Das stimmt. Ich wollte dich nicht von deinem Schönheitsschlaf abhalten." Sie zwinkerte.

Er erwiderte ihre Neckerei mit einem Grinsen. „Du wusstest nicht, dass ich dich mit einem Frühstück überraschen wollte. Aber ich kann ja nicht davon ausgehen, dass du meine Gedanken lesen kannst."

Oh Mann, wovon redete er nur? „Klar."

Sein Lächeln schwand und er ließ die Hände sinken. „Du hast unseren Hochzeitstag vergessen, nicht wahr?"

Gallenflüssigkeit stieg in ihrer Kehle auf. „Oh nein."

Fünf Jahre war es her, seit sie sich vor einem Friedensrichter das Jawort gegeben hatten, an einem Donnerstagmittag. Als sie vorgeschlagen hatte, sie sollten heimlich heiraten, hatte sich Brian zuerst gegen diese Idee gewehrt. Aber der Gedanke, der damals todkranken Megan ihre glückliche Beziehung unter die Nase zu reiben, während Crystal nicht für sie da gewesen war, wie man es von einer Schwester eigentlich hätte erwarten können – das war für sie eine zusätzliche Motivation gewesen, Überzeugungsarbeit zu leisten.

Letzte Woche hatte sie sich noch eine gedankliche Notiz gemacht, dass sie Brian ein Geschenk zum Hochzeitstag kaufen wollte. Aber dieser Gedanke war wohl von den vielen anderen Notizen in ihrem Leben überlagert worden. „Das tut mir total leid, Brian." Sie trat vor, streckte eine Hand aus, um ihn zu trösten – aber für diese Art von Versäumnis gab es keinen Trost. Stattdessen wurden Crystals Hände an ihrer Seite zu Fäusten. „Ich war mit meinen Gedanken wohl ganz woanders."

Er seufzte und sank auf die Bettkante. „Die Dinge müssen sich ändern, Crys. So können wir nicht weitermachen."

Crystal lehnte sich an einen der Schränke im Zimmer. „Ich gebe zu, dass unsere Termine in letzter Zeit aus dem Ruder gelaufen sind."

„Nicht unsere Termine. Deine."

Würden sie tatsächlich wieder dieselbe Diskussion führen? Das führte doch nie zu etwas. „Ich weiß, dass ich in letzter Zeit viel gearbeitet habe. Aber wir haben den Montag doch so richtig genossen und wie du siehst, bin ich hier, um dich auf der Wache zu überraschen. Ich gebe mir Mühe."

„Ich weiß." Er seufzte wieder und streckte die Hand nach ihr aus.

Sie nahm sie und setzte sich neben ihn. Dann legte Brian den Arm um sie. Einen Augenblick lang gestattete sie ihrem Körper, sich zu entspannen und auszuruhen.

„Ich liebe dich, Crys." Seine Baritonstimme brachte in ihr etwas zum Klingen.

„Ich liebe dich auch."

„Und ich vermisse dich." Er vergrub sein Gesicht in ihrem Haar und atmete tief ein. „Muss ich bei dir im Büro auftauchen und dich entführen, so wie früher?"

Bei der Erinnerung daran musste sie lächeln. Als sie sich kennengelernt hatten, war sie im dritten Studienjahr an der Columbia gewesen und hatte als Praktikantin gearbeitet, während sie gleichzeitig unglaublich viel Lernstoff bewältigte, wie es schien. Brian hatte Picknicks auf dem Dach oder Spaziergänge im Park geplant und sie zwischen Arbeit und Vorlesungen für zwei Stunden entführt.

Zuerst war sie entschlossen gewesen, nichts mehr mit Jungs anzufangen, weil sie die Ablenkung nicht gebrauchen konnte. Aber er hatte sie langsam mürbe gemacht und ihr hatte gefallen, was für ein Mensch sie in seiner Nähe war.

Er nahm eine Haarsträhne und rieb sie zwischen den Fingern. „Ich fand es immer toll, welche Leidenschaft du für deine Arbeit hast und wie gut du bist."

„Danke."

„Aber in letzter Zeit habe ich das Gefühl, dass es weniger um diese Leidenschaft geht, sondern mehr um … ich weiß nicht, Erfolg."

Diese Bemerkung tat ihr weh. Es stimmte eindeutig, dass sie sich in letzter Zeit mehr darauf konzentriert hatte, in der Firma aufzusteigen, aber es war doch normal, dass jemand, der seinen Beruf leidenschaftlich gern ausübte, auch vorankommen und Karriere machen wollte.

„Jedenfalls weiß ich, dass die Präsentation bei der Arbeit nicht so gelaufen ist, wie du es erwartet hast, aber ich bin froh, dass sie vorbei ist. Sie hat dich in letzter Zeit ganz mit Beschlag belegt. Ich freue mich darauf, dass du abends und an den Wochenenden, an denen ich frei habe, wieder zu Hause bist."

Und da war er wieder, dieser Splitter – nur hatte er sich inzwischen tiefer gebohrt und grub sich in ihre Organe und durchbohrte ihre Lunge. Sie musste ihm von dem Lerner-Entwurf erzählen. Aber wie konnte sie das, wo sie doch endlich mal einen friedlichen Augenblick gefunden hatten?

„Was ist los?" Er lehnte sich zurück und sah ihr in die Augen. „Deine Muskeln haben sich gerade verkrampft."

„Nichts." Sie würde es ihm später erzählen, wenn er nicht mehr so enttäuscht darüber war, dass sie ihren Hochzeitstag vergessen hatte.

Er legte die Hände um ihre Wangen und küsste sie zärtlich. „Ich möchte nur ein gewisses Gleichgewicht in unserem Leben, weißt du? Und wenn ich ein bisschen mehr von deiner Aufmerksamkeit habe, können wir endlich darüber nachdenken, an den Stadtrand zu ziehen. Und diese Reise zu deinen Eltern und deiner Schwester planen. Eine Familie gründen."

Sein Gesichtsausdruck war so ernst, dass sie ihn nicht länger ansehen konnte. In einen Vorort zu ziehen, war nicht gerade ihre Lieblingsvorstellung, aber für ihn würde sie das tun. Und sie konnte nicht leugnen, dass sie einen Besuch bei ihren Eltern und Megan seit Jahren vor sich herschob. Sie hatte versprochen, dass sich das ändern würde. Nach der Hoffman-Präsentation.

Und Kinder. Er wollte unbedingt Kinder – er selbst war als Pflegekind aufgewachsen und hatte nie eine eigene Familie gehabt – und sie wollte ihm seinen Herzenswunsch auch erfüllen. Aber jedes Mal, wenn sie daran dachte, Kinder zu bekommen …

Jetzt war einfach nicht der richtige Zeitpunkt. Irgendwann würde sie so weit sein.

„Ich habe eine Idee." Er strich ihr übers Knie. „Ich kann fragen, ob einer von den Jungs an diesem Wochenende meine Schicht übernimmt. Wie wäre es, wenn ich mir den Freitag freinehme und wir das Wochenende auf dem Land verbringen, um unseren Hochzeitstag zu feiern? Ben hat mir gerade von einer romantischen Hütte erzählt, die Kelly und er mal gemietet haben."

Er war ein erstaunlicher Ehemann und viel zu gut für sie. Aber momentan konnte sie unmöglich Urlaub nehmen, nicht, wo Meredith ihr im Nacken saß. „Das klingt wirklich wunderbar. Aber ich bekomme den Freitag nicht frei. Und ich hatte gehofft, ich könnte mit einem neuen Projekt anfangen, da du ja eigentlich Dienst hast. Können wir das nicht verschieben?"

Enttäuscht ließ Brian die Arme sinken und plötzlich wünschte sie, sie hätte den Mund gehalten. „Aber wir haben doch vereinbart …"

„Ja, aber Tony hat mir gerade heute von einem fantastischen Projekt erzählt, das ich übernehmen muss." Die Worte brachen aus ihr heraus, noch bevor sie darüber nachdenken konnte. Danach redete sie einfach weiter. „Erinnerst du dich an das James-Lawrence-Gebäude, das ich dir gezeigt habe, als wir uns gerade kennengelernt hatten?“ Sie erklärte kurz, warum das Projekt so interessant war. „Es ist so, als wäre das Projekt mir direkt in den Schoß gefallen.“

Brian fuhr sich mit der Hand durchs Haar und sagte kein Wort.

„Sag nicht, was du denkst oder so.“ Ihr Versuch, witzig zu sein, klang freudlos und sarkastisch.

Ihr Mann zuckte mit den Schultern. „Ehrlich gesagt, weiß ich nicht, was ich sagen soll. Ich dachte, du würdest jetzt eine Zeit lang kürzertreten.“

„Ich kann schließlich nicht komplett aufhören zu arbeiten.“

„Aber du hast gesagt, du würdest Grenzen ziehen. Du würdest dir Zeit für andere Dinge in deinem Leben nehmen. Immer behauptest du, du seist zu beschäftigt, aber es wird nie einen perfekten Zeitpunkt geben, um Kinder zu bekommen.“

„Es wird bessere Zeiten geben als im Moment.“ Crystal fuhr sich mit der Zunge über die Lippen. „Meine Chance, eine leitende Position zu ergattern, hängt von diesem …“

„Da haben wir es wieder.“

„Was soll das heißen?“

„Das ist alles, was dir noch wichtig zu sein scheint.“

„Das ist nicht wahr. Ich …“

Blinkende rote Lampen an der Decke unterbrachen sie. Über Lautsprecher ertönte eine Durchsage, dass die Rettungssanitäter zu Löschzug 35 kommen sollten. Brian sprang auf. „Ich muss los.“

„Aber …“

„Im Moment brauchen mich andere mehr, als du mich brauchst. Obwohl ich langsam bezweifle, dass du mich überhaupt noch brauchst.“

Dann, ohne auch nur eine Umarmung, rannte er den Gang entlang und ließ Crystal allein zurück.

Kapitel 5

Sie hatte es lange genug vor sich hergeschoben. Megan musste ihren Eltern von ihrer Entscheidung erzählen.

Am Freitag saß sie stumm am Mittagstisch und schob sich kleine Bissen Schmorbraten und Kartoffeln in den Mund. Mom und Dad unterhielten sich über Dads Arbeitswoche. Da er und Megan freitags nur halbe Tage arbeiteten, aßen sie oft gemeinsam zu Mittag. Mom hatte eine lilafarbene Tischdecke aufgelegt und einen Strauß Gänseblümchen auf den Tisch gestellt.

Eigentlich wollte Megan die fröhliche Stimmung nicht ruinieren. Aber es musste sein.

„Ich muss euch etwas sagen." Megan zwang sich, die Worte auszusprechen, und merkte zu spät, dass sie den beiden ins Wort gefallen war.

„Natürlich." Mom legte ihre Gabel hin, tupfte sich den Mund mit einer Serviette ab und faltete die Hände auf dem Schoß. Mit ihren achtundfünfzig Jahren war sie immer noch jung und agil, trotz der grauen Strähnen in ihrem blonden Haar. „Du kannst mit uns über alles reden."

Dad zog erwartungsvoll die Augenbrauen hoch. „Auf jeden Fall. Was ist los?" Er rückte seine Brille zurecht.

Megan spießte ein Stück Karotte auf und ließ es auf ihrem Teller kreisen. „Wie ihr wisst, hatte ich heute eine große Untersuchung."

„Ja, und wir sind sehr froh." Mom streckte die Hand aus und drückte Megans Unterarm.

Dies war die erste Kontrolluntersuchung, zu der sie ihre Mutter nicht mitgenommen hatte. Zuerst hatte Mom protestiert. Immerhin hatte sich ihr Leben mehr als zwanzig Jahre lang um Megans Gesundheit gedreht. Jedes Mal, wenn Megan im Krankenhaus hatte sein müssen, war Mom nur von ihrer Seite gewichen, um zu essen, zu schlafen oder zu duschen. Ein paar Jahre nach Megans Diagnose hatte sie sogar ihren Job als Anwältin aufgegeben, nachdem die Symptome schlimmer geworden waren und Megan ständige Fürsorge benötigte.

Aber abgesehen von der Tatsache, dass Megan zweiunddreißig war und eine Untersuchung auch allein bewältigen konnte, hatte sie dem Arzt ein paar Fragen stellen müssen. Unter vier Augen. Insbesondere, ob sie körperlich in der Lage dazu war, um die Welt zu reisen. Und fit genug, um – nun ja – beim Bullenrennen in Pamplona mitzumachen.

Er hatte ihr versichert, dass die Antwort auf beide Fragen Ja lautete.

„Ich habe heute mit Dr. Springer ein paar Dinge besprochen." Der Schein der nach Plätzchen duftenden Kerze flackerte an der Wand.

„Was für Dinge?" Moms Hand auf Megans Unterarm drückte etwas fester zu. „Hast du Beschwerden, von denen du uns nichts gesagt hast?"

„Nein, nein, das ist es nicht." Megan zögerte. Jetzt oder nie. „Ihr wisst doch, dass ich Anfang der Woche Amandas Eltern besucht habe."

„Ja." Moms Lippen verzogen sich voller Mitgefühl. „Diese armen Leute."

Wie sollte Megan das überstehen, ohne in Tränen auszubrechen? „Ihre Eltern haben mir ihr Tagebuch gezeigt." Megan nahm es vom Schoß und legte es neben ihrem Teller auf den Tisch. „Darin hat sie eine Liste mit fünfundzwanzig Dingen aufgeschrieben, die sie im Leben machen wollte. Eine Wunschliste."

Mom ließ Megan los und ihre Finger fuhren über die Tischkante. „War dir das unangenehm?"

„Zuerst ja, ein bisschen. Aber sie dachten, dass ich Amanda vielleicht ein bisschen kennenlernen wollte. Was für ein Mensch sie war. Womit sie zu kämpfen hatte. Was sie gelernt hat."

Mom holte tief Luft und lächelte zögerlich. „Was stand denn auf der Liste?" Sie versuchte wirklich, tapfer zu sein, aber Megan merkte, dass diese Unterhaltung sie erschütterte. Sie konnte sich bestimmt gut vorstellen, dass dies Megans Tagebuch voller unerfüllter Träume hätte sein können, das vor ihr auf dem Tisch lag. Mehrmals wäre es beinahe dazu gekommen.

Aber Megan hatte überlebt, und zwar wegen Amanda. Sie schuldete es ihr und noch viel mehr. Und das war nicht alles – es war für Megan zugleich die perfekte Methode, sich aus ihrer eigenen Untätigkeit zu lösen.

Megan räusperte sich. „Vor allem Reisen: Machu Picchu sehen, die Chinesische Mauer entlanglaufen, den Tadsch Mahal besuchen, beim Bullenrennen in Pamplona mitmachen, solche Dinge."

„Das klingt so wie all die Orte, die du immer sehen wolltest."

Megan wurde warm ums Herz. Selbst ihr Dad erkannte die Ähnlichkeiten zwischen Amanda und Megan. „Ich habe angefangen, das Tagebuch zu lesen, und schon nach ein paar Seiten hatte ich eine Idee. Genau genommen mehr als eine Idee. Es ist beinahe wie ein Ruf, eine Berufung."

„Ein Ruf? Von wem?" Mom schob ihren Teller von sich. Dann stützte sie die Ellbogen auf den Tisch – etwas, das sie normalerweise nie tat.

„Von Amanda."

Ihre Mutter riss die Augen auf, dann wanderte ihr Blick von Megan zu Megans Vater. „Wie meinst du das?"

„Ich weiß, dass Amanda mich nicht wirklich berufen hat …"

„Berufen wozu?" Alle Farbe war aus Moms Gesicht gewichen. So als wüsste sie, was als Nächstes kam.

Megans Appetit war verflogen und sie zerdrückte die Karotte auf ihrem Teller mit den Zinken der Gabel. „Ich werde die Dinge auf der Liste tun."

„Was?!"

Megan wunderte sich, dass der Kronleuchter über ihren Köpfen von der schrillen Stimme ihrer Mutter nicht zerbarst.

„Wie kannst du das für eine gute Idee halten?"

Dad hob die Hand und runzelte die Stirn. „Also, Tracy …"

„Nein, Ken. Das ist doch absurd." Mom gab sich sichtlich Mühe, sich zu beruhigen. Dann wandte sie sich wieder Megan zu. „Du hast in letzter Zeit so viel getan, um wieder gesund zu werden, Liebling. Mit dieser Art von Reise würdest du voll an deine Grenzen gehen. Bist du einer solchen Belastung überhaupt gewachsen? Du würdest Dinge tun, die du noch nie getan hast. Ich bin mir nicht sicher, ob du schon so weit bist."

„Dr. Springer sieht das anders." Der Trotz in ihrer eigenen Stimme überraschte sie – und ihre Mom schockierte er offensichtlich. Megan krallte die Finger in ihre Serviette. „Er hat gesagt, dass auf der Liste nichts steht, was ich nicht machen kann." Natürlich hatte er auch gesagt, in Anbetracht ihrer medizinischen Vorgeschichte würde er einiges davon nicht unbedingt empfehlen … aber das brauchte Mom nicht zu wissen.

„Ich kann nicht fassen, dass er so etwas zu dir sagt. Hast du nicht etwas von einem Bullenrennen gesagt? Wie kann das für jemanden ungefährlich sein, erst recht für ein Mädchen, das sein Leben lang ein schwaches Herz hatte?"

Obwohl ihre Mutter sie mit ihren Worten nicht hatte verletzen wollen, taten sie trotzdem weh. „Ich habe jetzt ihr Herz, Mom." Megans Kehle war wie zugeschnürt – ein sicheres Zeichen dafür, dass Tränen im Anmarsch waren. *Super.* Nicht jetzt, wo sie versuchte, ihre Sicht der Dinge sachlich darzulegen. Sie trank einen Schluck Wasser. „Der letzte Punkt auf ihrer Liste war, dass sie ihr Herz verschenken wollte."

Mom beruhigte sich ein wenig. Sie sank auf ihrem Stuhl zurück. „Du bist wirklich unglaublich lieb. Ich weiß, dass du das Gefühl hast, du würdest den Abbotts etwas schulden …"

„Nicht nur *etwas,* Mom. Ich verdanke ihnen alles."

Mom zog die Augenbrauen zusammen, während sie nach den richtigen Worten suchte. „Und wir werden auch auf ewig dankbar dafür sein, dass du noch hier bei uns bist. Es gab Zeiten – oft –, in denen ich dachte, wir müssten uns verabschieden."

„Das dachte ich auch." Megans Blick trübte sich.

Dad hatte zu Ende gegessen, aber er sagte noch immer nichts.

„Ich finde nur, dass du eine solche Entscheidung nicht nur aus einem gewissen Gefühl heraus treffen solltest." Jetzt kam die Anwältin in Mom zum Vorschein. „Du solltest es logisch durchdenken. Wie willst du das bezahlen? Du arbeitest immer noch daran, deine Krankenhausrechnungen abzuzahlen." Sie sah eine Debatte auf sich zukommen und war entschlossen, sie zu gewinnen. Und gegen Megan zu gewinnen, war immer ein Kinderspiel gewesen. Crystal war diejenige mit dem eisernen Willen und den Nerven, sich zu wehren. Würde sie das ebenso durchstehen?

Sie würde einfach gehen und nicht zurückblicken. Oh. Woher war dieser Gedanke jetzt gekommen? Megan schlug ihn sich sofort aus dem Kopf. „Ich bin mir nicht sicher. Die Einzelheiten habe ich noch nicht geplant. Vielleicht kann ich einen kleinen Kredit aufnehmen. Und das Krankenhaus war bisher sehr entgegenkommend in finanziellen Fragen. Dadurch, dass ich hier keine Miete zahlen muss, konnte ich schon einen Großteil der Schulden tilgen und nebenbei noch etwas ansparen und vielleicht bekomme ich für die nächsten paar Raten einen Aufschub."

„Das scheint mir nicht klug. Und hast du auch mal darüber nachgedacht, dass du noch nie irgendwohin gereist bist? Reisen kann sehr anstrengend sein. Was willst du machen, wenn du irgendwo im Niemandsland bist und keinen kennst?"

Moms Worte nagten an Megans Selbstbewusstsein. Dass sie immer von solchen Dingen geträumt hatte, bedeutete nicht, dass sie ihnen auch gewachsen war. Vielleicht hatte Mom recht und Megan hatte die ganze Sache nicht richtig durchdacht. Aber sie konnte es doch lernen, oder nicht? „Ich …"

„Ist das wirklich verantwortungsbewusst – einen festen Job zu kündigen, wenn du noch Schulden hast?"

Genau darüber hatte sie stundenlang nachgedacht. „Die Bücherei sollte nie ein Job fürs Leben sein. Ihr wisst doch, dass ich immer Reisejournalistin werden oder zumindest für eine Zeitung als Redakteurin in diesem Bereich arbeiten wollte. Und ihr habt immer gesagt, dass ihr an mich glaubt."

„Natürlich glauben wir an dich. Es ist nur …"

„Warte, Mom. Hör mir zu." Wow. Fühlte es sich so an, wenn man für etwas kämpfte? Ein Funke Entschlossenheit trieb sie an. „Jedes Mal, wenn ich euch einen Essay oder einen Artikel gezeigt habe, den ich aus Spaß geschrieben hatte, habt ihr mich ermutigt, ihn irgendwo einzuschicken, ihn mit der Welt zu teilen. Ihr habt mir gesagt, ich hätte das Zeug dazu, es zu schaffen. Ich habe euch nie geglaubt. Aber jetzt … jetzt will ich es versuchen. Dies könnte eine fantastische Gelegenheit sein, mein Portfolio anzulegen."

„Wie denn?"

„Ich könnte einen Reiseblog starten. Gelesen habe ich schon jede Menge davon, also weiß ich, wie man so etwas macht. Und selbst wenn niemand ihn liest, werde ich durch das Schreiben Material bekommen, das ich einer Zeitung oder Zeitschrift vorlegen kann. Ich hoffe, dadurch Aufträge als freie Mitarbeiterin zu bekommen." Megan atmete zitternd aus. „Zumindest ist es ein Schritt in die richtige Richtung."

„Also, geht es um Amanda oder um dich?"

„Beides, glaube ich." Und das war doch in Ordnung, oder?

Mom schwieg einen Moment lang und starrte die Blumen auf dem Tisch an. Dann wanderte ihr Blick zu Megan zurück, wurde weicher, aber flehend. „Ich nehme an, wir können dich nicht aufhalten, oder?" Sie räumte ein paar Teller zusammen und stand auf, wobei sie ihren Stuhl zurückschob. „Ich hoffe nur, du weißt, was du tust." Dann wandte sie sich der Küche zu und verschwand um die Ecke.

Oh, Mom. Megan blickte auf ihren eigenen Teller hinunter. Das zerdrückte Essen darauf hatte sich von einem Festmahl in einen Haufen erbärmlicher Reste verwandelt.

„Deine Mutter hat dich eben sehr lieb." Dads Stimme sauste durch die abgestandene Luft und traf Megan mitten ins Gesicht. Sie blickte zu ihm auf. Auch er hatte seinen Teller beiseitegeschoben – sauber leer gegessen – und stützte jetzt die Ellbogen auf, die Finger zu einer Turmspitze aneinandergelegt.

„Das weiß ich doch." Und das tat sie wirklich. Manchmal wünschte Megan nur, sie wäre nie krank gewesen. Dass sie mit einem anderen Herzen geboren worden wäre. Dass sie mehr Mut hätte. Dass sie mehr wie Crystal wäre. Sie kannte niemanden, der stärker war als ihre Schwester.

„Aber sosehr sie dich auch liebt" – Dad riss Megan aus ihren Gedanken –, „sie lässt oft zu, dass die Angst sich der Vernunft in den Weg stellt."

„Was willst du damit sagen, Daddy?" Ihr Vater gab nicht oft Ratschläge, aber wenn er es tat, hörte Megan gut zu.

„Ich sage nur, dass deine Mutter viele gute Eigenschaften hat. Sie ist loyal und liebevoll und großherzig. Aber sie hat Angst, dich zu verlieren. Das war schon immer so. Deswegen ringt sie jeden Tag mit Gott." Er stand auf und nahm seinen Teller und sein Besteck, dann wandte auch er sich zur Küche um. „Wenn du so sein willst wie deine Mom, dann nimm dir ihre Treue oder ihre Liebe oder ihre Güte zum Vorbild. Nicht ihre Angst."

Megan drehte sich auf ihrem Stuhl um. „Das heißt, du bist einverstanden? Du findest, ich sollte es machen?"

„Was ich denke, spielt keine Rolle. Etwas sagt mir, Megan Jayne, dass du genau weißt, was für dich dran ist." Daddy nickte, als wollte er sich selbst recht geben. „Aber auf jeden Fall solltest du vorher darüber beten." Dann ging er.

Darüber beten ... klar. In ihrer Jugend hatte sie viele Gottesdienste verpasst, aber jahrelang hatte sie versucht, Gott zu bitten, dass er sie heilte – oder sie wenigstens stark machte. Irgendwann hatte sie es aufgegeben. Es war Jahre her, seit sie Gott ernsthaft um etwas gebeten hatte. Und dann – *bamm!* – hatte er ihr vor dreieinhalb Jahren eine neue Chance zu leben gegeben. Nicht, weil sie darum gebeten hatte, sondern weil er es so wollte.

Ihre Gebete beeinflussten einen allmächtigen Gott nicht, also würde er einen Weg finden, sie aufzuhalten, wenn er nicht wollte, dass sie diese Reise unternahm.

Daddy hatte recht. Sie wusste tatsächlich genau, was für sie dran war.

Sie ging zu der Kerze, beugte sich vor und blies sie aus. Rauch stieg auf und kräuselte sich in der Luft, aber bei dem Gedanken an die Zukunft musste Megan lächeln.

Crystal sah auf die Uhr, als sie von ihrem Büro nach Hause eilte. Es war Freitag und sie war ganz bewusst vor fünf gegangen. Es war sicher Monate her, dass sie das getan hatte. Aber am Mittwoch auf der Feuerwache hatte sie etwas in Brians Stimme gehört, das ihr Sorgen machte. Und sie war entschlossen, sich zu bessern und ihm zu zeigen, dass er ihr wichtig war. Sie würde ihn mit einem Abendessen überraschen, wenn er vom Basketballtraining nach Hause kam.

Die Luft war heute kalt, und obwohl der Smog sie trübte, roch sie nach Zimt. Als sie zu Hause ankam, warf Crystal ihre Handtasche auf den Tisch in der Diele und ging ins Schlafzimmer. Ihre lässig elegante Bürokluft tauschte sie ein gegen eine enge Jeans, einen Pullover mit weitem Ausschnitt und ein Paar Sandalen. Dann zog sie die oberste Schublade ihrer Kommode auf und wühlte in ihrer Unterwäsche, bis sie ganz hinten das Nachthemd fand, das sie suchte. Crystal riss das Preisschild ab, strich das Hemdchen glatt und legte es aufs Bett.

Summend ging sie in die Küche. In der Diele klingelte das Telefon. Wer rief sie denn um vier Uhr nachmittags zu Hause an? Es könnte Tony sein, der sie schief angeguckt hatte, als sie gesagt hatte, sie würde früh Feierabend machen. Er hatte vorgeschlagen, etwas beim Chinesen zu bestellen und über das Lerner-Projekt zu reden, aber sie hatte gesagt, das könnten sie auch am Montag beim Mittagessen machen.

Wer sagte es denn – sie konnte sehr wohl Arbeit und Privatleben miteinander vereinbaren. Es bedurfte nur einer guten Planung.

Als sie auf dem Display des Telefons die Nummer ihrer Mutter sah, zuckte sie zusammen. Sie rief kaum jemals an, wenn sie wusste, dass Crystal an der Arbeit war. „Hallo?"

„Crystal." Moms Stimme am anderen Ende der Leitung klang panisch. „Bin ich froh, dass du da bist."

„Was ist denn? Stimmt was nicht? Ist irgendwas mit Megan?" Crystal drehte sich um und lehnte sich an die Wand. Das Herz hämmerte in ihrer Brust und ihre Handflächen begannen zu schwitzen. Hatte ihre Schwester einen Rückfall erlitten?

„Ja, ich rufe wegen Megan an, aber es ist nicht das, was du denkst. Es geht ihr gut. Körperlich, meine ich."

Crystal war erleichtert. „Du hast mir einen Schreck eingejagt."

„Tut mir leid, Liebling." Eine Pause folgte. „Aber ich brauche Verstärkung. Deine Schwester will eine Reise machen und wird mehrere Wochen, vielleicht sogar Monate fort sein."

„Echt? Das ist ja cool." Crystal ging in Richtung Küche.

„Nein, ist es nicht."

„Wo ist das Problem, wenn Megan verreisen will?"

„Es geht nicht um irgendeine Reise. Sie will alleine nach Südamerika, Afrika, Asien, Europa – all so was."

„Das wollte sie doch schon immer. Ich sehe nicht, wo das Problem ist."

„Du verstehst das nicht. Es handelt sich nicht um eine normale

Urlaubsreise mit Sightseeing." Mom erklärte kurz den Sinn der Reise, während Crystal die Zutaten für gefüllte Paprika mit Salatbeilage aus dem Kühlschrank holte.

Als sie von der Mission ihrer Schwester hörte, bekam Crystal eine Gänsehaut. „Es klingt so, als wollte sie es wirklich machen. Sie ist ein kluger Kopf und hat viel übers Reisen gelesen. Bestimmt kommt sie prima klar."

„Vielleicht, aber die emotionale Belastung wird zu groß sein. Was ist, wenn sie dabei einen Herzinfarkt bekommt? Oder das Spenderorgan abgestoßen wird? Dann ist sie ganz auf sich allein gestellt und ihr Arzt ist weit weg …"

„Es gibt auch im Ausland Ärzte. Meinst du nicht, dass du ein bisschen überreagierst?" Was Megan betraf, war Mom schon immer eine Glucke gewesen, deshalb war es eigentlich keine Überraschung, dass sie sich bei dem Gedanken verrückt machte.

„Ich bin nur besorgt."

Als Crystal nach dem College mit zweiundzwanzig Jahren nach New York gegangen war, hatte sie sich komischerweise keine Sorgen gemacht. Crystal hatte sich mit der Entscheidung, aus Minnesota wegzuziehen, sehr schwergetan, weil Megan so krank gewesen war, aber am Ende hatte sie gewusst, dass sie sowieso nicht viel für ihre Schwester hätte tun können. Seit der Highschool, als Mom beschlossen hatte, Megan selbst zu unterrichten, waren Crystal und ihre Zwillingsschwester getrennte Wege gegangen.

Als sie dann an die Columbia-Universität gegangen war, hatte sie eigentlich mehr Widerstand von ihren Eltern erwartet. Aber die beiden waren damals so mit Megans Gesundheit beschäftigt gewesen, dass sie es kaum merkten, als Crystal mehr als anderthalbtausend Kilometer entfernt von ihnen wohnte.

Manche Dinge änderten sich eben nie. Und Crystal hatte damit ihren Frieden geschlossen. Meistens jedenfalls.

Sie kramte in ihren Schränken und holte ein Schneidbrett hervor. „Du hast von Verstärkung gesprochen. Was soll ich denn machen?" Als könnte irgendetwas, was sie tat, etwas bewirken, wenn es um Megan ging. Ihre Beziehung war nicht mehr zu kitten und das war allein Crystals Schuld. Schon vor der Transplantation war die Lage angespannt gewesen, aber an dem Tag der Operation hatte

Crystal ihr wahres Gesicht gezeigt. Und Megan anschließend gegenüberzutreten, war zu schwierig gewesen.

„Auf mich hört sie nicht. Und ich weiß, dass es zwischen euch im Moment nicht so rosig ist, aber vielleicht kannst du sie ja zur Vernunft bringen."

Crystal schnaubte verächtlich. „Nicht *rosig*?" Klar, so konnte man es wohl nennen, wenn Zwillinge, die früher unzertrennlich gewesen waren, jetzt in einem Schwebezustand lebten und sich nur noch dann anriefen oder Textnachrichten schickten, wenn es sich nicht vermeiden ließ – und nie wegen irgendetwas Wichtigem.

„Ach, Liebling, ich hatte so gehofft, ihr beide könntet die Sache zwischen euch klären. Es bricht mir das Herz, dass ihr euch so auseinandergelebt habt."

Crystal legte das Putenhackfleisch zu den anderen Zutaten auf die Arbeitsplatte: Tomaten, einen Romanasalat, anderes Gemüse und verschiedene Gewürze. „Ich weiß, Mom." Was sollte sie sonst sagen? Es war nun einmal, wie es war, und man musste es einfach akzeptieren und nach vorne schauen. Sich den Schmerz einzugestehen, verursachte nur noch mehr Kummer.

„Könntest du bitte versuchen, mit ihr zu reden, Liebling? Das ist doch ein guter Grund, sie einmal anzurufen. Wer weiß, wozu euer Gespräch dann führt."

Crystal verdrehte die Augen. Glaubte Mom wirklich, sie könnte etwas bewirken, oder benutzte sie die Gelegenheit nur als Ausrede für einen neuerlichen Versuch, ihre Töchter miteinander zu versöhnen? „Ich bezweifle, dass sie auf mich hören wird. Aber vielleicht kann ich es versuchen."

„Das weiß ich zu schätzen." Es folgte eine Pause. „Tut mir leid, dass ich dir Umstände mache."

„Machst du nicht."

„Es tut gut, mit dir zu reden." Moms Stimme klang jetzt weicher. „Wir hören nicht sehr oft etwas von dir. Hattest du schon Gelegenheit, in deinen Terminkalender zu gucken? Es wäre wunderbar, wenn wir uns in diesem Sommer sehen könnten. Oder an Weihnachten. Sag einfach, wie es dir am besten passt. Dein Vater und ich hatten auch schon überlegt, uns ein paar Aufführungen am Broadway anzusehen. Vielleicht können wir Megan überreden mitzukommen, dann könnten wir in New York ein schönes Familientreffen veranstalten." Noch eine Pause. „Wenn das für dich in Ordnung ist. Wir könnten uns ein Hotelzimmer nehmen."

„Das käme überhaupt nicht ..."

„Oh, Crystal, es tut mir leid, aber Megans Chefin ruft gerade auf der anderen Leitung an. Vielleicht können wir Megan zu dritt davon überzeugen, dass sie diese Reise nicht machen sollte. Wir sprechen uns bald, ja? Ich hab dich lieb."

„Okay, bis bald." Crystal legte das Telefon auf die Küchenarbeitsfläche und starrte es einige Sekunden lang an. Sollte sie tun, worum Mom sie gebeten hatte, und Megan anrufen?

Nein, ihre Schwester würde nichts von ihr wissen wollen. Nicht nach dem, was Crystal ihr vor dreieinhalb Jahren angetan hatte und wie sie sich seitdem ihr gegenüber verhalten hatte.

Natürlich war ihre Beziehung vorher auch schon nicht toll gewesen. Ein Gefühl – Schuld? Reue? – stieg in ihr auf und ausnahmsweise ließ sie es diesmal zu. Wie wäre es wohl, wieder eine Beziehung zu ihrer Schwester zu haben? Sich auf ein Treffen, ein Gespräch mit ihr zu freuen, anstatt sich davor zu fürchten?

Aber dann verdrängte sie diese Frage wieder ganz schnell. Emotionales Was-wäre-wenn-Getue brachte niemandem etwas.

Als sie das Radio angemacht hatte, fing sie an, die Zwiebel zu schneiden, während die Stimme von Adele um sie herumkreiste. Der Saft der Zwiebel zerschnitt die Luft und ihre Augen fingen an zu tränen.

„Was ist los?"

Sie fuhr zusammen, als sie Brians Stimme hörte, und das Messer fiel ihr aus der Hand auf die Arbeitsfläche. Sie drehte sich um und sah ihn – seine Sportkleidung nass, die Haare verschwitzt. „Du hast mich erschreckt. Ich habe gar nicht gehört, dass du reingekommen bist."

„Tut mir leid." Er kam näher und streckte zögernd die Hand aus, um ihr die Tränen fortzuwischen. „Du bist aber früh zu Hause. Ist alles in Ordnung?"

Die Geste war so sanft, so zärtlich, dass es sie wie ein Schmerz durchfuhr, doch sie schob das Gefühl schnell beiseite. Offenbar hatte er ihr verziehen, dass sie ihren Hochzeitstag vergessen hatte. „Natürlich.“ Crystal nahm das Messer wieder in die Hand und schnippelte weiter. „Zwiebeln bringen mich immer zum Heulen.“

„Sicher, dass sonst nichts ist?“

„Mir geht es gut.“ Weinen hatte noch nie jemandem geholfen. Was nützte es schon? Sie stellte sich auf die Zehenspitzen und gab ihm einen Kuss auf die Lippen. „Geh duschen. Es dauert nicht mehr lange, bis wir essen können.“

„Crys.“ Seine Stimme klang ganz leise, obwohl er dicht vor ihr stand. „Du kannst mit mir reden, das weißt du.“

Sie zögerte. „Ich habe gerade mit meiner Mutter telefoniert.“

„Und, wie war's?“ Brian nahm sich eine Möhre vom Schneidbrett und biss hinein.

Sie erzählte ihm von Megans Reise und der Bitte ihrer Mutter, während sie die Zwiebel zu Ende würfelte.

„Und warum rufst du sie nicht an?“

„Du weißt, warum.“ Als sie mit der Zwiebel fertig war, öffnete sie die Packung mit dem Hackfleisch und ließ es in eine Bratpfanne fallen. Dann fügte sie die Zwiebel und etwas Knoblauchsalz hinzu und schaltete anschließend die Herdplatte an.

Brian stand links von ihr, an die Küchenzeile gelehnt. „Deine Schwester liebt dich. Ich bin sicher, wenn ihr häufiger miteinander reden würdet, könntet ihr eure Meinungsverschiedenheiten klären.“

„Das scheint Mom auch zu glauben.“ Crystal zerteilte das Fleisch mit dem Pfannenwender. Etwas von dem rohen Fleisch rutschte aus der Pfanne. Ups. Zu energisch. Sie nahm ein Küchentuch und wischte den Herd sauber. „Aber so einfach ist es nicht.“

„Du kannst nicht ewig vor deiner Familie weglaufen.“

„Das tue ich ja auch gar nicht.“ Sie spürte, wie ein gewisser Ärger in ihr aufstieg, aber nein, das brachte schließlich auch nichts. Sie rührte das Fleisch um und es begann zu brutzeln, als die Herdplatte heißer wurde. So hatte sie sich diesen Abend nicht vorgestellt. „Können wir bitte über etwas anderes reden? Wie war dein Tag?“

„Gut.“ Brian seufzte. „Du musst aufhören, Sachen zu verdrängen, wenn sie knifflig werden, Schatz.“ Er trat hinter sie und umfasste ihre Taille.

Crystal rührte weiter in der Fleisch-Zwiebel-Mischung, bis kein Rosa mehr zu sehen war. „Mit meiner Familie gibt es kein Problem.

Stimmt, wir reden nicht sehr oft miteinander, aber das ist für uns in Ordnung so." Weil es zu wehtat zu sehen, wie ihre Eltern um Megan herumscharwenzelten, so wie sie es immer getan hatten. Und wie enttäuscht sie unweigerlich von Crystal waren und davon, was für eine erbärmliche Schwester sie war. „Und wie gesagt: Bald planen wir eine Reise und besuchen sie alle."

„Aber wann? Das sagst du jetzt schon seit einem oder zwei Jahren."

„Wenn weniger los ist."

„Nach dem, was ich sehe, wird das dann wahrscheinlich nicht so *bald* sein."

Crystal konzentrierte sich darauf, das Fleisch anzubraten. Schön gleichmäßig. „Wir kriegen das schon hin." Ja, das Leben war im Moment sehr hektisch, aber irgendwann ... Obwohl, vielleicht stimmte das auch nicht. Aber sie wusste einfach nicht, wie sie das Karussell anhalten sollte, ohne völlig abzuspringen.

Endlich war das Fleisch gar, also wand sie sich aus Brians Armen, holte ein Schraubglas aus einem Unterschrank und ließ vorsichtig das Fett hineinlaufen.

Brian verschränkte die Arme vor der Brust. „Kann es sein, dass du so unter Strom stehst, weil ..." Er runzelte die Stirn. „Ich weiß nicht. Weil du nicht innehalten und deine Gefühle zulassen willst? Du hast dich nie wirklich mit dem auseinandergesetzt, was deiner Schwester zugestoßen ist und was dadurch mit dir passiert ist."

Nein, ich bin weggelaufen.

Die Erinnerung traf sie wie ein Schlag in die Magengrube. Crystal stellte das Fleisch auf den Herd zurück, um es warm zu halten, dann nahm sie eine grüne Paprika und fing an, die Kerne daraus zu entfernen. „Da gibt es nichts auseinanderzusetzen. Ist doch alles gut geworden." Schließlich ging es Megan jetzt wieder gut.

„Du kannst mir doch nicht erzählen, dass die Tatsache ihrer Erkrankung keine Auswirkungen auf dich gehabt hat. Dass du nicht gekränkt warst, weil sie die ganze Aufmerksamkeit bekommen hat. Dass du nie Schuldgefühle hattest, weil du völlig gesund warst ..."

„Ich habe keine Schuldgefühle." Crystal stach in die Paprika, schnitt ihr den Kopf ab und legte die Samen darunter frei.

„Deine Schwester war dem Tode nahe, als sie endlich ihr Spenderherz bekommen hat. Ich habe doch gesehen, dass die ständige Angst, sie könnte sterben, dich belastet hat, auch wenn du nie darüber gesprochen hast."

„Aber sie ist ja nicht gestorben." Die nächste Paprika verlor den Kopf. Mit einem entschlossenen Griff entfernte Crystal das Innenleben und warf es in den Müll. „Es hat überhaupt keinen Sinn, jetzt darauf herumzureiten."

Brian stöhnte. „Wahrscheinlich drücke ich mich nicht besonders gut aus." Dann hielt er inne und schnipste mit den Fingern. „Mensch, Crys, warum begleitest du deine Schwester nicht auf ihrer Reise?"

Sie fuhr mit dem Kopf hoch und starrte ihn an. „Bist du verrückt? Erstens würde ich im Moment auf keinen Fall Urlaub bekommen, vor allem nach dem, was mit dem Hoffman-Projekt passiert ist. Zweitens habe ich in den letzten drei Jahren keine einzige Stunde mit meiner Schwester verbracht und du willst, dass ich mit ihr eine Weltreise mache, die mehrere Wochen dauert?!"

Megan würde das niemals wollen. Ein Wochenende zu Hause in Minnesota war eine Sache. Aber mit ihrer Schwester zusammen eine Reise um die halbe Welt zu machen … das konnte nur in einer Katastrophe enden.

„Du hast seit Jahren keinen Urlaub mehr gemacht, also vermute ich mal, dass du noch jede Menge freie Tage auf deinem Zeitkonto hast. Und das wäre doch die Chance, die Beziehung zwischen Megan und dir zu verbessern."

„Unsere Beziehung ist völlig in Ordnung." Jedenfalls so gut, wie sie jemals werden würde. Die unschuldigen achtjährigen besten Freundinnen, die nicht wussten, was die Worte *hypertrophe Kardiomyopathie* bedeuteten, würden sie nie wieder sein können.

„Da ist er wieder, dieser Ausdruck. Bei dir ist immer alles in Ordnung. Selbst wenn du keinen Kontakt zu deiner Familie hast, achtzig Stunden die Woche arbeitest und die ganze Zeit über körperlich völlig erschöpft bist." Die Stimme ihres Mannes wurde nicht lauter, aber drängender. „Du glaubst wahrscheinlich auch, dass zwischen uns alles ‚in bester Ordnung' ist, oder?"

„Natürlich." Sie hörte die Lüge in ihrer Antwort. Aber war es nicht so, dass alle Paare auch mal Probleme hatten? Und schließlich versuchte sie ja, diese Probleme in den Griff u bekommen. „Ich habe heute extra früh Schluss gemacht. Ein schönes Essen für dich vorbereitet. Oben liegt sogar ... ach, vergiss es." Sie drehte sich wieder zu ihm um. Als sie den Blick in seinen Augen sah, bildete sich in ihrer Kehle ein Kloß aus Schuldgefühlen. Sie musste dieses Gespräch beenden. Lange würde es ihr nicht mehr gelingen, ihre Gefühle zu beherrschen.

„Das weiß ich zu schätzen. Wirklich." Brian kam näher. „Aber dieses eine Mal ändert ja nichts an all den anderen Malen, wenn du dich zwischen Arbeit und Familie entscheiden musst. Jetzt ist es schon schlimm, aber wie willst du deine anspruchsvolle Karriere mit unserem Leben vereinbaren, wenn wir Kinder haben?"

„Ich werde schon einen Weg finden."

„Verstehst du denn nicht, Crys? Du wirst nichts von dem auf die Reihe kriegen, wenn du nicht herausfindest, wie du die Probleme zwischen Megan und dir in Ordnung bringst."

„Was hat denn das eine mit dem anderen zu tun?"

„Ich weiß nur, dass du ein ganz anderer Mensch bist, seit wir nach Megans Operation wieder nach Hause gekommen sind. Natürlich warst du vorher auch ehrgeizig. Aber diese Reise, diese Erfahrung hat irgendetwas in dir zerbrochen. Du hast dein Warum verloren und ich bin mir nicht sicher, ob du es wiederfindest. Du musst erst innerlich wieder heil werden." Er zögerte. „Und ich bin mir nicht sicher, ob wir *uns* wiederfinden, wenn du diese Heilung nicht erlebst."

Glaubte er wirklich, dass es so einfach war? Die Dinge lagen schon viel zu lange im Argen, als dass Heilung möglich wäre. Und sie hatten schon lange vor Megans Operation im Argen gelegen. Die war nur der Tropfen, der das Fass zum Überlaufen gebracht hatte.

Crystal nahm die letzte Paprika und erdolchte sie mit dem Messer. Ein scharfer Schmerz durchfuhr ihren Finger und sie schrie auf, während sie Gemüse und Messer fallen ließ. Blut quoll aus ihrem Zeigefinger.

Brian war sofort da und hielt ihren Finger unter den Wasserhahn. Ihr Blut vermischte sich mit dem fließenden Wasser und färbte sich rosa, während es in den Abfluss rann. Dann zog Brian den Finger näher an sich heran und musterte ihn. „Scheint nicht sehr tief zu sein." Er nahm ein Papiertuch und schlang es um ihren Finger, um die Blutung zu stillen. „Wir können einen Verband drummachen, dann wird das im Nu wieder."

Wenn nur alles so einfach wäre.

Unter seinem durchdringenden Blick wandte sie das Gesicht ab.

„Crys." Sein Flüstern drang bis in ihre Seele. „Ich möchte meine Frau wiederhaben."

„Ich weiß nicht, wo sie hin ist." Es war die Wahrheit. Brian hatte recht. Etwas hatte sich vor dreieinhalb Jahren geändert. An dem Tag im Krankenhaus hatte sie endlich von Angesicht zu Angesicht gesehen, wer sie wirklich war – und die Realität ihrer vollkommenen Selbstsucht und Feigheit hatte sie wie ein Schlag ins Gesicht getroffen.

Und seitdem hatte sie ihr Leben auf die einzige Weise gelebt, die sie kannte, die ihre Erfahrung sie gelehrt hatte: im Überlebensmodus.

Brian schien zu glauben, die Antwort wäre, einfach eine Auszeit von allem zu nehmen. Sich mit Megan auseinanderzusetzen. Wiedergutmachung zu leisten, wenn das überhaupt möglich war.

Einen Moment lang gestattete sie sich zu träumen … Was wäre, wenn?

Das Arbeitstier in ihr glaubte nicht an die Möglichkeit, dass es irgendetwas nützen würde, wenn sie all ihre Verpflichtungen hinten anstellte. Aber angesichts ihres Mangels an Ideen in ihrem beruflichen Alltag und des Zustands ihrer Ehe musste sie vielleicht wirklich etwas Drastisches unternehmen. Nicht, dass sie dem Job völlig entfliehen konnte. Sie würde unterwegs an dem Lerner-Projekt arbeiten müssen … aber das ging nur, falls Tony ihr den Urlaub genehmigte. Außerdem war das Lerner-Projekt noch immer etwas, wonach ihre Seele sich sehnte – nicht nur wegen der möglichen Beförderung, die damit verbunden war.

Aber selbst wenn sie für diese Reise freibekam, gab es möglicherweise eine noch größere Hürde. „Ich glaube nicht, dass Megan mich dabeihaben will." Crystals Finger pochte von dem Druck, den Brian darauf ausübte.

„Du musst sie nur fragen."

Aber was war mit Brian? Sie konnte ihn jetzt doch nicht so einfach verlassen, nicht, wo sie doch eindeutig an ihren Problemen arbeiten mussten. „Ich habe Angst vor dem, was passiert, wenn ich einen oder zwei Monate weggehe, gerade jetzt."

Der Blick, mit dem ihr Mann sie ansah, war so kummervoll, dass sie kaum atmen konnte. „Und ich habe Angst davor, was passiert, wenn du hierbleibst."

Oh. Sie kniff die Augen zusammen. *Nicht weinen. Nicht weinen.*

Vielleicht hatte Brian recht. Sie konnten nicht so weitermachen wie bisher. Und wenn diese Reise nötig war, um ihren Job, ihre Ehe, ihre Familie zu retten – um herauszufinden, was mit der Crystal geschehen war, die sie einmal gewesen war –, dann würde sie es tun, falls sie Urlaub bekam.

Aber die Frage blieb, wie Megan auf ihre Bitte reagieren würde.

Es gab nur einen Weg, das herauszufinden.

Kapitel 6

Mit Mom und Dad reden. Erledigt.
Mit den Abbotts reden. Erledigt.
Reise planen.

Megan starrte auf ihre erbärmlich lückenhafte To-do-Liste. Crystal war immer die Organisatorin von ihnen beiden gewesen und Megan die Träumerin. Wem wollte sie hier eigentlich etwas vormachen? Sie hatte keine Ahnung, wie man eine Reise um die Welt plante, wo sie doch an einer Hand abzählen konnte, wie oft sie auch nur in einem anderen Bundesstaat gewesen war. Sie konnte Mom um Hilfe bitten, aber angesichts ihres vehementen Widerstands gegen Megans Pläne am Tag zuvor war das wahrscheinlich nicht die beste Strategie. Und Dads seltene Dienstreisen wurden von seiner Sekretärin organisiert, also wäre er ihr vermutlich auch keine große Hilfe.

Sie riss das Blatt Papier aus ihrem Notizbuch und knüllte es zusammen. Dann zielte sie auf den Papierkorb neben ihrem Bett und warf den Papierball hinein. Ihre Augen huschten zum Bücherregal. Natürlich. Im Laufe der Jahre hatte sie ihre eigene kleine Reisebibliothek zusammengestellt. Damit würde sie anfangen.

Megan kletterte vom Bett und hockte sich vor das Regal, um die unteren beiden Reihen durchzusehen. Ihre Finger fuhren über die Buchrücken, auf denen all die Orte standen, von denen sie geträumt hatte. Und jetzt würde sie diese Orte tatsächlich sehen. Bei dem Gedanken ging ihr Puls schneller. Sie zog Bücher über Peru, China, Griechenland, Italien und Frankreich aus dem Regal und stapelte sie neben sich auf dem Fußboden. Dann fiel ihr Blick auf das letzte Buch. *Sehenswürdigkeiten in London.*

Eine Erinnerung tauchte auf.

Es war elf Uhr abends gewesen. Mom war nach zwei Nachtwachen im Krankenhaus nach Hause gefahren, hatte aber gesagt, sie würde am nächsten Morgen wiederkommen. Dank der ständig piepsenden Monitore und der Kälte in ihrem Zimmer konnte Megan nicht schlafen. Selbst mit mehreren Decken war es eiskalt gewesen. Caleb war mit dem Rollstuhl in ihr Zimmer gefahren – so als könnte er spüren, dass sie wach war, selbst vom anderen Ende des Ganges aus.

Er hielt neben ihrem Bett, wo eine kleine Lampe das Buch auf ihrem Schoß erleuchtete. Auf seinem Schoß lag etwas, das in braunes Papier gewickelt war. „Dachte ich mir, dass du wach bist."

Megan lachte leise und hustete dann. Sie schob die Hand unter den Decken hervor und griff nach ihrem Wasserbecher, um einen Schluck zu trinken. Die eisige Flüssigkeit rann ihre Kehle hinunter und ließ sie noch mehr frieren – falls das überhaupt möglich war. „Warum bist du wach?"

Er zuckte mit den Schultern. „Ich konnte nicht schlafen." Obwohl Caleb normalerweise auch an Monitoren hing, ging es ihm viel besser als vor zwei Wochen, als er eingeliefert worden war. Er sollte morgen entlassen werden. Niemand wusste, wann er wieder herkommen würde. Das galt für sie beide. „Hier." Er gab ihr das Päckchen.

„Was ist das?" Sie fuhr mit den Fingern über das Papier. Das Päckchen war schwer und rechteckig – vielleicht ein Buch?

„Mach es auf."

Ein Lächeln huschte über ihre Lippen, als sie das Papier aufriss. Sie hatte recht gehabt. Sie hielt einen Reiseführer über London in der Hand. „Das ist … toll." Ihre Kehle war wie zugeschnürt. Crystal zog sie immer damit auf, dass sie zu viel weinte, aber sie konnte einfach nicht anders. Nicht, wenn ihr bester Freund ihr ein so wundervolles Geschenk machte. Was hätte sie in den letzten beiden Jahren nur ohne Caleb gemacht? „Woher wusstest du das?"

Calebs Wangen waren gerötet und er zuckte wieder mit den schmalen Schultern. „Du liest immer Shakespeare und Jane Austen. Ich dachte, London könnte ein Ort sein, den du gerne einmal kennenlernen würdest. Wenn du erst einmal ein neues Herz hast."

„Stimmt." Hatte er das wirklich nur durch ihre Lektüre erraten? Noch eine Frage kam ihr in den Sinn. „Warum hast du es mir geschenkt?"

„Ich dachte, das wäre offensichtlich. Schließlich hast du morgen Geburtstag."

Er hatte daran gedacht. Natürlich. „Danke, Caleb." Sie beugte sich vor, so weit sie konnte, und nahm seine Hand. Seine Finger waren rau, aber warm. Du bist der beste Freund, den ein Mädchen sich wünschen kann."

Calebs Ohren lugten unter seinem zerzausten schwarzen Haar hervor und sie waren so rot wie immer. „Na ja, ich will es mir irgendwann ausleihen."

Sie grinste. „Klar. Wir werden eine Reise nach London planen. Zusammen."

„Und nach Paris. Und Venedig. Und in die Alpen."

„Und vergiss Australien nicht."

„Und was wäre ein Abenteuer ohne Afrika?"

„Überhaupt keins." Sie drückte seine Hand und zog ihre fort, um ihre neue Kostbarkeit aufzuschlagen. Die Bilder atemberaubender Kathedralen und Denkmäler, Schlösser und Gärten zogen sie in ihren Bann. Es war alles so …

Sie biss sich auf die Lippe und eine Träne lief ihr über die Wange.

Caleb wand sich verlegen in seinem Rollstuhl. „Ich wollte dich nicht zum Weinen bringen, Meg. Du solltest am Abend vor deinem sechzehnten Geburtstag nicht weinen."

„Ich sollte auch nicht in einem dämlichen Krankenhauszimmer sein." Ihre Stimme bebte. „Ich sollte mit meiner Zwillingsschwester eine coole Party feiern. Albern sein und die ganze Nacht durchtanzen. Beim Karaoke Songs von Shania Twain singen und so was. Das Leben genießen. Nicht … das hier." Sie blickte sich um.

Ihre Kathedrale war der Turm aus Monitoren und Maschinen zu ihrer Rechten, ihr Denkmal die Toilette hinter der Badezimmertür. Was Schlösser und Gärten betraf – die gab es hier nicht.

Sie wischte sich die Träne fort. „Tut mir leid. Das ist ein superschönes Geschenk, Caleb."

„Wir fahren dort hin, Meg. Irgendwann."

„Werden wir das?" Die Frage blieb in der kalten Luft hängen – eine Frage, die keiner von ihnen wirklich beantworten konnte.

Aber jetzt konnte Megan sie beantworten. Sie nahm das Buch aus dem Regal und drückte es sich an die Brust. „Ich fahre hin, Caleb."

Caleb.

Er könnte ihr wahrscheinlich ein paar Tipps geben, oder nicht? Ihre Beziehung war zwar noch nicht wieder ganz so wie früher – das würde sie vielleicht auch nie mehr sein –, aber nach dem Fundraising Event am letzten Wochenende hatten sie sich eine Reihe Textnachrichten geschickt und ein paar Mal über Facebook gechattet. Bestimmt würde er ihr behilflich sein.

Sie stand auf, nahm die Reiseführer und setzte sich an ihren Schreibtisch, wo sie den Stapel zu ihrer Linken deponierte. Dann fuhr sie ihren Laptop hoch. Als sie den Browser geöffnet hatte, schrieb sie Caleb eine Facebook-Nachricht. Sie hatte kurz überlegt, ihn anzurufen, aber sie wusste nicht mehr, in welcher Zeitzone er sich gerade befand.

In der Nachricht erzählte sie ihm von der Reise – wie der Besuch bei den Abbotts sie inspiriert hatte, dass sie einen Blog anfangen wollte und damit endlich ihre Texte in die Welt hinausschicken würde. Zum Schluss fragte sie ihn noch, ob er irgendwelche Tipps für die Planung habe, insbesondere dazu, wie sie die Kosten eingrenzen könnte. Denn nachdem ihre Mutter Zweifel daran geäußert hatte, dass sie sich diese Reise überhaupt leisten konnte, hatte sie ihre Ersparnisse noch einmal begutachtet. Sie waren nicht so üppig, wie sie gedacht hatte.

Als sie die Nachricht abgeschickt hatte, nahm sie ein Buch über Paris vom Stapel und fing an, darin zu blättern. Nur wenige Minuten später hörte sie das vertraute Ping einer eingehenden Facebook-Nachricht.

Ihr Herz machte einen kleinen Satz, als sie sah, dass Caleb geantwortet hatte:

> Meg, das ist eine total tolle Idee! Ich bin unglaublich stolz auf dich, dass du den Sprung ins kalte Wasser wagst und deine Träume verwirklichen willst – und dabei noch die Träume eines anderen Menschen wahr machst. Die Abbotts fühlen sich bestimmt sehr geehrt. Ich habe gerade keine Zeit, dir detaillierte Tipps zu geben, aber ich werde auf jeden Fall heute darüber nachdenken und morgen mehr schreiben, okay? Oh, aber eine Idee habe ich spontan. Was ist mit Crowdfunding? Was du tust, ist so inspirierend, dass Menschen es gerne unterstützen werden.

Warum war Megan nicht selbst darauf gekommen? Die Idee war genial. Selbst wenn sie dadurch nicht alles Geld zusammenbrachte, das sie brauchte, würde es helfen. Sie musste nur die Abbotts fragen, ob es ihnen recht war, dass sie Amandas Geschichte auf diese Weise bekannt machte. Dem Blog hatten sie schon zugestimmt, also konnte sie sich nicht vorstellen, dass sie jetzt Nein sagen würden.

Sie sandte eine kurze Antwort an Caleb und wollte den Laptop gerade wieder zuklappen, als eine Benachrichtigung auf dem Bildschirm erschien. Jemand wollte mit ihr skypen. Wer ... Crystal? Warum rief ihre Schwester sie an, und dann ausgerechnet über Skype? Einen Moment lang schwebte Megans Hand über der Maus. Dann nahm sie den Anruf entgegen.

Das Gesicht ihrer Schwester – so wie das von Megan, aber mit weicheren braunen Augen und einem winzigen Leberfleck über der Lippe – erschien auf dem Bildschirm. Crystals Haar hing lang und glänzend herunter, wie immer. Seit sie dreizehn war, färbte sie es blond, weil sie „individuell" sein wollte. Wie dumm, dass es sie selbst nach all den Jahren noch wurmte.

„Hi, Megan." Die Worte ihrer Schwester klangen steif. Wenn sie irgendetwas empfand, zeigte sie es nicht.

„Crystal. Ist alles in Ordnung?"

„Ja." Da, ein Anflug von Emotion, aber kaum erschienen, war er auch schon wieder verflogen. „Ich habe beschlossen, es über Skype zu versuchen, und wenn du drangehst, dann ist es ein Zeichen vom Universum, dass wir miteinander sprechen sollen."

Was in aller Welt meinte sie denn *damit*? „Worüber denn?"

Crystal warf sich die Haare über die Schulter. Hinter ihr konnte Megan ein perfekt eingerichtetes Wohnzimmer sehen, das in mutigen Orange- und Rottönen gestrichen war. Die Ledercouch zierten Kissen, die nach Designer aussahen, und auf dem Kaminsims stand ein großes Foto von Crystal und ihrem Mann, einem Schwager, den Megan kaum kannte.

Die Emotionen schnürten ihr die Kehle zu. Warum war es so schwierig, mit ihrer Schwester zu reden – ihrem Zwilling, mit dem sie sich den Mutterleib geteilt hatte?

Die Entfremdung zwischen ihnen war im Laufe der Jahre nach und nach geschehen; während Megan auf der Stelle getreten war, hatte Crystal sich weiterentwickelt. Als sie in der Highschool waren, hatte Crystal sie immer seltener besucht, wenn Megan mal wieder im Krankenhaus lag. Aber da Rochester eine Stunde entfernt war und sie einen vollen Stundenplan und außerschulischen Terminkalender hatte – was ihre Eltern unterstützten, damit wenigstens eine ihrer Töchter ein „normales“ Leben führen konnte –, war es Crystal oft einfach nicht möglich gewesen, ihre Schwester zu besuchen.

Es war nicht Crystals Schuld. Auch nicht die von Megan. Aber irgendwann hatten sie einfach keine Gemeinsamkeiten mehr gehabt. Und als Crystal sich schließlich entschieden hatte, zum Studium fortzugehen, hatte die räumliche Entfernung keine Rolle mehr gespielt. Zu diesem Zeitpunkt hatte es eigentlich schon gar keine Nähe mehr zwischen ihnen gegeben.

„Megan? Hörst du mir überhaupt zu?“

„Tut mir leid. Was hast du gesagt?“ Megans Blick wanderte wieder zum Gesicht ihrer Schwester.

„Mom hat mir von deiner Reise erzählt.“

„Oh.“ Sie zögerte. „Was hat sie gesagt?“

„Dass ich versuchen soll, dir die Sache auszureden.“

Also rief ihre Schwester aus reinem Pflichtbewusstsein an. „Ich werde ihr sagen, dass du deine Pflicht getan hast.“ Megan versuchte, sich ihre Enttäuschung nicht anmerken zu lassen, aber im Gegensatz zu Crystal war sie noch nie besonders gut darin gewesen, ihre Gefühle zu verbergen.

Crystal presste die Lippen zusammen. „Aber eigentlich rufe ich aus einem anderen Grund an.“

„Ach ja?“ Der Ventilator wehte ihr kühle Luft zu, aber Megan war es immer noch warm.

„Brian dachte … Also, wir haben uns gestern Abend unterhalten und … Ich meine, vielleicht ist es eine furchtbare Idee.“ Crystal zog an einer Haarsträhne und wickelte sie sich um den Finger – ein sicheres Anzeichen dafür, dass sie aus irgendeinem Grund nervös war.

Megan richtete sich auf ihrem Stuhl auf. „Was ist eine absurde Idee?“

Crystal zögerte. „Er dachte, vielleicht sollte ich dich begleiten. Ich habe ihm gesagt, dass du die Idee wahrscheinlich überhaupt nicht gut finden wirst, aber ..." Sie zuckte mit den Schultern, als wäre es ihr völlig gleichgültig, wie Megans Antwort ausfiel.

Wie konnte ihre Schwester nach diesem Vorschlag so ruhig dasitzen? In Megans Körper vibrierte jeder Nerv. „Wow." Es war das einzige Wort, das ihre Gedanken und die zahlreichen Gefühle, die in ihr aufbrachen und kollidierten, zusammenfasste. Und es waren widersprüchliche Gefühle. Denn einerseits hätte sie eine Reisegefährtin, wenn ihre Schwester mitkam, und sie müsste sich keine Sorgen machen, wenn sie sich irgendwo im Niemandsland verirrte.

Andererseits würde es bedeuten, dass diese Reisegefährtin ihre Schwester wäre. Die Schwester, die gut organisiert war, aber immer recht hatte. Die wahrscheinlich anstelle ihrer Mutter die matriarchale Beschützerin spielen würde. Die früher einmal Megans beste Freundin gewesen war, aber diesen Titel schon seit sehr langer Zeit nicht mehr verdient hatte.

Mit den Fingern fuhr Megan über den Stapel Bücher auf ihrem Schreibtisch. Sie zögerte zu lange mit ihrer Antwort. Wieder begegnete ihr Blick dem von Crystal – bildete sie sich das ein oder war ihre Schwester jetzt blasser als noch vor einem Augenblick?

Megan hatte gedacht, ihre Beziehung könnte unmöglich noch angespannter werden. Aber offenbar doch. Wenigstens redeten sie gelegentlich miteinander. Ein Nein von Megan würde die zerbrechliche Verbindung zwischen ihnen endgültig durchtrennen können. Aber das wollte sie nicht riskieren.

„Klar. Natürlich kannst du mitkommen." Sie versuchte, Kraft in ihre zitternde Stimme zu legen.

Crystals Züge zeigten keine überwältigende Erleichterung, aber ihre Schultern entspannten sich ein wenig.

„Aber es wird eine lange Reise. Ich stelle mir vier oder fünf Wochen vor. Kannst du denn so viel Urlaub bekommen?"

„Ja, das hat Mom schon erwähnt. Ich muss natürlich noch meinen Chef fragen, aber ich dachte, das ist erst dann sinnvoll, wenn ich mit dir gesprochen habe. Wann hast du denn vor zu starten? Hast du schon einen Reiseplan?"

„Äh, nein. Ich habe mich erst vor ein paar Tagen entschieden, deshalb habe ich noch keine konkreten Pläne. Aber ich will es diesen Sommer machen – nächsten Monat zum Beispiel. Ein Punkt auf der To-do-Liste ist eine Veranstaltung, die Anfang Juli stattfindet, also muss ich bald aufbrechen oder ein ganzes Jahr warten."

„Gut. Ich habe am 6. August eine superwichtige Präsentation. Meinst du, wir könnten Ende Juli zurückkommen? Oder wirft das deine Pläne durcheinander?"

Megan überschlug die Zeiten im Kopf. „Ich möchte fünf Kontinente besuchen und dann habe ich nicht viel Zeit für die Planung …" Es würde sie nicht überraschen, wenn Crystal die Arbeit vorschob und einen Rückzieher machte. Dass sie bei dem Gedanken plötzlich ganz traurig war – und nicht erleichtert –, überraschte sie hingegen sehr. „Aber das könnte wahrscheinlich trotzdem funktionieren, wenn ich gleich anfange zu planen."

„Wenn du meinst." Crystals Blick schweifte ab, als wäre es zu schmerzlich für sie, Megan länger anzusehen. „Am Montag kann ich mit meinem Chef reden und sage dir so bald wie möglich Bescheid."

„Okay."

„Und ich habe ein Reisebüro, das bei der Organisation helfen kann, wenn du willst."

„Oh." Megan hatte sich vorgestellt, dass sie das selbst machen würde. Sie hatte sich schon darauf gefreut, sich wieder in ihre Reiseführer zu vertiefen und in Fotos und Beschreibungen zu schwelgen. „Wäre es nicht besser, wenn wir das Ganze zusammen planen?"

„Das würde ziemlich viel Zeit kosten." Crystal richtete sich auf und ihre Stimme hatte jetzt einen geschäftsmäßigen Tonfall. Natürlich, jetzt sprachen sie über Fakten – etwas, wobei ihre Schwester sich wohlfühlte. „Meinst du nicht, wir sollten die Planung lieber einem Profi überlassen?"

Wie immer behielt Crystals Logik die Oberhand. „Wahrscheinlich hast du recht."

„Wenn mein Boss mir den Urlaub gibt, kann ich meinem Reisebüro eine Liste mit Orten schicken und sie können innerhalb eines Tages eine Reiseroute zusammenstellen."

Moment mal. Dies war Megans Reise. Und diesmal war Crystal ausnahmsweise mal diejenige, die sich dranhängte. „Ich weiß das zu schätzen, aber ich kann mit deinem Reisebüro sprechen, wenn du mir die Nummer gibst. Dann sage ich denen, sie sollen uns beiden den Plan schicken."

Schweigen. Megan hätte so gerne etwas gesagt, ihr Herz ausgeschüttet, vertraut geplaudert, wie sie es früher getan hatten. Aber zu viel Schmerz füllte die Leere. Würde diese Reise etwas daran ändern? Hoffnung keimte in Megan auf. Vielleicht …

„Dann hören wir bald voneinander, ja?" Crystal verstummte, setzte dann aber noch einmal an, als wollte sie noch etwas sagen.

Komm schon, Crystal. Sag mir doch einmal, was du denkst. Megan wartete. Und … nichts. Sie seufzte und nickte.

„Okay. Dann bis bald. Schönes Wochenende."

„Dir auch. Mach's gut."

Die Verbindung wurde unterbrochen und Megans Computerbildschirm wurde schwarz.

Worauf hatte sie sich da eingelassen?

Kapitel 7

Je mehr Zeit verging, desto mehr verblassten die guten Vorsätze. Vor allem, wenn man bedachte, dass es um einen Urlaubsantrag ging mitten in einem karriereentscheidenden Projekt.

Crystal hob die Hand, um an Tonys Bürotür zu klopfen, und ließ sie dann wieder sinken. Das Herz schlug ihr bis zum Hals. Was tat sie hier eigentlich?

Aber sie schloss die Augen und erinnerte sich daran, wie Brian sie am Freitag angefleht hatte. Sie dachte an den wehmütigen Tonfall ihrer Mutter bei der Frage, wann sie denn mal zu Besuch kommen würde, so als würde sie um einen Riesengefallen bitten, für den man sich nie revanchieren konnte. Dann sah sie Megans fragende Miene vom Samstag im Geiste vor sich, die offenbar völlig verblüfft war, weil ihre Zwillingsschwester Zeit mit ihr verbringen wollte.

Selbst wenn Tony Nein sagte, musste sie es doch wenigstens versuchen.

Nach einem kurzen Klopfen hörte sie den Bariton ihres Chefs hinter der Tür. „Herein."

Crystal machte die Tür auf und steckte den Kopf in Tonys Büro. „Hast du einen Moment Zeit?"

Tony blickte von seinem Schreibtisch auf und winkte sie herein, während er sich wieder seinem Computerbildschirm zuwandte. „Du bist ein bisschen früh dran. Sind wir nicht in fünfzehn Minuten zum Mittagessen verabredet?"

Sie sank ihm gegenüber auf den Stuhl und fingerte an dem Knopf ihres grauen Blazers herum. „Stimmt, aber ich muss mit dir über etwas reden. Etwas Wichtiges."

Damit erlangte sie seine Aufmerksamkeit. Er zog eine Augenbraue hoch. „Etwas, das nicht bis zum Mittagessen warten konnte?"

„Meredith wird dabei sein und das hier ist etwas, das ich unter vier Augen mit dir besprechen muss."

„Okay." Tony drehte seinen Sessel und wandte sich Crystal zu.

Sie faltete die Hände, legte sie auf den Schoß und atmete aus. Das *Tick-tick-tick* der Uhr an der Wand hinter ihm klang in der Stille ohrenbetäubend laut. „Du sollst wissen, wie sehr mir das Lerner-Projekt am Herzen liegt. Es ist dir ja nicht entgangen, dass es mir in letzter Zeit an Inspiration gefehlt hat." Hm, das klang ziemlich unprofessionell, und es zuzugeben, kratzte an ihrem ohnehin angeschlagenen Stolz.

„Ich gebe zu, meine Hoffnung war, dass dieses Projekt dir Feuer unterm Hintern macht. Ich bewundere, was Meredith macht, aber für dich und deine Arbeit setze ich mich richtig ein, Crystal." Tony nahm seine Brille ab und putzte sie mit einem winzigen quadratischen Lappen. Dann räusperte er sich. „Wir sollen ja niemanden bevorzugen, aber du bist eine der besten Architektinnen, deren Mentor ich sein durfte, und es hat mir wehgetan zu sehen, dass du in letzter Zeit wankst."

Oh, Tony. „Du bist echt ein Softie." Crystal lachte nervös. Er würde ihre Bitte mit Sicherheit in den falschen Hals bekommen … „Jedenfalls bin ich hier, weil … sich eine Chance ergeben hat. Du kennst doch meine Schwester Megan."

Tony setzte seine Brille wieder auf. „Die mit der Herzkrankheit, richtig?"

„Ja. Das heißt, sie ist nicht mehr krank. Vielleicht erinnerst du dich daran, dass sie vor dreieinhalb Jahren eine Herztransplantation hatte. Und jetzt plant sie eine Weltreise." Crystal erklärte, was es mit der Reise auf sich hatte. „Und mir ist bewusst geworden, dass ich gerne mitfahren würde. Meine Schwester könnte die Unterstützung gebrauchen, vor allem, weil ihre Gesundheit bislang noch nicht auf eine solche Probe gestellt worden ist." Das war vielleicht nicht der einzige Grund, aber Tony musste ja nicht alles wissen.

„Ich verstehe." Tony runzelte die Stirn. „Von was für einem Zeitraum reden wir hier?"

„Es wäre mindestens ein Monat. Ich bin noch nicht sicher." Crystal wippte mit ihrem Knie und stieß dabei gegen die Unterseite von Tonys Schreibtisch. Sie biss die Zähne zusammen, um nicht vor Schmerz lauf aufzuschreien.

Tony schien es nicht zu bemerken. „Ich werde offen sein, Crystal. Wenn du die Stelle als leitende Architektin bekommst, wird es schwierig sein, eine so lange Auszeit zu nehmen. Ich kann mich nicht erinnern, wann ich das letzte Mal mehr als eine Woche am Stück Urlaub hatte, und selbst dann bin ich immer telefonisch erreichbar. Ich bin natürlich Partner, aber ich weiß, dass du das auch im Blick hast."

„Das stimmt." Ihr war schon ganz schlecht. „Genau genommen ist es so, dass meine Schwester diese Reise schon in ein paar Wochen machen will."

„Du meinst in der Zeit, wo du an dem Entwurf für Lerner arbeiten sollst?" Tonys Miene verdüsterte sich.

Crystals Magen zog sich schmerzhaft zusammen und sie spürte, wie ihr Gallenflüssigkeit in die Kehle stieg. In solchen Augenblicken wünschte sie sich fast, sie hätte jemanden, zu dem sie beten könnte.

Reiß dich zusammen, Crystal. Sie musste nur sagen, was sie geübt hatte, und ihre Überredungskünste einsetzen, um Tony davon zu überzeugen, dass dies nicht nur ihr als Mensch, sondern auch als Architektin nützlich sein konnte. „Ja. Ich würde dann ab Mitte Juni und den größten Teil des Julis fort sein. Aber natürlich würde ich an dem Entwurf arbeiten, während ich weg bin. Ich kann meine Stunden aufschreiben und regelmäßig E-Mails, SMS usw. abrufen."

Ihr Chef wollte schon etwas sagen, aber sie preschte vor. „Überleg doch mal, Tony. Ich werde in die Welt der erstaunlichsten architektonischen Meisterleistungen eintauchen. Wie könnte mich das nicht inspirieren, selbst noch bessere Bauwerke zu erschaffen? Diese Reise wird nicht einfach ein Urlaub, bei dem ich durch die Gegend jette und meine Arbeit vergesse. Nein, sie wird eine Chance sein, das Büro mal hinter mir zu lassen und meine kreative Seite aufzufrischen."

„Und deine anderen Projekte?"

„Ich habe nicht viele und sie sind alle in einem Stadium, in dem ich sie gut an das Team weitergeben und alles Weitere aus der Ferne beaufsichtigen kann. Wie gesagt, ich werde so oft wie möglich per E-Mail und Handy erreichbar sein."

Tony runzelte die Stirn. „Das wird den anderen Partnern nicht gefallen. Sie könnten sich dafür entscheiden, Meredith die leitende Position zu geben, während du weg bist. Wir sind zu dritt, und wenn ich überstimmt werde …"

„Das verstehe ich.“ Sie wusste nicht, was mehr wehtat – ihr Magen oder der Gedanke, die Beförderung nicht zu bekommen. „Aber sie waren bereit, zu warten und Lerner entscheiden zu lassen, welchen Entwurf er bevorzugt. Vielleicht sind sie das immer noch.“

„Sie werden an deinem Engagement für diesen Job zweifeln.“

„Zweifelst du denn daran?“ Seine Antwort war ihr wichtiger, als sie in Worte fassen konnte. Tony war wie ein zweiter Vater für sie. Wenn er es wirklich für eine schlechte Idee hielt …

„Dafür kenne ich dich zu gut. Es überrascht mich, aber ich verstehe, wie wichtig Familie ist.“ Tonys Blick huschte kurz zu dem Foto von seinen Kindern hinüber. „Vielleicht habe ich diese Lektion zu spät gelernt.“

Er zögerte. „Ich verstehe, warum du das machen willst. Und ich sehe durchaus, dass du beruflich davon profitieren könntest. Aber letzten Endes kann ich nicht kontrollieren, was das für deine Karriere hier bedeutet. Wenn du trotzdem entschlossen bist, diese Reise zu machen, werde ich dich unterstützen. Aber du musst deinen Teil der Abmachung erfüllen. Ich erwarte ständige Updates, was deine Fortschritte mit dem Lerner-Entwurf betrifft, und dass du zur Verfügung stehst, wenn dich jemand hier braucht.“

„Natürlich.“ Der Schmerz in ihrem Unterleib wich einem merkwürdig unvertrauten Gefühl. Keimte da Hoffnung auf?

„Also gut. Dann treffen wir uns Ende der Woche und überlegen uns die Einzelheiten.“

Crystal erhob sich. „Vielen, vielen Dank, Tony. Du wirst es nicht bereuen.“

„Ich hoffe nur, dass *du* es nicht bereust.“

Dieser Gedanke dämpfte ihre Hochstimmung gleich wieder. Sie nickte, verließ das Büro und zog ihr Handy aus der Tasche, während sie den Flur entlangging. Dann rief sie Megans Nummer auf und schickte eine kurze Nachricht:

Mein Chef hat den Urlaub genehmigt. Wann geht es los?

Kapitel 8

Abenteuer waren auch nicht mehr das, was immer behauptet wurde.

Megan saß auf einem Plastikstuhl im Flughafen, in der einen Hand ihr Mobiltelefon, die Handtasche in der anderen. Im internationalen Terminal des O'Hare Airport in Chicago war es voll und laut. Fernseher liefen, Leute sprachen in ihre Handys und bei Starbucks hinter ihr surrte das Mahlwerk der Kaffeeautomaten. Gegenüber war ein riesiges Fenster, das den Blick frei machte auf einen sonnigen Tag.

Die erste Etappe war eigentlich ganz gut gelaufen. Sie war kurz gewesen – von Rochester nach Chicago –, aber der nächste Flug nach Peru würde beinahe vierzehn Stunden dauern. Das war jedoch nicht so schlimm, weil Crystal auf diesem Abschnitt dabei sein würde.

Jedenfalls war es so geplant.

Erneut schaute Megan auf ihr Handy, um nachzusehen, wie spät es war. Noch zehn Minuten bis zum Boarding und noch immer keine Nachricht von Crystal, trotz der zehn SMS, die Megan ihr geschickt hatte. Vor zehn Minuten hatte sie auf den Monitoren nachgeschaut und Crystals Flug war mit Verspätung angezeigt, aber die zu erwartende Ankunftszeit war nicht eingeblendet. Würde sie es rechtzeitig schaffen?

„Boarding für Flug 1990 nach Cusco beginnt in fünf Minuten."

Eine allgemeine Unruhe auf den Sitzen um Megan herum begann, weil Leute aufsprangen und ihre Sachen zusammenpackten. Sie schickte ihrer Schwester noch eine Nachricht, schob ihr Handy in die Handtasche und wischte sich an den Hosenbeinen ihrer Jeans den Schweiß von den Händen. Dann holte sie tief Luft. Alles würde gut werden. Crystal kannte den Plan und sie würde mit dafür sorgen, dass diese Reise ein Erfolg wurde.

Die Flughafenangestellte verkündete den Beginn des Boardings und rief die verschiedenen Sitzbereiche auf. Als Megans Bereich an der Reihe war, rollte sie ihren kleinen Koffer die Rampe hinunter zum Flugzeug. Dann ging sie zu ihrem Sitz, verstaute ihr Handgepäck in dem Stauraum über ihrem Sitz und setzte sich.

„Entschuldigung."

Megan blickte auf und sah ein untersetztes Mädchen mit strubbeligen Haaren und Nasenring, das auf den Platz am Fenster zeigte. „Oh. Sorry." Sie stand auf und ließ die junge Frau vorbei, die daraufhin auf ihren Platz sank und ihren Rucksack unter den Vordersitz schob.

„Ich heiße Megan." Sie streckte ihrer Sitznachbarin die Hand hin, aber die zog nur eine gepiercte Augenbraue hoch und steckte sich Kopfhörer in die Ohren.

Na ja, nicht jeder hatte Lust, sich zu unterhalten. Die Frau auf dem Flug von Rochester war extrem gesprächig gewesen. Megan hätte sie küssen können – immerhin hatte sie Megan von der Tatsache abgelenkt, dass sie ihr Leben einem riesigen Metallvogel am Himmel anvertraut hatte.

Der Kapitän begrüßte sie über die Lautsprecheranlage und verkündete, dass der Flug ausgebucht sei und sie sich mit ihren Nachbarn bekannt machen sollten. Das Mädchen neben Megan lehnte sich ans Fenster, eine zusammengeknüllte Jacke als Kissen, und schloss die Augen.

Wo blieb Crystal? Megan holte ein Buch aus ihrer Handtasche und lehnte sich zurück. Dann fiel ihr ein Mann auf. Er wankte den Mittelgang entlang und etwas an ihm war Megan unangenehm. Er sah aus, als wäre er ungefähr so alt wie sie selbst, vielleicht ein bisschen älter, und sein schwarzes Haar war zurückgegelt – vielleicht hatte er es auch nur seit Tagen nicht mehr gewaschen. Sein Bart sah ungepflegt aus und seine Lippen trocken, so als wären sie von der Sonne verbrannt und aufgeplatzt.

Die arme Person, die neben ihm sitzen musste …

Und dann ließ er sich auf Crystals Sitz fallen. Der Gestank von Zigarettenrauch schlug ihr entgegen.

„Entschuldigen Sie. Ich glaube, Sie haben den falschen Platz erwischt."

Er musterte sie mit einem Silberblick und seine Lippen verzogen sich zu einem spöttischen Grinsen. „Nö. 23 C. Das steht auf meiner Bordkarte."

Sie zwang sich zu einem Lächeln und versuchte zu ignorieren, dass der Rauchgestank in jede Pore ihres Körpers zu dringen schien. Ihr Kopf hämmerte. „Das ist der Platz meiner Schwester, deshalb denke ich, dass einer von uns sich irrt."

Der Typ hielt seine Karte hoch. Tatsächlich stand darauf 23 C. „Ich fliege last minute und habe gerade diesen Platz bekommen. Tut mir leid, Schätzchen. Sieht so aus, als würden Sie mich nicht mehr los. Übrigens: Frank."

„Oh. Ich heiße Megan. Ich frage mich, was mit dem Flug meiner Schwester passiert ist." Den letzten Teil murmelte sie leise, während sie in ihrer Handtasche nach dem Handy suchte, das sie schließlich auch fand.

Eine Textnachricht, die vorhin noch nicht dagewesen war, erschien. Sie war von Crystal. „Hi Megan. Auf meinem ersten Flug gab es einen medizinischen Notfall, da mussten wir in Cleveland zwischenlanden. Wir haben ewig auf dem Rollfeld gestanden. Ich habe versucht, dir zu schreiben, aber mein Akku war leer und ich konnte ihn erst im Flughafen wieder aufladen. Wie ärgerlich. Sieht so aus, als müsste ich mir einen neuen Flug organisieren. Ich nehme den ersten Flieger, den ich kriege, aber es kann trotzdem sein, dass ich erst am Morgen nach deiner Ankunft eintrudele."

Kein Problem. Megan kam damit klar. Sie brauchte Crystal nicht. Immerhin war sie zweiunddreißig Jahre alt.

Aber wem machte sie hier eigentlich etwas vor? So etwas wie das hier hatte sie noch nie gemacht. Ihre Gedanken wanderten zu dem Augenblick zurück, als sie an diesem Morgen vor der Sicherheitskontrolle gestanden und sich von ihren Eltern verabschiedet hatte. Ihre Mutter hatte Megan mit Tränen in den Augen umarmt, als würden sie sich nie wiedersehen. Wie immer hatte sie nach Vanille gerochen und ihr Gesicht in Megans Haaren vergraben, als sie ihr einen Kuss auf den Kopf gedrückt hatte. *„Es ist keine Schande, nach Hause zu kommen, wenn es sein muss."*

Diese Rückversicherung hatte sie abgespeichert, nur für alle Fälle. Aber jetzt würde sie nirgends hingehen – selbst wenn es bedeutete, dass sie vierzehn Stunden neben Frank sitzen musste. Megan schlug das erste Kapitel ihres Buches auf.

Mehrmals versuchte Frank, ein Gespräch mit ihr anzufangen. Er stellte alle möglichen persönlichen Fragen und einmal bemerkte sie sogar, dass er auf ihr Shirt starrte. Megan sah, dass ihr Ausschnitt ein wenig nach unten gerutscht war, sodass das obere Ende ihrer Narbe zum Vorschein kam. Schnell rückte sie ihr Top zurecht. Wenn doch nur das Mädchen auf Platz 23 A aufwachen und sich mit ihr unterhalten würde. Megan rutschte unbehaglich auf ihrem Sitz herum und versuchte dann, die Augen zuzumachen. Doch jedes Mal, wenn sie das tat, hatte sie das Gefühl, dass Frank sie beobachtete. Irgendwann nickte sie doch ein und träumte von Meeren und Bergen und der Chinesischen Mauer.

Und von Caleb. Warum kam er ihr denn ausgerechnet jetzt in den Sinn? Wahrscheinlich einfach deshalb, weil sie gestern Abend auf Facebook noch gechattet hatten, als sie eigentlich hätte schlafen sollen.

„Meine Damen und Herren, wir beginnen unseren Landeanflug auf Cusco." Die Stimme der Flugbegleiterin hallte durch das Flugzeug. Megan schlug die Augen auf und rieb sich den steifen Nacken. „Bitte vergewissern Sie sich, dass sich Ihre Rückenlehne in aufrechter Position befindet und der Tisch vor Ihnen hochgeklappt und befestigt ist."

„Sie sind sehr hübsch, wenn Sie schlafen."

Megan erschrak, als sie die Stimme neben sich hörte. Sie drehte sich zur Seite und sah Frank grinsen. Ein Schauer lief ihr über den Rücken.

„Ich weiß, dass Sie Ihre Schwester erwartet hatten, aber da sie nicht hier ist, um Sie in Empfang zu nehmen – haben Sie vielleicht Lust, was trinken zu gehen? Es ist erst fünf." Sein Atem roch nach Bier.

Je eher sie aus diesem Flugzeug kam und sicher in ihrem Hotel war, desto besser. „Danke für die Einladung, aber ich will direkt ins Hotel, wenn wir gelandet sind." Megan suchte nach ihrem Buch. Es lag nicht auf ihrem Schoß. Sie spähte auf den Boden.

„Suchen Sie das hier?" Frank hielt den Band hoch.

Was sollte das denn?!

„Danke.“ Die höfliche Bemerkung entwich ihr ganz automatisch. Wenn Crystal an ihrer Stelle gewesen wäre, hätte sie dem Typen das Buch wahrscheinlich um die Ohren gehauen, weil er in ihre Privatsphäre eingedrungen war. Aber so kühn war Megan nicht.

„Ich wollte mal sehen, was Sie da beim Lesen so fasziniert.“ Frank zog ihr Lesezeichen heraus: den Plan von Crystals Reisebüro. „Und was für ein Zufall – wir sind im selben Hotel.“

„Wow.“ Sie entriss ihm das Buch und tat so, als würde sie lesen. Dabei spürte sie den Blick des Mannes, während sie alle zwei Minuten umblätterte, in der Hoffnung, dass er das Interesse verlieren würde. Dann kam ihr ein Gedanke. Was, wenn er ihre restlichen Sachen durchwühlt hatte? Megan griff nach ihrer Handtasche und sah nach. Alles schien an Ort und Stelle zu sein. Vielleicht litt sie ja unter Verfolgungswahn.

Schließlich landeten sie und das Mädchen neben Megan wachte auf. Sie entfaltete sich aus ihrer Position – wie hatte sie nur vierzehn Stunden lang so sitzen können? – und schien Frank zum ersten Mal zu bemerken. Sie warf Megan einen mitleidigen Blick zu. Klar, jetzt hatte sie gut reden. Megan blieb wie angeklebt auf ihrem Platz sitzen, bis sie das Flugzeug verlassen konnten.

Frank trat zur Seite und machte eine Handbewegung. „Nach Ihnen, Megan.“

Warum hatte sie ihm nur ihren Namen verraten? So schnell sie konnte lief sie aus dem Flieger, die Rampe hinauf und durch den Gang in Richtung Zoll. Ihr Pass wurde abgestempelt und sie machte sich auf den Weg zur Gepäckausgabe.

Während sie darauf warteten, dass die Taschen und Koffer auf dem Laufband erschienen, hielt Frank sich in ihrer Nähe auf und sie wurde das Gefühl nicht los, dass er sie immer noch beobachtete.

Als sie ihre Tasche in Empfang genommen hatte, ging Megan zum Taxistand. Über ihr war der Himmel voller Wolken, die aussahen, als würden sie jeden Augenblick platzen. Überall eilten Menschen hin und her und der Duft von verschiedenen Gewürzen hing in der Luft.

Endlich hielt ein Taxi und sie stieg ein.

„Wohin?“, fragte der Fahrer mit einem Blick in den Rückspiegel.

„Zum Belmond Hotel Monasterio, bitte.“

Sie lehnte sich zurück und erschrak, als die andere Wagentür aufging und Frank sich neben ihr auf den Sitz schob.

„Da wir ins selbe Hotel müssen, dachte ich, haben Sie bestimmt nichts dagegen, wenn wir uns ein Taxi teilen."

Doch, sie hatte etwas dagegen. „Ehrlich gesagt …"

Doch bevor sie etwas dagegen unternehmen konnte, fuhr der Taxifahrer schon aus der Parkbucht. Franks übel riechender Atem schien sie ganz einzuhüllen. „Sind Sie das erste Mal in Cusco?" Er lehnte sich zurück und legte den Arm über die Rückenlehne, sodass seine Hand ihre Schulter berührte.

Gott, hilf mir. Sie würde entführt und versklavt werden, so wie das Mädchen in dem Film mit Liam Neeson. Oder noch Schlimmeres.

Sie konnte die 911 anrufen oder – aber Moment mal, wie rief man eigentlich im Ausland um Hilfe? Aber während sie noch darüber nachgrübelte, hielten sie schon vor dem Hotel. Frank zwinkerte ihr zu, warf dem Fahrer etwas Geld zu und schlüpfte zur Tür hinaus, um anschließend mit seinem kleinen Rollkoffer in der Menschenmenge zu verschwinden.

Megan öffnete ihre Tür und spähte hinaus. Frank konnte sie nirgends entdecken. Als der Taxifahrer ihre Taschen auslud, huschte ihr Blick hin und her, aber keine Spur von Frank. Vielleicht hatte sie doch etwas überreagiert. Sie bezahlte den restlichen Betrag für die Fahrt und ging ins Hotel.

Die hohen Decken und die kühle Luft ließen sie aufatmen. Megan schob ihre Koffer zum Empfangstresen und lächelte die junge Hotelangestellte an, die ihr ein Zimmer zuwies und ihr einen schönen Aufenthalt wünschte.

Sie hatte es geschafft. Ganz allein war sie zum Hotel gelangt, und das mit nur einer Beinahekatastrophe. Und die hatte sie gemeistert. Ganz allein.

Sie trat in den leeren Fahrstuhl und betätigte die Taste für den fünften Stock. Im letzten Moment schob sich noch jemand in den Fahrstuhl. Bei dem Geruch von Qualm fuhr ihr Kopf hoch. Frank.

„Was machen Sie denn hier?" Ihre Stimme klang zu hoch. Und sie konnte sich nicht vom Fleck rühren.

Er war deutlich größer als sie. Im Flugzeug war ihr das nicht aufgefallen. „Das habe ich doch gesagt.“ Frank kam näher und flüsterte ihr ins Ohr: „Wir wohnen im selben Hotel.“

„Hören Sie, ich möchte keine Schwierigkeiten.“ Sie hatte jede Menge Krimis im Fernsehen gesehen und hätte sich aufmerksamer umsehen sollen.

„Es wird keine Schwierigkeiten geben.“

„Gut.“

Das Signal des Fahrstuhls ertönte und sie ging den Flur entlang, Frank blieb ihr auf den Fersen. Was sollte sie jetzt tun? Auf keinen Fall würde sie die Tür zu ihrem Zimmer öffnen oder ihn auch nur wissen lassen, in welchem Zimmer sie untergebracht war. Vor einem beliebigen Zimmer blieb sie stehen und kramte in ihrer Handtasche. „Mensch, ich glaube, ich habe meine Schlüsselkarte irgendwo auf dem Weg verloren. Da muss ich noch mal zurück. Man sieht sich.“

Sie wandte sich zum Gehen, aber er hielt sie am Arm fest. Als sie versuchte, sich loszureißen, hielt er sie fest und drückte zu.

„Das sehe ich anders, Schätzchen.“ Er beugte sich vor, um sie zu küssen, und sie schrie.

Ein Stück weiter steckte eine Frau den Kopf aus einem Zimmer. „Hey ...“

Als Frank abgelenkt war und zu der Frau sah, nutzte Megan die Chance und rannte den Flur entlang. Sie fand ihr Zimmer, zog die Karte durch das Lesegerät, stürzte ins Zimmer und schlug die Tür hinter sich zu. Dann verriegelte Megan die Tür mit dem zusätzlichen Sicherheitsschloss und ging zum Telefon. Mit zitternden Händen und keuchendem Atem wählte sie die Nummer des Empfangs.

„Empfang. Wie kann ich Ihnen helfen?“ Ein starker peruanischer Akzent war am anderen Ende der Leitung zu hören.

„Auf dem Flur im fünften Stock ist ein Mann ... Er hat versucht ... Bitte informieren Sie den Sicherheitsdienst, damit sie ihn wegholen.“

„Ist mit Ihnen alles in Ordnung, Ma'am? Hat er Ihnen wehgetan?“

„Nein. Ich meine, ja, mir geht es gut. Nein, er hat mir nichts getan.“ Tränen liefen ihr über die Wangen. Was hätte sie gemacht, wenn Frank nicht von dieser Frau abgelenkt worden wäre? Wie hatte sie zulassen können, dass er ihr bis hierhin gefolgt war? Sie war so dumm gewesen. Das hätte sie besser wissen müssen.

Crystal wäre das nicht passiert.

Vielleicht sollte Megan einfach umkehren und nach Hause fliegen, bevor noch etwas in dieser Art geschah. Mit heißen Tränen in den Augen knallte sie den Hörer auf die Gabel. Dann kroch sie gänzlich bekleidet in das erstbeste Bett und zog sich die Decke über den Kopf.

Kapitel 9

Als sie noch Kinder gewesen waren, hatte Mom oft gesagt, alles, was sich lohne, sei schwer.

Wenn das stimmte, dann musste sich diese ganze Reise definitiv lohnen – mitsamt der unerwarteten Landung in Cleveland, den Schwierigkeiten, einen Flug nach Cusco zu ergattern, endlich in einen Flieger zu steigen, nur um zwischen einer bemitleidenswerten Mutter mit einem schreienden Baby und einem dicken, stark schwitzenden Mann zu sitzen, und dem Versuch, Ideen für das Lerner-Projekt zu Papier zu bringen, aber ohne jeden Erfolg.

Crystal hoffte inständig, dass es wirklich stimmte.

Sie versuchte, ein Gähnen zu unterdrücken, während sie ihren Koffer über den Hotelgang zu dem Zimmer rollte, in das Megan gestern Abend eingecheckt hatte. Crystal war gegen sieben Uhr morgens in Cusco eingetroffen und zum Hotel geeilt. Der Duft von frischem Brot und Kaffee in der Hotellobby hatte sie beinahe schwindelig gemacht und sie sehnte sich danach, sich zusammenzurollen und eine Runde zu schlafen.

Aber bevor sie etwas essen oder sich ausruhen konnte, stand ihr ein Wiedersehen mit Megan bevor.

Setz einfach einen Fuß vor den anderen. Sie ging an einem Zimmer vorbei, bei dem der Wagen des Zimmermädchens die Tür offen hielt. Drinnen war das Brummen eines Staubsaugers zu hören. Crystal sah auf die Zimmernummer. Noch ein paar Räume weiter.

Was würde Megan sagen? Würde sie Tränen in den Augen haben, wie üblich – ein Anblick, der Crystal aus irgendeinem unerklärlichen Grund immer unangenehm war? Hatte es ihr viel ausgemacht, dass Crystal den Flug verpasst hatte? Würde sie Crystal fest umarmen und sich an sie klammern, aus lauter Angst, sie loszulassen?

Crystal hielt die Codekarte des Hotels so fest in der Hand, dass sie in ihre Handfläche schnitt. Diesmal würde sie sich anders verhalten. Sie würde auf Megan aufpassen und ihr helfen, ihre Aufgabe zu erledigen. Das bedeutete zwar nicht, dass zwischen ihnen alles wieder gut sein würde. Aber vielleicht wenigstens ein bisschen besser.

Zimmer 506. Crystal blieb stehen und zog die Karte durch den Schlitz. Als das grüne Licht aufleuchtete, holte Crystal tief Luft und stieß die Tür auf. Die öffnete sich jedoch nur einen Spaltbreit und wurde dann von einem Sicherheitsriegel aufgehalten. Sie schloss die Tür und klopfte. Als sie eine Minute gewartet hatte, versuchte Crystal noch einmal, die Tür zu öffnen. Drinnen war Licht, also musste Megan wach sein. Vielleicht war sie unter der Dusche. Crystal beugte sich vor, konnte aber nicht hören, ob das Wasser lief oder nicht.

„Meg?" Wieder klopfte sie. Nichts. Dann versuchte sie erneut, die Tür zu öffnen. Wieder war das Sicherheitsschloss im Weg.

Crystal lehnte den Kopf an den Türrahmen und das Holz fühlte sich kühl an. Mann, war sie müde … Moment mal, war das ein Wimmern? Crystal richtete sich auf und versuchte, sich zu konzentrieren. Dann ging der Beschützerinstinkt mit ihr durch und die Vernunft verließ sie, als sie an die Tür hämmerte, bis ihr die Faust wehtat. „Meg, ist alles in Ordnung? Bist du verletzt?"

Nebenan riss ein stämmiger, mürrischer Mann in einem weißen Hotelbademantel und mit einer dicken Brille auf der Nase die Tür auf. „Was zum Teufel machen Sie hier eigentlich? Für so einen Lärm ist es zu früh am Tag."

„Es könnte sein, dass meiner Schwester etwas zugestoßen ist. Ich versuche hineinzugelangen." Sollte sie wieder nach unten laufen, um den Sicherheitsdienst des Hotels zu holen? Aber wenn Meg ein medizinisches Problem hatte, war dafür vielleicht nicht genug Zeit. Hektisch kramte sie in ihrer Handtasche. Wo war denn ihr Handy? „Könnte ich bitte Ihr Telefon benutzen, um Hilfe zu holen?"

Die zusammengewachsenen Augenbrauen des Mannes zuckten. „Ich …"

In diesem Augenblick wurde Megans Tür von innen geschlossen. Jemand entfernte den Riegel des Sicherheitsschlosses. Crystal griff genau in dem Moment nach der Türklinke, als die schwere Tür sich einen Spaltbreit öffnete und Megan sie mit großen Augen ansah. „Crystal?" Ihre Stimme bebte vor Angst und sie starrte Crystal an, als könne sie nicht fassen, dass sie es tatsächlich war.

„Megan." Crystal machte einen Schritt auf ihre Schwester zu und nahm sie in ihre Arme. In diesem Augenblick fielen all die vergangenen Jahre von ihnen ab und sie waren wieder siebenjährige Kinder. Megan war auf dem Spielplatz hingefallen, weil Emma Vásquez – die auf dem Schulhof alle anderen schikanierte – sie geschubst hatte. Crystal hatte gedroht, Emma vor der ganzen Klasse die Hose runterzuziehen, wenn sie ihre Schwester noch einmal anfasste. Dann hatte sie Megan in den Arm genommen und ihr geholfen, zur Schulkrankenschwester zu humpeln, wo sie sich einen Lolli geteilt hatten.

Aber die Frau in Crystals Armen war kein Kind mehr. Und Crystal hatte das Recht, in sich die Beschützerin zu sehen, endgültig verwirkt. Sie löste sich von Megan. „Bist du in Ordnung? Als du nicht geantwortet hast, habe ich mir Sorgen gemacht."

Megans kurze Haare waren auf einer Seite ganz zerdrückt und ihr Make-up war ganz offensichtlich vom Vortag, ihre Kleidung zerknittert. Jetzt fuhr ihre Schwester sich mit der Hand über die Augen. „Tut mir leid. Ich habe dich an der Tür gehört … und ich dachte, er wäre zurückgekommen."

„Er?" Crystals Blick huschte zu ihrem Nachbarn hinüber, der nur schnaubte und seine Tür zuknallte. Crystal zog ihren Koffer ins Zimmer und schloss dann die Tür hinter sich. „Hat der Typ nebenan etwas gesagt, was dir Angst gemacht hat?"

„Nein, nicht er." Megan ging zu einem der beiden französischen Betten und lehnte sich an das Kopfteil. Dann zog sie die Knie an und schlang die Hände darum. Ihr Körper entspannte sich zusehends. Hatte sie eine Art Panikattacke gehabt?

„Wer dann?"

„Ein Kerl aus dem Flieger."

Als Megan ihr von Frank erzählte, zog sich Crystals Brustkorb zusammen. Wenn doch ihr Flug nur nicht verspätet gewesen wäre. Wie oft würde es noch vorkommen, dass sie nicht da war, wenn Megan sie brauchte?

Zwei Dinge waren klar. Erstens war es besser, nicht allein zu reisen. Und zweitens brauchte ihre Schwester sie doch. „Gut, dass ich jetzt hier bin."

Megan zuckte zusammen und starrte auf die Steppdecke.

Crystal zog innerlich eine Grimasse. „So habe ich das nicht gemeint.“ Na super, jetzt hatte sie angedeutet, dass Megan diese Sache nicht allein schaffen würde. Die Reise fing ja wirklich hervorragend an. Eine Entschuldigung steckte ihr im Hals, kam aber nicht heraus. Besser, sie sagte nichts, anstatt das Risiko einzugehen, dass sie es nur noch schlimmer machte. Crystal ging zum Fenster und zog die Vorhänge auf. Unten war ein Hof, in dessen Mitte ein hoher Baum gepflanzt worden war. Um den Baum herum blühten Blumen in exakten Ringen. Obwohl eine Brise die Äste bewegte, fielen keine Blätter zu Boden. Etwa alle zehn Meter war ein Steinbogen, der die Türen zu den Hotelzimmern einrahmte, sodass der Eindruck entstand, als führe jede dieser Türen zu einer großen und wichtigen Suite.

„Vielleicht habe ich einen Fehler gemacht.“

Als sie Megans leise Äußerung hörte, drehte Crystal sich wieder zu ihr um. Gerne hätte sie ihre Schwester noch einmal in den Arm genommen. Aber ihre Hände blieben untätig hängen. „Hör mal, das ist doch nicht deine Schuld. Es gibt einfach Mistkerle da draußen, die eine unschuldige junge Frau wie dich ausnutzen wollen.“ Autsch, das klang jetzt aber sehr herablassend.

„Ich meine, vielleicht war es ein Fehler herzukommen. War es dumm von mir zu glauben, dass ich das schaffe?“ Megans Blick machte deutlich, wie überwältigt und niedergeschlagen sie sich fühlte.

Dieses Gefühl kannte Crystal nur zu gut.

Sie wandte sich wieder zum Fenster um und biss sich auf die Lippe. Wie konnte sie ihrer Schwester Mut machen, wenn sie doch selbst voller Zweifel war? Aber es ging nicht immer um sie. Megan brauchte eine starke Schwester.

Wieder ließ sie den Blick über den Innenhof schweifen, bevor er höher wanderte. Berge umgaben das Hotel und die peruanische Sonne schien hell am Himmel. Die Großartigkeit dieser Umgebung packte sie und sie ließ sich davon erfüllen.

„Nein.“ Das Wort, das ihr da über die Lippen kam, überraschte sie selbst. Sie drehte sich wieder zu Megan um, die sie mit hochgezogenen Augenbrauen ansah. „Es war nicht dumm von dir. Und wir lassen uns nicht durch verspätete Flüge oder widerliche Typen von dem abhalten, was wir uns vorgenommen haben.“

Nichts würde sie von dem Abenteuer abhalten, das vor ihnen lag – oder sie zurück nach Hause scheuchen zu dem Leben, das sie bisher geführt hatten.

Kapitel 10

23. Juni
Titel Blogeintrag: Eine Reise beginnt: Machu Picchu
Text Blogeintrag:
Ich heiße Megan und versuche, etwas Verrücktes zu tun.
Und da ich Autorin bin, dachte ich, am besten könnte ich von meinen Erfahrungen in einem Blog erzählen. Natürlich gehe ich davon aus, dass niemand diesen Blog jemals lesen wird. Aber selbst wenn ich ihn nur für mich schreibe, will ich die Erinnerungen an diese Reise festhalten.
Heute habe ich den ersten Punkt von Amandas Liste erledigt. Trotzdem habe ich das Gefühl, ihr nicht gerecht geworden zu sein ...

Megan saß auf einem ledernen Sitz im Bus, eingeklemmt zwischen dem Fenster und Crystals Bein. Sie blickte hinaus und sah, wie die Baumwipfel und die Berge sie begrüßten, während sie die Anhöhe zu der Inkastadt Machu Picchu hinauffuhren. Crystal hatte die Augen geschlossen und ihr Kopf wackelte hin und her, während sie schlief. Ein kleiner Junge auf der anderen Seite des Ganges hatte in den ersten fünf Minuten der Fahrt ein stark riechendes peruanisches Gericht gegessen und der Geruch hing immer noch in der Luft. Um sie herum plauderten die Menschen und ihr lautes Lachen drang in Megans Bewusstsein ein, während sie versuchte, ihre Nerven zu beruhigen und sich zu entspannen.

Gleich würde sie den ersten Punkt auf Amandas Liste erledigen. Crystals aufmunternde Worte gestern Morgen – wenn man das so nennen konnte – hatten in Megan wieder die Begeisterung für ihr Vorhaben geweckt. Ihre Schwester hatte recht gehabt. Es gab keine Alternative zum Weitermachen. Immerhin hatte Megan den Abbotts bereits gesagt, dass sie diese Reise machen würde, und die ersten Spenden waren eingegangen. Jetzt konnte sie keinen Rückzieher mehr machen.

Aber vielleicht war etwas zusätzliche Motivation nötig. Sie zog den Reißverschluss von ihrem Rucksack auf und holte Amandas Tagebuch heraus, das sie schon mehrfach komplett gelesen hatte. Die Worte strahlten eine ungeheure Kraft aus – und Megan würde nehmen, was sie kriegen konnte.

4. Die Inka-Ruinen von Machu Picchu besuchen.
Alte Dinge haben etwas Tröstliches an sich. Dinge, die seit vielen Jahren existieren. Dinge, auf die man sich verlassen kann, selbst wenn sonst nichts einen Sinn ergibt.

Ich möchte solche Dinge mit eigenen Augen sehen. Sie mit den eigenen Händen anfassen, mit den eigenen Ohren hören. Und Machu Picchu scheint mir für den Anfang ein guter Ort zu sein. Sie werden als Ruinen bezeichnet, aber ich glaube, sie sind mehr als das.

Nur weil etwas zerfallen ist, ist es noch lange nicht am Ende. Es ist nur ... anders als vorher. Es hat Stürme erlebt, aber es steht noch.

Ja, die Vergangenheit kann Schaden anrichten und wir wollen uns nicht immer darauf konzentrieren, wie Amy immer wieder zu mir sagt. Aber sie kann uns auch Kraft geben. Ich blicke zurück auf den Menschen, der ich früher war, und dann auf den, der ich jetzt bin. Und auch wenn ich eine Menge Fehler bei mir sehe, entdecke ich auch eine Kraft, die ich vielleicht nie gehabt hätte, wenn der Begriff „sexueller Missbrauch" nie Teil meines Vokabulars geworden wäre.

Ich bin vielleicht nicht mehr dasselbe Mädchen, das ich früher war, aber ... Ich. Bin. Nicht. Am. Ende.

Mit quietschenden Bremsen blieb der Bus stehen. Megan schob das Tagebuch wieder in ihren Rucksack. Um sie herum sprangen die Fahrgäste auf, griffen nach ihren Taschen und versammelten sich im Mittelgang zwischen den Sitzreihen. Crystal hatte die Augen noch immer nicht aufgemacht.

Vorsichtig tippte Megan ihrer Schwester auf die Schulter. „Wir müssen aussteigen."

„Hm?" Wie es schien, hatte Crystal Mühe, richtig wach zu werden. „Oh." Sie streckte sich und rieb sich den Nacken.

Nicht zum ersten Mal fragte Megan sich, warum Crystal mitgekommen war. Wollte sie sich einfach nicht die Gelegenheit zu einer Reise entgehen lassen? Das könnte der Grund sein, aber warum fuhr sie dann mit Megan, wenn die Dinge zwischen ihnen so … angespannt waren? Vielleicht war sie auch einfach nur die pflichtbewusste Schwester, weil Mom noch immer nicht ganz glücklich war bei dem Gedanken, dass Megan allein auf diese Reise gehen wollte. Vielleicht gab es aber auch tiefer liegende Gründe.

Megan wusste es nicht – und sie traute sich nicht zu fragen.

Als Megan und Crystal sich der Tür näherten, konnte sie beinahe die Bergluft schmecken. Sie stieg aus dem Bus, bedankte sich bei dem Fahrer und sog dann ihre Freiheit ein. „Ist das nicht herrlich?"

Crystal grunzte, als sie den Fuß auf den festgetrampelten Erdboden setzte. Ihre Designerwanderstiefel sahen nagelneu aus, vor allem neben Megans alten Tretern, die sie zu Hause ständig trug, wenn sie im Wald unterwegs war. Crystal hatte in New York City wahrscheinlich nicht oft Gelegenheit zum Wandern. Nicht, dass Megan das wissen konnte, da sie noch nie zu einem Besuch eingeladen worden war.

Sie begaben sich zum Eingangstor, wo andere Touristen einzeln durch ein Drehkreuz gingen.

„Hast du die Eintrittskarten?" Von der Schwester, deren Gesicht beunruhigt und panisch gewesen war, als sie die aufgelöste Megan gesehen hatte, war nichts mehr zu spüren. Jetzt war Crystal ganz professionell, so wie sie es gestern gewesen war, als sie sich nachmittags Cusco angesehen hatten.

Trotzdem lag immer eine gewisse Anspannung in der Luft, wenn auch so fein, dass die meisten Menschen sie nicht merken würden. Aber für Megan und Crystal war sie wie ein gespanntes Seil, über das sie gehen mussten, wenn sie diese gemeinsame Reise heil überstehen wollten.

„Ja." Megan nahm zwei vorab bezahlte Karten aus der Tasche.

Die Bäume ragten überall um sie herum hoch auf und das Grün war so üppig, dass es der Schönheit von Minnesota Konkurrenz machte. Endlich waren sie am vorderen Ende der Schlange angekommen, gaben dem Angestellten am Einlass ihre Tickets und gingen hindurch. Dann gingen sie um eine Kurve, wo ein langer hölzerner Handlauf den Windungen des Trampelpfades folgte. Unterhalb von ihnen konnte Megan ein paar Steinruinen erkennen und dort, vor ihnen, erhob sich ein hoher Gipfel – Huayna Picchu, wenn ihre Recherchen stimmten. Tief hängende Wolken hüllten die Bergspitze ein, wahrscheinlich der Grund für die Feuchtigkeit, die die Luft schwer und schwül machte. Weiter unten erhaschte sie einen Blick auf die ganze Inkastadt, eine Reihe von Ruinen, die in den Berg gebaut waren.

„Kannst du dir vorstellen, hier zu leben? Was für einen Ausblick man jeden Morgen hätte!" Megan eilte weiter und schob sich an Touristen vorbei, die stehen blieben und Selfies machten.

„Warte, Meg." Geschickt wich Crystal allen Personen auf ihrem Weg aus. Ihre Haare leuchteten im Sonnenschein. „Nicht so schnell."

„Sorry." Megan zog ihre Landkarte heraus und studierte sie. „Gehen wir in diese Richtung. Wir fangen mit Nummer eins auf der Karte an und arbeiten uns der Reihe nach vor."

„Soll mir recht sein." Ihre Schwester rückte ihren Rucksack auf den Schultern zurecht.

Sie machten sich auf den Weg zu der Ruine mit dem Namen „Nustas Schlafzimmer". Wer war Nusta? Was für Geschichten, was für Geheimnisse hielt ihr oder sein Haus gefangen? Vielleicht konnte Megan sie dem Gemäuer entlocken. Crystal und sie überholten ein älteres Paar, das Wanderstöcke benutzte, um auf dem steinigen Pfad nicht das Gleichgewicht zu verlieren.

Eine Erinnerung tauchte vor Megans geistigem Auge auf. Mom und sie waren im Einkaufszentrum gewesen, um Weihnachtsgeschenke zu kaufen. Zwei ältere Damen überholten sie im flotten Schritttempo. Damals hatte Megan das als Herausforderung empfunden. Sie müsste doch ebenso schnell gehen können wie die beiden. Doch nach dreißig Sekunden, in denen sie versuchte, mit den Frauen mitzuhalten, war sie von der Anstrengung beinahe ohnmächtig geworden.

Die restliche Zeit ihres Ausflugs hatte ihre Mutter darauf bestanden, dass sie im Rollstuhl saß. Das peinliche Geräusch der Gummireifen war so laut gewesen, dass sie Angst hatte, das ganze Einkaufszentrum könnte sie hören.

Aber jetzt schlug ihr Herz kaum schneller, als sie an den älteren

Herrschaften vorbeilief. Crystal protestierte und murmelte etwas von Rechenschaft gegenüber Mom, aber das war Megan egal. Sie lief weiter, bis sie Nustas Schlafzimmer erreicht hatten. Von dort aus gingen sie zum Sonnentempel, zur Grabhöhle, zum Palast und zum Gefängnisbereich und besichtigten jeden Quadratzentimeter der Ruinen, der zugänglich war. Schließlich begaben sie sich zum Huayna Picchu, ungefähr zwanzig Minuten vor der vereinbarten Zeit für den Aufstieg.

Als die Sonne am Himmel höher stieg, fiel es Megan etwas schwerer zu atmen. Sie blieb oft stehen und fühlte ihren Puls, aber er war ganz normal. Ihre Lunge zog sich zusammen und dehnte sich wieder aus und gelegentlich fühlte es sich an, als wäre sie fest mit einem Band umwickelt. Sie atmete ein und stockte.

Crystal blickte von ihrer Landkarte auf und sah Megan mit prüfendem Blick an, die Augen verengt wie die eines Habichts. „Was ist los? Geht es dir gut?"

„Ich habe nur etwas Mühe mit dem Atmen. Hier oben ist die Luft dünner." Megan wurde schwindelig und sie steuerte auf eine Bank zu, die in der Nähe stand. Sie schaffte es dorthin, ohne ohnmächtig zu werden, und sank auf den Sitz. „Ich glaube, ich ruhe mich kurz aus."

Crystal setzte sich neben sie. „Soll ich Hilfe holen?"

„Ich glaube, es ist nur die Höhenkrankheit. Auf dem Weg hier rauf haben sie uns davor gewarnt. Wir sind beinahe auf zweitausendfünfhundert Metern."

Ihre Schwester blickte sie unter dem blonden Pony hervor an. „Dann bleiben wir einfach eine Weile hier sitzen."

„Gute Idee." Megan konzentrierte sich auf ihre Atmung und nach etwa zehn Minuten ließ das Schwindelgefühl nach. „Ich glaube, jetzt geht es. Gehen wir rauf."

Crystal legte den Kopf in den Nacken. „Wenn du glaubst, ich lasse dich da raufgehen" – sie zeigte auf den Gipfel des Huayna Picchu –, „dann bist du verrückt. Kommt nicht infrage."

„Es geht mir wieder besser, Crystal." Das stimmte doch, oder?

„Es ist eine lange Wanderung bis zum Gipfel und an einigen Stellen sind zur Sicherheit Stahlkabel angebracht. Daraus schließe ich, dass es ein anstrengender Aufstieg ist. Außerdem liegt der Gipfel extrem hoch. Das wäre nicht gut, wenn du jetzt schon an der Höhenkrankheit leidest."

„Es sind doch nur noch dreihundert Meter mehr."

„Nein." Die Antwort kam schnell und entschlossen und ein gewisses Gefühl von Unbeugsamkeit blitzte in den Augen ihrer Schwester auf.

„Wir haben doch schon dafür bezahlt. Da wir nun einmal hier sind, können wir es doch wenigstens versuchen. Ich will unbedingt Bilder vom Gipfel für den Blog, den ich schreibe."

Crystal streckte die Hand aus. „Dann geh ich eben rauf. Gib mir deine Kamera."

„Du wanderst doch nicht gerne."

„Ja, stimmt. Aber du bekommst nur Bilder, wenn ich sie mache. Wir können deine Gesundheit nicht aufs Spiel setzen." Der Mumm in Crystals Stimme überraschte Megan. Im Laufe der Jahre war ihre Schwester immer abgehobener geworden – und scheinbar immer weniger besorgt wegen Megans Gesundheit. Vielleicht hatte sie die Krankheit einfach akzeptiert.

Widerwillig gab Megan ihr die Kamera und die Tickets. „Dann muss ich wohl hier warten."

„Du kommst doch ohne mich klar, oder?" Crystals zweifelnder Blick verriet Megan, dass sie sich dessen ganz und gar nicht sicher war.

„Auf jeden Fall." Wenn sie ohnmächtig wurde oder Herzprobleme bekam, konnte man ohnehin nicht viel machen, es sei denn, ein Arzt machte zufällig hier Urlaub. Und zum ersten Mal an diesem Tag wurde ihr bewusst, wo sie war und wie verletzlich sie das machte.

Crystal stand auf und klopfte sich den Staub von der Hose. Sie verstaute die Kamera in ihrem Rucksack und ging los in Richtung Gipfel. Megan stellte sich auf eine längere Zeit des Wartens ein. Vielleicht konnte sie inzwischen zurückgehen und noch ein wenig in den Ruinen herumlaufen.

„Macht es Ihnen etwas aus, wenn ich mich zu Ihnen setze?" Eine ältere Frau zeigte auf den freien Platz neben Megan.

„Nur zu."

„Danke, meine Liebe." Die Dame trug eine graue Jacke und

eine Baseballkappe auf dem schneeweißen Haar. Als sie sich setzte, schnaufte sie. „Mein Sohn hat gesagt, dass ich ihn hier treffen soll. Er ist heute Morgen zum Gipfel aufgebrochen." Ihr faltiger Finger zeigte auf Huayna Picchu.

„Meine Schwester ist auch gerade da hinauf, deshalb muss ich hier warten." Megan warf der Frau ein mitfühlendes Lächeln zu. „Wenigstens ist das Wetter wunderbar." Umgeben von einer solch natürlichen Schönheit konnte sie beinahe das Bedauern vergessen, das sich einen Weg in ihr Herz zu bahnen drohte. Vielleicht hätte sie darauf bestehen sollen, Crystal zu begleiten. Aber ihre Schwester konnte die Situation wahrscheinlich besser einschätzen. Megan wollte nicht grundlos trotzig sein und sich dadurch in ernsthafte Schwierigkeiten bringen.

Ihre Nachbarin beugte sich ein wenig näher. „Wenn ich so jung und fit wäre, wie Sie aussehen, würde ich mich durch nichts davon abhalten lassen, die Aussicht von oben zu genießen. Ich war vor zwanzig Jahren schon mal dort oben und wünschte, ich hätte nicht diese lästigen Gelenkprobleme und könnte es noch einmal sehen." Sie tippte auf ihre Hüfte. „Denn wozu fährt man zum Machu Picchu, wenn man nicht vom Gipfel aus herunterblicken kann?"

„Ich ..." Megan wusste nicht, was sie erwidern sollte. Streng genommen hatte sie Machu Picchu besichtigt, also konnte sie es von ihrer To-do-Liste streichen. Aber hatte sie den Geist dieses Traums wirklich erfüllt? Amanda hatte sich nach einem Abenteuer gesehnt. Wahrscheinlich hätte sie sich durch ein bisschen Schwindel nicht davon abhalten lassen, den ganzen Weg zurückzulegen.

Warum saß Megan dann noch hier? Wenn sie gleich losging, würde sie die Gruppe wahrscheinlich noch einholen.

Aber Moment mal. Das ging ja nicht. Jeden Tag durften nur vierhundert Personen auf den Gipfel und die Karten mussten im Voraus für eine festgelegte Uhrzeit gekauft werden. Die Wanderung hatte bereits begonnen. Und Crystal hatte Megans Ticket.

Also hatte sie die Chance verpasst.

Als die Frau sich schon längst mit ihrem Sohn getroffen hatte und aufgestanden war, saß Megan immer noch auf der Bank und dachte über den Rest der Liste nach. Und als Crystal zurückkam – die Wangen gerötet, ihr Gemüt augenscheinlich erfrischt – und ihr eine Reihe beeindruckender Fotos zeigte, traf das Bedauern sie mit voller Wucht.

Ja, sie hatte getan, was Amanda sich gewünscht hatte. Aber sie hatte die Reise nicht voll genutzt. Stattdessen hatte sie ihre Gesundheit als Ausrede benutzt. Und das würde sie nicht noch einmal zulassen.

Kapitel 11

Heute hatte Crystal zwei Ziele:

Zu den ägyptischen Pyramiden fahren.

Und mit Brian sprechen.

Nachdem sie im Hotel eingecheckt und ein kurzes Nickerchen gemacht hatten, saßen ihre Schwester und sie jetzt in einem Taxi, das der Concierge organisiert hatte. Da sie einen strengen Zeitplan hatten, würden sie nicht lange in Kairo sein. Ihr ganzer Körper schmerzte, weil sie beim Schlafen im Flugzeug so krumm gesessen hatte. Aus irgendeinem Grund hatte Megan jede Menge Energie. Nach dem Besuch bei den Ruinen von Machu Picchu schien ein Feuer in ihr zu brennen.

Im Moment saß sie neben Crystal auf der Rückbank des alten Taxis und trommelte mit den Fingern ans Fenster, während sie auf die Stadt in der Wüste hinausstarrte. „Genau genommen ist es erstaunlich, wie viel Grün es hier gibt."

„Mhm." Crystal versuchte schon zum fünften Mal, Brians Nummer zu wählen, aber das Telefon stellte keine Verbindung her.

„Wahrscheinlich liegt das am Nil."

Crystal biss die Zähne zusammen, als das Auto in ein Schlagloch fuhr und das Stechen in ihrer Seite kurzfristig wieder einsetzte. „Wahrscheinlich." Sie ließ das Handy sinken.

Seit drei Tagen hatte sie nicht mehr mit Brian gesprochen, also seit sie in Cusco gelandet war – und das war ein kurzes Telefonat gewesen. Sie hatte ihm nur mitgeteilt, dass sie heil angekommen war. Sie vermisste ihn mehr, als sie erwartet hatte, aber was war, wenn er sie nicht vermisste?

„Das wird bestimmt Spaß machen heute." Megan gab sich ungeheure Mühe, fröhlich zu sein, aber Crystal war sicher, dass ihre Schwester genauso müde und erschöpft war wie sie selbst. Einen ganzen Tag unterwegs zu sein, würde jedem zu schaffen machen, und zusätzlich war Megan von Crystals Beschützerinstinkt in Peru frustriert gewesen. Crystal hatte am nächsten Tag den Blogeintrag gelesen, den Megan geschrieben hatte. Ihre Schwester hatte das Gefühl, dass sie versagt hatte, weil sie nicht ihre Gesundheit aufs Spiel gesetzt hatte, um auf diesen Berg zu steigen. Aber Crystal weigerte sich, ein schlechtes Gewissen zu haben, weil sie dafür gesorgt hatte, dass Megan nichts passierte.

Dieser Gedanke beruhigte sie ein wenig. Wenn Crystal nicht da gewesen wäre, hätte Megan sich vielleicht den Berg hinaufgeschleppt und wäre unter Umständen zusammengebrochen – oder noch Schlimmeres.

Das Taxi fuhr an den Straßenrand und Crystal umfasste schnell den Griff über ihrem Fenster. Sie sah die Augen des Fahrers im Rückspiegel. Der Mann hielt an. Die Fahrt zu den Pyramiden sollte dreißig Minuten dauern, aber es waren erst zehn vergangen.

„Wo sind wir?“ Megan reckte den Hals, um aus dem Fenster zu sehen.

Der Taxifahrer drehte sich zu ihnen um. „Papyrusgeschäft. Sie mögen gern.“ Er grinste über sein gebrochenes Englisch und bedeutete ihnen, sie sollten aussteigen.

Megan beugte sich zu Crystal hinüber. „Ich habe davon gelesen. Manche Taxifahrer versuchen, den Fahrpreis zu verdoppeln oder zu verdreifachen, indem sie Touristen an Orten absetzen, zu denen sie gar nicht wollen.“

Na super.

Crystal räusperte sich. „Wir möchten nicht hierhin. Bitte fahren Sie uns zu den Pyramiden.“

„Sie mögen bestimmt. Gehen!“ Der Fahrer hatte sich wieder nach vorne gedreht und zog den Schlüssel aus dem Zündschloss.

Crystal ließ sich nicht gerne an der Nase herumführen. „Gut. Dann steigen wir hier aus. Aber wir rufen ein anderes Taxi, das uns fährt, und Sie bezahlen wir nicht.“

Megan starrte sie mit offenem Mund an, dann huschte ihr Blick zu dem Taxifahrer. Der runzelte die Stirn und steckte den Schlüssel wieder ins Zündschloss. Ohne ein weiteres Wort fuhr er wieder auf die Straße und raste davon, hoffentlich in Richtung Pyramiden. Crystal nickte Megan zu und ein kleines Lächeln zuckte um ihren Mund.

Erneut wählte sie Brians Nummer, aber noch immer hatte sie keinen Empfang. Stöhnend warf sie das Handy in ihre Handtasche. Den restlichen Weg zu den Pyramiden legten sie schweigend zurück.

Als sie sich den prächtigen Bauwerken näherten, vibrierte es in Crystals Tasche. Sie kramte ihr Handy wieder heraus, aber es war nur eine E-Mail. Diesmal keine, die mit der Arbeit zu tun hatte, obwohl sie davon in den letzten paar Tagen auch einige erhalten hatte. Aber eine E-Mail bedeutete, dass sie Empfang hatte. Als das Auto an einer Ampel hielt, wählte sie Brians Nummer.

Plötzlich wurde die Tür auf Megans Seite aufgerissen und ein Mann etwa in ihrem Alter rutschte auf den Sitz neben ihr, sodass Megan ganz dicht neben ihr zu sitzen kam. Was in aller Welt sollte das?

Der Mann hatte schmutzige braune Wangen und roch nach Schweiß. Megan lehnte sich von ihm weg und ihr Pferdeschwanz traf Crystal an der Nase.

Der Mann lachte. „Willkommen bei den Pyramiden. Wollen Sie auf einem Kamel reiten?"

Die Verkaufsmasche hatte begonnen. Crystal verdrehte die Augen. „Nein. Wollen wir nicht. Steigen Sie sofort aus unserem Taxi aus." Wieder begegnete sie im Rückspiegel dem Blick des Fahrers, der mit dem Mann auf dem Rücksitz weiterfuhr. Von ihm konnten sie keine Unterstützung erwarten. Das war eindeutig.

Crystal funkelte den Mann an. Sein linker vorderer Schneidezahn fehlte und sein Grinsen war widerlich. „Raus. Sofort."

„Sie müssen auf einem Kamel reiten, um zu den Pyramiden zu kommen." Der Mann verschränkte die Arme. „Da können Sie genauso gut meine nehmen. Sie sind die stärksten Kamele in ganz Ägypten."

„Nein danke." Sie tippte dem Fahrer auf die Schulter. „Bringen Sie uns jetzt sofort zum Eingang, sonst bekommen Sie Ihr Geld nicht."

Das Lächeln des Kamelbesitzers wich einem Stirnrunzeln. „Sie kränken mich. Ich versuche nur zu helfen."

„Wir wollen Ihre Hilfe nicht."

In diesem Moment hielten sie und der Mann stieg aus und knallte die Tür hinter sich zu. Der Taxifahrer fuhr weiter und bald darauf sahen sie den Eingang.

Megan wandte sich mit großen Augen an Crystal. „Das hast du super gemacht. Ich hätte ihm sogar Geld gegeben, um ihn loszuwerden."

„Wenn man ein paar Jahre in Manhattan gewohnt hat, lernt man, wie man sich wehrt. Sonst tanzen dir alle auf der Nase herum."

„Daran habe ich nie gedacht." Megan rutschte unbehaglich auf ihrem Sitz herum. „Lebst du eigentlich gerne dort? Ich denke immer, ich würde die Bäume und das Wasser vermissen."

„Es gibt den Central Park. Wenn ich kann, gehe ich dorthin." Nicht, dass das in letzter Zeit oft vorgekommen wäre. „Es ist natürlich hektischer als Minnesota und ich musste mich erst daran gewöhnen. In meiner ersten Woche dort habe ich mich in der U-Bahn so verirrt, dass ich in Queens rauskam, obwohl ich nach Brooklyn wollte. Ich habe versucht, ein paar Leute um Hilfe zu bitten, aber sie haben mich einfach ignoriert."

„Wie unhöflich."

Crystal zuckte mit den Schultern. „So ist es dort nun mal. Nicht alle sind so. Aber die Leute bleiben eher für sich und sind nicht übermäßig freundlich."

Megan musterte Crystal einen Moment lang. Was dachte sie wohl? Dass Crystal wie die anderen New Yorker geworden war? Vielleicht stimmte das ja. Wenn man in einer Kleinstadt aufgewachsen war, in der jeder jeden kannte – und man ständig gefragt wurde, wie es der kranken Schwester geht –, hatte es seinen Reiz, in einer Stadt zu leben, in der man nicht jedem, dem man auf der Straße begegnete, Rechenschaft ablegen musste.

Das Auto hielt am Tor und die beiden Frauen stiegen aus. Crystal griff in ihr Portemonnaie und holte eine ägyptische Hundertpfundnote heraus. Sie wünschte, sie hätte daran gedacht, den Geldschein im Hotel zu wechseln, und hoffte, dass der Fahrer Wechselgeld hatte, da sie vor Antritt der Fahrt einen Preis von dreißig Pfund vereinbart hatten.

Der Mann riss ihr den Schein aus der Hand, sprang in sein Taxi und fuhr los, noch bevor Crystal protestieren konnte. Sie ballte die Fäuste und drehte sich zu Megan um, während sie versuchte, das Gefühl der Ruhe wiederzuerlangen, das sie vorher verspürt hatte.

Crystals Blick schweifte über die Landschaft. Auf einer Seite standen drei ägyptische Pyramiden und die Sphinx mit einer endlosen braunen Wüste dahinter und versetzten sie in eine antike Welt. Aber da hörten der Reiz und das Geheimnis auch schon auf – denn gegenüber zeigte eine geschäftige Wohngegend, wie das moderne Leben die Oberhand gewonnen hatte. Selbst ein Pizza Hut war zu sehen. Was für eine Enttäuschung.

Aber die Architektin in ihr würde nicht zulassen, dass der Frust ihr die Laune verdarb. Sie würde eines der sieben Weltwunder der Antike sehen. Vielleicht konnte sie sich etwas von Megans positiver Einstellung abgucken. „Wo sollen wir anfangen?"

Megan umfasste die Schultergurte ihres Rucksacks und zeigte auf eine Touristenschlange. „Da drüben."

„Gehen wir." Sie schafften es durch das Tor, obwohl es nicht einfach war bei all den Verkäufern, die ihre Ware anpriesen, und Männern, die ihnen einen Kamelritt aufschwatzen wollten.

Als sie das Eintrittsgeld zur Cheopspyramide bezahlt hatten, beschleunigte Crystal ihre Schritte. Ihre Augen nahmen all die aufwendigen Einzelheiten wahr, die anderen möglicherweise entgingen, denn sie sah, wie die mehr als zwei Millionen Steinblöcke gemeinsam ein beeindruckendes Wunderwerk der Technik erschufen, das seinerzeit ein Geniestreich gewesen war.

„Ist das nicht unglaublich?" Die geflüsterten Worte bahnten sich einen Weg von ihren Gedanken zu ihren Lippen.

„Was?"

Megans Stimme ließ Crystal zusammenzucken. Ach ja. Sie war ja nicht allein. „Nichts."

„Komm, sag schon." Ihre Schwester legte den Kopf ein wenig schief und betrachtete die nächstgelegene Pyramide. „Bestimmt ist das hier für jemanden mit deinem Hintergrund ein Kunstwerk, so wie *Ulysses* oder *Anna Karenina* es für mich sind."

„Stimmt. Wie die meisten Architekturstudenten habe ich auch viel über die Pyramiden gelesen. Es wird weithin angenommen, dass sie Grabstätten für die Pharaonen sein sollten, die in ihrem Volk regelrechte Götter waren. Das heißt, Pyramiden sind nicht nur ein Symbol der Macht. Sie waren auch eine Verbindung zwischen dem irdischen Leben der Menschen und dem Himmel."

„Das ist interessant." Megan zögerte. „Aber was für Gefühle löst das in dir aus, jetzt hier zu sein und sie zu sehen?"

„Das ist schwer zu erklären."

„Versuch es doch einfach."

Nicht so leicht, wie es klang. „Ich …"

Crystals Handy klingelte.

Puh, das Klingeln hatte sie gerettet. Vielleicht war es ihr Mann, der sie endlich anrief. „Sorry. Einen Moment." Als sie auf das Display sah, sank ihre hoffnungsvolle Stimmung wieder ein wenig. Nicht Brian, sondern Tony.

„Das ist was Dienstliches. Da muss ich drangehen."

Megan nickte. „Ich kann warten."

„Nein, geh doch schon mal rein und sieh dich um. Das hier könnte eine Weile dauern." Tony rief wahrscheinlich an, um über die Ideen für das Lerner-Projekt zu sprechen, die Crystal an diesem Morgen geschickt hatte.

Sie hatte auf dem Flug von Peru eine Menge Zeit mit Brainstorming verbracht.

Megan runzelte die Stirn ein wenig, nickte dann aber und machte sich auf den Weg zum Eingang der Pyramide. Crystal rückte ihre Sonnenbrille zurecht und nahm das Gespräch an. „Hi, Tony."

„Crystal." Oh. Ein kleines Wort konnte so viel ausdrücken. Der Tonfall ihres Chefs war eine Mischung aus Enttäuschung und Müdigkeit. „Ich habe deine E-Mail bekommen. Die Ideen sind nicht originell genug."

Sie suchte krampfhaft nach einer Antwort. „Das sind doch nur erste …"

„Mir ist klar, dass sie nicht fertig ausgearbeitet sind." Tonys Stimme knisterte ein bisschen und war streckenweise nicht gut zu hören. „Aber Meredith hat schon fünf denkbare Optionen präsentiert."

Natürlich hatte sie das. Meredith roch wahrscheinlich Crystals Blut im Wasser und machte sich bereit, ihre Rivalin in Stücke zu reißen. „Es sind noch Wochen bis zur Präsentation. Ich werde eine Idee liefern, die besser ist als die fünf von Meredith."

„Ich weiß, dass du das kannst, wenn du dich konzentrierst. Wahrscheinlich gibt es gerade zu viele Ablenkungen."

„Mach dir keine Sorgen, Tony. Ich werde besser sein als sie. Versprochen."

Wieder knisterte es in der Leitung, sodass sie seine nächsten Worte nicht verstand.

„Das habe ich gerade nicht ..." Ein ägyptischer Junge mit weitem Hemd stieß sie an und sie stieß ein leises Autsch aus. Wo waren denn seine Eltern? Sie rieb sich die Seite und versuchte, sich wieder auf das Gespräch mit Tony zu konzentrieren.

Aber die Leitung war tot. „Hallo? Tony?" Sie starrte ihr Telefon an und sah, dass sie keinen Empfang mehr hatte.

Na super. Jetzt war sie hier am anderen Ende der Welt, während jemand anders ihre Träume zunichtemachte. Sie musste unbedingt einen Weg finden, wie sie Meredith übertrumpfen konnte.

Crystal war schon beinahe am Eingang zur Pyramide angekommen, als ihr bewusst wurde, dass sie noch immer nicht mit Brian gesprochen hatte.

᪥

25. Juni

Titel Blogeintrag: Auf unebener Straße: Eine Besichtigung der Pyramiden

Text Blogeintrag:

Heute waren wir auf die Freundlichkeit von Fremden angewiesen, um durchzukommen ...

Im Innern der Pyramide war sie plötzlich der Welt enthoben und Megan konnte sich vorstellen, eine ägyptische Prinzessin in einer antiken Welt zu sein.

Sie betrachtete die in Stein gemeißelten Abbildungen an einer Wand, die Männer und einige Kinder mit Kopfbedeckungen und Shendyts zeigten. Hieroglyphen bedeckten die Wände um sie herum. Wenn sie sie entziffern könnte, welche Rätsel würde sie dort wohl versteckt finden?

In all den Jahren, in denen sie von den verschiedenen Orten gelesen hatte, die sie sehen wollte, hatte sie sich jedes Detail eingeprägt, das in den Büchern geschildert wurde. Aber nirgendwo hatte gestanden, dass die Wände und Böden einen erdigen Geruch von sich gaben oder dass die Luft sich auf der Haut kühl und ein wenig feucht anfühlte oder dass man sich in einem so gigantischen Bauwerk ganz klein vorkam.

Zum Glück hatte Crystal an jenem ersten Morgen in Cusco nicht zugelassen, dass Megan aufgab und nach Hause zurückfuhr.

Ab und zu kamen andere Touristen vorbei, um die Gänge zu erkunden, aber Megan wollte nicht zu weit hineingehen. Sie hoffte, dass Crystal ihr Telefonat schnell abwickeln konnte.

„Soll ich ein Foto machen?"

Sie zuckte zusammen und fuhr herum, als sie die Stimme hörte. Sie war allein in einem Gang mit einem dicken Mann in Wärteruniform. Megans Herzschlag beruhigte sich wieder. Es war kein Verkäufer, der versuchte, ihr einen Schreck einzujagen. „Ach, das ist aber nett von Ihnen. Ich dachte, ich hätte ein Schild gesehen, auf dem stand, dass man nicht fotografieren darf."

Der Mann machte eine wegwerfende Bewegung mit der Hand und legte sie dann wieder auf seinen runden Bauch. „Für eine hübsche Dame kann ich schon mal eine Ausnahme machen."

Er wirkte nicht bedrohlich, also genoss Megan das Kompliment. „Das wäre toll." Sie hörte Schritte und sah, dass Crystal zu ihr aufschloss. „Können Sie meine Schwester mit fotografieren?" Megan kramte ihre Kamera aus der Tasche.

Der Mann nickte und nahm den Fotoapparat von ihr entgegen. Crystal beobachtete ihn mit skeptischem Blick. „Was ist hier los?"

Megan hakte sich bei Crystal unter und zog sie vor eine der Wände. „Dieser nette Mann macht ein Foto von uns."

„Aber …"

„Komm schon. Lächle doch mal, Crystal." Megan posierte und der Blitz der Kamera blendete sie einen Moment lang. Sie grinste den Mann an und streckte die Hand nach dem Fotoapparat aus. Aber er hielt ihn so, dass sie nicht zugreifen konnte, und streckte seinerseits die leere Hand aus. „Ich nehme die Kamera jetzt wieder, vielen Dank."

Der Mann schüttelte den Kopf und das Lächeln war von seinen Lippen verschwunden. Seine Hand war immer noch ausgestreckt.

Megan machte den Mund auf, um etwas zu sagen, und Crystal stöhnte. „Um Himmels willen. Er will Geld dafür, dass er das Foto gemacht hat."

Plötzlich ergab das Verhalten des Mannes einen Sinn. Megan rieb sich die Nasenwurzel. „Davon hat er vorher nichts gesagt." Sie warf ihm die Worte an den Kopf, aber die Anschuldigung ließ den Wärter kalt. Sein Blick war eisern.

„Ist schon gut. Wir geben ihm was und gehen weiter." Crystal kramte in ihrer Handtasche. „Es ist nicht mehr da." Crystal blickte auf, ihr Blick voller Panik. Dabei geriet Crystal doch nie in Panik. Das bedeutete, sie hatten ein ernsthaftes Problem.

„Was ist nicht mehr da?"

„Mein Portemonnaie. Es ist weg."

„Wann hast du es das letzte Mal gesehen?"

Crystal kniete sich auf den Boden und leerte den Inhalt ihrer Tasche auf dem Lehmboden aus. Megan bückte sich und half ihr, alles zu durchsuchen. Telefon, Schlüssel, Lipgloss, Mascara, Taschentücher, Wasserflasche … aber kein Portemonnaie.

Ihre Schwester warf alles wieder in die Tasche und kaute auf ihrer Unterlippe. „Der kleine Junge draußen. Er hat mich angestoßen und ist wahrscheinlich ein Taschendieb. Alles andere ergibt keinen Sinn."

„Vielleicht können wir ihn noch erwischen." Megans Finger tasteten nach ihrem Handgelenk und es dauerte ganze zehn Sekunden, bis ihr bewusst wurde, dass sie angefangen hatte, ihren Puls zu messen. Er war erhöht. Sie musste sich beruhigen.

„Der ist bestimmt längst über alle Berge. Also muss ich anrufen und meine Kreditkarten sperren lassen, wenn wir wieder im Hotel sind und gescheiten Handyempfang haben." Crystal erhob sich und Megan richtete sich ebenfalls wieder auf. „Wenigstens hatte ich nicht meinen Pass darin und nur ein bisschen Bargeld."

„Ja." Dann war es ja doch nicht allzu schlimm. Aber dann fiel ihr etwas ein und sie krallte die Finger fester um ihre Rucksackgurte. „Oh nein. Ich habe mein Portemonnaie nicht dabei."

Crystal starrte sie an. „Wie meinst du das?"

Megan zog eine Grimasse. „Du hattest deins und wir hatten es so eilig, da habe ich nicht an mein Portemonnaie gedacht." Was für eine Reisedilettantin sie doch war!

„Oh, Megan." Crystal schritt auf und ab. Der Wärter stand daneben und beobachtete die ganze Szene, ohne ein Wort zu sagen oder seine Hilfe anzubieten. Ihre Schwester blieb vor ihm stehen und entriss ihm die Kamera, bevor er sie davon abhalten konnte. „Sie haben Pech gehabt. Wir haben kein Geld."

Dann machte Crystal auf dem Absatz kehrt und strebte dem Ausgang zu. Megan eilte ihr nach. Als sie nach draußen liefen, sahen sie, dass viele der Besucher mit dem schwindenden Tageslicht ebenfalls verschwunden waren. Crystal suchte die übrigen Menschen in ihrer Umgebung ab, aber die meisten von ihnen waren Verkäufer. Ihre Schwester ließ sich auf eine Bank fallen und stützte den Kopf in die Hände.

Megan sank neben Crystal auf die Bank. „Was sollen wir jetzt machen?"

„Ich überlege."

Megan wandte den Blick ab. Das war alles ihre Schuld. Wenn sie doch nachgedacht und verantwortlich gehandelt hätte. Ihre Augen brannten. *Nicht weinen. Nicht weinen.* „Ich …" Ihre Stimme brach. Sie wartete und versuchte es noch einmal. „Wir können doch einen der Wärter bitten, uns zu helfen."

Ein gequältes Lachen drang aus Crystals Kehle. „Weil der letzte Wärter so hilfreich war?"

Megan hatte Berichte gelesen, in denen Touristen, vor allem Amerikaner, davor gewarnt wurden, sich nach Einbruch der Dunkelheit bei den Pyramiden aufzuhalten. Von Gewalt und Erpressungen war die Rede gewesen. Sie mussten hier herauskommen, bevor es dunkel wurde. Sie sah sich um. Vielleicht konnte sie eine andere amerikanische Familie ausfindig machen, die bereit war, ihnen zu helfen. Aber keiner von den Reisenden, die sie sehen konnte, bot sich dafür an.

„Hast du irgendetwas Wertvolles, das wir verkaufen könnten?", durchbrach Crystals Stimme die Gedanken von Megan.

Das einzig Wertvolle war Nanas Ring. Sie sah ihn an und drehte ihn an ihrem Finger. „Ich …"

„Nein, kommt nicht infrage." Crystals Miene verdüsterte sich, als sie sah, was Megan überlegte. „Wir finden eine andere Lösung." Bedeutete der Anflug von Kummer in Crystals Gesicht, dass sie sich an den Tag vor der Operation im Krankenhaus erinnerte, als Megan ihr den Ring vermachen wollte, falls …?

Megan schluckte. Würde sie jemals wieder wissen, was Crystal dachte?

Konzentrier dich auf das aktuelle Problem, Megan. Denk nach. „Wie wäre es, wenn wir im Hotel anrufen und fragen, ob sie jemanden schicken können? Sie haben unsere Kreditkartendetails in den Akten, also wissen sie, dass sie das Geld dafür bekommen werden."

Crystals Augen leuchteten hoffnungsvoll auf. „Das ist gar keine schlechte Idee."

Megans Schultern strafften sich.

Ihre Schwester zog das Handy aus ihrer Tasche und versuchte zu wählen. Als keine Verbindung zustande kam, klopfte sie mit dem Telefon auf ihre Handfläche. „Kein Empfang."

Als Megan es mit ihrem versucht und auch keine Verbindung bekommen hatte, stand sie auf. „Komm, wir versuchen, von jemand anderem ein Telefon zu leihen."

Mit einem misstrauischen Blick erhob Crystal sich schließlich und folgte ihr. Aber alle, die sie ansprachen, streckten die Hand aus und wollten erst Geld haben, bevor sie den Schwestern erlaubten, ihr Telefon zu benutzen.

Megans Schritte wurden schwerer. „Ich war noch nie so enttäuscht von der Menschheit wie in diesem Augenblick."

Dass sie sich in dieser gefährlichen Situation befanden, war allein ihre Schuld. Sie musste stark sein, eine Lösung finden. Aufgeben kam nicht infrage.

Als Megan sich umsah, bemerkte sie, dass einer der Verkäufer sie beobachtete, den Kopf leicht zur Seite geneigt. Er schien noch keine zwanzig zu sein und Megan sah, wie er etwas zu der stämmigen Frau neben ihm sagte. Die beiden verkauften Getränke, darunter Limonade, Wasser und Tee in Flaschen. Das Eis unter den Getränken war beinahe komplett weggeschmolzen. Die Frau winkte ihnen zu.

„Sieh mal, Crystal."

„Sie wollen uns nur etwas zu trinken verkaufen."

Aber versuchen konnten sie es ja. „Komm, wir gehen hin und hören, was sie wollen." Sie ging auf den Wagen des Verkäufers zu und wartete nicht, um zu sehen, ob Crystal ihr folgte.

Der Kopf der Frau war bedeckt und sie nickte fast unmerklich, als Megan bei ihrem fahrbaren Verkaufsstand ankam. „Mein Sohn sagt, Sie brauchen Hilfe." Obwohl sie einen Akzent hatte, war ihr Englisch fehlerlos und etwas an ihr wirkte ehrlich.

„Ja. Haben Sie ein Telefon, das wir benutzen könnten?"

Die Frau schüttelte den Kopf mit kleinen, hektischen Bewegungen. „Ich fürchte nein. Kann ich sonst irgendwie helfen?"

Crystal zog an Megans Ellbogen, so als wollte sie ihre Schwester davon abhalten zu antworten. Aber es konnte nicht schaden, der Frau ein paar Informationen zu geben und zu sehen, ob sie vielleicht eine Lösung für ihr Problem hatte. „Unser Portemonnaie wurde gestohlen und wir haben kein Geld. Wir müssen im Hotel anrufen, damit uns jemand abholt."

Der Junge schnalzte mit der Zunge und sagte auf Arabisch etwas zu seiner Mutter. Sie antwortete. Dann wandte sie sich wieder an Megan und lächelte zaghaft. „Wir sind hier fast fertig. Wenn Sie warten können, dann bringen wir Sie gerne zu Ihrem Hotel."

Noch ein Zupfen von Crystal. Aber Megan ignorierte sie. „Das wäre wunderbar. Wir können Sie für die Fahrt bezahlen, wenn wir dort sind."

Die Frau schüttelte den Kopf. „Nicht nötig."

„Dann warten wir dort drüben auf Sie." Megan schüttelte Crystals Arm ab und ging wieder zu der Bank zurück.

Crystal riss sie zurück. „Bleib stehen, Megan."

„Was ist denn? Ich habe uns gerade eine Heimfahrt organisiert."

„Mit wildfremden Leuten. Wieso sollte das ungefährlich sein?"

„Hast du eine bessere Idee?"

Crystal drehte sich um und blickte in Richtung Horizont. Einen Moment lang schwieg sie und Megan konnte nur das Knirschen der Kamelhufe auf dem Boden, das Quietschen von Taxireifen und das ständige Geplauder der Verkäufer hören.

Ihr Tonfall war nicht besonders nett gewesen. „Tut mir leid."

Ihre Schwester seufzte. „Nein, mir tut es leid. Ich mache mir Sorgen und kann nicht klar denken. Wahrscheinlich weißt du das schon, aber ich hasse es, wenn ich nicht alles unter Kontrolle habe."

„Ach ja? Ich hatte keine Ahnung." Megan lachte leise, aber es klang ein wenig angespannt. „Ist schon gut. Es ist eine belastende Situation, die ich durch meine Vergesslichkeit noch schlimmer gemacht habe."

„Na ja." Crystals Augen wirkten plötzlich rot – beinahe so, als wäre sie kurz davor, in Tränen auszubrechen – und sie räusperte sich. Noch ein ungewohntes Aufblitzen von Gefühlen bei ihrer Schwester.

Eine Zeit lang standen sie zusammen so da und sahen zu, wie die Sonne hinter den Pyramiden unterging. Als die Frau und ihr Sohn herüberkamen und Crystal und Megan zu einem verbeulten braunen Lieferwagen führten, stiegen die Mädchen ein. Und als sie nach einer halben Stunde und einer wirklich netten Unterhaltung mit der Frau, die Aziza hieß, sicher in ihrem Hotel angekommen waren, kam Megan sich unwillkürlich ein bisschen mutig und erfolgreich vor.

Offenbar war sie doch nicht so hilflos, wie sie gedacht hatte.

Kapitel 12

Wenn Crystal bei ihrer Rückkehr nach Hause nicht arbeitslos sein wollte, brauchte sie eine Idee für das Lerner-Projekt – und zwar schnell.

Zum hundertsten Mal wischte sie sich den Pony aus der verschwitzten Stirn. Neben ihr fächelte Megan sich mit einer Broschüre, die alle möglichen Fakten über das Tadsch Mahal enthielt, Luft zu. Crystals Bauch zog sich von dem vertrauten Schmerz zusammen. Das scharfe Rindfleischcurry, das sie zu Mittag gegessen hatte, war ihr nicht bekommen. Wenn sie wirklich irgendein Magengeschwür hatte, war es wahrscheinlich besser, wenn sie in Zukunft auf stark gewürzte Speisen verzichtete.

Ihre Privatführung war gerade im Garten vor dem Tadsch Mahal zu Ende gegangen. Von dem herrlichen weißen, mit Halbedelsteinen übersäten Marmormausoleum bis zu den feinen in Stein gemeißelten Ornamenten an den Wänden hatten Megan und sie alles gesehen, was das Gebäude zu bieten hatte. Und jetzt, während sie in der Abendsonne auf dem Hof unweit des Gartens standen, hätte Crystal am liebsten geschrien und alle Bäume ausgerissen.

Denn obwohl sie von diesem vorzüglichen Beispiel der Mogul-Architektur begeistert war, bot es keine Inspiration für ihre eigene Arbeit.

Und die brauchte sie jetzt ganz dringend, vor allem, nachdem sie an diesem Morgen eine Mail von der Praktikantin Jamie erhalten hatte, in der sie schrieb, Tony und Meredith würden sich offenbar „sehr gut verstehen“ und „immer hinter verschlossenen Türen reden“.

Natürlich taten sie das. Das war durchaus nachvollziehbar. Aber was war, wenn Tony es sich anders überlegte und beschloss, dass Meredith den leitenden Posten mehr verdient hatte als sie? Ohne seine Unterstützung hatte Crystal keine Chance.

Megan kickte einen Kiesel auf dem Gehweg fort und zerstreute dadurch Crystals Gedanken. „Dieser Ort ist wirklich überwältigend." Ihre Schwester blickte zu den Türmen des Tadsch Mahal hinauf.

Vielleicht sollte sie das Gebäude aus einer anderen Perspektive betrachten. Crystal entfernte sich einige Schritte und ging zugleich weiter nach links.

Megan eilte zu ihr. „Wo willst du hin?"

„Ich will sehen, wie das Ding von da drüben aussieht." Sie zeigte auf das andere Ende des langen Wasserbeckens an der Nord-Süd-Achse des Gebäudes. Das Becken hatte auf beiden Seiten Gehwege und reflektierte das Mausoleum. Wenn sie es aus einem anderen Blickwinkel betrachtete, würde es Crystal doch bestimmt zu etwas inspirieren. „Ich kann keine reflektierenden Wasserbecken in meinen Entwurf quetschen, aber vielleicht kann ich auf andere Art Wasser einbauen …"

Sie gingen weiter über den Weg, vorbei an Frauen in eleganten Saris in Pink und Rot und an Männern in traditioneller indischer Kleidung, aber auch an Touristen mit breitkrempigen Hüten und großen Kameras um den Hals. Ein paar Kinder spielten am Beckenrand Fangen und versuchten, sich ins Wasser zu schubsen. Während die Sonne am Himmel tiefer sank, wurde die Luft ein wenig erträglicher, obwohl die Luftfeuchtigkeit noch immer extrem hoch war.

„Hast du gehört, wie der Reiseführer gesagt hat, dass das Gebäude je nach Tageszeit die Farbe wechselt?" Megan hielt Crystal ihre Broschüre unter die Nase, während sie weiterliefen, und zeigte auf einige Bilder. „Siehst du? Morgens ist es rosa und abends milchweiß. Ich kann sehen, wie es sich gerade verändert. Oh, und wenn der Mond heute Nacht zu sehen ist, wird es golden leuchten. Ich verstehe natürlich nichts von Architektur, aber vielleicht kannst du ja so etwas in deinem Entwurf vorschlagen."

„Ich bin nicht sicher, wie das funktionieren soll, aber es ist eine interessante Idee."

Crystal musterte ihre Schwester. Nachdem sie jetzt beinahe eine Woche zusammen verbracht hatten, entspannte sich die Situation zwischen ihnen allmählich. Ihre Gespräche waren noch immer ziemlich oberflächlich, aber Crystal hatte keine Ahnung, wie sie nach so vielen Jahren des Auseinanderlebens eine tiefere Ebene erreichen sollten.

Was hatte Brian gestern Abend am Telefon gesagt, als sie endlich die Gelegenheit hatten, miteinander zu sprechen? „Die Dinge werden sich nicht über Nacht ändern. Fang klein an. Erzähl ihr etwas von dir und warte ab, wie sie reagiert."

Früher war das einfach gewesen. Jetzt, nachdem sie ihre Gefühle jahrelang versteckt und so getan hatte, als gäbe es sie nicht, fühlte es sich so einfach an wie … wie die perfekte Idee für ihre karriereentscheidende Präsentation zu haben.

Aber deshalb war sie hier, oder nicht? Um es wenigstens zu versuchen.

Crystal blieb stehen und wandte sich dem Becken zu, in dem sich das Bauwerk spiegelte. Das jetzt milchweiße Gebäude ragte vom Boden auf und sein Spiegelbild wurde ins Wasser geworfen, sodass es größer wirkte als seine normalen Ausmaße.

Jetzt oder nie. Crystal räusperte sich. „Weißt du, wann ich beschlossen habe, Architektin zu werden?"

„Wann?", wollte Megan wissen. Die Neugier und der Hunger, die in diesem kurzen Fragewort mitklangen, erstaunten Crystal. Vielleicht suchte Megan genauso krampfhaft wie sie nach einem Weg, die Verbindung zu ihrer Schwester wiederzubeleben.

„Im ersten Jahr der Highschool. Wir haben einen Ausflug nach Washington, D.C. gemacht, weißt du noch?" Kaum hatte sie die Worte ausgesprochen, da wusste sie schon, dass sie einen Fehler gemacht hatte. Denn Megan hatte nicht zu diesem „wir" gehört. Damals war sie schon so oft im Krankenhaus gewesen, dass Mom und Dad beschlossen hatten, sie zu Hause zu unterrichten.

„Ja, ich erinnere mich daran." Megans Stimme war leise und sie starrte in das Wasserbecken, hinter dem der Tadsch Mahal aufragte.

Eine Erinnerung tauchte vor ihrem geistigen Auge auf – eine Erinnerung, die Crystal tief in sich selbst vergraben hatte. Wie begeistert sie von der schönen Architektur und den Denkmälern in der Hauptstadt gewesen war. Sie hatte es kaum erwarten können, nach Hause zu kommen und Megan die Bilder zu zeigen. Die hatte immer davon geträumt, irgendwann zu reisen. Endlich würden sie wieder etwas gemeinsam haben; etwas, worüber sie reden, sich austauschen konnten – jedenfalls hatte Crystal das gedacht.

Aber obwohl Megan versucht hatte, sich für ihre Schwester zu freuen, hatte Crystal gespürt, dass sich etwas zwischen ihnen verändert hatte. Ihre Versuche, sie näher zusammenzubringen, ließen Megan ihre eigene Situation nur noch schlimmer vor Augen stehen.

Damals hatte Crystal wie nie zuvor gespürt, wie groß die Kluft zwischen ihnen geworden war – und dass sie diese Kluft vielleicht nie wieder würden überbrücken können.

„Weißt du was? Ist ja egal. Gehen wir." Sie fuhr herum und strebte dem Ausgang entgegen.

„Warte." Megan hielt sie am Arm fest und zog daran und ihr Tonfall war bittend. „Ich weiß, dass es draußen warm ist, aber können wir einfach hier sitzen und den Anblick genießen? Sehen, ob der Tadsch Mahal wirklich golden wird?"

Crystal atmete aus. „Okay."

Megan fand ein Plätzchen unter einem Baum und setzte sich ins Gras, wo sie die Arme um ihre Knie legte. Crystal warf ihren Rucksack auf den Boden und setzte sich neben sie. Dann zog sie zwei Wasserflaschen aus der Seitentasche des Rucksacks und warf Megan eine zu. Beide tranken ausgiebig. Dann holte Megan ein Notizbuch aus ihrer Tasche und fühlte mit den Fingern ihren Puls, während ihre Lippen sich lautlos bewegten.

„Jetzt habe ich schon ein paarmal gesehen, dass du das tust." Crystal zog eine Augenbraue hoch. „Dokumentierst du deinen Pulsschlag?"

„Ja." Megan notierte etwas, klappte das Büchlein zu und verstaute es wieder. „Es ist etwas, das mein Arzt mir für das erste Jahr nach der Operation empfohlen hat. Wenn wir wieder zu Hause sind, höre ich vielleicht damit auf. Aber während ich unterwegs bin, will ich lieber auf Nummer sicher gehen, weißt du?"

Crystal fuhr mit dem Fingernagel um den Rand ihres Flaschendeckels. „Klar." Aber eigentlich hatte sie keine Ahnung und konnte sich nicht vorstellen, wie es war, in Megans Haut zu stecken, als sie krank war.

In ihrer eigenen zu stecken, war schon schwer genug gewesen.

Über ihnen färbte sich der Himmel von Hellblau zu Schwarz

und man konnte die ersten Sterne sehen. Als das Mondlicht das Gebäude berührte, nahm es einen goldenen Schimmer an, wie ein funkelnder Leuchtturm für die Welt. Die Wege leerten sich zusehends, weil die Menschen sich zum Abendessen begaben. Würzige Gerüche wie Safran und Curry stiegen ihnen in die Nase – so stark, dass es schien, als könnte man sie aus der Luft greifen und essen.

„Crystal?"

„Ja?"

„Danke, dass du mitgekommen bist." Megan pulte an dem Etikett von ihrer Wasserflasche und löste es von dem Kleber, der es festhielt. „Es bedeutet mir eine Menge, dass du dir dafür Zeit nimmst. Zeit, die du sonst für deine Arbeit und für Brian hast."

An jenem ersten Tag in Cusco hatte sie Megan grob erklärt, was es mit dem Lerner-Projekt auf sich hatte und mit der damit verbundenen Aussicht auf eine Beförderung, aber sie hatte nichts davon gesagt, dass ihre Ehe gerade dabei war auseinanderzubrechen. Crystal spürte einen Kloß im Hals und trank noch einen Schluck Wasser. „Gern geschehen."

Eine leichte Brise wehte jetzt und ließ das Etikett in Megans Hand rascheln. „Ich staune immer noch darüber, dass dein Chef dir Urlaub gegeben hat."

„Ich habe ihm erzählt, dass ich von all dieser fantastischen Architektur umgeben sein würde und dadurch bestimmt eine Inspiration für mein Projekt erhalte."

„Und, hast du?"

„Nicht so richtig."

Die Wasserflasche in Megans Hand knisterte, als sie einen Schluck daraus trank. „Ich hätte gedacht, dass man Inspiration nicht erzwingen kann, sondern dass man sie im richtigen Moment einfach hat."

„Das habe ich früher auch gedacht." Crystal zog die Haare aus ihrem Nacken und fasste sie mit einem Haarband zusammen, das sie ums Handgelenk getragen hatte. „Aber wenn man in der realen Welt der Architektur lebt, wird einem dieser Gedanke schnell ausgetrieben. Projekte haben Abgabetermine und Abgabetermine warten auf nichts und niemanden."

„Das macht mich traurig."

„Was?"

„Es klingt beinahe so, als würde dir deine Arbeit etwas nehmen, das du liebst, und eine roboterartige Aufgabe daraus machen.“ Megan legte das Kinn aufs Knie.

„Das stimmt nicht.“ Aber was war dann in den letzten Jahren mit ihrer Leidenschaft passiert, mit ihrer Fähigkeit, kreativ zu sein? „Aber manchmal ist es mehr schwarz-weiß, als ich es als naive Architekturstudentin dachte. Da wusste ich es einfach nicht besser.“

„Aber warum willst du dich damit zufriedengeben“ – Megan zeigte auf den Tadsch Mahal, der im Mondlicht glänzte – „oder auch mit Rosa oder Weiß, wenn du Gold haben kannst?“

Kapitel 13

... und in dem Augenblick, in dem der Tadsch sich von Weiß in Golden verwandelte, dachte ich: „Was für eine wunderbare Art, die Welt zu sehen."

Megan trommelte auf den Schreibtisch in ihrem Hotelzimmer und starrte auf den blinkenden Cursor, aber ihr fiel nichts ein, was sie ihrem neuesten Blogeintrag hinzufügen konnte. Sie hatte ihn während ihres Fluges von Indien nach Peking verfasst, aber etwas daran hatte unvollständig gewirkt. Vielleicht war es die Unterhaltung mit Crystal über Träume und Leidenschaft und ein Leben in Farbe. Ihre Diskussion hatte etwas Tiefes und Bohrendes gehabt, das ihre Schwester offenbar getroffen hatte.

Wie genau, konnte Megan nicht sagen. Sie wusste nur, dass Crystal die Stirn gerunzelt hatte und ausgesprochen schweigsam geworden war. Sie war niemand, der das Herz auf der Zunge trug – überhaupt nicht. Obwohl es kurz den Anschein gehabt hatte, als wollte sie etwas von sich preisgeben, als sie über Washington gesprochen hatten. Vielleicht musste Megan einfach mehr Geduld haben.

Sie klickte auf *Veröffentlichen* und sah zu, wie ihr Eintrag online ging. Es war bald Zeit, zu duschen und schlafen zu gehen. Auch wenn es noch nicht sehr spät war, machte das Reisen sie müde. Aber da Crystal im Moment im Bad war, musste Megan noch ein paar Minuten warten.

Es wurde dunkler im Zimmer – das letzte Tageslicht schwand draußen –, deshalb schaltete sie die grüne Lampe an, die aussah, als gehörte sie in eine Zeitungsredaktion. Gestern hatte sie eine E-Mail von ihrem Reisebüro erhalten mit der Frage, ob sie den zweiten Teil ihrer Reise offiziell buchen sollten, aber sie hatte noch keine Gelegenheit gehabt, auf der Crowdfunding-Plattform nachzusehen. Und ehrlich gesagt hatte sie Angst, es zu tun. Was, wenn sie es sich nicht leisten konnte, die ganze Wunschliste abzuarbeiten?

Sie loggte sich ein – und starrte dann auf den Bildschirm.

Alles bezahlt.

Wie konnte das sein? Sie überflog die Liste der Spenden und es gab mehrere kleine Beträge von Bekannten, einige von Leuten, die sie nicht kannte. Und dann war da eine riesige Spende, die den Rest abdeckte. Als sie den Namen dahinter sah, kamen ihr die Tränen: Gary und Charlene Abbott.

Und eine Nachricht war beigefügt:

Es ist ein unendlicher Segen für uns, dass Sie das für unser Mädchen tun. Wir freuen uns darauf, aus der Ferne an dem Abenteuer teilzuhaben! Wir hoffen, Sie haben nichts dagegen, aber wir haben Ihren Blog an alle weitergeleitet, die wir kennen. Viel Erfolg dabei, die Erinnerung an Amanda in Ehren zu halten!

Ein Schmerz bohrte sich in Megans Herz. Diese herzliche Geste war beinahe mehr, als sie ertragen konnte. Und sie war auf jeden Fall eine zusätzliche Motivation, die gesamte Liste zu erledigen, wenn man die emotionale und jetzt auch finanzielle Unterstützung der Abbotts in Betracht zog.

Ihr Handy klingelte auf dem Schreibtisch neben ihr. Eine Nachricht von Caleb. Obwohl sie seit ihrer Abreise nicht mehr miteinander gesprochen hatten, hatte sie ihm ein paar Bilder von Machu Picchu, den Pyramiden und dem Tadsch Mahal geschickt. Seit dem letzten Foto hatte sie nichts mehr von ihm gehört.

Jetzt las sie seine Antwort:

Du hast einen guten Blick für Farben, Meg. Aber ich hoffe, du hast nicht nur mit deinem Handy Fotos gemacht! ☺

Sie lachte und ihre Finger flogen über den Bildschirm.

Habe ich nicht, aber wir haben nicht alle so eine noble Ausrüstung wie du, Watkins. Die Profifotos überlasse ich dir.

Haha. Oh, ich habe übrigens gerade von einem kleinen Online-Reiseportal einer befreundeten Redakteurin gehört. Sie hat gesehen, dass ich deinen letzten Blogpost auf Facebook geteilt habe, und wollte deine Kontaktdaten. Die stehen nicht auf deiner Website, oder? ☺ Ich hoffe, es ist okay, dass ich ihr deine E-Mail-Adresse gegeben habe. Sie sagt, sie wird sich bald bei dir melden.

Megan stockte der Atem.

Wow. Was wollte sie denn?

Weiß nicht genau, aber ihre Website hat inzwischen viele Abonnenten und sie sucht immer neue Autoren.

Echt????

Sie hätte nie gedacht, dass irgendjemand ihren Blog tatsächlich lesen würde. Klar hatte sie ein paar Kommentare von Leuten in Little Lakes bekommen, von ihren Eltern und ein paar Freunden von Amanda – was jetzt einen Sinn ergab, nachdem sie wusste, dass die Abbotts ihre Einträge weitergaben. Aber dass eine echte Redakteurin auf ihre Arbeit aufmerksam geworden war und Infos haben wollte …

Typisch, dass du so dramatisch reagierst, Meg. LOL. Wenn ich raten müsste, würde ich sagen, sie hat gesehen, was ich schon immer wusste – dass du unglaublich talentiert bist und unbedingt an die Öffentlichkeit gehörst.

Oh, Caleb. Er hatte sie immer ermutigt, wenn es ums Schreiben ging, und selbst in den dunkelsten Momenten hatte sie seine Worte in ihrem Herzen getragen. Sie gaben ihr das Gefühl, mutig zu sein; viel mutiger, als sie es eigentlich war. Aber darum ging es nicht. Bei ihm hatte sie sich immer ausmalen können, wer sie sein wollte, und er inspirierte sie dazu zu glauben, dass sie dieser Mensch auch tatsächlich werden konnte.

Megan fuhr sich mit den Fingern über die Augen. Mensch, jetzt heulte sie schon wieder. Dann tippte sie:

Ich sage Bescheid, wenn ich etwas von ihr höre.

Sie öffnete ihr E-Mail-Programm und überflog die dreiundachtzig ungelesenen Nachrichten, bis sie eine von Sheila Daily entdeckte.

Hallo Ms Jacobs,
ich bin Redakteurin beim Portal *Abenteuerlust Reisen*, einer Online-Zeitschrift für Leserinnen und Leser aller Altersstufen, die gerne Orte auf aller Welt bereisen.
Caleb Watkins arbeitet gelegentlich als freier Mitarbeiter für mich und er hat mir Ihre Kontaktdaten gegeben. Ich interessiere mich sehr für Ihre Geschichte und würde mich gerne mit Ihnen über einen Beitrag von Ihnen für unsere Zeitschrift unterhalten. Rufen Sie mich an, wenn Sie Interesse haben. Ich sitze in New York, also rufen Sie an, wann immer Sie wollen. Schließlich ist das hier die Stadt, die nie schläft. ☺
Sheila Daily

Wahnsinn.

Ihr Finger schwebte über Sheilas Nummer auf dem Bildschirm. Eine Berührung und ihr Telefon würde sie mit jemandem verbinden, der vielleicht ihre Artikel veröffentlichen wollte. All die Möglichkeiten, die damit zusammenhingen, schwirrten ihr durch den Kopf. Sie fingen als luftige Wolken an, die hell und weiß waren und erfrischenden Regen verhießen. Aber dann wurden sie immer grauer, bis sie ganz dunkel waren und ihre Sinne überwältigten.

Und mit einem Mal waren all ihre Ängste – all die Ausreden, die Gründe, warum sie nie etwas eingesandt hatte – wieder da.

In diesem Augenblick kam Crystal aus dem Bad, in einen Bademantel gehüllt und mit einem Handtuch um den Kopf. Ein Schwall feuchtwarmer Luft begleitete sie. „Du kannst ins Bad."

„Danke." Megan ging zum Fenster, zog die Vorhänge zurück und beobachtete, wie die Lichter von Peking im Dunkeln tanzten und funkelten. Was sollte sie jetzt tun?

„Alles in Ordnung?"

„Ja. Nein. Ich weiß nicht." Sie wandte sich zu ihrer Schwester um.

„Was denn jetzt?" Crystal setzte sich auf ihr Bett, während sie das Handtuch von ihrem Kopf wickelte.

Megan erzählte ihr von Sheilas E-Mail.

„Das verstehe ich nicht." Ihre Zwillingsschwester fuhr sich mit den Fingern durchs Haar. „Klingt nach einer tollen Chance. Warum kommt es mir dann so vor, als würdest du dich gar nicht darüber freuen?"

„Weil ... was ist, wenn ich nicht gut genug bin?"

„Für mich klingt es so, als ob sie das, was du schreibst, gut findet." Crystal flocht ihre Haare zu einem Zopf. „Und machst du diese Reise nicht, um dir ein Portfolio aufzubauen?"

„Teilweise. Ich bin auch wegen Amanda hier."

Crystal wischte ihren Einwand mit einer Handbewegung beiseite. „Ja, natürlich. Aber auch deinetwegen. Dies ist nicht nur Amandas Reise. Es ist auch deine."

Ihre Schwester hatte recht. Megan konnte – und wollte – sich diese Gelegenheit nicht ausreden, zumal es genau das war, worauf sie gewartet hatte. „Danke."

Sie wählte.

„Sheila Daily hier."

Megan räusperte sich. „Hi, Ms Daily. Hier ist Megan Jacobs. Ich habe gerade Ihre E-Mail bekommen."

„Bin ich froh, dass Sie anrufen." Im Hintergrund raschelte Papier. „Sie haben bestimmt viel um die Ohren und da, wo Sie gerade sind, ist es wahrscheinlich schon ziemlich spät."

„Sehr spät nicht, aber ja. Wir sind in Peking. Morgen wollen wir die Chinesische Mauer besichtigen."

„Ich wollte immer schon mal nach Asien reisen, habe es aber bisher noch nicht geschafft." Am anderen Ende der Leitung war entferntes Hundegebell zu hören. Vielleicht arbeitete Sheila von zu Hause aus. „Wissen Sie, ich suche immer interessante Geschichten und gute Autoren, und als ich Ihren Blog gelesen habe, wusste ich, dass ich beides gefunden hatte."

„Danke." Megan zog an dem langen Ärmel ihres Shirts. „Sie haben gesagt, ich könnte vielleicht einen Beitrag für Ihre Zeitschrift liefern?"

„Ja. Ich würde vorschlagen, dass Sie mit einem Artikel über Ihre

Krankengeschichte anfangen, in der Sie erklären, warum Sie sich entschieden haben, diese Reise anzutreten. Den würden wir so bald wie möglich veröffentlichen und die Leser ermutigen, Ihren Blog zu verfolgen. Unsere Website ist nicht wie eine herkömmliche Zeitschrift. Wir aktualisieren den Inhalt ständig. Und wenn der Artikel auf die Resonanz stößt, mit der ich rechne, dann könnten Sie regelmäßig etwas schreiben, während Sie unterwegs sind, vielleicht einmal die Woche, bis Sie wieder zu Hause sind. Ihren Blog könnten Sie ja trotzdem weiterschreiben, aber für unsere Seite brauchen wir etwas, was ein bisschen anders ist."

Wie oft hatte sie schon davon geträumt, für eine Zeitung oder Zeitschrift zu schreiben? Und hier fiel ihr eine Gelegenheit geradezu in den Schoß, ohne dass sie einen einzigen Brief geschrieben hatte. „Ich weiß nicht, was ich sagen soll."

„Natürlich würde ich mich freuen, wenn Sie Ja sagen." Sheila lachte. „Hier ist noch ein kleiner Anreiz für Sie. Ich behandle meine freien Mitarbeiter sehr gut, und wenn diese Zusammenarbeit gut funktioniert, wäre ich offen für weitere Beiträge von Ihnen. Wenn Reisejournalismus also etwas ist, was Sie interessiert, dann sind wir ein guter Ausgangspunkt. *Abenteuerlust Reisen* wächst mit jedem Tag, also werde ich in Zukunft auch mehr Leute brauchen."

„Das klingt toll." Megan konnte nicht verhindern, dass sich ein Grinsen auf ihrem Gesicht breitmachte. „Ich würde gerne für Sie schreiben, wenn Sie es wollen."

„Super." Sheila gab ihr noch einige Angaben für den Artikel, den Megan als Erstes schreiben sollte. Dann tauschten sie noch weitere Kontaktdaten aus und legten schließlich auf.

„Und?"

Megan stieß einen kleinen Freudenschrei aus. „Ich hab's geschafft. Ich habe gerade meinen ersten Auftrag als Journalistin an Land gezogen."

Kapitel 14

Warum hatte sie sich nur von Megan dazu überreden lassen, dass dies eine gute Idee war?

Crystal kniff die Augen zusammen und umklammerte den kleinen Handlauf vor ihr, während sie in der Seilbahn waren. Nur ein langes, durchhängendes Kabel hielten ihre und Megans Gondel über dem Mutianyu-Abschnitt der Chinesischen Mauer in der Luft. Crystals Magen wehrte sich sowieso schon gegen das fremdartige Frühstück, das sie gegessen hatte. „Wieso habe ich mich eigentlich von dir breitschlagen lassen?"

„Du solltest wirklich die Augen aufmachen. Es ist herrlich hier oben."

„Nein danke."

„Ich hätte nicht gedacht, dass du Höhenangst hast."

„Das hier ist der reine Wahnsinn." Sich auf ein ausländisches Transportsystem zu verlassen, das einen durch die Luft beförderte, war eindeutig ein Fehler gewesen.

„Komm schon, Crystal. Nur einen kleinen Blick. Du wirst es bereuen, wenn du es nicht tust."

Crystal stöhnte, machte aber vorsichtig ein Auge auf. Unter ihr waren winzige Menschen zu sehen, die sich auf der Mauer wie Insekten in einem Ameisenstaat vorwärtsbewegten. Der Weg führte auf und ab, Kilometer um Kilometer. Berge und Grün umgaben die Mauer auf allen Seiten. Ein leichter Dunst bedeckte den Himmel, aber zwischendurch brach sich das Licht eine Bahn. „Vielleicht ist es ja doch nicht so schl…"

Der Wind ließ die Gondel schaukeln und Crystal unterdrückte einen Aufschrei. Zum Glück war das Ende der Seilbahn inzwischen in Sicht. Sie machte die Augen zu und wartete darauf, dass sich die nächste Welle der Übelkeit legte.

„Alles in Ordnung?" Megans Stimme klang weit entfernt.

Crystal nickte und drückte eine Faust in ihren Bauch. „Mir ist nur ein bisschen schlecht."

„Du glaubst doch nicht ..."

„Was?" Sie machte die Augen auf und sah Megan prüfend an.

„Ich weiß nicht. Könnte es sein, dass du schwanger bist?"

„Nein, zum Glück nicht." Die Worte waren heraus, bevor sie darüber nachdenken konnte, was sie damit kommunizierte.

„Oh. Tut mir leid. Ich dachte, Brian und du wolltet Kinder haben."

„Wollen wir ja auch, aber noch nicht jetzt."

Brian wäre außer sich vor Freude, wenn sie einwilligen würde, die Pille abzusetzen. Aber aus irgendeinem Grund konnte Crystal sich nicht für diese Idee begeistern. Sie hatte ihm gesagt – und sich selbst auch –, dass sie erst ein bestimmtes Karriereziel erreichen wollte, bevor sie Kinder in die Welt setzte, aber im tiefsten Innern wusste sie, dass es andere Gründe gab. Gründe, die sie nicht näher untersuchen wollte.

Jetzt redete sie schnell weiter. „Ich glaube, ich habe ein kleines Magengeschwür oder so etwas. Wahrscheinlich ist es nichts." Als sie an diesem Morgen in den Spiegel geschaut hatte, war ihr aufgefallen, dass ihre Augen trüb wirkten und sie Ringe unter den Augen hatte. In der letzten Woche hatte sie öfter Kopfschmerzen gehabt und seit Reisebeginn hatte sie schon eine ganze Packung Rennies aufgebraucht.

„Was? Dann solltest du unbedingt mal zum Arzt gehen."

„Wann soll ich das denn machen, Megan? Wir sind doch ständig auf Reisen." Wenn sie zu Hause gewesen wäre, hätte sie inzwischen einen Termin bei ihrem Hausarzt gemacht, egal, wie viel sie zu tun hatte. Aber sie und Megan konnten sich eine Verzögerung nicht leisten.

„Bestimmt finden wir die Zeit, damit du dich untersuchen lassen kannst."

„Ich komme schon klar. Manchmal esse ich auch etwas, das meinen Magen ein bisschen reizt." Sie würde einfach durchhalten müssen. Außerdem war das, was sie hatte, nichts im Vergleich zu dem, was Megan durchgemacht hatte. Crystal hatte keinen Grund zu klagen.

Ihre Gondel fuhr in die Seilbahnstation ein. Megan kaute auf ihrer Lippe und wandte sich von Crystal ab. „Wenn du meinst."

Die Gondel hielt vor einem Angestellten, der ihre Tür öffnete und erst Megan heraushalf und dann Crystal. Es dauerte einen Moment, bis sie sich wieder sicher auf den Beinen fühlte.

Megan ging vor zum Ausgang. Sie stiegen einige Stufen hinauf und standen dann in einem Torbogen. Als sie die Station verließen, sahen sie, dass eine Steinmauer auf beiden Seiten den Weg begrenzte. Touristen aus aller Herren Länder liefen hier entlang, wobei manche sich an den Handläufen festhielten, die an der Mauer angebracht waren, während sie den steilen Pfad zum höchsten Punkt dieses Mauerabschnitts hinaufstiegen. „Komm."

Als Crystal den Weg hinaufstapfte, ließ die Übelkeit nach. Einerseits hätte sie jemanden, der sie anbetete, nur weil sie Mom war. Aber Kinder … Sie waren so sehr von einem abhängig und brauchten so viel Liebe und Aufmerksamkeit. Gut, Brian würde die Elternrolle wunderbar ausfüllen, aber Crystal konnte sich das für sich selbst nicht gut vorstellen.

Schließlich war sie ja bisher auch nicht für die Menschen in ihrem Leben da gewesen.

„Crystal?"

„Hm?" Crystal blickte auf und sah Megan mit einer Karte dastehen, ihr Blick fragend.

„Kommst du?"

„Oh. Ja, klar."

Megan führte sie zu dem nächstgelegenen Aussichtsturm – es gab auf diesem Abschnitt etwas mehr als zwanzig davon – und sie sahen ihn sich genau an. Als sie hochstiegen, sah Crystal eine Mutter mit ihrem Sohn an einem Fenster stehen und auf die atemberaubende Landschaft hinausschauen. Die Frau hielt den Jungen hoch, damit er hinaussehen konnte, und er hatte die Füße auf der Fensterbank stehen, sodass nur ihr Arm ihn sicherte.

„Was gibt es da zu gucken?"

Crystal zuckte zusammen, weil Megan direkt neben ihr stand. „Wie die Frau dort ihren Sohn hält. Mom hätte uns nie so nahe ans Fenster gelassen."

„Stimmt. Erinnerst du dich noch an die Wanderung, die wir bei einem Campingausflug mal gemacht haben, als wir sechs oder sieben Jahre alt waren? Dad ist mit uns auf den Felsvorsprung geklettert, von dem aus man den ganzen Wald sehen konnte."

„Oh ja. Und Mom ist total ausgerastet."

Dad hatte ihrer Mutter gesagt, sie solle sich beruhigen, er sei ja bei den Mädchen und würde aufpassen, dass ihnen nichts passierte. Aber woher hatte er gewusst, dass er sie beschützen konnte? Als Kind hatte Crystal ihm blind vertraut und nie daran gezweifelt, dass ihr nichts passieren konnte, solange er da war.

Aber in Wirklichkeit konnte er sie nicht wirklich beschützen. Eine falsche Bewegung und jemand hätte ausrutschen und über die Kante stürzen können …

Natürlich war nichts passiert. An dem Tag damals.

Aber ein oder zwei Jahre später hatte man Megan eine Diagnose gestellt, die völlig außerhalb der Kontrolle ihrer Eltern lag. Sie wäre beinahe gestorben und es gab nichts, was Mom und Dad hätten tun können, um sie davor zu bewahren.

„Du siehst blass aus." Megan biss sich auf die Lippe. „Sollen wir zurückgehen?"

„Mir geht es gut. Wirklich."

Aber das stimmte nicht. Jedes Mal, wenn sie eine neue Emotion durch die Risse in ihrem Schutzpanzer ließ, versetzte dieses Gefühl ihr einen Stich, der ihr in der Seele wehtat. Brian würde sagen, das sei ein Fortschritt, und vielleicht war das ja auch so. Aber es schmerzte und Crystal vermisste die Gefühllosigkeit beinahe.

Jetzt straffte sie die Schultern und wandte sich von Mutter und Sohn ab. „Gehen wir weiter."

ઉઙ

An diesem Abend nahm Megan ihren Laptop mit in die Hotellobby, um ihren nächsten Blogeintrag zu schreiben und an ihrem Artikel für die Online-Zeitschrift zu arbeiten. Crystal war oben geblieben, um an ihrem Entwurf zu arbeiten. Ihr Körper sehnte sich nach Schlaf, aber der Abend und die Flüge waren die einzigen Zeiten, in denen sie arbeiten konnte – und vor einer Stunde hatte sie eine E-Mail von Tony erhalten, der sie um eine neue Fassung ihres Entwurfs bat.

Nachdem sie ein paarmal auf das Display ihres Handys getippt hatte, füllte die Stimme von Norah Jones den Raum und schwoll an und ab wie der leichte Regen, der draußen ans Fenster schlug. Crystal machte es sich für ein Brainstorming im Sessel neben dem Fenster bequem, ihren Notizblock in der Hand. Sie machte die Augen zu und dachte an all die Dinge, die sie bisher auf dieser Reise gesehen hatte. Dann stellte sie sich das James-Lawrence-Gebäude vor. Was für Träume hatte sie immer für dieses Bauwerk gehabt? Und wie konnte sie ihre jüngsten Erlebnisse da einbauen? Die Stimme ihres alten Kunstdozenten klang ihr noch im Ohr: *„Was ist Kunst, wenn Sie nicht jede Faser Ihres Wesens hineinlegen?“*

Aber das war nicht mehr so einfach wie früher.

Konzentriere dich, Crystal. Du musst dich konzentrieren. Sie sah die ägyptischen Pyramiden vor sich. Den Tadsch Mahal. Die Chinesische Mauer. Alles atemberaubende Errungenschaften der Architektur …

Ihr Handy klingelte. Brian. Sie nahm den Anruf entgegen. „Hallo, Schatz.“

„Schön, dass ich dich endlich erreiche. Das letzte Mal ist ja schon eine Weile her.“

Die Zeitunterschiede hatten das Telefonieren erschwert. Und selbst wenn sie miteinander sprachen, hatte Crystal Schwierigkeiten, ihren Gedanken Ausdruck zu verleihen. Nach all den Gefühlen, die sie in letzter Zeit in Schach hatte halten müssen, war sie völlig fertig. Welcher Ehemann wollte das schon hören?

Er räusperte sich. „Und, wie geht es dir?“

„Ganz okay.“ Sie klemmte das Handy zwischen Schulter und Ohr und fing an, auf ihrem Notizblock herumzukritzeln. „Wie ist das Leben in New York?“

„So wie immer eigentlich.“ Brian zögerte. „Abgesehen davon, dass du nicht hier bist, natürlich. Ich vermisse dich.“

„Schön, das zu hören.“ Crystal zeichnete ein Flugzeug. Sie stellte sich vor, wie sie die Tragflächen umfasste und neben dem Flugzeugrumpf herflog, zurück zu ihrem Mann. Zurück zur Arbeit, die sie gewohnt war, und zu Fortschritten, die man sehen konnte. „Ich vermisse dich auch.“

Wenn die Beziehung zwischen Megan und ihr angespannt war – in den Zeiten, in denen es schien, als würde diese Reise gar nichts ändern –, konzentrierte sie sich auf Brian und darauf, was er vor ihrer Abreise gesagt hatte. *„Ich bin mir nicht sicher, ob wir* uns *wiederfinden, bevor du Heilung erlebt hast."* Er war davon überzeugt gewesen, dass zu dieser Heilung auch gehörte, sich wieder mit Megan zu versöhnen.

Aber sie hatte das Gefühl, als würde sie dabei versagen. Denn sie hatte immer noch keinen Weg gefunden, sich Megan gegenüber zu öffnen und von der Oberfläche in die Tiefe vorzudringen.

Wie sollte sie das auch, wenn immer noch die Vergangenheit unausgesprochen zwischen ihnen stand wie ein Elefant, der sich dort häuslich eingerichtet hatte und sich nicht vom Fleck rührte, egal, wie sehr sie ihn zur Seite schieben wollte.

Wieder einmal war sie ratlos. Nicht in der Lage, diese verfahrene Situation zu retten.

Ihre Augen fingen an zu brennen und ein beginnender Kopfschmerz drückte auf ihre Schläfen. Sie strich die Bilder auf dem Papier durch und klappte den Block zu.

„Was habt ihr heute gemacht?" Brians Stimme durchbrach ihre Gedanken.

Fakten. Damit konnte sie umgehen. Sie rieb sich die Stirn. „Heute haben wir die Chinesische Mauer besichtigt. Das war ein ziemliches Erlebnis." Sie erzählte ihm von der Seilbahn.

„Ich staune, dass du das überhaupt mitgemacht hast. Erinnerst du dich noch an den Skiurlaub, als wir erst frisch befreundet waren? Du hast geschworen, nie wieder in einen Sessellift oder etwas Ähnliches zu steigen."

„Ja, aber Megan wollte unbedingt, also habe ich es gemacht."

„Das war nett von dir. Wie läuft es zwischen euch?"

„Wir kommen miteinander aus, wenn du verstehst, was ich meine. Kein großer Knall. Nur die üblichen schwesterlichen Kabbeleien." Obwohl, nicht einmal das. Vielleicht hatten sie beide Angst vor dem, was selbst ein kleiner Streit auslösen könnte.

„Es ist bestimmt nicht einfach, das kann ich mir vorstellen." Brian zögerte. „Behandelt sie dich anständig?"

„Megan? Nun, nachtragend ist sie jedenfalls nicht, obwohl sie allen Grund dafür hätte." Ah, da war es wieder, das Brennen in den Augen … und eine einzelne Träne, die ihr heiß über die Wange lief. Crystal wischte sie mit dem Handrücken fort.

„Weißt du, es ist in Ordnung, wenn es auch mal knallt. Manchmal ist das sogar nötig, um reinen Tisch zu machen. Hast du … also, habt ihr über damals gesprochen?"

„Was glaubst du denn?" Ihre Stimme klang verärgert, zickig. Brian meinte es gut, aber er hatte ja keine Ahnung, was er da von ihr verlangte. „Tut mir leid, ich wollte nicht so frustriert klingen. Aber es ist einfach viel los. Tony sitzt mir mit der Arbeit im Nacken, wir sind viel unterwegs, was total anstrengend ist, und die Emotionen, mit denen ich kämpfe, sind mehr als überwältigend. Manchmal habe ich das Gefühl, ich halte das nicht mehr aus."

Und plötzlich konnte sie die Erinnerungen nicht mehr unterdrücken. Sie stiegen auf aus ihrem Inneren, entfalteten sich und die Bilder von dem Tag, an dem zwischen ihr und Megan endgültig alles zerbrochen war, standen wieder frisch vor ihr.

Da lag ihre Zwillingsschwester, die in jeder Hinsicht genauso hätte sein sollen wie sie, die aber kaum weniger hätte aussehen können wie sie, selbst wenn sie sich größte Mühe gegeben hätte. Sie war eine Gefangene im Krankenhaus, was sie den Tropfschläuchen und Monitoren zu verdanken hatte, und sie sah fast schon tot aus. Ihre Augen lagen tief in ihrem bleichen Gesicht, aber irgendwie lag immer noch Hoffnung darin, die Megan nie aufgab. Ihre Haare waren stumpf, ganz dünn und fedrig auf dem Kissen. Sie hatte darum gebeten, unter vier Augen mit Crystal sprechen zu dürfen, also hatte Crystal Mom, Dad und Brian im Wartezimmer zurückgelassen. Jeder Schritt in Richtung von Megans Zimmer war eine Tortur gewesen.

„Crystal." Megan streckte die Hand aus. Sie sah aus wie die einer alten Frau – faltig, schlapp, voller blauer Flecken.

Crystal nahm die Hand und spürte die Kälte, die von ihr, von Megan ausging. „Du schaffst das." Crystal drückte die Hand, als könnte sie damit etwas von ihrer eigenen Kraft auf ihre Schwester übertragen. Dies war nicht das erste Mal, dass Megan um ihr Leben kämpfen musste. Und es war auch nicht das erste Mal, dass Crystal dabei zusah. Sie würden es wieder tun. Nur würde Megan diesmal gesund sein, mit ei-

nem neuen Herzen, das alles ändern würde – vielleicht sogar die Kluft zwischen ihnen.

So musste es einfach kommen. Es gab keine Alternative. Jedenfalls keine, die Crystal akzeptieren konnte.

„Ich weiß." Megans Stimme klang heiser, voller Gefühl und schwach von den Medikamenten, die sie injiziert bekam. „Aber wenn nicht, sollst du Nanas Ring haben. Ich weiß, dass du ihn immer haben wolltest."

„Hör auf." Mit einem entschlossenen Kopfschütteln stand Crystal auf, aber Megan hielt ihre Hand fester, als es ihre Kraft eigentlich erlauben dürfte. Sie war immer stärker gewesen, als alle dachten. „Dir wird nichts passieren."

„Es könnte aber sein. Und wenn, dann will ich nur …"

Aber Crystal blieb nicht, um zu hören, was Megan wollte. „Du wirst wieder gesund. Das verspreche ich dir."

Sie beugte sich vor, gab ihrer Schwester einen Kuss auf die Stirn und ging ins Wartezimmer zurück. Sie wartete, bis die Nachricht kam, dass Megan die Operation überstanden hatte, und floh dann nach New York zurück – ganz der Feigling, der sie nun einmal war.

Leise Schluchzer schüttelten Crystals ganzen Körper, als sie den Tränen endlich freien Lauf ließ.

„Crys?"

Brian. Er war immer noch am Telefon. „Ich muss Schluss machen." Sie flüsterte die Worte nur, beendete das Gespräch kurzerhand und stellte das Handy anschließend auf lautlos.

Kapitel 15

1. Juli
Titel Blogeintrag: Ein besonderer Schwarm: Tauchen am Great Barrier Reef
Text Blogeintrag:
Heute hatten wir Ärger im Paradies …

Dreihundert Dollar Miete für ein vernünftiges Boot hätten *eigentlich* reichen müssen für einen schönen Ausflug.

„Was war das für ein metallisches Geräusch?“ Megan schirmte die Augen vor der Sonne ab und fuhr zu dem Kapitän herum, einem untersetzten Mann in den Fünfzigern mit sonnengebräuntem Teint und ausgeblichenem Haar. Neben ihr saß Crystal auf dem Vordersitz des Bootes in einem halb geschlossenen Neoprenanzug und einem pinkfarbenen Bikinioberteil. Die Gischt von dem fahrenden Boot kitzelte im Gesicht, während sie an der australischen Küste entlangrasten.

„Ach, das ist nichts.“ Der australische Akzent des Kapitäns unterstrich seine Lässigkeit ebenso wie die wegwerfende Handbewegung. „Die alte Dame hat mich noch nie im Stich gelassen.“

„Kannst du mir noch mal sagen, warum wir keine Exkursion mit einer anerkannten Gesellschaft gebucht haben?“ Crystal warf Megan einen Blick zu, eine Augenbraue hochgezogen.

Ihre Schwester war in den letzten Tagen ziemlich wortkarg gewesen, während sie zur australischen Stadt Cairns geflogen waren und sich dort umgesehen hatten – seit ihrem letzten Abend in Peking, als Megan nach dem Schreiben ihres Blogs ins Zimmer zurückgekehrt war und Crystal in Tränen aufgelöst angetroffen hatte. Sie war sofort zu ihr gelaufen und hatte gefragt, was denn los sei, aber ihre Schwester konnte anscheinend nicht die Worte finden, um es ihr zu erklären.

Konnte oder wollte nicht.

Stattdessen war sie ins Bad geeilt und hatte die Tür abgeschlossen. Als Megan am nächsten Morgen vorsichtig darauf zu sprechen gekommen war, hatte Crystal schnell das Thema gewechselt.

Vielleicht war es naiv von Megan gewesen zu glauben, ihre Beziehung würde sich jemals ändern.

Jetzt schüttelte sie das Gefühl der Zurückweisung ab und fuhr sich mit den Fingern durch das feuchte Haar. „Weil wir bei einer organisierten Exkursion nicht hätten beeinflussen können, wohin wir fahren. Und auf Amandas Liste steht: ‚An einer abgelegenen Stelle des Great Barrier Reef schnorcheln', deshalb brauchten wir unser eigenes Boot."

In der letzten Woche hatte sie recherchiert, welche Stellen zum Schnorcheln gut geeignet waren, und dabei eine kleine Insel entdeckt, die alle Kriterien erfüllte. Weil der Tourismus Hochsaison hatte, war es nicht gerade leicht gewesen, ein Boot zu finden, das sie anheuern konnten. Gut, dass sie Kapitän Donaldson gefunden hatten, denn ihr Flug nach Griechenland war für morgen Früh gebucht.

„Wie weit ist es denn noch bis zu der Insel?" Megan blickte auf das türkisfarbene Wasser hinaus, das sich am Bootsrumpf kräuselte.

Der Kapitän steuerte mit einer Hand und nahm mit der anderen seine Wasserflasche, um daraus zu trinken. „Ungefähr fünfundzwanzig Kilometer."

„Super." Der Himmel war völlig wolkenlos und andere Boote waren nicht in Sicht. Megan konnte es kaum erwarten, sich anzusehen, was unter der Wasseroberfläche war …

Tock, tock, tock.

Crystal hob ruckartig den Kopf. „Das klang aber nicht gut."

Der Kapitän fluchte und hämmerte gegen etwas, das metallisch und hohl klang, und im gleichen Moment stotterte der Motor noch einmal und ging dann aus. Megan wandte sich um und sah den Kapitän an. Er fingerte an einigen Knöpfen und Reglern herum und ein schwacher Benzingeruch zog durch die Luft.

Megan kaute an einem Fingernagel. „Was ist denn los?"

Der Kapitän überprüfte noch ein paar Dinge an seinem Boot. „Das weiß ich erst, wenn wir wieder am Anleger sind, aber ich glaube, mit dem Motor stimmt etwas nicht."

„Was bedeutet das?"

„Es bedeutet, dass wir nicht zu Ihrer Insel fahren." Der Mann nahm das Bordtelefon und wählte eine Nummer. „Wir sitzen fest, Kumpel … Ja, Totalausfall." Er gab seine Koordinaten durch und legte auf. Dann kratzte er sich am Kopf. Die Krähenfüße um seine Augen traten hervor, als er eine Grimasse zog. „Wie es aussieht, kann mein Partner erst in einer Stunde herkommen und uns holen. Dann schleppt er uns zum Ufer und Sie bekommen die Fahrt natürlich erstattet. Tut mir leid."

„Aber wir müssen zu der Insel. Kann er uns hinbringen?"

Der Mann schüttelte den Kopf. „Mit einem Boot im Schlepptau müssen wir viel langsamer fahren, das schaffen wir niemals vor Einbruch der Dunkelheit."

Aber die Liste – sie mussten irgendwie auf diese Insel gelangen. „Was sollen wir machen?"

Crystal wickelte sich eine Haarsträhne um den Finger. „Geht unser Flug morgen nicht ziemlich früh?"

„Ja." Es waren gerade einmal angenehme einundzwanzig Grad, aber Megan begann zu schwitzen.

„Meinst du, wir können auf einen späteren Flug umbuchen, damit wir vormittags schnorcheln gehen können?"

Megan ging im Geiste ihre Reisepläne durch und versuchte, sich an alle Einzelheiten zu erinnern. „Das Festival von San Fermín fängt in fünf Tagen an. Das Reisebüro hat alles genau so gebucht, dass wir nach Griechenland und Italien kommen, bevor es nach Spanien weitergeht." Das entfernte Brummen eines Flugzeugs erklang über ihnen. „Außerdem kostet es was, wenn wir die Flüge umbuchen. Und unser Budget ist ohnehin nicht üppig, trotz des Crowdfundings."

„Ich sage es ja nur ungern, aber dann müssen wir diesen Punkt vielleicht unerledigt lassen."

„Das geht nicht." Weil Amandas Eltern auf sie zählten und Tausende Dollars in die Finanzierung ihrer Reise investiert hatten. Und weil sie jetzt Blogleser hatte, die ihr auf der Reise folgten und ihr Erfolg wünschten. Und vor allem, weil sie noch einen Artikel für Sheila Daily schreiben musste, die ihr berichtet hatte, ihr erster Artikel habe bei den Lesern offenbar einen Nerv getroffen und sie könne kaum erwarten, den nächsten zu veröffentlichen.

Scheitern kam nicht infrage.

Aber im Moment schien es unvermeidlich.

„Okay." Crystal spielte mit dem Reißverschluss ihres Neoprenanzugs. Ihr Blick war nachdenklich. „Nach allem, was du mir von Amanda erzählt hast, war sie nicht jemand, der sich so leicht geschlagen gibt."

„Das stimmt." Obwohl Megan das Tagebuch nach wie vor für sich behielt, hatte sie Crystal unterwegs immer wieder einzelne Dinge aus Amandas Leben berichtet. „Aber ich glaube, in dieser Situation hätte selbst sie nichts tun können."

Ihre Schwester kaute einen Moment lang auf ihrer Unterlippe und stand dann auf. Sie spähte über den Bootsrand ins Wasser und wandte sich dann an den Kapitän. „Ist es ungefährlich, hier zu schnorcheln? Und würden wir etwas sehen?"

„Klar. Obwohl wir ein Stück weg sind, ist es nicht so tief, wie man denken könnte."

Mit triumphierendem Blick wandte sich Crystal zu Megan um. „Also?" Sie schob die Arme in die Ärmel ihres Tauchanzugs. „Hilf mir mal mit dem Reißverschluss."

Megans Hände gehorchten ihr, aber sie konnte keine Begeisterung für diese Idee aufbringen. „Ich hatte mein Herz so an diese Insel gehängt. Waren die Bilder nicht herrlich?"

Crystal nahm ein Paar Flossen und warf sie Megan zu. „Wer sagt denn, dass dieser Fleck hier nicht noch herrlicher ist?" Sie schlüpfte selbst in ein Paar Schwimmflossen. „Dies ist unsere einzige Chance, am Great Barrier Reef zu schnorcheln, so wie du es wolltest. Ich weiß, dass es nicht der Ort ist, den wir ursprünglich im Sinn hatten, aber hier sind wir nun mal gelandet."

Wow. War Crystal eigentlich bewusst, welche tiefe Wahrheit in ihren Worten lag?

Megan hatte nie gedacht, dass sie hier in Australien sein und die Wunschliste eines Mädchens erfüllen würde, dessen Leben zu früh geendet hatte. Und dass sie diejenige sein würde, die weiterleben durfte, trotz jahrelanger Krankheit.

Und doch war sie hier. Warum sie nach Jahren der Verdrängung diese Chance erhalten hatte, wusste sie nicht.

Aber sie würde sie auf keinen Fall verspielen. Für Angst und Unsicherheit war in ihrem Leben kein Platz, heute nicht.

„Du hast recht.“ Megan legte die Schnorchelausrüstung an. Dann hielt sie sich den Finger an den Hals und zählte. Amandas Herz schlug kräftig und pumpte Blut in einem stetigen Fluss.

Megan war bereit.

Zusammen stiegen sie auf das Tauchdeck des Bootes und setzten sich. Das Boot schaukelte auf den sanften Wellen, während das Wasser ihre Füße umspielte. Welche Geheimnisse wohl unter Wasser auf sie warteten?

Sie stießen sich vom Bootsrand ab und Megan strampelte mit den Füßen. Die Flossen halfen ihr, sich ohne Schwierigkeiten im Wasser zu bewegen. Ihre Schwester zeigte nach unten und Megan schob sich den Schnorchel in den Mund und tauchte mit dem Gesicht unter die Oberfläche. Was sie sah, ließ das Herz in ihrer Brust einen Satz machen.

Farbenfrohe Korallen entfalteten sich vor ihren Augen wie ein Strauß aus Blumen in allen Formen und Größen. Gelb und Blau, Lila und Rot – jede wie ein leuchtender Farbklecks, kunstvoll verteilt auf der Leinwand eines einfallsreichen Schöpfers.

Anemonen öffneten und schlossen sich im Rhythmus der Wasserbewegungen.

Zwei Meeresschildkröten ließen sich Zeit bei ihrer Reise und schwebten an ihnen vorbei. Eine von ihnen neigte den Kopf ein wenig in Megans Richtung.

Crystal schwamm näher zum Riff und Megan folgte ihr. Sie bewegten sich gemeinsam, zeigten auf Kugelfische, Engelfische, orange-weiß gestreifte Nemos und eine ganze Palette von Arten, deren Namen sie niemals erfahren würden, die sie aber immer im Herzen tragen würden.

Ein Schwarm rosafarbener Fische huschte durch die Strömung wie in einem anmutigen Tanz.

Crystal hatte recht. Es war nicht der Ort, den Megan im Sinn gehabt hatte.

Es war noch viel besser.

Kapitel 16

8. Nackt baden.

Als wir nach Minnesota kamen, fand Mom, dass wir uns in der Gemeinde engagieren sollten. Also taten wir das eine Zeit lang. Ich muss zugeben, als Zehnjährige, die gerade erst den Klauen des sexuellen Missbrauchs entkommen war, hatte ich Mühe, stark und mutig zu sein und von einem Jesus zu singen, der mich liebt, wo ich doch ein Geheimnis kannte, von dem die Kinder um mich herum nichts wussten: Ungeheuer gibt es wirklich.

Eines Sonntags hörten wir die Geschichte von Adam und Eva, dass sie nackt waren und sich nicht schämten. Natürlich kicherten alle Kinder, als die Sonntagsschullehrerin das Wort „nackt" aussprach. Aber ich kicherte nicht. Ich fing an, wie verrückt zu zittern.

Seit dem, was ich erlebt habe, kann ich in Gegenwart anderer nicht nackt sein, nicht einmal halb nackt. Im Sportunterricht bin ich eins von den Mädchen, das sich auf der Toilette umzieht. Und dann war da die Party, zu der Cathy mich letztes Jahr mitgeschleift hat und bei der alle nackt in den See hinter Manny Fredericks Haus gesprungen sind. Ich war so was von schnell weg da ...

Denn Nacktbaden ist Verletzlichkeit pur. Man zieht alles aus, was man trägt, bis nur noch die Haut das Wasser berührt. Dein nackter Körper wird eins mit den Wellen. Ich stelle es mir gleichzeitig beängstigend und befreiend vor.

Deshalb fällt es mir besonders schwer, dieses To-do auf meine Liste zu setzen. Weil ich mich so danach sehne, meinen Körper wieder für mich zu haben.

Und mir selbst zu beweisen, dass Onkel Joe nicht gewonnen hat.

Um nackt zu sein ... und mich nicht zu schämen.

Kapitel 17

3. Juli
Titel Blogeintrag: Verletzlichkeit vom Feinsten: Griechenland
Text Blogeintrag:
Heute habe ich etwas getan, das ich noch nie getan habe. Und um ehrlich zu sein, ist es mir ein bisschen peinlich, darüber zu schreiben ...

Jeder Muskel schmerzte, aber zugleich war Megan von einer tiefen Zufriedenheit erfüllt.

Sie beobachtete, wie die Wellen sich jenseits des griechischen Strandes im Meer brachen, beleuchtet vom Mondschein. Draußen noch so kraftvoll, kroch das Wasser den Strand hinauf, es leckte an ihren Füßen und zog sich dann wieder zurück. Es war erstaunlich warm, als es ihre Zehen umspülte. Winzige leuchtend weiße Sandkörner bedeckten ihre nassen Füße.

Alles andere auf der Welt mochte dem Wandel unterworfen sein, aber das hier war beständig. Die Tide würde immer kommen und gehen. Die Anziehungskraft des Mondes war zu stark, als dass sie etwas anderes tun könnte.

„Das ist schöner, als ich es mir je erträumt hätte." Megan flüsterte die Worte und der Wind warf sie aufs Meer hinaus.

„Ja, das ist es." Hinter ihr, wo das Wasser sie nicht erreichen konnte, ließ Crystal sich in den Sand fallen. So weit ihre Augen sehen konnten, waren sie allein an diesem abgelegenen Strand, den Megan in einem Reiseführer über Athen gefunden hatte. „Aber das sagst du bei allem."

Megan lachte leise. Dann ging sie zu Crystal und setzte sich neben sie. „Da hast du wohl recht." Auf jeden Fall hatte sie es über den Parthenon gesagt, als sie Athen besichtigt hatten. Und über den Nationalgarten. Und über die geweißten Gebäude mit den blauen Dächern, die wie ein zeitgenössisches Königreich in die Hügel gebaut waren. Und ja, vielleicht auch über den Zeustempel. Sie konnte einfach nicht anders. Die Geschichte, die herrliche Landschaft, die Tatsache, dass sie hier war, all dies erleben durfte – es *war* schöner, als sie es sich jemals hätte träumen lassen.

Und in den letzten Tagen, seit Australien, fühlte sie sich Crystal näher, selbst wenn es nur ein einseitiges Gefühl war. Der Umgang miteinander war lockerer geworden. Wenn ihre Schwester nicht gewesen wäre, hätte sie nie den Mut gehabt, buchstäblich ins kalte Wasser zu springen und in Australien einen der zauberhaftesten Tage ihres Lebens zu genießen.

Crystal lehnte sich zurück und stützte sich auf die Ellbogen. Ihr Blick schien weit nach links zu wandern, wo die Lichter der Stadt in der Ferne funkelten. „Dieser Strand ist wirklich romantisch, nicht wahr?"

Die Bemerkung war so untypisch für Crystal, dass Megan beinahe gelacht hätte. Aber bei den wenigen Gelegenheiten, bei denen Megan Crystal und Brian zusammen gesehen hatte, hatte sie den Eindruck gewonnen, dass die beiden sich innig liebten. Sicher vermisste Crystal ihn sehr. „Das stimmt."

Mit einer ausladenden Handbewegung schob Crystal den Sand zur Seite und dann wieder zurück. „Wo wir gerade von Romantik sprechen: Wie sieht es eigentlich mit dir und Caleb aus? Ihr schreibt euch ja eine ganze Menge."

Megan fragte sich, ob ihre Wangen so rot waren, wie sie sich anfühlten, oder ob Crystal das im Mondlicht überhaupt erkennen konnte. „In letzter Zeit sind wir wieder mehr in Kontakt. Er ist Reisefotograf und hat viel Erfahrung. Es ist schön, die Freundschaft mit ihm wieder zu aktivieren."

Jedes Mal, wenn sie an ihn dachte, erschien ein breites Grinsen auf ihrem Gesicht und sie fühlte sich unwillkürlich leichter. Aber sie vermisste einfach nur den Freund. Das war alles. Mehr würde sie nicht erwarten.

„Ach ja, die *Freundschaft* …"

„Hör auf." Megan warf eine Handvoll Sand nach ihrer süffisant grinsenden Schwester.

„Ist er im Moment auch unterwegs?"

Sie nickte, während sie an ihre letzten E-Mails dachte, die sie sich hin- und hergeschickt hatten. „Er ist in Dänemark."

„Vielleicht kann er uns ja irgendwo unterwegs treffen."

„Dazu hat er bestimmt keine Zeit."

Aber wenn doch ... Wie wäre es wohl, ihn wiederzusehen? Es war nur einen guten Monat her, dass sie ihn bei dem Fundraising Event gesehen hatte. Da hatte er sie mit seinem guten Aussehen überrascht und dem wunderbar warmen Gefühl, das sein Lächeln in ihr ausgelöst hatte.

Konnte es wirklich sein? War sie in Caleb Watkins verliebt?

Megan schloss die Augen und atmete den Duft des Meeres ein, einen salzigen Balsamduft mit der Frische von Zitronen. Das Geräusch der Wellen lockte sie. Früher war das Meer ein unbekannter Fremder gewesen, jetzt rief es sie wie ein vertrauter Freund. Sie machte die Augen auf und erhob sich. „Gehen wir rein."

„Wechselst du das Thema?"

Megan ignorierte sie und ging zielstrebig auf das Meer zu. Sobald ihre Füße den nassen Sand berührten, wurde sie ganz kribbelig von der Vorfreude. Sie würde nur kurz hineinwaten.

„Deine Jeans wird gleich nass."

„Und? Ist doch egal." Das Wasser ging Megan bis zu den Waden und berührte den Rand ihrer aufgekrempelten Jeans. Als die Welle wieder zurückging, klebte der Stoff an ihrer Haut. Sie ging noch ein Stück weiter und diesmal reichte ihr das Wasser bis zu den Oberschenkeln. Etwas drängte sie, noch weiter hineinzugehen, aber dies war weit genug. Megan drehte um und ging zu ihrer Schwester zurück, die am Strand wartete, die Hände in die Hüften gestemmt. Beim Gehen rieb die nasse Jeans an der Innenseite ihrer Oberschenkel und kratzte auf der zarten Haut.

„Was in aller Welt machst du denn da?" Crystals völlig erstaunte Miene ließ Megan laut auflachen. Ja, was machte sie da? Sie hatte keine Ahnung. Nur eines wusste sie, dass etwas in ihr sich danach sehnte, alles abzuwerfen, was sie behinderte – ihre Vergangenheit, die Erwartungen all der Leute, die sie kannte, die ständige Sorge, sie würde einen gesundheitlichen Rückfall bekommen.

Die Angst vor dem, was passieren könnte, wenn sie Caleb bat, sich mit ihr zu treffen.

Und dann – wie ein Funke – zündete eine Idee in ihr.

„Was soll dieser Blick?" Crystal hob die Arme und verschränkte sie vor ihrem Oberkörper.

„Ein Punkt auf der Liste." Einer, der ihr Sorgen gemacht hatte, als sie ihn zum ersten Mal gelesen hatte, aber jetzt konnte sie sich nicht vorstellen, es irgendwo anders zu tun. „Den können wir jetzt gleich erledigen." Megans Hände zitterten, als sie ihre Jeans aufknöpfte.

„Was für ein Punkt? Ich dachte, wir hätten in Athen schon alles abgehakt." Crystal sah sie an, als wäre Megan verrückt, als sie die nasse Jeans auszog.

„Haben wir auch." Mit einem schnellen Blick überzeugte Megan sich davon, dass sie allein waren, dann zog sie ihren Pullover aus und warf ihn auf den Boden. „Aber dieser Punkt hatte keine genaue Ortsangabe."

„Zieh deine Hose wieder an."

Crystal sah so nervös aus, dass Megan das Kichern, das in ihrer Kehle aufstieg, nicht unterdrücken konnte.

„Das geht nicht. Auf der Liste steht Nacktbaden."

„Was? Du bist ja verrückt." Crystals Kopf zuckte hin und her. „Du könntest verhaftet werden oder so was."

„Hier ist doch niemand." Mit jeder Lage Kleidung, die sie ablegte, überkam sie ein neues Gefühl der Leichtigkeit. In der Ferne krähte ein Vogel, als Megan ihr T-Shirt über den Kopf zog, sodass ihre Narbe sichtbar wurde. Einen Moment lang starrte sie darauf. Und auch wenn nur sie und Crystal sie sehen konnten, fühlte es sich wie ein kleiner Sieg an, dass sie die Narbe offen zeigte. „Komm schon."

„Ich soll mitgehen? Nee. Du kannst alleine verrückt sein."

„Warst du etwa noch nie nackt schwimmen?" Jetzt war es Megan, die die Arme vor der Brust verschränkte.

Diese Bemerkung von Megan beantwortete Crystal mit einem Augenrollen. „Klar, als ich jung und albern war."

Ein plötzlicher Anflug von Nostalgie ließ Megan beinahe frösteln. „Wir hatten nie die Chance, zusammen jung und albern zu sein." Dazu war sie zu krank gewesen. „Wie sieht's aus? Bitte!"

Einen Augenblick lang dachte sie, ihre Schwester würde Nein sagen. Aber dann fing Crystal wortlos an, sich auszuziehen, bis Megan und sie gleich aussahen. Megan streckte eine Hand aus und Crystal packte sie ganz fest und schlang die Finger um die ihrer Zwillingsschwester. Sie liefen auf das Meer zu, jeder Schritt drängender als der vorige. Megan warf ihrer Schwester einen Blick zu und sah, dass Crystals Miene entschlossen war.

Und plötzlich waren sie nicht mehr zweiunddreißig, sondern acht Jahre alt, während sie bei ihrem letzten Familienurlaub vor Megans Diagnose lachend in den Atlantik liefen. Sie hatten sich die ganze Zeit an den Händen gehalten und das kalte Wasser, das gegen ihre Beine und ihre kleinen Körper klatschte, ließ sie vor Vergnügen kreischen. Und selbst als die Wellen kamen, hielten sie sich fest und ließen niemals los.

Diesmal gab es kein vergnügtes Kreischen und das Wasser war warm. Es umfing Megan und streichelte ihren nackten Körper. Da sie allein waren, gingen sie nicht tiefer als dort, wo sie noch stehen konnten. Und sie waren still, als sie mit den auflaufenden Wellen auf und ab wogten. Ganz still.

Crystal ließ Megans Hand los.

Was war nur mit ihnen geschehen? Wie war es dazu gekommen, dass zwei identische Personen sich zu totalen Gegensätzen entwickelt hatten, die nie über irgendetwas Wichtiges sprachen? Wann war der Abgrund zwischen ihnen so tief und weit geworden? War es Megans Schuld, weil sie so sehr mit sich selbst beschäftigt gewesen war, als sie krank war? Oder lag es an Crystal, weil sie gegangen war?

Und gab es die Hoffnung auf eine echte Heilung oder würden sie für immer in diesem konstanten Schwebezustand leben?

„Ich habe gerade an unseren Ausflug nach Florida gedacht, an unserem achten Geburtstag." Megan tauchte die Hände ins Wasser und ließ ihre eigenen Wellen entstehen. „Weißt du noch, wie wir in Disney World waren und dann am Strand? Es war der perfekte Urlaub."

Obwohl es dunkel war, konnte Megan etwas in Crystals Miene aufblitzen sehen – Sehnsucht vielleicht? Ihre Schwester wandte sich dem Mond zu, dieser leuchtenden Quelle unbändiger Kraft. Aber gleich darauf drehte sie sich wieder in Richtung Ufer. „Wir sollten wieder zurückgehen. Ich muss meine E-Mails abrufen."

Das kleine Mädchen in Megan weinte, als ihre Schwester sie wieder einmal allein ließ.

Kapitel 18

„Das Kolosseum in Rom ist aus Travertinblöcken von den Steinbrüchen bei Tivoli errichtet worden. Man hat sie auf einem breiten Weg, der extra für diesen Zweck angelegt wurde, nach Rom gebracht."

Crystal rieb sich die Nase, während sie ihrem britischen Reiseführer Liam, einem jungen Hipster mit auffälligem Brillengestell und Ziegenbart, zuhörte.

Die Untergrundgänge des Kolosseums hatten sie bereits besichtigt und jetzt standen sie im Schatten der hohen Mauer, die um sie herum aufragte, fast achtundvierzig Meter hoch. Die Sonne wurde meist von Wolken verdeckt, die etwas Rätselhaftes über den Tag legten. Obwohl Megan neben ihr stand und ungefähr zwanzig andere Englisch sprechende Touristen sie umgaben, fühlte sie sich beinahe allein in diesem riesigen Gemäuer, das gebaut worden war, um fünfzigtausend Zuschauer zu beherbergen.

Natürlich war es ihre eigene Schuld, dass sie sich allein fühlte. Warum stieß sie die Menschen in ihrem Leben, die sie am meisten liebte, immer von sich? Mom und Dad. Brian. Megan.

Liam rückte seine Brille zurecht. „Es gibt vier Sitzebenen und achtzig Eingänge, vier dieser Eingänge waren aber für den Kaiser, sein Gefolge und andere hochrangige Mitglieder der römischen Gesellschaft reserviert."

Sie standen unten im Kolosseum, wo zahllose Gladiatoren einmal auf ihren Kampf gewartet hatten. Crystals Blick wanderte über die Wände, die an manchen Stellen bröckelten, aber immer noch stark und fest waren. Dieses Bauwerk hatte dem Zahn der Zeit fast zweitausend Jahre lang widerstanden. Seine Stärke pulsierte unter ihren Füßen und sie konnte das Vibrieren der Geschichte förmlich spüren.

Sie stieß Megan mit dem Ellbogen ab. „Kannst du diesen Ort fassen?" Crystal sprach leise, um den Tourguide nicht zu stören.

Megans Augen waren unverwandt nach vorne gerichtet. Sie nickte, eine Reaktion auf Crystals Worte, aber auch wieder nicht. Kein Lächeln, nichts. Gestern war sie den ganzen Tag über schweigsam gewesen, während sie nach Italien gereist waren – wahrscheinlich war sie sauer, weil Crystal nicht mit beiden Füßen in die Ägäis gesprungen war. Ja, es war okay gewesen, hatte sogar fast Spaß gemacht. Aber dann musste Megan ihren achten Geburtstag erwähnen, das letzte Stück Normalität in ihrer Familie, an das Crystal sich erinnern konnte. Und sie hatte es nicht über sich gebracht, die Erinnerungen zuzulassen.

Was war nur mit ihr los? Sie war doch hergekommen, um die Dinge aus der Vergangenheit zu bereinigen, aber bei jeder Gelegenheit, die sich ihr bot, vermasselte sie es. Sie musste stärker sein. Aber immer, wenn sie versuchte, über die „innere Kraft" zu meditieren – etwas, wovon ihre Yogalehrerin zu Hause ständig sprach –, konnte sie diese Kraft nicht finden.

„Wie viele von Ihnen sicherlich wissen, wurde dieses Amphitheater für verschiedene Veranstaltungen und Vorführungen benutzt, vor allem für die Gladiatorenkämpfe, bei denen Gegner bis zum Tod gegeneinander kämpften." Der Reiseführer ging mit ihnen einen langen Pfad entlang, der sie einmal über die komplette unterste Ebene führte. „Bei einigen dieser Kämpfe wurden auch Tiere eingesetzt, zum Beispiel Löwen, die ein Gladiator töten musste, um zu überleben."

Crystal erschauerte.

Megan hob die Hand. Liams dunkelbraune Augen leuchteten interessiert auf. „Ja, Miss?"

„Waren bei den Kämpfen nicht auch Märtyrer beteiligt?"

Er strich sich über das Bärtchen. „Das ist nicht bewiesen, obwohl Papst Benedikt XIV. diese Ansicht 1749 vertrat, als er erklärte, das Kolosseum sei durch das Blut christlicher Märtyrer geheiligt. Es gibt jedoch Belege für solche Märtyrer in einer Arena im heutigen Lyon in Frankreich."

Die Zuhörer fingen an zu murmeln. Liam gab noch einige Fakten zum Besten und sah dann auf seine Armbanduhr. „Damit geht unsere Tour durch das Kolosseum zu Ende. Meine nächste Führung beginnt erst in zehn Minuten; wenn Sie also noch Fragen haben, beantworte ich sie gerne."

Die Gruppe löste sich auf, manche baten den Tourguide noch, ein Foto von ihnen zu machen, andere gingen zurück, um Teile des Bauwerks genauer zu betrachten.

Megan tippte ihr auf die Schulter. „Ich muss aufs Klo. Willst du mitkommen oder sollen wir uns hier wieder treffen?"

„Ich warte hier." Sie hatte noch nicht das Verlangen zu gehen.

Megan nickte und ging zum Eingang des Gebäudes.

Crystal drehte sich um die eigene Achse und betrachtete das Bauwerk als Ganzes, viel größer und großartiger als alles, was sie jemals entworfen hatte. Und auch wenn ihr der Gedanke gefiel, dass sie ihre eigene Handschrift bei all ihren Entwürfen hinterlassen hatte – würde irgendeines ihrer Werke in zweitausend Jahren noch stehen?

Würde das James-Lawrence-Gebäude etwas Großartiges werden? Würde es über Jahre hinweg das Leben von Menschen berühren, verändern? Vielleicht, aber sie würde nichts damit zu tun haben, wenn ihr nicht ein genialer Entwurf einfiel – und zwar bald. Tony hatte ihren letzten Entwurf abgelehnt und sie darüber informiert, dass Merediths Vorschlag sich prima entwickelte.

Warum war sie nur eine solche Versagerin, trotz all ihrer Versuche?

„Ziemlich beeindruckender Anblick, nicht wahr?" Liam stand neben ihr, die Hände in die Taschen seiner engen Jeans geschoben.

„Kann man wohl sagen."

„Sie wirken viel nachdenklicher als die meisten Leute, die ich täglich hier sehe."

„Ich bin Architektin."

„Ah. Das heißt, Sie sehen das alles hier und fragen sich: ‚Wie kann ich etwas erschaffen, das ebenso atemberaubend ist?'"

„So in der Art."

„Es ist auf jeden Fall fantastisch. Ich lebe jetzt schon seit drei Jahren in Rom, weil ich hier studiere, aber diesen Anblick wird man nie leid." Liam warf einen Blick dorthin, wo die Südmauer des Kolosseums fehlte. „Aber nur wenige Dinge währen ewig. Dieses Kolosseum gehört jedenfalls nicht dazu."

„Immerhin steht es schon seit zwei Jahrtausenden. Nicht einmal ein Feuer oder mehrere Erdbeben konnten es in all der Zeit dem Erdboden gleichmachen."

„Und das bewundern Sie?“ Der bohrende Blick des jungen Mannes war jetzt auf Crystal gerichtet.

„Wer würde das nicht?“ Wenn sie selbst doch nur so widerstandsfähig wäre. „Schon die Kraft, die nötig ist, um all das zu überleben, ist erstaunlich.“

Wie Megan. Wie war es ihrer Schwester gelungen, all diese Jahre unversehrt zu überstehen? Natürlich war sie körperlich nicht unversehrt, aber emotional war sie nicht bitter geworden. Die Erinnerung daran, wie sie lachend in die Wellen gerannt war und den Kummer der Vergangenheit losgelassen hatte, sodass die Freude seinen Platz einnehmen konnte – das war etwas, das Crystal sich auch wünschte.

Aber wie sollte sie das bewerkstelligen?

Liam wiegte sich auf seinen grauen Toms vor und zurück. „Wussten Sie, dass nur ein Drittel des ursprünglichen Kolosseums heute noch existiert? Das bedeutet, das Original war für sich nicht genug. Um Langlebigkeit zu garantieren, musste das Bauwerk von externen Kräften gestärkt werden.“

Worauf genau wollte er hinaus? „Das ist bei so alten Gebäuden nicht unüblich.“

„Ich finde es faszinierend, wie viele Parallelen es zwischen der Architektur und unserem Leben gibt. Sie nicht auch?“ Er blickte nach oben, beinahe in die Sonne hinein.

Dann wanderte sein Blick wieder zu ihr. Er musste ihre fragende Miene bemerkt haben. „Entschuldigung. Ich bin Philosophiestudent und da gehen die Gedanken manchmal mit mir durch.“ Er grinste schief.

Crystal lachte. „Kein Problem. Ich bin nur nicht sicher, dass ich verstehe, was Sie meinen.“

„Ich meine, Sie sehen Stärke, wenn Sie dieses großartige Bauwerk sehen.“ Liams Stimme wurde weicher. „Aber ich sehe eine Fassade. Etwas, das nicht auf Dauer angelegt ist, aber so aussieht, als wäre es so.“

„Sie meinen also, es gibt gar keine Stärke?“ Früher hätte Crystal diesen Gedanken als absurd abgetan und sich selbst als Beispiel betrachtet. Aber jetzt nicht mehr.

„Nein. Es *gibt* Stärke. Sie kommt nur aus einer anderen Quelle.“

Seine Gedankengänge verwirrten sie. „Jetzt habe ich völlig den Faden verloren.“

„So wie das Kolosseum gestärkt werden musste, um zu überdauern, braucht unsere Seele auch Hilfe, fremde Hilfe."

Oh. „Sie meinen Gott?"

„Sie können es Gott nennen, Mutter Natur, die Macht, wie Sie wollen. Es geht darum, dass wir alle unsere Grenzen haben und es allein nicht schaffen."

„Tja, ich habe gesehen, was für eine ‚Hilfe' Gott anbietet – wenn es ihn überhaupt gibt –, und damit will ich nichts zu tun haben, vielen Dank." Crystal presste die Lippen zusammen. Wie kam es, dass sie einem Fremden gegenüber so etwas zugeben konnte, aber mit den Menschen, die sie liebte, nicht einmal über etwas reden konnte, was unter die Oberfläche ging?

„Was meinen Sie?" Liam beugte sich ein wenig vor, offenbar gespannt, Einzelheiten zu hören.

Crystal seufzte. „Ich habe ihn immer wieder gebeten, meine Schwester gesund zu machen. Entweder er hat mich ignoriert oder mich gar nicht erst gehört, weil es ihn nicht gibt. Als sie fast zwanzig Jahre später ein Spenderherz bekam, war es zu spät. Unser Leben wird nie wieder sein wie früher."

„Das tut mir leid." Liam sah aus, als wollte er ihr die Schulter tätscheln, aber er blieb, wo er war. „Aber die Umstände unseres Lebens zu ändern oder unsere Seele zu stärken, sind zwei ganz unterschiedliche Dinge, oder?"

Inwiefern? Es ergab keinen Sinn. Wenn es Gott gab und er wirklich allmächtig war, der angebliche „große Heiler", wie Nana ihn immer genannt hatte, warum ging ihr Leben dann in die Binsen?

Liam sah wieder auf seine Uhr. „Meine nächste Tour fängt gleich an. Ich wünschte, ich könnte mich noch länger mit Ihnen unterhalten. Eine gute philosophische Diskussion macht mir immer Spaß."

„Viel Glück beim Studium und bei der Arbeit und überhaupt." Sie versuchte zu lächeln, aber es fiel ihr schwer. Warum hatte diese Unterhaltung sie nur so aus der Fassung gebracht?

„Ihnen auch. Ciao." Liam hob beide Daumen und ging zum Ausgangspunkt seiner Touristenführung.

Crystal blickte ihm nach und ließ dann den Blick über die unteren Mauern des Kolosseums wandern.

Wenn man genauer hinsah, konnte man die Risse im Fundament leicht ausmachen – Risse, die sie vorher nicht gesehen hatte.

Kapitel 19

7. Juli
Titel Blogeintrag: Noch einmal dem Tode getrotzt: Beim Bullenrennen in Pamplona
Text Blogeintrag:
Als mir heute zwei Tonnen schwere Tiere im Nacken saßen, habe ich endlich mein Herz gefunden ...

Heute würde sie definitiv sterben. Hundertprozentig.

Megan nippte an dem Kaffee, den Crystal für sie in einem Laden organisiert hatte, während sie ihre Plätze an der Santo-Domingo-Straße im spanischen Pamplona verteidigte. Es war erst halb sieben am Morgen, aber sie war schon seit Stunden wach – zuerst hatte sie im Bett wach gelegen und sich ausgemalt, was sie heute tun musste, dann waren sie bei Tagesanbruch hinausgegangen, um dafür zu sorgen, dass sie einen Platz an der Straße ergatterten. Um sie herum wuchs die Menschenmenge mit jedem Augenblick und pulsierte förmlich vor lauter Vorfreude. Ein doppelter Zaun aus Holzbalken, Pfosten und Brettern säumte die Straße und trennte die Zuschauer von dem gepflasterten Teil der Straße, auf der in anderthalb Stunden Bullen Tausende Läufer jagen würden.

Und irgendwann in diesen anderthalb Stunden musste Megan den Mut aufbringen, Crystal zu erzählen, dass sie einer dieser Läufer sein würde – und es dann auch tatsächlich tun.

Ihre Schwester glaubte, sie wären nur hier, um das Festival von San Fermín mitzuerleben, das vom sechsten bis zum vierzehnten Juli dauerte, auch wenn sie nur ein paar Tage bleiben wollten. Da Crystal Amandas Liste nie gesehen hatte, wusste sie nicht, dass das Mädchen davon geträumt hatte, selbst einmal beim Bullenrennen mitzulaufen. Und offenbar hatte Mom es bei keinem ihrer Kontrollanrufe erwähnt.

„Diese Leute sind wahnsinnig." Crystal trank einen Schluck von ihrem Kaffee und starrte die Läufer an, die sich innerhalb der Absperrung versammelten. Die meisten von ihnen trugen weiße Kleidung und rote Kopftücher, etwas, das Megan bei ihren Recherchen gesehen hatte. Sie selbst hatte auch ein rotes Tuch in der Tasche.

„Ich weiß." Und vielleicht war sie wirklich wahnsinnig. Obwohl ihr Arzt gesagt hatte, sie könne auch einen Marathon laufen, wenn sie wollte, war er nicht begeistert gewesen, als sie dieses Wettrennen erwähnt hatte – das insgesamt nur zwei bis sechs Minuten dauerte und bei dem sie nur so lange rennen musste, bis die Bullen sie überholt hatten oder sie die Plaza de Toros erreicht hatte, wo die Bullen nach dem Rennen eingefangen und eingepfercht wurden.

In den letzten Jahren hatte sie regelmäßig Sport gemacht, aber sie hatte die Anstrengung noch nie mit dem Adrenalinschub kombiniert, der von der Angst ausgelöst würde, wenn ihr ein Bulle im Nacken saß. Was würde diese Mischung mit ihrem Herzen machen?

Es gab nur einen Weg, das herauszufinden.

„Ich verstehe, warum Amanda herkommen und sich das ansehen wollte." Crystal blickte zu den alten spanischen Gebäuden hinauf, die sie umgaben. Menschen versammelten sich auf den Balkonen über der Straße. Der Duft von Chorizo zog von einem Verkaufsstand zu ihnen herüber und Megans Magen knurrte. „Es ist wirklich aufregend, auch wenn ich die Leute für völlig durchgeknallt halte."

„Es stand schon immer auf meiner To-do-Liste." Megan leerte ihren Kaffeebecher und tippte mit dem Daumennagel auf den Pappdeckel. „Ich weiß noch, wie Caleb mir sagte, er würde irgendwann einmal mitlaufen." Sie hatte ihn ungläubig angestarrt und er hatte über ihre Reaktion gelacht. Wahrscheinlich würde ihre Schwester ebenso reagieren, wenn sie ihr sagte, warum sie wirklich hier waren.

Megan sah auf ihre Uhr. Beinahe sieben und gleich würde das Tor für die Läufer geschlossen werden. „Ich muss dir etwas sagen. Und es wird dir nicht gefallen."

Crystal fuhr zu Megan herum, während ihre Finger sich fester um ihren eigenen Becher krallten. „Was?"

Megan scharrte mit den Füßen und stellte sich auf Zehenspitzen. Das Tor war nicht weit entfernt. Sie könnte einfach losrennen, dann konnte Crystal sie nicht zurückhalten. Aber das war nicht gerade sehr erwachsen. „Ich laufe heute."

„Laufen? Wo? Du meinst *da*?“ Mehrere Leute in ihrer Nähe drehten sich um, als sie Crystal kreischen hörten, und starrten die Schwestern an. Zwei jüngere Mädchen flüsterten miteinander und kicherten.

„Ja.“

„Kommt nicht infrage.“

Megan hatte gewusst, dass sie das sagen würde. „Amanda wollte mit den Bullen laufen, nicht nur zusehen. Also …“

„Also korrigierst du die Liste.“

„Das geht nicht.“ Sie hatte schon in Machu Picchu geschummelt. Das konnte sie nicht noch einmal machen. „Bitte versteh das. Ich muss die ganze Liste machen. Wenn ich nicht mitlaufe, schaffe ich das nicht.“

Mit der freien Hand packte Crystal Megan am Handgelenk, während sie heftig den Kopf schüttelte. „Nein, Meg. Dein Herz.“

Der alten Megan hätten diese Worte Angst gemacht. Aber die neue Megan sehnte sich danach, stark zu sein; eine Frau, die sich von ihren gesundheitlichen Problemen – oder ihren eigenen falschen Entscheidungen – nicht würde zurückhalten lassen; jemand, der beweisen konnte, dass mehr als nur ein neues körperliches Herz sie hierhergebracht hatte. „Ich schaffe das.“

Sie wandte sich dem Tor zu. Wenn sie sich nicht beeilte, würde sie ihre Chance verpassen. „Entschuldigung.“ Sie schlängelte sich zwischen den Leuten hindurch, während sie das rote Kopftuch aus der Tasche zog.

„Megan!“ Crystal folgte ihr. „Aus dem Weg!“ Megan konnte hören, wie die anderen Zuschauer protestierten, und konnte sich vorstellen, wie ihre Zwillingsschwester die Leute zur Seite drängte.

Schließlich fühlte sie, wie jemand sie an der Schulter festhielt. „Halt. Warte.“

Megan fuhr herum. „Du kannst mich nicht umstimmen, Crystal. Ich muss das tun.“

„Damit bringst du dich um! Wenn du nicht von einem Bullen niedergetrampelt wirst, kann dein Herz einfach aufhören zu schlagen.“ Jetzt zitterte ihre Schwester sichtlich und ihr Gesicht war zu einer Maske verzogen, die Megan nicht erkannte. „Mom wird mir niemals verzeihen, wenn ich dich das machen lasse.“

Megan hob frustriert die Arme. „Du bist nicht für mich verantwortlich!“ Oh, warum konnte sie die Verärgerung in ihrer Stimme nicht zurückhalten? Ihre Schwester machte sich doch nur Sorgen.

„Bitte, Meg.“ Crystals Fingernägel gruben sich verzweifelt in Megans Arm. „Das … das ist verrückt.“

Megan seufzte. Den Anblick ihrer leidenden Schwester konnte sie einfach nicht ertragen, aber sie wollte sich von Crystal auch nicht aufhalten lassen. Diesmal nicht. „Tut mir leid.“ Entschlossen, aber sanft löste sie Crystals Finger von ihrem Arm, drehte sich um und rannte durch die Menge.

Vor ihr machte ein Mann Anstalten, das Tor zu schließen. „Moment!“

Er winkte sie zu sich und sie huschte durch das Tor. Als es hinter ihr ins Schloss fiel, stockte ihr der Atem. Auf der Straße war es genauso voll wie jenseits der Absperrung. Wie in aller Welt sollte sie den Bullen ausweichen, wenn sie vorbeirannten?

Aber darüber würde sie jetzt nicht nachdenken. Stattdessen befestigte Megan das rote Tuch um ihre Stirn.

Jetzt war sie offiziell ein *mozo*. Megan versuchte, sich an jedes Video und jede Information zu erinnern, die sie gefunden hatte, als sie sich auf dieses Abenteuer vorbereitet hatte. Sechs Bullen würden losgelassen werden und vier Straßen entlanglaufen. Entweder die Läufer waren schneller als die Bullen oder sie wichen ihnen aus, wenn sie vorbeirasten. Auch sechs junge Ochsen wurden auf den Parcours gelassen, damit die Bullen ruhiger waren und in der Herde blieben. Natürlich konnte sie genauso leicht von einem Ochsen zertrampelt werden wie von einem Bullen, aber wenigstens konnte der Ochse sie nicht aufspießen wie die Bullen.

Bei dem Gedanken fröstelte sie.

Neben ihr dehnte ein Mann mit zurückgegeltem braunem Haar seine Beine, indem er einen Ausfallschritt nach vorne machte. Er musterte sie von oben bis unten. „Das erste Mal?“ Sein Akzent klang osteuropäisch. Woher wusste er, dass sie Englisch sprach? Vielleicht war ihr einfach anzusehen, dass sie Amerikanerin war.

Sie lachte und es klang nervös. „Ist es so offensichtlich?“

Er unterbrach seine Dehnübungen und kam näher. „Dies ist mein siebtes Mal. Keine Angst. Das wird schon.“

Trotz des flauen Gefühls im Magen hob Megan die Daumen. „Super."

„Wenn du hinfällst, roll dich zusammen und bleib liegen." Der Atem des Mannes roch nach Zwiebeln. Schweiß glänzte auf seiner Stirn. „Besser niedergetrampelt zu werden als aufgespießt. Ist sicherer, auch wenn es trotzdem Verletzungen bedeutet." Der Mann erwiderte ihre Daumen-hoch-Geste und trat zur Seite, um mit seinen Dehnübungen weiterzumachen.

Megan schluckte. Liste hin oder her, dass sie jetzt hier stand, war ein eindeutiges Zeichen dafür, dass sie von Sinnen war.

Die riesige Uhr über ihrem Kopf näherte sich der 8-Uhr-Marke, dem offiziellen Beginn der Festivitäten. Megan hüpfte auf den Fußballen. Die Anspannung des Wartens war eine reine Tortur.

Würde Crystal ihr jemals verzeihen? Megan durchsuchte die Menge nach den goldenen Haaren ihrer Schwester, aber es war unmöglich, irgendwelche Gesichter zu erkennen. Alles war ein Gemisch aus Farben und Gerüchen, die miteinander verschmolzen.

Megans Telefon vibrierte in ihrer Hosentasche. Sie zog es heraus und ein Schauer der Erregung lief ihr über den Rücken. Diesmal hatte es nichts mit dem Chaos um sie herum zu tun. Eine Nachricht von Caleb:

Heute ist dein B-Day, oder?

Sie rümpfte die Nase. Sie hatte nicht Geburtstag. Und das wusste er auch.

Wovon redest du?

Du weißt schon, Bull Day – Bullentag. Haha, schlechter Witz. Hast du mir nicht erzählt, dass du am Bullenrennen teilnimmst?

Ja! ☺ Das Rennen fängt gleich an und ich stehe hier und frage mich, ob das der größte Fehler meines Lebens ist. LOL.

Nee, du machst das schon. Ich wünschte, ich wäre mit dir dort.

Weil er immer bei diesem Rennen hatte mitmachen wollen … oder weil er mit ihr zusammen laufen wollte? Ein Lächeln umspielte ihre Lippen.

Dann muss ich wohl für dich mitlaufen!

Nein, Meg. Lauf für dich selbst.

Crystals Worte hallten in ihren Gedanken wider. *„Es ist nicht nur Amandas Reise. Es ist auch deine."*

Megans Finger zögerten, dann flogen sie über das Display ihres Telefons.

Mach ich. Danke, Caleb.

Sie aktivierte die Bildschirmsperre und schob das Handy wieder in die Tasche. Und dann waren es plötzlich nur noch dreißig Sekunden bis acht Uhr und jemand in der Menge fing an, auf Spanisch zu zählen. Megan stimmte in den Countdown mit ein, als ihr die Lektionen aus der Highschool wieder einfielen. *„Diez, nueve, ocho …"*

Irgendwo hinter ihr stieg eine Rakete in die Luft und die Zuschauer begannen zu johlen. Die Masse der Läufer drängte von hinten und alle zusammen wurden sie ein kollektiver Muskel, der sich vorbeugte, immer weiter, bereit loszurennen. Sollte sie sich umdrehen oder sich auf das konzentrieren, was vor ihr lag? Wie konnte sie ausweichen, wenn sie nicht wusste, was kam?

Das Blut pochte ihr in den Adern, und anstatt Angst durch ihren Körper zu pumpen, durchströmte sie ein anderes Gefühl. Amandas Herz sang in Megans Brust im Gleichklang mit dem Hämmern ihres Blutes und es schlug einen neuen Rhythmus, den Megan nicht kannte. Das Lied gab ihren Gliedern Energie, und während ihr Körper sich anschickte, aktiv zu werden, spürte sie in den Fingerspitzen und Zehen ein warmes Gefühl der Ruhe.

Und als sie das Scharren von Turnschuhen, die Freudenschreie und die Aufregung hinter sich hörte und das Hämmern der Hufe – und die Vibrationen sogar unter den Füßen spürte –, stieß Megan selbst einen Juchzer aus. Dann blitzten Hörner auf und sie drehte sich um und flog vorwärts. Arme, Beine, Geist, Körper, Seele – sie alle waren miteinander verwoben, während sie rannte, und ihr Atem kam in heißen Strömen aus ihrem Innern. Die Bullen waren ihr dicht auf den Fersen, aber in diesem Augenblick machte sie sich ihretwegen keine Sorgen.

Und ihr Herz kapitulierte nicht, wie sie befürchtet hatte, sondern es war mit einem Mal nicht mehr nur Amandas Herz. Megan beanspruchte die Kraft dieses Herzens für sich, alles, was es für Amanda gewesen war, alles, was es in ihr selbst bewirken konnte.

Ein Bulle lief rechts an ihr vorbei – und dann war er auch schon weit entfernt. Andere überholten sie und sie ließ die Beine fliegen, ließ den täglichen Sport die Kontrolle übernehmen. Vor ihr erschien die Plaza, auf der Tausende von johlenden Zuschauern beobachteten, wie die Läufer triumphierend in den Ring strömten und dann den Bullen auswichen, die sofort eingefangen und eingesperrt wurden.

Und als Megan durch das Tor auf den Platz lief, reckte sie unwillkürlich die Arme in die Luft. Denn dieser Sieg gehörte nicht nur Amanda.

Wie ihr Herz hatte Megan auch diesen Sieg als den ihren angenommen.

Kapitel 20

Schuldgefühle, Verzweiflung, Enttäuschung – alle diese Emotionen hatte Crystal in den letzten paar Wochen bei sich zugelassen.

Aber eine regelrechte Wut auf Megan? Das war neu. Und sie hatte keine Ahnung, was sie mit diesem Gefühl anfangen sollte.

Sie zog ihren Rollkoffer vom Gepäckkarussell und zog ihre Ballerinas wieder an. Hinter ihr ging Megan durch die Sicherheitskontrolle und dankte dem Angestellten, der sie passieren ließ. Ihre Schwester zupfte an dem Tuch, das sie um den Kopf trug, die Haare zu Zöpfen gebunden. Sie lächelte und lachte und ein neues Selbstbewusstsein lag in ihrem Blick. Wie konnte sie so guter Laune sein, wenn Crystal …

Nein. Crystal ging es gut. Sie würde sich nicht über Megans Stunt von gestern aufregen. Wen kümmerte es schon, wenn es sie an all die Male erinnerte …

Doch daran wollte sie nicht denken. „Hier entlang." Crystal machte auf dem Absatz kehrt und ging an der Kontrolle des spanischen Flughafens vorbei und in den dahinterliegenden Gang, ohne abzuwarten, ob Megan ihr folgte. Jeder Schritt gab ihr das Gefühl, zerbrechliche Füße zu haben. Oder vielleicht war es auch der Boden, der brechen konnte, wie eine dünne Eisschicht auf einem nicht ganz zugefrorenen See. Sie zerrte ihren Koffer hinter sich her und suchte nach dem Gate, an dem ein Flugzeug sie nach Dublin bringen sollte.

„Warte doch mal." Megan hatte sie eingeholt, ganz außer Atem. „Wieso die Eile?"

„Kein Grund." Aber Crystal lief trotzdem weiter. Sie konnte nicht stehen bleiben, denn sonst würde die Erinnerung an die schiere Angst, die sie gestern empfunden hatte, sie überwältigen und durch ihre Adern strömen voller glühend heißer Emotionen, die sie nur mit Mühe in Schach halten konnte.

Nach dem Rennen war sie unendlich erleichtert gewesen, dass

ihrer Schwester nichts passiert war. Sie war sogar ein bisschen stolz gewesen, weil Megan etwas Mutiges getan hatte, obwohl es nicht leicht gewesen war. Crystal hatte sich von der Feierlaune mitreißen lassen und zusammen mit anderen hatten sie in einem Pub gefeiert, wobei sie eine *Cerveza* zu viel getrunken hatte.

Aber heute war sie mit einem leichten Kater aufgewacht und durchlebte wie in einer Dauerschleife immer wieder den Augenblick, in dem Megan ihr gesagt hatte, sie habe nicht vor, nur zuzusehen, sondern würde zwischen den wilden Tieren laufen, die nichts lieber täten, als sie aufzuspießen. Als sie ihre Schwester heute Morgen mit dem albernen roten Kopftuch gesehen hatte, war sie daran erinnert worden, wie dicht davor sie gewesen war, Megan zu verlieren – nicht nur gestern, sondern auch vor dreieinhalb Jahren.

Was wollte Megan auf dieser Reise noch alles tun? Was, wenn ihr Selbstbewusstsein sich in Dummheit verwandelte und sie ihre Gesundheit in einer Weise aufs Spiel setzte, die nicht wiedergutzumachen war?

Crystal verstand jetzt viel besser, warum Mom Megan so bemuttert hatte.

Nicht zum ersten Mal überlegte Crystal, ob sie ihre Mutter einschalten sollte. Aber das würde Megan unter Umständen verärgern und das bisschen Annäherung, das ihnen in ihrer brüchigen Beziehung bis jetzt gelungen war, wieder zunichtemachen.

Also stapfte sie stattdessen in diesem ausländischen Flughafen weiter und überlegte, wie sie weitermachen sollte, ohne die Beherrschung zu verlieren.

Megan war an ihrer Seite still geworden. Gemeinsam gingen sie an anderen Touristen vorbei, einige von ihnen eindeutig mit dem Ziel, den Rest des Festivals zu genießen. Eine Gruppe Jungs im Collegealter – auch aus den USA, dem Aussehen nach zu schließen – pfiff Crystal und Megan hinterher, als sie vorbeigingen. Crystal ignorierte sie und trat auf eins der Laufbänder. Einen Moment lang lehnte sie sich an das Geländer, während sie ohne jede Mühe über den Boden des Flughafens schwebten. Hohe Glasdecken waren über ihnen gespannt und gaben den Blick auf einen wolkenlosen, kristallblauen Himmel frei.

„Hörst du irgendwann auch mal wieder auf, sauer auf mich zu sein?“ Megan kaute auf ihrer Unterlippe.

Crystal hatte versucht, ihre Gefühle zu verbergen, aber offenbar war sie darin nicht mehr so gut wie früher. Sie legte eine Hand auf den Griff ihres Koffers und ging weiter, jetzt doppelt so schnell wie vorher. „Wenn ich mich beruhigt habe.“

Sie traten von dem Laufband und es dauerte einen Moment, bis sie sich wieder an die normalen Bewegungen gewöhnt hatten. Sie waren gegenüber von einer Einkaufspassage gelandet, mit Café, Bistro und – halleluja! – einem Starbucks. Crystal überflog die Auswahl an der Tafel. „Ich hole Kaffee. Willst du auch was?“

„Nein, danke. Aber ich organisiere uns einen Tisch.“

„Klingt gut.“ Crystal riss den Blick los und ging dem himmlischen Duft entgegen. Sie stellte sich in die Schlange und atmete den Duft von geröstetem Kaffee ein, ließ sich von ihm umhüllen und ihn in ihre Haut und Kleidung dringen. Sie bestellte einen Mokka und wartete darauf, dass er gebrüht wurde, dann ging sie zu dem Tisch, den Megan ergattert hatte. Sie hatten noch mindestens eine Stunde Zeit bis zum Boarding, also zog sie sich einen Stuhl heran und setzte sich ihrer Schwester gegenüber.

Megan fingerte an dem Serviettenhalter herum. „Können wir darüber reden?“

Crystal trank einen Schluck von ihrem Kaffee und verbrannte sich die Zunge dabei. „Worüber genau?“

„Ich habe das Gefühl, dass zwischen uns eine Wand steht. Eine, die vorher nicht da war.“

Machte sie Witze? Ein winziger Teil von Crystals Selbstbeherrschung bröckelte. „Komm schon, Megan. Zwischen uns gibt es schon lange eine Wand.“

„Aber wir haben uns doch auf dieser Reise bisher gut verstanden.“ Megan runzelte die Stirn. Es war für sie ein ungewohnter Gesichtsausdruck. „Das will ich einfach nicht verderben.“

„Ich werde in Zukunft versuchen, weniger wie Mom zu sein. Und mir keine Sorgen mehr um dich machen.“

„Das meine ich ja gar nicht. Du bist ganz offensichtlich aufgebracht. Kannst du mir nicht dieses eine Mal sagen, wie du dich fühlst, Crystal?“

Um sie herum unterhielten sich die Menschen miteinander, aber Megans Worte fanden ihren Weg zu Crystals Ohren ohne Mühe. „Du willst nicht wirklich wissen, wie ich mich fühle."

„Doch, das will ich." Megan biss die Zähne zusammen.

Crystal hatte Angst gehabt, das empfindliche Gleichgewicht, das Megan und sie aufrechterhielten, zu stören. Aber jetzt kamen ihr Brians Worte wieder in den Sinn. *„Weißt du, es ist in Ordnung, wenn es knallt. Manchmal ist das sogar nötig, um reinen Tisch zu machen."* Eigentlich wollte sie dieses Gespräch nicht führen, aber es war nötig.

Es war an der Zeit.

„Okay, ich war gestern stinkwütend auf dich."

„Wieso?"

„Was meinst du mit ‚wieso'? Das habe ich dir doch gesagt. Es hätte sein können, dass du einen Herzinfarkt bekommst. Oder aufgespießt wirst. Oder … stirbst." Das letzte Wort bebte auf Crystals Lippen.

Megans Blick war voller Mitgefühl. „Aber das ist nicht passiert. Ich bin nicht gestorben. Ich bin hier. Ich bin gesund. Mir geht es gut."

„Aber früher war es anders." Crystals Herz hämmerte in ihrer Brust. „Ich weiß nämlich noch, wie es war. Die ganze Zeit habe ich mit einem Anruf gerechnet, der mir sagt, dass es vorbei ist. Ich dachte, ich würde irgendwann aus der Schule nach Hause kommen und eine Tragödie erleben. Und ich habe mich ständig gefragt, ob ich etwas daran hätte ändern können …" Als ihre Stimme heiser wurde, verstummte sie.

Ihre Schwester schwieg einen Moment lang. „Ich weiß ja, dass ich der Familie viel Kummer gemacht habe …"

„Das ist doch nicht deine Schuld, dass du in all den Jahren krank warst. Du hast dir das schließlich nicht ausgesucht. Aber gestern hast du die Entscheidung getroffen, bei dem Rennen mitzumachen. Diesmal hast du entschieden, dich selbst in Gefahr zu bringen. Es ist, als ob …" Nein, sie konnte es nicht sagen. Oder doch?

„Es ist, als ob was? Sag es mir."

„Es ist, als ob du mit Absicht leichtsinnig bist, weil du dein Leben zurückhast und weil du früher nie leichtsinnig sein konntest.

Aber deine Entscheidungen haben nicht nur Konsequenzen für dich selbst. Denkst du nie daran, wie es für die Menschen ist, die dich lieben?"

Megan presste die Lippen aufeinander und ein Funke blitzte in ihren Augen auf. *Oh Mann.* Crystal hatte nicht gewollt, dass die Worte so giftig klangen, sie wollte Megan doch nur zum Nachdenken bringen. Rückblickend hatte sie es wahrscheinlich zu scharf formuliert. „Ich weiß, dass dir diese Reise viel bedeutet. Aber es war echt schwer, dir dabei zuzusehen, wie du losgelaufen bist. Keine Kontrolle darüber zu haben, ob …" Wieder ließ sie den Satz unvollendet in der Luft hängen.

Megan musterte Crystal. „Ich bin froh, dass du es mir gesagt hast." Sie atmete hörbar ein. „Aber jetzt muss ich dir auch etwas sagen."

„Meg …"

„Lass mich, Crystal, ich muss das loswerden." Megans Worte waren leise, aber entschlossen.

Crystals Griff um ihren Kaffeebecher wurde fester. Sie nickte.

„Du wusstest, dass diese Reise etwas sein würde, das mich an meine Grenzen bringt. Du wusstest, dass ich viele Dinge machen würde, die ich noch nie gemacht habe. Vielleicht sogar ein bisschen Abenteuer und Gefahr. Wenn du das wusstest und dich jetzt darüber aufregst, warum bist du dann hier? Warum bist du überhaupt mitgekommen?"

Crystal fuhr sich mit der Zunge über die Lippen. „Ich wollte dir helfen."

„Wirklich?"

Nein, oder zumindest war das nicht der einzige Grund. Megan war das natürlich bewusst geworden. „Also gut, ich wollte reparieren, was zwischen uns zerbrochen ist. Was … ich zerbrochen habe."

Plötzlich liefen ihrer Schwester die Tränen über die Wangen und sie schwieg eine Weile. „Das heißt, du wolltest nur deine Schuldgefühle beruhigen? Wenn das der Grund dafür ist, dass du hier bist, dann ist es vielleicht besser, wenn du abreist."

„Nein, das ist nicht …"

„Denn ich muss dir sagen, dass ich dir vergeben habe, aber noch immer nicht fassen kann, dass du es getan hast. Du hast mich verlassen. Mein eigener Zwilling, meine Schwester, meine ehemals beste Freundin. Nach der Operation bin ich aufgewacht und weißt du, wen ich als Erstes sehen wollte? Dich. Aber du warst nicht da." Megans Hände zitterten und ihre Wangen waren gerötet. „Du warst zu deinem perfekten Leben zurückgekehrt, weit weg von mir, dem einzigen Ding in deinem Leben, das nicht vollkommen war. So als wäre ich eine lästige Pflicht in deinem Kalender, deinem Leben, ein Ausrutscher, mit dem du dich nicht mehr abgeben wolltest." Megan wirkte beinahe überrascht, als ihr die Worte über die Lippen kamen.

Crystal starrte ihre Schwester mit großen Augen an. Glaubte sie wirklich, das sei der Grund gewesen, warum Crystal gegangen war? „Du hast das völlig falsch verstanden. Mein Leben war – ist – alles andere als perfekt."

„Sag das nicht so, als ob ich Mitleid mit dir haben müsste." Megan vergrub das Gesicht in den Händen und ihre Ellbogen knallten auf den eisernen Tisch. Dabei stieß sie Crystals Kaffee um. Der Deckel flog davon und die braune Flüssigkeit ergoss sich aus dem Becher und tropfte durch die Löcher im Tisch auf Crystals weiße Schuhe.

„Oh." Megan riss die Augen auf. „Tut mir leid."

„Schon gut. Ich bin gleich wieder da." Crystal stand ruhig auf und ging zur nächsten Toilette, während ihre Gedanken sich überschlugen und ihr Herz raste. Ihre Schritte hallten auf den großen Fliesen wider, als sie zu den Waschbecken ging, sich ein paar Papiertücher schnappte, sie nass machte und damit über ihre Schuhe wischte. Von dem glatten Leder ließ sich der Kaffee ganz leicht abwischen.

Schade, dass die Vergangenheit sich nicht auch so einfach wegwischen ließ.

Den Bruchteil einer Sekunde lang überlegte sie, ob sie nach Hause fliegen und Megan in Ruhe lassen sollte. Aber sie war schon einmal geflohen und man sah ja, wozu das geführt hatte.

Würde es einfach sein? Nein.

Konnte sie die Vergangenheit wiedergutmachen? Nein.

Aber vielleicht konnte sie die Zukunft verändern. Die einzige Frage war: Wie?

Noch nie hatte Megan dringender einen Freund gebraucht; jemanden, der ihr zuhörte und ihr einen guten Rat gab, während sie ihre Gedanken und Gefühle sortierte und laut aussprach.

Oder besser: nicht irgendjemanden.

Caleb.

Umgeben von schlafenden Passagieren legte Megan den Kopf in den Nacken und versuchte, es sich für den Nachtflug von Spanien nach Irland bequem zu machen. Ein paar Lichter an der Decke dienten der Orientierung für jene, die ein Buch oder eine Zeitschrift lesen wollten. Auf der anderen Seite des Mittelganges flackerte der Bildschirm eines Tablets, wo eine Amerikanerin eine Serie nach der anderen anschaute. Links von Megan saß eine zierliche griechische Frau mit buschigen Augenbrauen und einem riesigen Muttermal über der Lippe. Das leise Schnarchen der Frau vermischte sich mit den leisen Gesprächen im Flugzeug. Unter Megans Füßen brummte der Motor.

Auf ihrer anderen Seite schlief Crystal, den Kopf ans Fenster gelehnt. Nach ihrer emotionalen Unterhaltung am Flughafen war Crystal von der Toilette zurückgekehrt, hatte eine Entschuldigung gemurmelt und sich die Kopfhörer in die Ohren gesteckt. Megan hatte sich ebenfalls entschuldigt. Sie hatte nicht einmal gewusst, dass sie so empfand, bis sie all die Dinge ausgesprochen hatte. Der schockierte Blick von Crystal hatte Megan davon abgehalten, die Diskussion weiterzuführen.

Sie brauchte eindeutig eine neue Perspektive und die würde sie nicht bekommen, wenn sie hier saß und ihr Gespräch im Geiste immer wieder durchging. Caleb schlief jetzt bestimmt, aber vielleicht konnte sie ihm eine E-Mail schreiben.

Eine Flugbegleiterin kam mit einem Müllbeutel den Gang hinunter und sammelte leere Getränkedosen und Salzbrezeltüten ein. Megan holte die Verpackung von dem Proteinsnack, den sie gegessen hatte, heraus und warf sie in den Sack, als die Frau vorbeiging. Dann beugte sie sich vor und zog ihren Laptop aus der Tasche, fuhr ihn hoch, verband ihn mit dem WLAN des Flugzeugs und öffnete anschließend ihr E-Mail-Programm. Sie klickte auf *Neue Nachricht* und ließ die Finger einen Moment lang über der Tastatur schweben. Wo in aller Welt sollte sie anfangen? Ihre Gedanken waren ein einziges Durcheinander.

Sie seufzte und überlegte es sich anders. Dies war etwas, worüber sie eine richtige Unterhaltung führen musste.

Es war unwahrscheinlich, aber vielleicht war Caleb ja doch wach. Sie ging auf Facebook und klickte auf den Messenger. Dort scrollte sie, bis sie seinen Namen entdeckte.

Amen – ein grüner Punkt.

Mit einem Doppelklick öffnete sich ein Chat-Fenster. Megan biss sich auf die Unterlippe und fing an zu tippen.

Wie ich sehe, bin ich nicht die Einzige, die eine Nachtschicht einlegt.

Einen Moment lang beobachtete sie den blinkenden Cursor. Würde er antworten? Vielleicht hatte sie ihn ja bei etwas Wichtigem gestört. Aber dann erschien eine Sprechblase. Er schrieb zurück.

Stimmt, ich bearbeite Fotos. Sie müssen erst am Montag bei der *National Geographic* sein, aber morgen fliege ich nach Schottland.

Schottland? Dort wollten sie nächste Woche auch hin. Vielleicht waren sie ja gleichzeitig dort. Plötzlich hallten Crystals Worte in Megans Ohren wider: „Frag ihn doch, ob wir uns irgendwo unterwegs treffen können." Und dann ihr eigener Gedanke im Anschluss daran – war sie in ihren guten Freund Caleb verliebt?

Und wenn es so war, hatte sie den Mut, etwas deswegen zu unternehmen? Sie schluckte.

Wie cool!

Und ... wie war das Rennen? Wie es scheint, bist du heil wieder rausgekommen. ☺

Ich gebe zu, dass ich tierische Angst hatte. Aber die Stimmung, die Freiheit, das Adrenalin – ich kann es gar nicht beschreiben. Glaub mir, du musst es selbst erleben.

Hab ich vor. Was macht ihr als Nächstes?

Wir fliegen nach Irland. Sitzen gerade im Flieger. Ich muss den Blarney Stone küssen, in irgendeinem Schloss übernachten und noch ein paar andere Touristendinge tun.

Seht euch auf jeden Fall die Cliffs of Moher an.
Sie sind atemberaubend.

Die stehen auch auf der Liste!

Super. Wie läuft es mit Crystal?

Wir haben richtig schöne Momente. Aber auch ein paar schwierige. Genau genommen hatten wir erst vor ein paar Stunden eine ziemlich heftige „Diskussion".

Was ist denn passiert?

Ich war es leid, dass sie ihre Gefühle immer vor mir verbirgt, also habe ich sie gebeten, ehrlich zu sein, und – Mann, das war sie. Und ich dann auch.

Klingt befreiend.

Da bin ich mir nicht so sicher. Vielleicht.

Was war der Auslöser für die „Diskussion"?

Sie hat sich darüber aufgeregt, dass ich bei dem Bullenrennen mitgemacht habe. Und glaub mir, das verstehe ich auch. Ich hatte erst vor drei Jahren eine Herztransplantation. Ich dachte ja auch fast nicht, dass ich es schaffen würde. Aber ich staune jeden Tag neu über mich. Amandas Herz ist viel stärker als mein altes Herz.

Was meinst du damit? Dein altes Herz, dein neues Herz – es spielt keine Rolle. Du bist immer noch du, Meg.

Stimmte das? Sie hatte immer geglaubt, ein neues Herz würde sie verändern, sie mutiger machen, ihr Flügel verleihen. Aber selbst jetzt, nachdem sie den Bullen in Pamplona die Stirn geboten hatte, schien sie ihre Ängste nicht ablegen zu können.

Ich bin wohl noch dabei, das herauszufinden.

Ich weiß, wer du bist.
Und ich finde diese Person ziemlich cool.

Danke. ☺

Ich habe immer noch ein schlechtes Gewissen, weil ich bei deiner Transplantation und anschließend nicht da war. Wenn ich davon gewusst hätte ...

Ich wollte dich nicht belasten. Du warst doch endlich dabei, deinen Traum wahr zu machen.

Dabei hatte sie versucht, mit ihm zu sprechen. Seine Mutter hatte gesagt, er sei irgendwo im Dschungel und nicht zu erreichen. Aber wenn sie Caleb das sagen würde, würde er sich nur noch schlechter fühlen.

Du weißt schon, dass ich sofort gekommen wäre, oder?

Ich weiß, Caleb.

Megan starrte auf den Bildschirm. Sie waren ganz vom Thema abgekommen. Eigentlich hatte sie ja seine Einschätzung zu dem Gespräch mit Crystal hören wollen. Stattdessen waren sie so tief in die Vergangenheit abgetaucht wie schon lange nicht mehr.

Aber so war das bei ihnen – sie gingen in die Tiefe. Er war jemand, bei dem sie wirklich ganz sie selbst sein konnte.

Wie wäre es wohl, wenn sie mehr als nur freundschaftliche Gefühle für ihn entdecken würde? Der Gedanke machte sie nervös. Aber sie brauchte jetzt nicht darüber nachzudenken oder irgendetwas zu entscheiden. Vielleicht konnte sie damit anfangen, dass sie ihre Freundschaft wieder neu festigten.

Und der Anfang dafür war ein Versprechen, das sie vor langer Zeit gegeben hatte.

Jedenfalls sollten wir nicht wieder fünf Jahre verstreichen lassen, bis wir uns sehen. Ich weiß, dass es sehr spontan ist, aber was hältst du davon, wenn wir die Reise nach London machen, wie wir es immer vorhatten? Crystal und ich werden vom 14. bis 17. Juli dort sein. Könntest du zufällig dazukommen?

Eine Weile antwortete er nicht. Auf der anderen Seite des Ganges schaltete die Amerikanerin ihr Tablet aus, verschränkte die Arme und schloss die Augen. Megan starrte auf den Bildschirm und ihre Augen brannten vor Erschöpfung. Was Caleb jetzt wohl dachte? Was dachte *sie* sich eigentlich dabei, dass sie ihn in letzter Minute einlud, nächste Woche mit ihr in London abzuhängen? So etwas machte man doch nicht.

Sie fing an, etwas Neues zu tippen. Er sollte sich nicht verpflichtet fühlen, es war ja nur eine spontane, wilde Idee gewesen. Es war schließlich nicht so, dass sie in den letzten Tagen ständig daran gedacht hatte, ihn wiederzusehen. Obwohl das eine Lüge war.

Ihre Finger hielten inne. Dann erschien seine Antwort auf dem Bildschirm und Megan atmete erleichtert auf.

Auf jeden Fall! Ich kann ein paar Dinge in meinem Kalender schieben. Ich würde dich unheimlich gerne sehen.

Megan biss sich auf die Lippe. Hier in der Abgeschiedenheit von Facebook Land mitten in einem Flieger voller schlafender Fremder fühlte sie sich unglaublich mutig.

Das beruht eindeutig auf Gegenseitigkeit.

Sie zögerte.

Ich maile dir unseren Reiseplan, dann kannst du mir sagen, wo du dich mit uns treffen willst.

Dann sehe ich regelmäßig nach. Du, ich muss Schluss machen – ich brauche ein bisschen Schlaf. Hab einen vollen Tag morgen. Aber eins noch.

Ja?

Sei nicht zu streng mit Crystal.

Megan rieb sich den Nacken und seufzte. Sie warf einen Blick zu ihrer Schwester. Selbst ihr Schlaf war nicht friedvoll. Megan konnte spüren, dass sie unglücklich war – aber weswegen? Weil sie hier mit Megan zusammen war oder wegen ihres Lebens im Allgemeinen? Die Arbeit war frustrierend, das wusste sie, aber was war noch los?

Megan verstand sie einfach überhaupt nicht. Dabei wollte sie ihre Schwester doch verstehen. So sehr, dass es wehtat.

Es ist schwer für mich, nicht frustriert zu sein. Jahrelang schien es sie gar nicht zu interessieren, was mit mir ist. Und jetzt, wo ich endlich vor einem wichtigen emotionalen Durchbruch stehe, tut sie alles, um mich aufzuhalten.

Versuch mal, es von ihrer Warte aus zu sehen. Sie hatte beinahe ihr ganzes Leben lang eine kranke Zwillingsschwester.

Das weiß ich. Aber sie weiß auch nicht, wie es ist, ans Krankenhausbett gefesselt zu sein, während sie alles machen konnte, wozu sie Lust hatte.

Stimmt. Aber – und das ist nur eine Anregung – du weißt auch nicht, wie das für sie war.

Genau das hatte Crystal auch gesagt: *„Deine Entscheidungen haben nicht nur Konsequenzen für dich selbst. Denkst du nie daran, wie es für die Menschen ist, die dich lieben?"* Auch ihrer Schwester hatte Megans Krankheit Wunden geschlagen und diese Wunden gingen tiefer, als Megan sehen konnte. Oder vielleicht ließ Crystal auch einfach nicht zu, dass irgendjemand diese Wunden sah.

Versetz dich in ihre Lage. Wenn du eine Schwester hättest, die ihr ganzes Leben lang krank gewesen ist, würdest du dich nicht auch gegen die Angst wappnen, sie zu verlieren?

Ja, natürlich. Ich habe Crystal immer als so stark empfunden. Sie scheint vor nichts Angst zu haben.

Jeder hat vor irgendetwas Angst. Außer mir natürlich. ☺

Darüber musste sie einfach lächeln.

Klar. Der unbesiegbare Caleb Watkins.

Sehr witzig. Wenn es nur so wäre. Ich habe tatsächlich vor etwas Angst. Nämlich davor, dass wir wieder aufhören zu reden. Ich brauche eine kleine Megan in meinem Leben.

Und ich brauche einen Caleb in meinem.

Ihre Wangen wurden warm.

☺ Ich mache besser Schluss.
Schön, dass wir uns unterhalten konnten.

Finde ich auch. Tschüss.

Tschüss, Meg. Bis bald.

Megan starrte auf den blinkenden Cursor, während ihr das Herz bis zum Hals schlug. Caleb und sie würden sich sehen. Würde es irgendwie unangenehm sein? Die Unterhaltung gerade eben war so einfach gewesen wie immer. Aber wie würde es sein, wenn er sie wieder in den Arm nahm und wenn er sie anlächelte und sie mit ihm London erkundete? Bei den Möglichkeiten, die dieser Gedanke ihr eröffnete, musste Megan grinsen.

Aber genauso schnell verschwand das Grinsen auch wieder. Was er über Crystal gesagt hatte – konnte das wahr sein? Konnte die Schwester, die sie immer für stärker gehalten hatte, tatsächlich Angst haben?

Megan warf noch einen Blick auf Crystal. Die Hände hatte sie auf die Oberarme gelegt, scheinbar fror sie, sie hatte eine Gänsehaut. Megan klappte den Laptop zu, verstaute ihn und zog ihre Jacke unter dem Vordersitz hervor.

Als sie ihrer Schwester vorsichtig die Jacke über die Schultern legte, verschwand die Anspannung in Crystals Körper.

Kapitel 21

Wenn die Übernachtung in einem keltischen Schloss im Herzen Irlands Crystal nicht helfen konnte zu entspannen, dann würde vielleicht gar nichts funktionieren.

Von ihrem Platz am Fenster aus sah sie, wie der See im letzten Sonnenlicht des Tages golden funkelte und sich wie flüssige Butter ausdehnte. Rechts davon erschienen Gärten und Bäume wie grüne Tupfer in der weiten Landschaft. Da sie im Schloss ganz am Ende des einen Flügels schliefen, konnte Crystal sehen, wie sich das andere Ende des steinernen Gebäudes um das Grundstück legte und Türmchen in den Himmel ragten, an dem erste helle Punkte zu sehen waren.

Crystal riss sich von dem weißen Sprossenfenster mit seinen goldenen Vorhängen los und von einer Aussicht, die sie eigentlich in Ehrfurcht versetzen sollte.

Stattdessen ließ sie sich auf den altmodischen Sessel fallen, der vor einem Frisiertisch stand, und nahm ihre Bürste zur Hand. Mit jedem Bürstenstrich befahl sie dem Schmerz in ihrem Magen nachzulassen. Die Ringe unter ihren Augen waren dunkler als je zuvor.

Sie vermisste Brian. Sie vermisste ihre Arbeit. Und sie und ihre Schwester konnten keine zwei Sekunden ehrlich zueinander sein, ohne die Beherrschung zu verlieren.

Vielleicht waren die letzten beiden Tage, an denen sie Dublin besichtigt hatten, deshalb so ermüdend gewesen. Nach ihrem Streit hatten sie sich noch am Flughafen beide entschuldigt, entschlossen, keine alten Wunden aufzureißen. Aber Stillstand war nicht dasselbe wie Fortschritt. Und so krampfhaft Crystal auch überlegte, wie sie die Dinge richten sollte, es gelang ihr einfach nicht.

Deshalb vermisste sie wahrscheinlich ihre Arbeit so. Abgesehen von dem vermasselten Hoffman-Projekt war sie im Job immer in der Lage gewesen, die Dinge zu erledigen, ihre Ziele zu verfolgen und sie auch zu erreichen. Aber diese Frau, die sie da aus dem Spiegel anstarrte? Die erkannte sie nicht wieder.

Crystal seufzte und legte die Bürste auf den Frisiertisch. Ganze Büschel ihrer langen blonden Haare hingen zwischen den Borsten. Mist. Das war nicht gut. Konnte das von einem Magengeschwür kommen oder war da mehr im Busch?

Sie hievte sich aus dem Stuhl und keuchte angesichts der plötzlichen Bewegung in ihrem Bauch, während sie zum Bett ging. Die gerüschte blaue Tagesdecke fühlte sich glatt an, als sie hinaufkletterte und sich den Laptop auf den Schoß legte. Crystal lehnte sich an das gepolsterte Kopfteil in Gold und Türkis, das von Vorhängen eingerahmt war, die wiederum von goldenen Haken zusammengehalten wurden. Einen Moment lang saß sie nur da und betrachtete die Tapete an den Wänden, ein blasses Gelb mit Gänseblümchen darauf.

Während sie ihren Laptop hochfuhr, hatte Crystal noch den Geschmack der gefrorenen Mousse au Chocolat im Mund, die sie nach dem Abendessen verschlungen hatte. Megan hatte das Dessert natürlich nicht angerührt, weil es nicht „gesund" genug war. Crystals E-Mails erschienen auf dem Bildschirm und sie löschte alle Spam-Nachrichten. Als sie Tonys Namen in einer Mitteilung sah, erstarrten ihre Finger. Sie klickte und überflog den Inhalt. Die Mail war kurz und direkt:

> Crystal,
> wir werden Merediths Entwurf nehmen, wenn du mir nicht bald etwas schickst. Ich hatte gehofft, diese Auszeit würde dir Erholung bringen und deine kreativen Kräfte wieder zum Leben erwecken. Habe ich mich geirrt?
> Tony

Die kleinen schwarzen Wörter auf dem Bildschirm verhöhnten sie. Sie musste noch einmal kreativ sein. Vielleicht erstarrte ihr Hirn ja diesmal nicht.

Genau in diesem Augenblick knarrte die große Eichentür zu ihrem Zimmer und Megan kam herein. „Du bist ja noch auf." Irgendwoher hatte Megan die Energie gehabt, noch lange unten im Pub zu sitzen und sich mit anderen Gästen zu unterhalten.

„Ich muss Ideen sammeln für meinen Entwurf."

„Klingt aufregend." Megan zog eine Grimasse. „Ich werde ein bisschen das Schloss erkunden." Ihre Schwester zog sich das Kleid aus und schlüpfte in ihre Gymnastikhose und ein figurbetontes T-Shirt.

„Warum?"

„Wann übernachte ich denn das nächste Mal in einem irischen Schloss?"

„Stimmt auch wieder." Crystal klappte ihren Laptop zu und zog die Beine an die Brust. Diese Haltung beruhigte ihren Magen erst einmal.

Ihre Schwester setzte sich auf Crystals Bett. „Willst du mitkommen?" Sie stellte die Frage mit einem schüchternen, unsicheren Tonfall. „Du arbeitest in jeder freien Minute. Ich finde, du solltest auch mal entspannen."

Komisch. Genau das hatte sie den ganzen Abend über versucht – aber ohne Erfolg. Vielleicht würde ein Tapetenwechsel ihr guttun. „Vielleicht kann ich eine kurze Pause machen – eine Viertelstunde oder so."

Megan sprang vom Bett und zog sich ein Sweatshirt über den Kopf. „Zieh dich warm an. Es sieht aus, als würde es bald regnen."

Crystal zog Pullover und Tennisschuhe an. Zusammen verließen sie den Raum und schlichen den mit rotem Teppich ausgelegten Flur entlang, von dem die Zimmer der anderen Gäste abgingen. Als sie zu einem dunklen Korridor kamen, schaltete Megan die Taschenlampe an ihrem Smartphone ein. Ihr Gesicht wurde angestrahlt wie das eines Teenagers, der am Lagerfeuer Gruselgeschichten erzählt. „Bist du bereit?"

Unwillkürlich musste Crystal lachen, weil ihre Schwester so albern aussah. Sie gab Megan einen Schubs. „Los, geh."

Sie liefen den Gang entlang und betrachteten Gobelins und Kunstwerke, die an den Wänden hingen. Als sie durch einen Torbogen zu ihrer Linken sahen, entdeckten sie einen riesigen Ballsaal mit Parkettboden und hochlehnigen Stühlen an den Wänden. Auf der gegenüberliegenden Seite reichten die Fenster vom Fußboden bis zur Decke. Als sie auf die Fenster zugingen, stellten sie fest, dass eine der Türen auf einen Balkon führte. Sie stießen sie auf und traten hinaus.

Von hier aus sahen sie noch mehr von dem Grundstück. Kilometerweit waren sie von üppigen Büschen umgeben. Mehrere Stockwerke unter ihnen liefen ein paar Gäste herum, andere saßen um eine Feuerstelle. Die kühle Luft küsste Crystals Haut und ein sanfter Regen befeuchtete ihr die Stirn und Wangen.

Crystal hielt die Handflächen dem Himmel entgegen. „Hast du nicht gesagt, dass du einen gut aussehenden Mann im Regen küssen musst? Du solltest dir hier einen suchen und den Punkt abhaken."

Megan runzelte die Stirn, dann breitete sie die Arme aus, legte den Kopf in den Nacken und streckte die Zunge heraus. „Aber frischer Regen schmeckt so gut, ich bleibe lieber hier und trinke davon."

„Du bist so ein Kind." Crystal konnte einfach nicht anders, sie musste ihre Schwester aufziehen und es war ein gutes Gefühl. Vielleicht konnten sie einen guten Mittelweg finden, nachdem jetzt ein Teil der Probleme ausgesprochen waren. Nicht direkt gelöst, aber wenigstens zur Sprache gebracht. „Aber im Ernst. Was ist, wenn es auf unserer Reise nicht mehr regnet?"

„Das wird es bestimmt noch. Darüber können wir später nachdenken. Jetzt wollen wir unseren Spaß haben." Megan wirbelte im Kreis, hielt dann inne und musterte Crystal. „Hattest du eigentlich auf dieser Reise überhaupt mal Spaß?"

„Klar." Aber stimmte das wirklich?

„Wann?"

„Ich …" Aber Crystal konnte bis jetzt keinen einzigen Moment nennen, an dem sie sich wirklich vergnügt hatte. Alles war von Trauer und Angst und Sorge überschattet gewesen. Früher hatten die Dinge ihr Spaß gemacht. Wann war sie eigentlich so geworden, wie sie jetzt war? „Ich nehme an, ich bin wohl doch ein bisschen ernsthafter als du."

„Ein bisschen ernsthafter? Du wartest immer darauf, dass etwas schiefgeht. Wann hast du das letzte Mal deine Gefühle rausgelassen und dich wirklich amüsiert?"

Die ganze Zeit über hatte Crystal geglaubt, es sei besser, ihre Gefühle zu verbergen – denn dann konnte sie sie kontrollieren. Eine Sache weniger, um die sie sich Sorgen machen musste. Aber obwohl es bei dem Streit im Flughafen schmerzlich gewesen war, ihren

Emotionen mit Megan freien Lauf zu lassen, war es irgendwie auch befreiend gewesen.

„Komm schon. Dreh dich."

Es regnete jetzt stärker und es kam ein Wind auf, der durch die Spalten in der Tür hinter ihnen pfiff, aber Megan drehte sich immer noch.

Es konnte nicht schaden, es ihrer Schwester ausnahmsweise gleichzutun.

Nach einem kurzen Zögern warf Crystal die Arme nach hinten – und stöhnte, als ihr plötzlich schwindelig wurde. Sie krümmte sich vornüber und fiel auf die Knie.

„Crystal?" Megan eilte an ihre Seite. „Ist alles in Ordnung?"

„Ich … kann …" Crystal erhob sich zitternd und lehnte sich vor, bis ihre Seite das Balkongeländer berührte. Obwohl sie still stand, drehte sich alles um sie herum.

Und ihr Magen brannte wie Feuer, wie ein heißer Ball, der in ihr zum Leben erwacht war. Sie rutschte zu Boden und erbrach ihr Abendessen auf den Beton neben sich. Der Regen rann ihr in Strömen über die Wangen – oder waren das Tränen? Ihr Kopf explodierte fast, so starke Schmerzen hatte sie. „Irgendwas stimmt nicht." Warum konnte sie nicht aufstehen?

Aber Megan hatte bereits ihr Smartphone in der Hand und wählte eine Nummer. „Hallo? Hi. Wir sind Gäste hier und meiner Schwester ist schwindelig und sie atmet komisch. Außerdem hält sie sich den Bauch. Ich weiß nicht, was los ist. Aber wir brauchen einen Krankenwagen." Sie blickte sich um. „Wir sind auf dem Balkon vor dem Ballsaal im zweiten Stock. Okay." Sie ließ das Handy sinken und legte eine Hand auf Crystals Schulter. „Gleich kommt Hilfe."

Crystal nickte, aber selbst diese kleine Bewegung war zu viel für ihren Organismus. Sie hätte mit ihren Magenschmerzen früher zu einem Arzt gehen sollen, aber sie hatte versucht, sich um ihren Job zu kümmern, um ihre Ehe, um ihre Schwester …

Alle diese Gedanken verblassten, als sie gegen Megan sank und ohnmächtig wurde.

Monitore piepsten in dem schummrig beleuchteten Krankenhaus, in dem Crystal schlafend im Bett lag, jetzt, wo sie sich nach einer Reihe von medizinischen Untersuchungen endlich ausruhen konnte. Ihr Haar lag wie ein Kissen unter ihr und ihr Gesicht hatte wieder etwas mehr Farbe als vorher. Megan saß auf dem Stuhl direkt neben dem Bett und strich ihrer Schwester über die Hand.

Es war schon ein merkwürdiges Gefühl, zur Abwechslung mal die Gesunde zu sein. Die Starke.

Doch diesen Gedanken schob sie schnell beiseite. Sie würde niemals die Stärkere sein.

Megans Telefon vibrierte auf dem Tisch und auf dem Display erschien Brians Nummer. Sofort griff sie nach dem Handy, damit Crystal nicht wach wurde, und schlich auf den Flur des kleinen irischen Krankenhauses hinaus. „Hallo?"

„Hi Megan. Was ist los? Geht es ihr gut?"

Als sie mit dem winzigen Rettungswagen auf dem Weg ins Krankenhaus gewesen waren, hatte sie Brian eine kurze Nachricht auf der Mailbox hinterlassen. Ihre Schwester hatte sich mehrmals übergeben und das Bewusstsein verloren, und immer, wenn sie wach war, klagte sie über Magendruck und Kopfschmerzen. Die Ärzte hatten sie sofort untersucht und Megan war im Wartezimmer auf und ab gegangen, während sie versuchten herauszufinden, was mit Crystal los war.

Das Warten war schrecklich gewesen. Sie hatte Caleb eine SMS geschickt und er hatte gesagt, er werde für Crystal beten. Anstatt die Bemerkung innerlich sofort abzutun, ertappte Megan sich dabei, dass sie hoffte, seine Gebete würden etwas bewirken. Auch wenn es sonst nichts brachte, war es tröstlich zu wissen, dass jemand für sie betete.

Jetzt musste Megan Brian diesen Trost weitergeben. „Sie wird wieder." Sie sagte die Worte so leise wie möglich, da Crystals Zimmer gleich um die Ecke vom Schwesternzimmer war. Sie wollte die netten Schwestern, die Dienst hatten, nicht stören. „Crystal hat ein Magengeschwür. Ein ziemlich übles, aber eine Operation ist nicht nötig."

„Wirklich?" Brian atmete hörbar ins Telefon. „Hat der Arzt gesagt, wie lange sie das schon hat?"

Megans Schuhsohlen quietschten auf dem gebohnerten Linoleumfußboden, als Megan auf und ab ging. „Er sagte, es sei ziemlich weit fortgeschritten. Wahrscheinlich hat sie es schon seit Monaten." Hatte Crystal Brian denn nichts von den Symptomen erzählt?

„Sie arbeitet zu viel und ist die ganze Zeit im Stress. Ich hätte das vorhersehen müssen."

„Es ist nicht deine Schuld. Wenn überhaupt, ist es meine. Sie hat mir erzählt, dass es ihr nicht so gut ging, als wir in China waren, und ich habe nicht darauf bestanden, dass sie gleich zum Arzt geht."

„Ich kann mir nicht vorstellen, dass sie auf dich gehört hätte."

„Stimmt auch wieder." Und Megan hatte sie nicht drängen wollen.

„Wie lange muss sie im Krankenhaus bleiben?"

„Sie kann morgen raus, wenn heute Nacht alles nach Plan läuft. Sie werden ihr Medikamente geben, mit denen das Geschwür bald verschwinden dürfte."

„Ich bin froh, dass es nichts Ernsteres ist."

„Ich auch. Nach diesem Zwischenfall werde ich wirklich darauf bestehen, dass sie sich schont. Erst einmal keine Arbeit mehr."

„Na, dann viel Erfolg."

Sein Tonfall gab mehr preis, als Brian wahrscheinlich bewusst war. Crystal sprach nicht viel über ihre Beziehung mit Brian. Ihre Worte am Flughafen in Spanien klangen noch in Megans Ohr. *„Mein Leben war – ist – alles andere als perfekt."* Könnte es sein, dass sie damit ihre Ehe gemeint hatte?

Brian räusperte sich. „Willst du eure Pläne für diese Woche streichen oder ändern?"

„Ich fürchte, wenn wir die ganze Woche hierbleiben, wird Crystal nur versuchen, mehr zu arbeiten, und sich nicht erholen. Aber ich glaube, morgen lassen wir Galway aus und bleiben noch einen Tag im Schloss. Und dann können wir am Samstag wie geplant nach London reisen, wenn sie sich dafür fit genug fühlt."

„Klingt nach einem guten Plan."

Als sie sich verabschiedet hatten, ging Megan wieder in Crystals Zimmer. Ihre Schwester lag immer noch im Bett, aber sie hatte die Augen offen und wirkte beinahe ängstlich. Als Megan näher kam, sah sie die Erleichterung in Crystals Blick. „Ich dachte schon, du wärst gegangen. Und ich hätte es dir nicht übel genommen."

Der Tag vor ihrer OP kam ihr in den Sinn, als Crystal geflohen war und sie sich gefragt hatte, ob sie ihre Schwester jemals wiedersehen würde. Aber nachtragend zu sein, brachte nichts. Sie hatte Crystal gesagt, wie sie sich damals gefühlt hatte. Ihr Gespräch darüber hatten sie eigentlich nicht zu Ende geführt, aber vielleicht konnten sie jetzt einen Neuanfang machen. „Ich habe mit Brian gesprochen."

Ein Stirnrunzeln huschte über Crystals Gesicht. „Was hat er gesagt?"

„Er macht sich Sorgen um dich. Ich habe ihm erzählt, dass du im Handumdrehen wieder dieselbe zickige Crystal wie vorher sein wirst."

„Na, vielen Dank." Crystal streckte Megan die Zunge raus. Dann lachten sie beide, aber gleich darauf hielt Crystal sich die Seite und verzog schmerzhaft das Gesicht.

Megan setzte sich auf die Kante von Crystals Bett. Ein Fädchen hatte sich von der Bettdecke gelöst. Sie zog daran. „Du hast mir echt Angst eingejagt."

„Mir selbst auch." Crystal starrte ebenfalls an die Decke. Über ihnen sprang ein Ventilator an und blies Luft durch eine Öffnung, wo die Wand auf die Zimmerdecke traf.

Megan zupfte mit den Fingernägeln an dem Faden. „Du musst besser auf dich aufpassen." Sie versuchte, nicht vorwurfsvoll zu klingen, aber ein Anflug von Kritik schwang doch in ihrer Stimme mit.

Aber so war es wahrscheinlich Crystal mit Megan und ihrer Gesundheit gegangen. Und die Angst, die Megan empfand, war sicher nur ein Bruchteil von dem, was Crystal im Laufe der Jahre durchgemacht hatte – und während des Bullenrennens. Dieser Gedanke war ernüchternd.

„Ich werde es versuchen."

Mit einem Ruck zog Megan den Faden aus der Wolldecke und rollte ihn in der Hand zusammen. „Was stresst dich denn so sehr, dass du davon ein Magengeschwür bekommen hast?"

Crystal biss sich auf die Lippe und runzelte die Stirn, als überlegte sie gründlich, wie sie darauf antworten sollte. „Meine Arbeit kann ziemlich stressig sein. Unter anderem."

Es war nicht die offene Antwort, die Megan sich erhofft hatte, aber es war ein Anfang. Jedenfalls drehte sich Crystal nicht gleich um und tat so, als sei sie zu müde zum Reden. „Dann verhänge ich jetzt für die nächste Woche eine Arbeitssperre."

Crystal warf ihr einen ungläubigen Blick zu. „Nette Idee, Megan."

„Es ist mein Ernst."

„Meiner auch. Ich kann nicht eine Woche lang Pause machen. Dafür habe ich viel zu viel zu tun." Ihre Schwester rieb sich die Nasenwurzel und seufzte. „Heute Abend habe ich eine E-Mail von Tony bekommen. Er wird sich für den Entwurf einer anderen Architektin entscheiden, wenn ich ihm meinen nicht bald schicke. Dann habe ich keine Chance mehr, leitende Architektin zu werden und an meinem Traumprojekt zu arbeiten."

„Aber du kannst doch dafür nicht deine Gesundheit ruinieren. Das ist es nicht wert." Megans Blick wanderte in dem kleinen Zimmer umher. Krankenhäuser waren überall anders eingerichtet, aber das Grundgefühl war dasselbe: steril, tot, oft hoffnungslos. „Ich weiß, wie es ist, wenn die Gesundheit nicht da ist. Warum willst du das riskieren?"

Ihre Schwester starrte sie mit offenem Mund an, doch dann machte sie ihn schnell wieder zu. „So habe ich das noch nie gesehen." Sie rieb sich mit der Hand den Bauch, erst gegen den Uhrzeigersinn, dann andersherum, so wie Mom es bei ihr gemacht hatte, als sie noch klein gewesen war und zu viele Süßigkeiten gegessen hatte. „Aber ich kann doch nicht aufhören, Architektin zu sein. Ich liebe diesen Beruf. Als Architektin habe ich einen sichtbaren, greifbaren Einfluss auf die Welt. Die Dinge, die ich entwerfe, werden lebendig. Und manchmal verändern sie auch das Leben von Menschen."

Die Leidenschaft in ihrer Stimme berührte etwas in Megan. „Ich wünschte, ich hätte auch so etwas."

„Du schreibst doch. Und das Schreiben hat auch die Macht, Menschen zu bewegen."

„Bisher habe ich nur diesen mickrigen Blog und einen veröffentlichten Artikel. Das ist nicht gerade viel."

„Aber es ist ein Anfang und es wird weitere Gelegenheiten geben."

„Ich hoffe, du hast recht." Der Regen trommelte ans Fenster. „Aber mal zurück zu dir. Ich verstehe jetzt ein bisschen besser, warum dir deine Arbeit so wichtig ist. Aber warum bedeutet es dir so viel, eine leitende Position einzunehmen? Du redest viel darüber und auch von deinem Ziel, mit vierzig Partnerin in deiner Firma zu sein."

Crystal zog die Augenbrauen zusammen. „Das ist wahrscheinlich so eine Art Selbstbestätigung dafür, dass ich das Zeug dazu habe, erfolgreich zu sein."

„Du warst doch immer gut in allem. Hat man dir nach der Highschool nicht ein Stipendium angeboten? Offensichtlich bist du ausgesprochen talentiert und intelligent. Wieso brauchst du da noch mehr Bestätigung?"

„Komisch, dass du das sagst." Ihre Schwester zog die Wolldecke ein Stück weiter hoch. „Ja, im letzten Schuljahr habe ich ein Stipendium bekommen, das fast mein ganzes Studium finanziert hätte. Aber ich habe abgelehnt."

„Was? Warum das denn?"

„Weil die Kommission damals sagte, sie wüssten über deine ‚Situation' Bescheid und möchten unserer Familie mit dem Stipendium helfen. Aber ich wollte ein Stipendium wegen meiner super Noten oder wegen all der Dinge, die ich neben der Schule gemacht habe, oder weil ich einen genialen Essay geschrieben habe – nicht, weil meine Schwester krank war."

„Oh." Megan spürte, wie sich ihr Brustkorb zusammenzog, und unwillkürlich wanderten ihre Finger zu der Stelle an ihrem Hals, an der sie immer ihren Puls maß. Gewohnheit. Sie legte die Hände wieder in den Schoß. „Das tut mir leid, Crystal."

„Es ist ja nicht deine Schuld."

„Aber deine auch nicht." Und das meinte Megan ganz ehrlich. Niemand wurde von sich aus krank. Das hatte Gott in der Hand.

Vielleicht würde sie irgendwann verstehen, warum er sie gesund gemacht hatte. Oder warum er ihre Krankheit überhaupt zugelassen hatte, wenn er sie dann doch geheilt hatte, sie aber mehr als zwanzig Jahre ihres Lebens an ihre Krankheit verloren hatte.

Nicht zum ersten Mal war sie versucht, ihn zu fragen.

Würde er ihr eine Antwort geben?

Crystals Blick begegnete ihrem und ihre Unterlippe zitterte. Aber dann wandte sie den Blick ab und senkte das Bett mit der Fernbedienung ab, die auf ihrem Schoß lag. „Ich bin müde. Macht es dir was aus, wenn ich ein bisschen schlafe?"

Megan stand auf und zog das Kissen unter Crystals Kopf zurecht. „Überhaupt nicht. Aber ... Crystal?"

„Hm?" Ihre Schwester hatte die Augen schon geschlossen.

Megan beugte sich vor und nahm Crystals freie Hand. „Sprich mir nach: Ich werde mehrere Tage lang nicht arbeiten."

Crystals Augen flogen auf. „Megan."

„Ich kann dich nicht hören." Megan drückte Crystals Hand. „Komm schon. Du hast es auf deine Art versucht. Und bist hier gelandet. Jetzt kannst du es doch mal auf meine Art versuchen."

Crystal sah zum Fenster hinüber und schien den Regen zu verfolgen, der über die Scheibe lief. „Ich werde mehrere Tage lang nicht arbeiten."

Endlich kamen sie mal ein Stück voran.

Kapitel 22

Zu schade, dass Crystal das hier alles verpasste, denn Galway war eine traditionelle Hafenstadt, in der die mittelalterlichen Stadtmauern teilweise noch erhalten waren.

Bei einem Aussichtspunkt, der von einer halbhohen Steinmauer umgeben war und den Blick auf den Corrib River unter ihr frei gab, setzte Megan sich im Schneidersitz ins Gras. Zu ihrer Linken erstreckte sich eine Reihe blauer, gelber und grauer Gebäude bis zu der Stelle, an der der Fluss in den Atlantik mündete. Der Wind fuhr ihr durchs Haar und wehte ihr einzelne Strähnen ins Gesicht. Während sie ein paar Einzelheiten von diesem Tag in ihr Journal schrieb, ließ sie sich vom Geruch der See einhüllen.

Sie hatte Crystal heute nicht allein lassen wollen, aber nachdem sie in den frühen Morgenstunden ins Hotel zurückgekommen waren und etwas geschlafen hatten, hatte ihre Schwester darauf bestanden, dass Megan den Rundgang durch die Stadt im Nordwesten Irlands machte. Schließlich hatte sie ihn schon gebucht.

Also hatte sie den Tag mit fünfzehn Fremden und einer Reiseleiterin namens Bridget damit verbracht, den Spanish Arch und religiöse Stätten wie die Collegiate Church of St. Nicholas zu besichtigen. Sie waren durch die Straßen aus grauen Steinen mit ihren bunten Ladenlokalen gewandert, hatten Künstlern dabei zugesehen, wie sie auf dem Gehweg Bilder malten, und in einem jahrhundertealten Pub mit offenem Kamin traditionelle irische Folkmusik gehört.

Bis jetzt war es ein wunderschöner Tag gewesen – und die Tatsache, dass sie ihn mehr oder weniger allein erlebt hatte, war besonders bemerkenswert. Wie weit sie doch schon gekommen war, verglichen mit dem Mädchen, das nur mit Mühe einen Langstreckenflug überstanden hatte.

Trotzdem sollte sie so bald wie möglich zu Crystal zurückkehren.

Ihr Handy unterbrach das entfernte Kra-kra-kra der Möwen. Sie kramte in ihrem Rucksack danach, bis sie es fand. Kara. Warum rief ihre Chefin aus der Bücherei an? „Hallo?"

„Megan! Wie geht es dir?"

„Angesichts der Tatsache, dass ich an einem irischen Fluss sitze und mir Notizen mache, würde ich sagen, ziemlich gut. Wie sieht es bei dir aus?"

„Ich komme gerade so mit dem Ansturm in den Sommerferien zurecht. Wir hatten in letzter Zeit viel mehr Kunden und das Kinderprogramm ist in vollem Gange. Du fehlst mir wirklich."

Der Gedanke, nach diesem Abenteuer wieder zu ihrer Arbeit zurückzukehren, löste nicht gerade Begeisterungsstürme in Megan aus, aber es war schön, vermisst zu werden. „Gut für dich, dass es keine drei Wochen mehr dauert, bis ich wieder da bin." In der Ferne sah sie ein kleines weißes Touristenboot mit rotem Boden auftauchen.

„Deswegen rufe ich auch an. Ich musste für den Sommer eine Aushilfe einstellen, als Ersatz für dich, und sie macht ihre Sache wirklich super. Ich bin nicht sicher, ob ich es rechtfertigen kann, dir deinen Job zurückzugeben. Vielleicht, wenn Debra kündigt, sobald die Schule anfängt, aber das kann ich nicht mit Sicherheit sagen."

Megan hatte bei ihrer Abreise gewusst, dass es dazu kommen konnte. Trotzdem brauchte sie einen Job, wenn sie wieder zu Hause war. Es würde noch lange dauern, bis sie als freie Mitarbeiterin von dem leben konnte, was ihre Artikel einbrachten, wenn es überhaupt so weit kam.

„Aber ich habe noch eine viel bessere Idee."

Jetzt hatte Kara ihre ganze Aufmerksamkeit zurück. „Ich kann dir nicht folgen."

„Da Little Lakes so schnell wächst und Leute aus umliegenden Städten anzieht, habe ich gerade die Genehmigung von der Stadt erhalten, eine neue Stelle zu schaffen – Assistenzbibliothekarin. Und ich wüsste nicht, wer für diese Stelle besser geeignet wäre als du."

„Aber ich habe keinen Abschluss in Archiv- und Bibliothekswesen." Und es war ein ziemlicher Karrieresprung. Schließlich war sie ja nur Aushilfe.

Das Boot kam näher. An Deck waren Passagiere, einige tanzten, andere ruhten sich aus, beinahe alle hatten etwas zu trinken in der Hand. Lebhafte Musik drang über das Wasser herüber.

„Das spielt keine Rolle. Dein Englischstudium ist mehr als genug Qualifikation. Es ist eine Ganztagsstelle und sie ist mit einem erheblich höheren Gehalt verbunden, außerdem gibt es mehr Sozialleistungen, bezahlten Urlaub und sogar eine finanzielle Förderung von Weiterbildungsmaßnahmen, falls du doch noch einen Master in Bibliothekswesen machen willst."

Bevor sie zu ihrer Reise aufgebrochen war, hatte Megan nur fünfundzwanzig Stunden die Woche gearbeitet. Sie hatte vorgehabt, die restliche Zeit dafür zu verwenden, ihr Portfolio zusammenzustellen und vielleicht andere Anbieter von Online-Publikationen wegen freier Mitarbeit anzufragen. Aber das konnte sie bei einem Ganztagsjob ja auch noch machen, oder?

Außerdem würde eine volle Stelle mit mehr Sozialleistungen ihr helfen, ihre Schulden wegen der Arztrechnungen schneller abzubezahlen, von zu Hause auszuziehen und etwas für die Zukunft zu sparen. Selbst wenn es nicht ihr Traumjob war, wäre es dumm, diese Chance nicht in Erwägung zu ziehen. „Was wäre dann mein Job?"

„Mehr Verwaltungsarbeit als jetzt. Ich kann dir die Stellenbeschreibung schicken." Im Hintergrund klingelte ein Telefon. „Also, was hältst du davon?"

„Ich muss darüber nachdenken."

„Natürlich. Aber die Stadt will, dass ich schnell jemanden einstelle, um für den Rest des Sommers mehr Hilfe zu haben. Also, wenn du den Job nicht willst, muss ich ihn ausschreiben und Bewerbungen entgegennehmen."

„Okay. Bis wann musst du es wissen?"

„Bis nächste Woche, wenn das geht."

Das Touristenboot glitt aus ihrem Blickfeld und mit ihm die entspannte Atmosphäre des Tages.

Wenn Megan einen Job im Journalismus wollte, dann würde Crystal tun, was sie konnte, um ihr zu helfen.

Sie trommelte auf der Armlehne ihres Lehnstuhls und sog die herrliche irische Sonne auf, während der Laptop auf ihrem Schoß lag. Im Westen war das Schloss zu sehen, umgeben von mehreren

Morgen Grünfläche, so weit das Auge reichte. Ein großer Steinbrunnen sprudelte, eine Gruppe Geschäftsfrauen spielte Krokett und gelegentlich fuhr ein Golfwagen vorbei, auf dem Weg hin oder zurück von der hoteleigenen 9-Loch-Anlage.

Als Crystal aus dem Krankenhaus entlassen worden war, hatte sie den ganzen Tag über in diesem Lehnstuhl gesessen. Sie hatte ihre Schwester überredet, die geplante Besichtigung der nahe gelegenen Stadt Galway mitzumachen, damit sie Megan eine richtige Website erstellen konnte. Sie war nicht perfekt, aber eindeutig besser als der „mickrige Blog", den sie vorher hatte. Jetzt würden Redakteure, die auf der Suche nach potenziellen freien Mitarbeitern waren, nicht mehr von der Gestaltung abgelenkt und konnten sich stattdessen auf den Inhalt konzentrieren – der wirklich klasse war, wenn Crystal ehrlich war. Wieso hatte sie eigentlich nicht gewusst, dass Megan so talentiert war?

Das neue Design der Internetseite und der Anruf, den Crystal an diesem Vormittag getätigt hatte, würden dem Selbstbewusstsein ihrer Schwester bestimmt einen neuen Schub verleihen. Genau das, was sie brauchte, um ihre Träume zu verwirklichen.

Sie änderte noch eine Kleinigkeit und speicherte den Entwurf dann ab. Es juckte ihr in den Fingern, ihre E-Mails abzurufen, aber stattdessen klappte sie den Laptop zu. Sie hatte versprochen, ein paar Tage nicht zu arbeiten. Nachdem sie Tony von ihrem Krankenhausaufenthalt in Kenntnis gesetzt hatte, hatte er zurückgeschrieben, angesichts ihrer gesundheitlichen Situation könne er noch eine Weile warten, aber glücklich war er nicht gewesen.

Vielleicht sollte sie in den Wellnessbereich gehen und diese Chance zur Entspannung richtig nutzen. Megan würde erst spätabends zurückkommen.

Crystal sammelte ihre Sachen ein und ging in ihr Zimmer zurück. Dort zog sie ihren Badeanzug und einen Bademantel darüber – der superweiche Baumwollfrottee schmiegte sich an ihren Körper –, bevor sie die Tür aufmachte. Megan stand im Flur, die Schlüsselkarte ausgetreckt, so als wollte sie gerade die Tür öffnen.

„Solltest du nicht noch in Galway herumlaufen?" Crystal machte die Tür ganz auf und ihre Schwester trat ein. Dann schloss sie die Tür wieder und setzte sich auf die Bettkante.

„Ich hatte ein schlechtes Gewissen, weil du den ganzen Tag hier allein bist."

„Mir geht es gut. Wirklich." Nach achtzehn Stunden mit Antibiotika fühlte sie sich tatsächlich schon viel besser. „Da du für heute mit dem Sightseeing fertig bist – willst du mit ins Schwimmbad kommen?"

„Gerne." Megan streifte ihre Jacke ab und kramte in ihrem Koffer. „Und was hast du heute gemacht?" Sie schlüpfte in ihren blauen Tankini.

Crystal nahm ihren Laptop vom Nachttisch und klappte ihn auf. „Ich habe eine neue Website entworfen."

Megan zog die Nase kraus. „Wofür denn das?" Sie nahm den zweiten weißen Bademantel vom Haken an der Badezimmertür und schob die Arme hinein.

„Für dich. Für deinen Blog."

Ihre Schwester erstarrte. „Was? Warum?"

„Weil du gestern angedeutet hast, dass du mit deinem Internetauftritt nicht so glücklich bist. Ich dachte, das hier hilft dir vielleicht." Crystal ging mit dem Laptop zu Megan und gab ihn ihr.

Megan scrollte mit dem Zeigefinger durch die Musterseite. Dann biss sie sich auf die Unterlippe und schwieg einen Augenblick länger als erwartet. Gefiel ihr das Design nicht?

„Natürlich kann ich alles ändern, was du nicht magst. Ich habe ein Reisemotiv ausgesucht, aber …

„Es ist perfekt." Ihre Schwester schloss den Laptop und legte ihn aufs Bett. „Das hättest du aber nicht tun müssen."

Megans Worte waren eine Sache, aber ihr Tonfall sprach eine andere Sprache. „Ich wollte aber. Oh, und es ist mir erst heute wieder eingefallen, aber ich habe eine Freundin vom College, die bei der *Minnesota Republic* in Minneapolis arbeitet. Sie sagte, sie würde ihrem Redakteur deinen Lebenslauf schicken. Im Moment haben sie keine freien Stellen. Aber es schadet ja nicht, wenn sie deine Unterlagen haben, falls in Zukunft etwas frei wird, oder?"

„Wow. Das ist … fantastisch." Ihre Schwester lächelte zwar, aber irgendwie wirkte es gezwungen. Megan hatte den Bademantel fertig angezogen und den Gürtel zugebunden. „Sollen wir?"

Hm. „Klar."

Sie traten auf den Gang hinaus und nahmen den Aufzug ins Erdgeschoss, von wo aus sie in den Wellnessbereich gehen konnten. In der Eingangshalle zum Schwimmbad roch es nach Eukalyptus. Leise Jazzmusik lag in der Luft. Eine lächelnde Frau mit roten Haaren und porzellanfarbenem Teint begrüßte sie und notierte ihre Namen. Sie überlegten, welche Angebote sie in Anspruch nehmen sollten, und dann gab die Rezeptionistin ihnen Termine für eine kosmetische Gesichtsbehandlung und versicherte ihnen, sie hätten Glück, so kurzfristig einen Termin zu ergattern.

„In fünfzehn Minuten wird jemand kommen und sich um Sie kümmern. Wenn Sie so lange beim Entspannungsbecken warten wollen, das ist gleich diesen Gang entlang."

Sie bedankten sich und gingen zu dem erwähnten Becken. Als sie die Tür aufmachten, verstand Crystal, warum die Frau von einem Entspannungsbecken gesprochen hatte. Erstens waren sie allein. Zweitens lag das Becken selbst so ruhig da wie die Satinlaken auf den Betten in ihrem Zimmer. Von der Decke hingen drei Kronleuchter aus Muscheln. Ein gemalter Lebensbaum erstreckte sich über die Wand hinter dem Pool. Sechs gepolsterte Liegestühle standen an der gegenüberliegenden Wand.

Megan ging zu einem davon und streckte sich darauf aus. Sie war viel stiller als sonst.

„Was ist denn los?" Crystal füllte zwei Gläser mit Gurkenwasser aus einem großen Glaskrug.

Megan spielte mit dem Gürtel ihres Bademantels und warf ihn auf dem Schoß hin und her. „Nichts."

„Jetzt klingst du wie ich." Mit ein paar schnellen Schritten gesellte Crystal sich zu Megan und reichte ihr eines der Gläser. „Spuck's aus. Und ich meine nicht das Wasser."

Das lahme Wortspiel entlockte Megan nicht mal ein Lächeln. „Ich weiß es wirklich zu schätzen, dass du mir eine Website entworfen und deine Freundin kontaktiert hast."

Crystal hob ihr Glas an die Lippen und trank einen Schluck. Der schwache Gurkengeschmack tanzte auf ihrer Zunge. „Das merke ich."

„Nein, im Ernst." Megan runzelte die Stirn. „Aber heute habe ich mit meiner Chefin in der Bibliothek gesprochen. Sie sagt, sie kann mir erst im Herbst meinen alten Job wiedergeben, und vielleicht nicht einmal dann. Zugleich hat sie mir aber eine neue Stelle angeboten." Megan erklärte, was es mit dem Job auf sich hatte.

„Und, willst du den Job annehmen?"

„Vielleicht." Mit dem Daumen malte sie eine Acht in das Kondenswasser an ihrem Glas. „Ich meine, ich brauche einen Job. Ich kann nicht einfach zu Hause rumhängen."

„Du könntest die Stelle doch nehmen und nebenbei weiter schreiben und dich auf andere Jobs bewerben."

„Klar kann ich nebenher schreiben, aber ich hätte ein schlechtes Gewissen, wenn ich zusagen und dann weggehen würde, wenn sich etwas anderes ergibt, das mich mehr interessiert."

„Das verstehe ich, aber so was kommt ständig vor."

„Stimmt, aber Kara war im Laufe der Jahre sehr gut zu mir, selbst als ich eine völlig unzuverlässige Kraft war, weil es mir so schlecht ging."

„Aber das bedeutet doch, dass du ihr nicht egal bist und sie dich glücklich sehen will. Und es klingt nicht so, als wäre das der Job, den du wirklich auf Dauer willst."

„Ja, das stimmt." Ihre Schwester starrte auf das Wandgemälde gegenüber. „Aber vielleicht mache ich mir zu große Hoffnungen und versuche, zu viele Sterne gleichzeitig vom Himmel zu holen. Amandas Wunschliste werde ich auf jeden Fall zu Ende führen. Und ich habe einen Reiseblog angefangen. Das allein ist schon fantastisch. Und wenn das alles ist, was ich machen kann, dann bin ich zufrieden."

„Zufrieden schon. Aber glücklich?" Crystal sah Megan an, eine Augenbraue hochgezogen. „Greif nach diesen Sternen. Du musst dich nicht mit einem einzigen zufriedengeben, denn du bist stark genug, sie alle in der Hand zu halten."

Megans Kinn bebte. „Ich bin nicht stark, Crystal. Nicht so wie du."

Stark? Crystal bekam in ihrem Job rein gar nichts mehr hin, sie hatte ihre Ehe so gut wie in den Sand gesetzt, und wann immer Gefühle zu tief oder zu schmerzlich waren, rannte sie davon. „Du bist diejenige, die zwei Jahrzehnte lang mit einer Krankheit gelebt hat. Du bist diejenige, die nicht unterzukriegen ist. Stärker geht gar nicht."

Megan starrte sie an und in ihrem Blick lag so etwas wie ungläubiges Staunen. „Aber warum habe ich dann solche Angst?"

Crystal wählte ihre Worte mit Bedacht. „Ich glaube, stark zu sein, bedeutet nicht unbedingt, dass du keine Angst mehr hast, sondern vielmehr, dass du dich deinen Ängsten stellst."

Aber noch während sie das sagte, fragte sie sich, wer von ihnen beiden diese Worte eigentlich mehr beherzigen musste – Megan … oder sie selbst.

Kapitel 23

12. Versuchen, eine Wache am Buckingham Palace zum Lachen zu bringen.

Meine Eltern sagen, dass ich ein ganz fröhliches Kind war ... vorher. Die alberne Sorte, die sich Unterhosen über den Kopf zieht und wild tanzt, wenn der Lieblingssong im Radio läuft. Die sich schlechte Witze mit schrecklichen Pointen ausdenkt und sich dann selbst vor Lachen nicht mehr einkriegt.

Onkel Joe hat mir dieses Lachen gestohlen.

Nach ihm habe ich, glaube ich, ein Jahr lang nicht mehr gelacht.

Ich erinnere mich nicht mehr daran, wie es geschehen ist, nicht bewusst jedenfalls. Aber ich erinnere mich an die Dunkelheit des Lebens, dass sich nichts mehr gut anfühlte, dass alles kalt und verwirrend und beängstigend war.

Und ich weiß noch, dass meine Mom mich irgendwann angesehen und gesagt hat: „Ich vermisse dein süßes Lachen so sehr." Ihren Gesichtsausdruck, als sie das sagte, werde ich nie vergessen, so traurig und nostalgisch und schuldbewusst.

Also habe ich wieder angefangen zu lachen. Für sie. Aber ich bin nicht sicher, ob es jemals echt war.

Ich will wieder lachen. Immerhin heißt es ja, Lachen sei die beste Medizin. Lachen hat etwas Heilendes – besonders, wenn man mit anderen zusammen lacht. Lachen reißt Mauern ein und vielleicht ist es das, was wir alle brauchen.

Vielleicht wird es Zeit, dass ich mich nicht mehr so auf mich selbst konzentriere.

Denn wenn man versucht, jemand anderen zum Lachen zu bringen, lacht man am Ende auch selbst.

Kapitel 24

16. Juli
Titel Blogeintrag: Lachen in London: Albereien jenseits des Atlantiks
Text Blogeintrag:
London ist genau das, was ich mir erträumt habe, und noch so viel mehr. Heute haben wir erlebt, wie schwierig es tatsächlich ist, einer Wache am Buckingham Palace ein Lächeln zu entlocken …

12. Versuchen, eine Wache am Buckingham Palace zum Lachen zu bringen.
Wie gut, dass dieser Punkt das Wort *versuchen* enthielt, denn die Mitglieder der königlichen Garde waren berüchtigt für ihr Pokerface.

Megan verstaute Amandas Tagebuch wieder in ihrem Rucksack. Von ihrem Platz in der Menge aus konnten sie die schmiedeeisernen Tore und dahinter den Buckingham Palace sehen. Gleich würden sich die Tore für die heutigen Führungen öffnen und sie mussten drinnen sein, damit sie den Wachen nahe genug kamen, um mit ihnen zu reden.

Die Sonne streichelte ihre Haut und die wenigen Wolken am Himmel waren nur zarte Federn. In allen Reiseführern, die sie über London gelesen hatte, hieß es, dass es dort oft regnete, aber seit sie angekommen waren, hatten sie davon nichts bemerkt. Sie hatte sich eine Chance erhofft – und sie gleichzeitig gefürchtet –, Punkt 19 von ihrer Liste in die Tat umzusetzen. *Einen gut aussehenden Fremden im Regen küssen.* Crystal hatte vorgeschlagen, sie könne doch einen Mann auf die Wange küssen, aber das würde dem Geist von Amandas Liste nicht gerecht werden.

Allmählich lief ihr die Zeit davon, aber sie konnte nicht leugnen, dass ihr bei dem Gedanken, jemanden zu küssen, den sie nicht kannte, ganz mulmig wurde.

Oder überhaupt irgendjemanden zu küssen.

Sofort dachte sie an Caleb. Du lieber Himmel! Wahrscheinlich dachte er gar nicht auf diese Weise an sie. Vielleicht würde sie mehr wissen, wenn sie sich endlich wiedersahen. Aber das war erst morgen. Im Moment schob sie ihre Nervosität beiseite und konzentrierte sich auf die aktuelle Aufgabe.

Heute würde sie Nummer 12 von der Liste erledigen, nicht Nummer 19. So.

Neben ihr studierte Crystal einen Stadtplan von London, den sie in der Touristeninfo mitgenommen hatten. „Anschließend sollten wir gleich zum St. James's Park gehen."

„Gerne, wenn du willst." Sie hatten einen vollen Tag vor sich und der Park schien ein guter Ort zu sein, inmitten der ganzen Hektik zu verschnaufen.

Crystal warf ihr über den Rand der Karte einen Blick zu. „Du bist aber ziemlich gelassen, was die ganze Sache betrifft."

„Ich gebe zu, dass ich kein besonderes komisches Talent habe. Mir ist auch nicht klar, wie wir eine Wache dazu bringen sollen, auch nur zu lächeln, geschweige denn zu lachen."

„Nein, ich meine wegen …"

„Sie machen auf", rief eine Frau in der Nähe aufgeregt, als die schwarz-goldenen Tore sich öffneten. Die Menge hinter ihnen drängte vorwärts.

„Die Leute sollten sich mal ein bisschen entspannen." Crystal steckte den Stadtplan weg und sie ließen die anderen durch das Tor strömen. Auf dem Vorplatz angekommen, liefen die Besucher zum Kartenverkauf, sodass sie endlich etwas mehr Luft zum Atmen hatten. „Da drüben."

Megan blickte in die Richtung, in die Crystal zeigte, und sah zwei Gardisten neben dem Eingang stehen, jeder auf einer Seite vor einer kleinen hausartigen Konstruktion. Sie trugen eine königlich rote Uniform, einen weißen Ledergürtel und dunkelblaue Hosen. Auf dem Kopf trugen sie die markanten Bärenfellmützen. Der junge Mann auf der rechten Seite wirkte sehr jung. „Der sieht aus, als wäre er gerade erst mit der Schule fertig."

„Dann reden wir mit ihm." Crystal zog Megan am Ärmel und fing an, auf die Wache zuzugehen.

Einige andere Touristen machten Fotos vor den Wachen, also warteten die Schwestern darauf, dass sie an die Reihe kamen. Aber jetzt kam der schwierige Teil. „Aber wie sollen wir die Wache zum Lachen bringen?"

„Mich brauchst du nicht anzugucken. Ich bin nicht witzig."

„Das ist ja wohl die Untertreibung des Jahres." Megan zwinkerte Crystal zu.

Crystal antwortete mit einem Lächeln. Vor ihrer Zeit hier war dieses Lächeln eine Seltenheit gewesen. Aber im Laufe der letzten paar Tage war Crystal nicht mehr ganz so misstrauisch gewesen. Und angefangen hatte es damit, dass sie endlich gewagt hatten, über ein paar wichtige Dinge zu sprechen.

„Ich glaube, stark zu sein, bedeutet nicht unbedingt, dass du keine Angst mehr hast, sondern vielmehr, dass du dich deinen Ängsten stellst." Die Worte ihrer Schwester hallten in ihrem Kopf wider – und in ihrem Herzen. Megan hatte sich immer noch nicht entschieden, was den Job in der Bücherei betraf, aber sie würde bald eine Entscheidung treffen müssen.

„Hast du nicht ein paar Witze mitgebracht?" Crystal holte Megan in die Gegenwart zurück.

Megan schüttelte den Kopf. „Ich habe mir das Hirn zermartert, aber …"

„Ich habe eine Idee." Crystal ging auf den jungen Mann zu. Er stand stramm und sein Blick war starr geradeaus gerichtet. „Ich heiße Crystal und das hier ist meine Schwester Megan. Wir hoffen, dass Sie uns bei etwas helfen können."

Das war ihr grandioser Plan? Den Typen einfach zu bitten, dass er lachte? Die Wache zuckte mit keiner Wimper. „Crystal, ich glaube nicht …"

„Wir haben nämlich ein kleines Problem." Crystal schüttelte den Kopf in Megans Richtung, so als wollte sie sagen: „Jetzt nicht." „Wir haben eine Aufgabe, und zwar die, Sie zum Lachen zu bringen. Ich weiß. Ich weiß. Bestimmt haben schon viele Leute das versucht. Aber wir haben einen richtig guten Grund dafür." Dann erzählte sie der Wache von Megans Ziel, Amandas Wunschliste zu erfüllen. Und bildete Megan sich das nur ein oder wurde der Blick des Mannes weicher? „Natürlich wollten wir Ihnen gegenüber nicht respektlos sein, da Sie ein echter Soldat sind, der seinem Land dient. Wir wussten, dass wir keine Dummheiten machen oder Sie berühren können oder so was."

Die Nase des Mannes zuckte. Vielleicht funktionierte es ja wirklich ...

Megan schaltete sich ein. „Wir wären wahnsinnig dankbar, wenn sie uns ein klitzekleines Lachen schenken könnten. Oder wenigstens ein Lächeln. Aber wir wollen Sie natürlich nicht in Schwierigkeiten bringen."

Crystal und sie warfen sich einen Blick zu und wartet dann. Die Wache starrte weiter geradeaus wie eine Statue. Sie warteten noch weitere fünf Minuten. Dann seufzte Megan. „Komm, Crystal. Auf der Liste stand ja nur, dass wir es versuchen sollen."

Crystal runzelte die Stirn und nickte. Sie nahm den Gurt ihres Rucksacks und zog ihn auf dem Rücken ein bisschen nach oben. Dann drehte sie sich noch einmal zu der Wache um. „Danke trotzdem."

Als Megan sich umdrehte, um durch das Tor hinauszugehen, hörte sie es. Ein schnelles, tiefes Lachen. Crystal und sie fuhren gleichzeitig herum und sahen den Gardisten an, aber sein Blick war unverwandt auf den Horizont gerichtet, sein Gesicht eine stoische Maske. „Habe ich mir das jetzt eingebildet?"

„Nein. Nein, hast du nicht." Crystal winkte der Wache zu. „Danke!"

Dann fingen sie beide an zu kichern und liefen vom Buckingham Palace zum St. James's Park.

Irgendwann hatte Megan Seitenstechen. „Ich kann nicht fassen, dass wir das wirklich gemacht haben."

„Ich schon. Wir waren richtig gut." Crystal sah auf die Uhr. „Und wir haben noch jede Menge Zeit."

Warum pochte ihre Schwester so auf den Zeitplan? Megan konnte sich gar nicht erinnern, was sie sich für diesen Tag vorgenommen hatten. Sie genoss es einfach, dass sie beide zusammen waren. „Komm, wir feiern den Sieg ein bisschen."

„Ich habe nichts dagegen." Als sie den Park erreicht hatten, fuhr Crystal mit der Hand über einen kurzen schmiedeeisernen Zaun mit schwarzen Ringen am oberen Rand. Ein graues Eichhörnchen sprang neben ihnen auf den Zaun, als sie weitergingen. Bald darauf tauchte ein herrlicher Teich vor ihnen auf. Am Ufer saßen Leute und fütterten verschiedene Wasservögel.

Megan blieb stehen und zog ihre Schuhe aus. Dann band sie die Schnürsenkel zusammen und hängte sich die Schuhe über die Schulter. Barfuß lief sie auf den Rasen und die Halme kitzelten sie an den Füßen. „Ich bin ja so froh, dass wir uns endlich zusammen amüsieren. Das ist schon so lange her und ich habe es vermisst."

„Ich auch." Crystal musterte Megans nackte Füße und zog dann auch ihre Schuhe aus. Ihrer Miene war anzusehen, dass sie das ungewohnte Gefühl genoss.

„Wie viele Nächte haben wir gekichert und Mom und Dad genervt, als wir klein waren?" Selbst im Krankenhaus – wenn sie dort sein konnte – hatte Crystal versucht, sie mit Wortspielen zu unterhalten und mit allen möglichen Geschichten über die dämlichen Typen, mit denen sie flirtete, und mit den albernen Psychospielchen ihrer Freundinnen. Aber irgendwann war das Lachen einer Verlegenheit und Schuldgefühlen gewichen, auf beiden Seiten.

„Ich weiß noch, dass wir in deinem Zimmer Pyjamapartys veranstaltet haben. Dann bin ich rübergeschlichen und wir haben bis Mitternacht geredet oder bis Dad reinkam mit seinem berüchtigten Blick." Crystal sah zu, wie zwei Kinder einen orangefarbenen Drachen fliegen ließen, während eine ältere Frau von hinten Anweisungen gab. Der Schweif des Drachens flatterte hoch über ihren Köpfen und malte Wirbel in Grün und Lila an den strahlenden Himmel.

Es war eine schöne Erinnerung – doch sie war auch von Trauer gefärbt. „Aber dann bist du irgendwann nicht mehr gekommen. Warum?", fragte Megan.

Ihre Schwester sah sie an. Crystal kaute auf ihrer Unterlippe. „Mom hat mich einmal dabei erwischt, als ich spätabends noch in dein Zimmer wollte. Sie war sehr sanft, sagte aber zu mir, du bräuchtest deine Ruhe."

Sie musste die Tränen unterdrücken. „Oh." Was war wohl noch alles passiert in dem Bestreben, sie zu schonen?

Doch damit war es jetzt vorbei.

Megan hakte sich bei Crystal unter. „Lass uns nicht daran denken. Dieser Tag ist einfach vollkommen."

„Da hast du recht." Crystal straffte die Schultern, sichtlich bemüht, die traurigen Erinnerungen abzuschütteln. „Wo wir gerade von vollkommen sprechen – ich bin immer noch völlig entgeistert, wie ruhig du angesichts der Tatsache bist, dass du dich mit Caleb triffst."

„Das ist doch erst morgen." Die Schmetterlinge in ihrem Bauch fingen bei dem Gedanken an, aufgeregt zu flattern.

Crystal sah sie verwirrt an.

Die Schmetterlinge schlugen mit den Flügeln. „Was ist denn?"

„Wir treffen uns heute nicht, erst morgen."

„Nein, das stimmt nicht."

„Doch."

„Nein, du irrst dich." Sie hatte das Datum im Geiste unzählige Male wiederholt. „Es ist morgen."

Am Ufer des Teichs blieben sie stehen. Eine schwarz-grüne Ente kam auf sie zugewatschelt. Crystal ließ ihre Schuhe auf den Boden fallen und setzte ihren Rucksack ab. Schnell nahm die Ente Reißaus. Crystal kramte einen Moment in ihrem Rucksack, bis sie ihr Notizbuch gefunden hatte. Sie schlug es auf und fuhr mit dem Finger über die Seiten. Dann drehte sie es in Megans Richtung und zeigte auf einen Eintrag. „Siehst du? Hier steht es im Kalender. ‚Caleb, 16. Juli, 12 Uhr, St. James's Park'."

Megan spürte, wie ihre Wangen ganz heiß wurden und es ihr in den Fingerspitzen kribbelte. „Bist du sicher? Ich hatte den siebzehnten im Kopf. Sie holte ihr Handy heraus und tippte sich bis zu ihrem E-Mail-Austausch mit Caleb durch.

16. Juli, nicht 17. Unmissverständlich.

Megan stöhnte. „Wie konnte ich nur so einen Fehler machen?"

„Keine Ahnung." Crystal zog die Nase kraus.

„Ich meine, ich weiß ja, dass ich nicht besonders gut organisiert bin, aber man sollte meinen, dass ich mir den Tag merke, an dem ich …"

„An dem du den Typen siehst, in den du total verknallt bist?"

„Was?" Megan ging nervös auf und ab. Der knallrote Nagellack auf ihren Zehennägeln bildete einen auffälligen Kontrast zu dem grünen Gras. „Ist das so offensichtlich?“ Wenn Crystal sie durchschaute, würde Caleb es vielleicht auch tun.

„Äh ... ja.“

„Er wird meine Gefühle wohl kaum erwidern. Ich meine, sieh mich doch an.“ Wenn sie gewusst hätte, dass sie sich heute schon treffen, hätte sie die Haare nicht zum Pferdeschwanz zusammengebunden, nur einen Hauch Lipgloss aufgelegt und Jeans und T-Shirt angezogen. Vielleicht war es albern, aber sie hatte schon ein süßes neues Sommerkleid für ihr Treffen morgen herausgelegt.

Klar, sie wollte ihre Freundschaft erneuern, aber es würde nicht schaden, Caleb auf eine andere Fährte zu bringen und zu sehen, wie er reagierte. Jetzt würde er sehen, wie wenig Mühe sie sich gegeben hatte, und wahrscheinlich keinen zweiten Gedanken an sie verschwenden.

Ihre Schwester packte sie am Ellbogen. „Du siehst prima aus. Und außerdem: Wenn Caleb nicht unter die Oberfläche sehen kann, ist er es sowieso nicht wert. Trotzdem ist Selbstbewusstsein besonders attraktiv.“ Crystal kramte wieder in ihrem Rucksack und zauberte Puder, Mascara und Rouge hervor. „Und zum Glück für dich verlasse ich das Haus nie ohne mein Arsenal an Schminke.“

„Dich schickt der Himmel.“ Megan schloss die Augen und Crystal machte sich mit dem Make-up an die Arbeit.

„So, und jetzt dreh dich um.“

Megan gehorchte und spürte, dass Crystal das Haargummi aus ihrem Zopf zog. Die Borsten einer Bürste fuhren über ihre Kopfhaut und zogen an ihren Haaren. Als Crystal fertig war, reichte sie Megan einen kleinen Spiegel. „Tada!“

Ihre Haare waren jetzt zu einem lockeren Knoten gebunden, was ihre Züge weicher erscheinen ließ. Das Make-up ließ ihre Augen hervortreten und machte ihre Wangen glatter. Megan gab ihr den Spiegel zurück und schlang ihrer Schwester die Arme um den Hals. „Danke, danke, danke.“

„Gern geschehen.“ Crystal tätschelte ihr den Rücken und zog sich dann zurück. „Und wie es aussieht, sind wir gerade rechtzeitig fertig geworden ...“

Megan folgte ihrem Blick und ihr Herz machte einen Satz. Caleb kam auf sie zu. Er trug ein blau kariertes Hemd, die Ärmel bis zum

Ellbogen hochgekrempelt, Jeans und lässige Segeltuchschuhe. Sein Dreitagebart verlieh ihm einen rustikalen Reiz und sein Grinsen sagte Megan eine Menge – vor allem aber, dass sich nichts geändert hatte, er war noch immer derselbe Caleb, den sie kannte.

Und doch wusste sie, weil ihr das Blut durch die Adern raste und die Hitze ihre Wangen rötete, dass zugleich alles anders war.

Neben ihr stieß Crystal einen leisen Pfiff aus. „Wow. Er sieht überhaupt nicht so aus wie früher."

Megans „Ich weiß" blieb ihr im Halse stecken. Sie konnte nur zusehen, wie ihr Freund näher kam. Als er schließlich bei ihnen angekommen war, musterte er Megan einen Augenblick lang und nahm sie dann in seine Arme. „Mensch, tut es gut, dich zu sehen, Meg."

„Caleb." Sie lehnte den Kopf an seine Brust. Mit seinen eins achtzig hatte er schon immer genau die richtige Größe gehabt, dass sie sich bequem an ihn schmiegen konnte. Er roch anders, irgendwie nach Glühwein, und der Duft jagte ihr einen Schauer über den Rücken. Sie schmiegte ihre Wange an seine Brust und lauschte. Schließlich hörte Megan, wie gleichmäßig Calebs neues Herz schlug.

Jemand räusperte sich in der Nähe und Megan brauchte einen Moment, um sich bewusst zu werden, dass es ihre Schwester war. Ach ja. Crystal war ja auch noch da. Widerwillig löste sich Megan aus Calebs Armen – sie hätte nichts lieber getan, als in der Geborgenheit zu verweilen, die sie in seiner Umarmung spürte.

Sie hob den Blick, bis sie in Calebs grüne Augen sehen konnte. „Hi."

„Hi." Es schien, als wollte er noch mehr sagen.

Schließlich senkte Megan den Blick und drehte sich zu ihrer Schwester um. „Du erinnerst dich an Crystal?"

Caleb verbarg seine wie auch immer gearteten Emotionen wieder und wandte sich Crystal zu, erneut ein Lächeln auf den Lippen. „Natürlich." Er streckte ihr die Hand entgegen und ihre Schwester schüttelte sie. Obwohl sie sich schon mehrmals begegnet waren, hatte ihre Schwester Caleb nie wirklich kennengelernt – nicht so wie Megan. „Freut mich, dich wiederzusehen."

„Ganz meinerseits."

„Wie geht es dir?“ Weil sie nicht wusste, was sie mit ihren Armen machen sollte, verschränkte Megan sie vor der Brust. „Danke noch mal, dass du dir die Zeit nimmst, dich mit uns zu treffen.“

„Es ist mir ein Vergnügen.“ Und sein Blick sagte ihr, dass es wirklich so war. Aber war er nur nett … oder hatte er die gleichen Gefühle für sie, die sie für ihn empfand? „Was habt ihr beiden denn gerade gemacht?“

Sie erzählten ihm die Geschichte, wie sie die Wache zum Lachen gebracht hatten, und berichteten von den Sehenswürdigkeiten, die sie besichtigt hatten.

Crystal sah auf ihre Uhr. „Wo wir gerade von Sehenswürdigkeiten sprechen: Eigentlich wollten wir heute zu St. Paul's, zum Tower und zur Westminster Abbey. Sollen wir das machen wie geplant oder wollt ihr zwei lieber allein etwas unternehmen?“

„Wenn ich nicht dabei bin, arbeitest du doch bestimmt wieder“, neckte Megan sie. Außerdem war Crystal ein willkommener Puffer für Megans Gefühle, die sie für Caleb hatte. Wenn sie dabei war, würde sie viel weniger unbeholfen sein.

Dann warf sie Caleb einen Blick zu. „Was meinst du?“

Caleb zuckte mit den Schultern. „Ich bin hergekommen, um mit dir zusammen zu sein, also füge ich mich in deine Pläne ein.“

Megan versuchte, nicht zu viel in seine Worte hineinzuinterpretieren.

Aber sie scheiterte.

Kapitel 25

Welchen Unterschied doch eine halbe Woche machen konnte.

Crystal schluckte ihre Tabletten mit einem Glas Wasser und staunte darüber, wie viel besser es ihrem Magen seit dem Zwischenfall in dem irischen Schloss ging. Sie stellte ihr Glas auf dem Restauranttisch ab, den eine rote Tischdecke zierte. Megan, Caleb und sie frühstückten bei einer Bäckerei, bei der sie draußen sitzen konnten. Ihre Mahlzeit aus Toast und Apfelmus hatte nicht besonders gut geschmeckt, aber wenigstens rebellierte ihr Magen nicht so wie vorher und das war definitiv eine Verbesserung.

Überall um sie herum klapperten Gäste mit Gabeln auf Tellern, Bedienungen liefen vorbei, um den morgendlichen Andrang zu bewältigen, und die Sonne wärmte Crystals Hände.

Megan aß einen letzten Bissen von ihrem Eiweiß-Rührei und schob den Teller von sich. Sie sah Caleb an, der an seinem Kaffee nippte. Er hatte gerade davon erzählt, wie er in Afrika Fotos in der Wildnis gemacht hatte. Ihre Schwester war offensichtlich schockiert, weil Caleb dort einem Löwen begegnet war, Aug in Aug hatte er ihm gegenübergestanden, aber er hatte überlebt. „Hattest du nicht schreckliche Angst?"

Caleb grinste schelmisch. „Habe ich nicht erwähnt, dass ich in einem Wagen saß? Auf einer Safari?"

Erleichterung machte sich auf Megans Gesicht breit. „Mann, ich hasse dich. Du hast mir einen totalen Schreck eingejagt!"

„Komm schon, Meg. Du musst mal ein bisschen entspannen."

Crystal lehnte sich auf ihrem Stuhl zurück und beobachtete die Interaktion zwischen Megan und Caleb. Beide schienen sich in der Gegenwart des jeweils anderen wohlzufühlen, aber zugleich war etwas zwischen ihnen unausgesprochen, etwas, was sie selbst entdecken mussten. Zu zweit. Gestern waren sie als Touristen unterwegs gewesen und sie hatten nicht viel Zeit zum Reden gehabt.

Vielleicht sollte sie ihnen heute eine Gelegenheit dazu geben.

Schließlich wollten sie morgen aufs Land fahren und Caleb würde seine Arbeit woanders fortsetzen. „Ich bin ein bisschen müde. Ich glaube, ich gehe zum Hotel zurück und bleibe den Vormittag über dort."

Megans Kopf fuhr herum und sie biss sich auf die Unterlippe. „Tut dir dein Magen wieder weh?"

Es war immer noch ein ungewohntes Gefühl, dass Megan sich Sorgen um Crystal machte. „Nein, mir geht's gut. Wirklich."

„Vielleicht sollte ich mitkommen." Sie warf Caleb einen entschuldigenden Blick zu. „Ich will nicht, dass du allein bist. Was ist, wenn du wieder einen Krankenwagen brauchst?"

So funktionierte das offensichtlich nicht. Crystal würde eine andere Taktik wählen müssen, obwohl sie nicht auf Gegenliebe stoßen würde. „Okay, du hast mich ertappt. Ich muss ein bisschen arbeiten. Nachdem ich gestern St. Paul's und Westminster Abbey gesehen habe, sind mir ein paar richtig gute Ideen gekommen."

Was sogar stimmte. Na gut, vielleicht waren die Ideen nicht umwerfend. Aber sie hatte eine erste Idee gehabt und das war mehr, als sie von der ganzen Reise bisher sagen konnte. Sie hatte sogar das Gefühl, kurz vor einer großartigen Entdeckung zu stehen, wobei sie keine Ahnung hatte, wie sie die Mauern durchbrechen sollte, die sie noch davon trennten.

„Crystal." Dieses eine Wort klang wie ein schwerer Vorwurf und Megans Stirnrunzeln machte ihre Gefühle sichtbar. „Du kannst doch wegen deiner Arbeit nicht London verpassen."

„Irgendwann muss ich arbeiten, warum dann nicht heute."

„Wir hatten eine Abmachung."

„Dass ich ‚mehrere Tage' nicht arbeiten würde. Es sind jetzt vier Tage. Meinen Teil der Abmachung habe ich eingehalten." Crystal zog etwas Bargeld aus ihrem Portemonnaie und legte es auf den Tisch, bevor sie aufstand. „Hier ist etwas Trinkgeld. Ich gehe jetzt, während die Ideen noch frisch sind."

Caleb erhob sich von seinem Stuhl. „Ich reise morgen zu einem Fotoshooting ab, also sehen wir uns vielleicht nicht mehr." Er ging um den Tisch herum und umarmte Crystal freundschaftlich.

Der Mann war wirklich nett. „Viel Spaß heute. Es war schön, dich mal wiederzusehen." Crystal beugte sich hinunter, um Megan zu drücken. „Ich tue das für dich."

Die geflüsterten Worte schienen ihre Schwester zu überrumpeln. „Was meinst du damit?"

Aber Crystal lächelte nur und winkte ihr noch. Megan würde selbst darauf kommen müssen. Sie drehte sich um und machte sich auf den Weg zum Hotel, das nur ein paar Häuserblocks entfernt war.

Ihr leichter Schal flatterte im Wind und sie genoss die frische Morgenluft. Etwas an dem Spiel der Sonnenstrahlen auf dem Gehweg, die verschwanden und dann wieder auftauchten; daran, wie die Schaufenster der urigen Läden die Schätze andeuteten, die sich dahinter verbargen; an den Londonern und Touristen um sie herum, die sich vermischten, bis Crystal sie nicht mehr auseinanderhalten konnte – das alles war wie ein Pinsel in ihrem Innern, der ihre Seele in ein leuchtendes Gelb tauchte, wie sie es schon sehr, sehr lange nicht mehr erlebt hatte.

Vielleicht war Megans *Keine-Arbeit-Ansatz* genau das, was Crystal gebraucht hatte. Nicht, dass sie viel hätte arbeiten können, denn ihr Körper musste sich immer noch von dem Zwischenfall in Irland erholen. Jedenfalls war es an der Zeit, wieder kreativ zu sein.

Aber zum ersten Mal seit ewigen Zeiten fürchtete Crystal sich beinahe davor, ihren Laptop aufzuklappen und ihre E-Mails zu lesen.

Bei dem Gedanken spürte sie eine leichte Panik in sich aufsteigen. Sie durfte ihre Motivation nicht verlieren. Nicht jetzt, wo sie sie so dringend brauchte. Diese Reise erwies sich allmählich als gut, aber wenn sie nach Hause kam, würde sie bereuen, dass sie das Lerner-Projekt nicht bekommen hatte. Nur weil es zwischen ihr und Megan jetzt besser lief, war der Wunsch, an ihrem Traumprojekt zu arbeiten, nicht geringer geworden. Ganz im Gegenteil, seit sie sich immer mehr geöffnet hatte und ihre Gefühle eher zuließ, war dieser Wunsch noch stärker geworden.

Sie beschleunigte ihre Schritte und bog um die Ecke. Dort war schon das Hotel und gleich darauf stieg sie die Treppe hinauf und betrat die kleine Lobby. Ja, sie würde sich einen Tee machen und auf ihrem Balkon sitzen. Das würde sicherlich …

„Crys."

Ihre Schritte stockten. Das konnte doch nicht sein. Aber aus einem der Sessel vor dem Kamin der Hotellobby erhob sich in diesem Moment Brian. Eine Mischung aus Freude, Angst und noch etwas anderem brach in ihrer Brust auf und überwältigte sie.

Sie hatte das Bedürfnis, zu ihm zu laufen, das Gesicht an seiner Brust zu vergraben und ihm zu sagen, wie leid es ihr tat. Alles.

Aber stattdessen umfasste sie den Riemen ihrer Handtasche und blieb wie angewurzelt stehen. „Was machst du denn hier?" Mehr brachte sie nicht heraus.

„Ich habe mir Sorgen um dich gemacht. Wegen des Magengeschwürs. Und wegen allem anderen." Er stand jetzt direkt vor ihr. Plötzlich war es wie damals, als sie sich zum ersten Mal begegnet waren. Die Firma, in der sie während des Studiums ein Praktikum gemacht hatte, hatte Karten für den Feuerwehrball gekauft und sie hatte zusammen mit einigen Kolleginnen an einem Cocktailtisch gestanden und Limonade getrunken, als er dazugekommen war. In seinem Smoking hatte er so ausgesehen, als würde er lieber Jeans und T-Shirt tragen. Aber er war mit seinen eins neunzig auf sie zugegangen und hatte sie um den nächsten Tanz gebeten. Direkt, schnörkellos, aber mit einem süßen Funkeln in den Augen.

Damals hatte es ihr den Atem verschlagen, genauso wie jetzt.

„Alles in …" Ach ja, diese Formulierung konnte er nicht leiden. „Mir geht es gut. Wirklich."

Seine Hände ballten sich zu Fäusten und öffneten sich wieder, so als könnte er nicht entscheiden, was er damit machen sollte. Schließlich streckte er eine Hand aus und berührte leicht ihren Bauch. „Bist du sicher?" Seine Stimme war leise und heiser und es kostete sie ihre ganze Kraft, sich nicht in Tränen aufzulösen.

„Ja." Sie flüsterte das Wort, weil sie fürchtete, wenn sie es laut sagte, würde der Augenblick enden und er könnte verschwinden. Denn plötzlich, obwohl sie ihn nicht erwartet hatte – und sie hasste Überraschungen –, konnte sie den Gedanken, ohne ihn hier zu sein, einfach nicht ertragen. „Ich … habe dich vermisst."

Ein Lächeln erschien auf seinem Gesicht, dasselbe Lächeln, das er ihr unzählige Male geschenkt hatte. Er nahm sie in seine Arme, sanft genug, damit es nicht wehtat, aber entschlossen genug, um ihr zu zeigen, dass er sie niemals wieder loslassen würde.

ꟹ

17. Juli

Titel Blogeintrag: Verborgene Schätze: Entdeckungen in London

Text Blogeintrag:

Wer hätte gedacht, dass eine Schnitzeljagd durch London mehr zutage fördert als nur die touristischen Sehenswürdigkeiten ...

„Was steht heute auf dem Programm?“ Caleb aß den letzten Bissen seines Frühstücks und spülte ihn mit einem Schluck Kaffee hinunter, während er den Teller von sich schob.

„Wir wollten die Schnitzeljagd abhaken.“

Ihr Freund zog die Serviette von seinem Schoß und warf sie auf den Tisch. Dann kramte er in seiner Hosentasche und zog sein Portemonnaie heraus. „Schnitzeljagd?“

Sie nickte. „Amanda wollte eine SMS-Schnitzeljagd machen.“

„Ich kapiere gar nichts. Was ist das?“

Megan lachte. „Man tut sich als Mannschaften von zwei bis vier Leuten zusammen und folgt Hinweisen, die man per Textnachricht erhält. Wenn man einen Hinweis geknackt hat, wird der nächste geschickt. Das scheint mir eine witzige Methode, Teile einer Stadt zu sehen, die man sonst vielleicht nie entdecken würde.“

„Für so was bin ich immer zu haben.“ Caleb legte seine Kreditkarte in die Mappe mit der Rechnung. Als Megan protestierte, machte er eine abwehrende Handbewegung. „Das geht auf mich.“

Immer rücksichtsvoll. Und wie er so auf seinem Stuhl hing, ganz lässig, erinnerte das Megan an zahllose Krankenhausaufenthalte, bei denen sie stundenlang geredet hatten. Aber sie hatte Mühe, den Caleb von damals mit dem Caleb zusammenzubringen, der jetzt hier neben ihr saß. Zuversichtlich war er immer gewesen, aber dieser Caleb – strahlte förmlich vor Lebensfreude.

Und auch jetzt lugte seine Narbe über den Rand seines Hemdes hinaus. Er schien sie nie zu verstecken.

Ihre Finger fuhren unwillkürlich zum Ausschnitt ihres eigenen Shirts, einer tollen fließenden Bluse, die Crystal ihr für heute geliehen hatte. Ihre Schwester hatte sie schief angesehen, als sie darauf bestanden hatte, alle Knöpfe zu schließen, obwohl es nicht unanständig gewesen wäre, die obersten aufzulassen.

Aber ihre Narbe war so hässlich und sie wollte sich hübsch fühlen, gerade heute. Es war einfacher, die Narbe zu verbergen.

Megan senkte den Kopf und räusperte sich. „Wir sind schon registriert, also können wir jederzeit anfangen."

Caleb rieb sich die Hände und beugte sich vor. „Also los, worauf warten wir noch?" Die Bedienung kam und nahm seine Kreditkarte.

Megan zog ihr Handy heraus und schickte eine Nachricht mit dem Text START an die Nummer, die sie in ihren Kontakten gespeichert hatte. Wenige Sekunden später erschien der erste Hinweis. „Gegenüber vom Luxus ruht ein liebevolles Symbol des Gedenkens, wo die Blumen gehen. Wie heißt die Skulptur am Ende?"

Caleb tippte sich aufs Kinn. „Wie viel davon müssen wir selbst rausfinden und wofür dürfen wir Google nehmen?"

„Ich glaube, wir können unsere Smartphones benutzen, um GPS-Daten zu finden, aber nicht für die Antworten auf die Fragen. Wir müssen wirklich zu den Orten hingehen."

„Okay."

„Fällt dir spontan etwas ein? Du warst doch schon mal hier."

„Stimmt, aber du bist die eigentliche Expertin hier. Wie oft hast du das Buch gelesen, das ich dir geschenkt habe?"

Megan lächelte bei dem Gedanken daran. „So oft, dass ich nicht mehr gezählt habe." Sie starrte auf den Hinweis. „Luxus könnte ein Schloss sein. Davon gibt es hier eine Menge."

„Gute Idee. Aber vielleicht würden sie dann das Wort *royal* als Tipp benutzen." Die Bedienung brachte seine Karte zurück und er unterschrieb. Dann klopfte er mit dem Stift auf den Tisch, während sein Blick in die Ferne wanderte. „Könnte es sein, dass es um einen bestimmten Stadtteil geht? Ist Kensington nicht der teuerste Bezirk in London?"

„Warte, ich schreibe unsere Ideen auf." Megan zog ihr Notizbuch heraus, schlug eine leere Seite auf und machte sich Notizen. Dann schnipste sie mit den Fingern. „Guck dir mal diesen Teil der Nachricht an: wo Blumen gehen. Blumen gehen natürlich nicht, aber ich habe etwas von einem Blumengang in Kensington Gardens gelesen."

Caleb nahm ihren Stadtplan vom Tisch und fuhr mit dem Finger darüber, bis er etwas gefunden hatte. Dann drehte er die Karte zu ihr um. „Harrods ist gleich gegenüber. Und was könnte ein besseres Symbol für Luxus sein?"

Sie nahm den Stadtplan und zeigte auf die Stelle. „Und hier: Das Albert Memorial ist im Park gleich neben dem Blumengang: ein liebevolles Symbol des Gedenkens. Prinz Albert ist mit zweiundvierzig Jahren an Typhus gestorben und hat Königin Victoria als trauernde Witwe zurückgelassen. Sie waren unglaublich verliebt." Einen Moment lang fragte sie sich, wie das wohl wäre – aber dann konzentrierte sie sich wieder. „Ich würde sagen, wir gehen dorthin."

Sie gingen zur nächsten U-Bahn-Haltestelle und fuhren zu dem Park. Als sie das Denkmal sahen, staunte Megan über seine Üppigkeit. Die Statue von Albert war mit einer goldenen hausartigen Konstruktion überdacht und der Rand des Daches war mit Engeln verziert. Megan las die Plakette mit den Informationen zu dem Denkmal. Darauf stand, dass Albert in der Hand den Katalog der Weltausstellung hielt, bei deren Organisation er 1851 geholfen hatte.

„Hier." Caleb zeigte auf die Plakette, auf der auch der lange Steinfries am Fuß des Monuments erklärt war. „Er heißt der *Fries des Parnass.*"

Sie war so in das großartige Werk vertieft gewesen, dass sie die Schnitzeljagd einen Moment lang ganz vergessen hatte. Doch jetzt tippte sie den Titel des Skulpturenfrieses in ihr Handy, als Antwort auf den Hinweis. Beinahe sofort kam die nächste SMS: „Glückwunsch. Das ist korrekt. Hier ist der nächste Hinweis." Megan stieß unwillkürlich einen Juchzer aus. „Wir haben es geschafft. Unser erster Hinweis ist gelöst."

Caleb hob die Hand zum High-Five. „Gutes Teamwork."

Grinsend klatschte sie ihn ab. „Willst du die nächste Aufgabe hören?"

„Oh ja. Ich komme gerade erst in Fahrt." Er tänzelte auf den Fußballen herum wie Rocky. „Ich bin bereit für den nächsten Schlag."

Kein Wunder, dass alle im Krankenhaus Caleb als den Klassenclown bezeichnet hatten. Sie schüttelte den Kopf, biss sich auf die Unterlippe und hielt ihr Smartphone hoch. Dann machten sie mit ihrer Schnitzeljagd weiter, die sie zu einem abgelegenen Pub führte, in dem T. S. Eliot oft Gast gewesen war, zu einer Buchhandlung mit einer Weltkarte auf dem Fußboden, einem Fudge-Laden, in dem Caleb vier verschiedene Sorten Pralinen kaufte – und Megan sich weigerte, auch nur zu probieren – und an mehrere andere Orte.

Der abschließende Hinweis bezog sich auf das letzte Wort auf der Plakette am Eingang zu einem „Schatz eines anderen Landes, der für immer in diesem Bauwerk begraben ist". Megan hatte vermutet, dass damit die Mumiensammlung des Britischen Museums gemeint war.

Aber jetzt standen sie hier, hatten das letzte Wort jeder Plakette, die sie finden konnte, eingegeben, aber erhielten jedes Mal dieselbe Antwort: „Sorry. Das ist nicht korrekt."

„Dann sind wir wohl doch nicht am richtigen Ort." Caleb fuhr sich mit der Hand durch die Haare und hielt dabei inne, während er nachdenklich dreinblickte: die Lippen nach links verzogen, den Blick auf den Boden gerichtet.

Megan ließ sich mit einem Stirnrunzeln auf eine Bank fallen. „Sieht so aus." Aber was *war* der richtige Ort?

Er setzte sich neben sie und drückte ihre Hand. Es war eine beiläufige, freundschaftliche Geste der Ermutigung – aber ihr Herz wünschte unwillkürlich, es wäre mehr als das. „Keine Sorge. Wir kommen schon noch drauf."

„Meinst du?" Wie albern, dass sie eines Spiels wegen so frustriert war. Sie konnten immer noch um einen zusätzlichen Tipp bitten.

„Hey, wenn wir eine Herztransplantation überleben können, dann können wir alles schaffen."

Wie machte er das nur – eine so offensichtliche Aussage, eine lockere Bemerkung nehmen und sie in etwas verwandeln, das ihr Herz dringend benötigte? Sie betrachtete ihn einen Augenblick lang und das Schweigen zwischen ihnen wurde greifbar, ein lebendiges, atmendes Ding.

Wieder einmal wanderte ihr Blick zu seiner Narbe. Und ganz von allein streckten ihre Finger sich aus, um diese Narbe zu berühren.

Er erstarrte.

Was machte sie denn da? „Tut mir leid." Sie zog die Hand fort und legte sie wieder auf den Schoß.

„Ist schon in Ordnung, es macht mir nichts aus." Er neigte den Kopf ein wenig zur Seite. „Es ist nur, dass … deine habe ich noch nie gesehen."

Bei jedem anderen Mann hätte das geradezu beängstigend geklungen. Aber nicht bei Caleb. Weil er es verstand. Er verstand sie. „Komisch, dass du das sagst. Ich habe erst heute Morgen darüber nachgedacht, wie offen du deine Narbe zeigst. Starren die Leute dich nicht manchmal an?"

„Klar, manchmal schon. Aber das merke ich gar nicht mehr." Er zuckte mit den Schultern. „Ich nehme an, es ist mein Ehrenabzeichen. Es gehört zu mir, ist Teil meiner Geschichte. Warum sollen wir so tun, als wären wir wie alle anderen, wenn wir es nicht sind?"

Oh, dieser Mann. Sie dachte über seine Worte nach. „Das leuchtet mir ein." Megan zögerte. Dann fanden ihre Finger zitternd den obersten Knopf ihrer Bluse und schoben ihn durch das Knopfloch. Dann noch einen. Sie zog die Bluse am Hals ein wenig auseinander, sodass die dicke, wulstige Haut darunter zum Vorschein kam. Megan zog eine Grimasse und widerstand dem Drang, die Knöpfe wieder zu schließen.

Ihre Augen richteten sich auf Caleb, der sie mit einem Blick ansah, den sie nicht recht deuten konnte.

Dann griff er wieder nach ihrer Hand. „Meg." Es war beinahe ein Flüstern.

„Ja?"

„Du weißt hoffentlich … dass du noch nie schöner warst als in diesem Moment."

Tränen traten ihr in die Augen und sie blinzelte sie fort. Doch eine kullerte ihr über die Wange, dann die nächste. Seine Worte fanden die wunden Stellen in ihrem Innern und beruhigten sie wie Aloevera.

„Und da sieht man es mal wieder: Ich bringe dich zum Weinen. Das mache ich immer."

Sie lachte und wischte die Tränen fort. „Keine Angst, das ist ein gutes Weinen."

„Okay." Er setzte sich etwas anders hin. Ihre Tränen mussten ihm nach all den Jahren immer noch unangenehm sein. „Außerdem glaube ich, dass ich die letzte Aufgabe gelöst habe."

„Was?" Ach ja. Die Schnitzeljagd.

Seltsam, dass sie nach einer Sache gesucht und eine ganz andere gefunden hatte: ihren Mut.

Kapitel 26

Erstaunlich, dass ein Tag mit ihrem eigenen Mann sich anfühlen konnte wie eine erste Verabredung.

Crystal schob die Hände in ihre Jackentaschen, als Brian und sie die Straße am Hyde Park entlangschlenderten. Sie hatten den ganzen Tag damit verbracht, verschiedene architektonische Phänomene zu betrachten, zum Beispiel die Gurke und das berühmte Parlamentsgebäude an der Themse. Natürlich gab es auch in New York einige wundervolle Gebäude, aber solche alten Schätze zum ersten Mal zu studieren, erweckte etwas in ihr zum Leben.

Und sie zu betrachten, hatte auch nicht mehr nur mit ihrer Arbeit zu tun. Es war noch einmal wie jener erste Ausflug nach Washington, D.C. Sie konnte spüren, wie die Leidenschaft wieder in ihr lebendig wurde und all das auffrischte, was in ihr vertrocknet gewesen war, sodass sich der Tank mit Inspiration Stück für Stück wieder füllte.

Und obwohl die Ideen für das Lerner-Projekt nur so sprudelten, wollte sie eigentlich gar nicht an die Arbeit denken. Brian konnte nur eine Woche hierbleiben, also würden sie das meiste aus ihrer gemeinsamen Zeit machen.

„Danke, dass du mich nicht als Fachidiotin abgestempelt hast, als ich vom Big Ben geschwärmt habe."

„Wenn ich nicht wüsste, dass es sich bei diesem Ben um einen Turm handelt, wäre ich eifersüchtig geworden." Brian sah in seiner braunen Lederjacke und der roten Mütze gut aus. Die Temperatur war unter zehn Grad Celsius gesunken und es waren nicht mehr viele Menschen im Park unterwegs. „Und du bist eine Fachidiotin, aber eine süße."

„Na, danke schön." Ihre Nase kribbelte von der Kälte, aber ein Lachen sprudelte aus ihr heraus und wärmte sie. Und ihr Magen knurrte.

„Fühlst du dich gut?" Er war den ganzen Tag über sehr aufmerksam gewesen und hatte darauf geachtet, dass sie ihre Medizin nahm und es mit dem Sightseeing nicht übertrieb.

„Nein."

„Was?" Brian zog die Augenbrauen hoch. „Sollen wir ins Hotel zurückgehen?"

Sie kicherte. „Ich habe keine Schmerzen – nur Hunger."

„Oh." Sein Blick suchte die Lokale am Straßenrand ab. „Vielleicht ist der Mexikaner da drüben offen."

„Mexikanisches Essen in London?"

Brian zuckte mit den Schultern. „Kommt darauf an, wie ausgehungert du bist."

„So schlimm ist es nun auch wieder nicht." Ihr Blick blieb an einem anderen Lokal gleich neben dem Restaurant hängen. „Aber das da – das geht."

„Du bist verrückt."

„Du magst doch Eis." Sie zog ihn am Arm. „Komm schon. Ich habe plötzlich Heißhunger auf Schokoeis mit Keksstückchen und ich werde keine Ruhe geben, bis ich etwas davon gegessen habe."

„Deine Hände sind ja eiskalt." Aber Brian folgte ihr über die Straße und in die Eisdiele. Sie war klein, hatte einen grün gefliesten Tresen und eine Edelstahlvitrine, in der die verschiedenen Eissorten ausgestellt waren. In der Ecke standen zwei winzige Tische und ein paar rote Plastikstühle.

Der Angestellte hinter dem Tresen blickte auf. „Wir schließen in fünf Minuten."

„Macht nichts, wir brauchen nicht lange."

„Ich sage immer noch, dass du verrückt bist." Brian beugte sich vor und flüsterte so nah an ihrem Ohr, dass ihr ein Schauer über den Rücken lief. Den ganzen Tag über hatten sie geflirtet, aber seit ihrer anfänglichen Umarmung hatten sie sich kaum berührt. Vielleicht wollten sie beide die Situation ausloten und sehen, ob die Zeit, die sie getrennt gewesen waren, etwas zwischen ihnen verändert hatte.

„Und was bist du dann? Schließlich hast du mich geheiratet." Sie warf ihm ein schüchternes Grinsen zu und entschied sich dann für zwei Kugeln Eis in der Waffel, Vanille mit Schokostückchen und Schoko mit Keksstückchen. Megan würde sie wahrscheinlich kritisieren, weil sie so etwas Ungesundes aß, aber da Brian sich für einen Eisbecher mit Schokosoße und Streuseln entschied, würde er kaum mit Steinen werfen.

Sie bezahlten und dankten dem Angestellten, dann gingen sie zum Park zurück, wo sie den ungeteerten Weg entlanggingen, der von riesigen blühenden Büschen gesäumt war. Etwa alle fünfzehn Meter stand eine Holzbank und wartete auf Gesellschaft.

Crystal beobachtete Brian aus den Augenwinkeln und fühlte plötzlich etwas auf ihren Schuh fallen. Sie sah hinunter und stöhnte. „Oh, Mann." Die obere Kugel Eis war heruntergefallen und auf ihren Lederstiefeln gelandet. Sie kickte das Eis ins Gebüsch. Ihre Schuhe würden dauerhafte Flecken behalten, wenn sie sie nicht gleich reinigte.

Brian sah sich um, dann gab er ihr sein Eis, damit sie es für ihn hielt. „Bin gleich wieder da." Er lief zur nächsten Bank, auf der eine ältere Frau in einer geflickten Jacke saß. Sie grinste ihn an, dann kramte sie in ihrem Rucksack nach etwas. Als Brian zu Crystal zurückkam, hielt er einen Stapel Papiertaschentücher in der Hand.

Er bückte sich und putzte ihren Stiefel, bis alle Spuren der klebrigen Eiscreme verschwunden waren. Dann warf er die Tücher in den Müll und nahm sein Eis wieder aus ihrer Hand.

Ihre Stiefel waren so gut wie neu. „Danke."

„Gern geschehen."

Crystal leckte an ihrem Eis. Es schmeckte süß und sie hoffte, dass die Süße noch einen Moment länger verweilen möge. Als sie weitergingen und an der Frau vorbeikamen, warf Crystal auch ihr ein Dankeschön zu. Die Frau lächelte – mit einer Zahnlücke dort, wo früher ihre beiden Schneidezähne gewesen waren – und winkte.

Brian aß noch etwas von seinem Eis und warf dann den Rest in den Abfalleimer. „Ich hatte recht. Es ist zu kalt zum Eisessen."

„Ich genieße es." Ja, die Kälte war unangenehm auf den Lippen, aber sie erinnerte Crystal an etwas, das sie in all den Jahren vergessen hatte. Anstatt sie zu betäuben, weckte Kälte sie auf. Sie erwachte wieder zum Leben, und das gefiel ihr.

„Ich hoffe, Megan hat nichts dagegen, dass ich dich heute entführt habe, obwohl es so klingt, als wäre sie selbst ganz gut beschäftigt." Brian schob die Hände in seine Taschen. „Wie läuft es eigentlich zwischen euch beiden?" Obwohl Brian und sie in den vergangenen Wochen immer wieder mal kurz miteinander telefoniert hatten, war nicht oft Gelegenheit für ein tiefer gehendes Gespräch gewesen.

„Es läuft … besser." Crystal aß den letzten Rest ihrer Eiswaffel und genoss den letzten Rest Eiscreme auf ihrer Zunge. Sie erzählte ihm von Pamplona, dem Streit am Flughafen und den Folgen. Seit jenem Tag in dem irischen Krankenhaus, als Crystal die Sache mit dem Stipendium gebeichtet hatte, waren sie sich nähergekommen. Es war noch nicht alles vergeben und vergessen. Aber ein Anfang war gemacht.

„Gut." Brians rechte Hand schlüpfte aus seiner Jackentasche und ergriff Crystals Hand, als wäre es das Natürlichste auf der Welt.

Es versetzte Crystal einen plötzlichen Stich – denn so sollte es doch sein, ganz selbstverständlich. Aber irgendwann im Laufe der letzten Jahre hatten sie aufgehört, sich an den Händen zu halten. Ihre Beziehung war eine Reihe gelegentlicher gemeinsamer Nächte mit dem einen oder anderen seltenen Date geworden.

Sie hatte ihre Beziehung verhungern lassen, weil sie selbst emotional verhungerte. Wenn sie sich nicht verletzlich machte, wenn sie keine Gefühle zuließ, dann hatte sie nichts mehr, was sie in diese Ehe einbringen konnte. Diese Einsicht schien ihr mit einem Mal klarer als je zuvor. Wie kam es nur, dass sie das nicht bemerkt hatte?

Brian fuhr fort: „Das klingt so, als würdet ihr Fortschritte machen. Bestimmt war es nicht einfach, aber ich glaube, es war gut, dass du mitgefahren bist. Schon jetzt kann ich eine Veränderung bei dir feststellen. Heute konnte ich jedenfalls deine Leidenschaft für Architektur wirklich sehen. Du warst so wie früher, als wir uns kennengelernt haben."

„Ich selbst merke die Veränderung auch."

Brian blieb stehen und wandte sich Crystal zu, dabei suchten seine Augen ihren Blick. Er nahm eine ihrer Haarsträhnen und spielte damit. Diese kleine Geste hätte sie beinahe umgehauen. „Ich bin hergekommen, um zu sehen, ob es dir gut geht, aber auch, weil ich es nicht mehr ausgehalten habe zu warten und zu grübeln. Es war die Hölle, Crys."

„Ich weiß. Ich fand es schrecklich, von dir getrennt zu sein."

„So ging es mir auch, aber es war mehr als das. Es fällt mir schwer, das zuzugeben, aber ich hatte schreckliche Angst, du würdest nach Hause kommen und genauso sein wie vorher."

Sie hob die Hand und strich über seine Wange. „Ich gebe mir Mühe. Das verspreche ich."

„Ich weiß. Heute war eine unglaubliche Erleichterung. Du hast ja keine Ahnung. Zum ersten Mal habe ich wieder echte Hoffnung." Er beugte sich vor und küsste sie – und in dem Kuss kam all die Leidenschaft zum Vorschein, die unter der Oberfläche brodelte. Dann nahm er Crystal in die Arme. „Aber mir ist noch etwas bewusst geworden. Vielleicht habe ich unfaire Erwartungen. Ich kann nicht die ganze Verantwortung für eine Veränderung dir überlassen."

„Du bist doch nicht derjenige, der sich ändern muss." Brian war immer der fürsorglichste und großzügigste Mann gewesen, den sie kannte. „Ich muss mich ändern. Und das tue ich auch. Es wird vielleicht länger dauern, als mir lieb ist, aber langsam löse ich mich von der Vergangenheit und werde frei."

Und so war es auch. Aber eine gewisse Angst blieb doch. Wie würde das alles funktionieren, wenn sie wieder zu ihrer Arbeit zurückkehrte, in den Alltag? Würde die Aussöhnung mit Megan wirklich dazu führen, dass sie auch alle anderen Dinge klären konnte? Oder würden Brian und sie feststellen, dass zwischen ihnen noch immer die alten Probleme präsent waren?

17. Juli
Titel Blogeintrag: Verborgene Schätze: Entdeckungen in London (Fortsetzung)
Text Blogeintrag:
… Das London Eye bietet einen ganz neuen Blickwinkel. Und es macht auf jeden Fall alles klarer.

Gleich würde Megan über London schweben – obwohl, schwebte sie nicht schon den ganzen Tag wie auf einer Wolke?

Caleb zeigte auf den Eingang zu der offenen Kabine am London Eye, dem markanten Riesenrad an der Themse. „Nach dir."

„Danke." Sie trat schnell in die Kapsel und er folgte ihr, zusammen mit zehn anderen Personen. Caleb und sie ergatterten Plätze ganz vorne, wo man Megans Recherchen zufolge die beste Sicht hatte. Wenn ihre Kabine erst in die Luft stieg, würden sie praktisch die ganze Stadt sehen, auch jeden Ort, den sie gemeinsam besichtigt hatten. Zum Beispiel Trafalgar Square, wo ihre Schnitzeljagd vor ein paar Stunden zu Ende gegangen war.

Nachdem alle eingestiegen waren, schloss sich die Kabinentür und das Gefährt stieg in den orange- und rosafarbenen Himmel auf. Aus dieser gläsernen Kapsel hatte man einen 360-Grad-Blick auf die Stadt und die anderen drängten sich an den Fenstern und zeigten auf etwas und redeten in verschiedenen Sprachen. Zwei kleine Kinder drückten die Nasen an das Glas, das von ihrem Atem beschlug.

Megan musste immerzu lächeln. Sie wandte sich zu Caleb um und sah, dass er sie beobachtete. „Was ist?"

„Nichts." Er drehte sich wieder zum Fenster und ihre Schultern berührten sich dabei. „Ich kann nicht fassen, dass die letzten Tage so schnell vergangen sind."

„Ich weiß." Sie sah zu, wie die Skyline vor ihren Augen aufstieg. Die Themse floss vorbei, stark und bronzefarben im schwindenden Sonnenlicht. Dahinter war Big Ben und es schien, als würden die Houses of Parliament, die direkt dahinter waren, sie beobachten. „Es war fantastisch, dass wir uns getroffen haben." Mehr als fantastisch.

„Mir geht es auch so."

Sie schob sich die Haare hinters Ohr. Bildete sie sich das ein oder war er noch näher zu ihr gerückt? Das Kichern eines Kindes erklang und Megan riss ihren Blick von seinem los.

Sie räusperte sich und beobachtete, wie die letzten Sonnenstrahlen verschwanden. „Sag mir noch mal, was du als Nächstes vorhast."

„Morgen fahre ich nach Polen, um Fotos für einen Artikel über die verborgenen Schätze von Europa zu machen."

„Ach ja, stimmt." Sofort kamen ihr diverse Möglichkeiten in den Sinn. „Wirst du Schloss Ksiaz besichtigen? Oder vielleicht Roztocze? Über den Białowieza-Urwald habe ich auch nur Gutes gelesen."

Caleb lachte und schüttelte den Kopf. „Die stehen alle auf meiner Liste, stimmt." Er drehte sich um und lehnte sich an den Handlauf und wieder ignorierte er die Aussicht und betrachtete nur sie. „Ich bin mir nicht sicher, wann ich wieder nach Minnesota komme, um meine Eltern zu besuchen, also sollten wir uns noch mal treffen, bevor du in die Staaten zurückfliegst."

„Das wäre schön." Sie verlagerte ihr Gewicht auf das andere Bein. Jetzt waren sie ganz oben im London Eye. Der Himmel war dunkel und man konnte die einzelnen Gebäude nicht mehr so leicht erkennen. Aber mit all den Lichtern raubte die Stadt einem den Atem. Jedes Bauwerk war ein Juwel, das in einem unbekannten Meer funkelte.

„Was ist mit dir, Meg? Was hast du als Nächstes vor?"

„Cambridge und Oxford und dann …"

„Nein, ich meine nach dieser Reise. Wenn du Amandas Liste abgearbeitet hast, was willst du dann machen?"

„Ich bin noch nicht ganz sicher." Sie neigte dazu, den Job in der Bücherei anzunehmen, aber vielleicht war er enttäuscht, wenn sie ihm das sagte. „Obwohl Sheila gesagt hat, dass die Reaktionen auf meine Artikel sehr gut waren und sie definitiv weitere Beiträge von mir haben will."

„Das ist toll, Meg. Du machst es wirklich wahr."

„Das habe ich dir zu verdanken." Sie stieß ihm den Ellbogen in die Rippen. „Nicht nur, weil du mich mit Sheila in Kontakt gebracht hast. Wenn du mich nicht ermutigt hättest, mich mit den Eltern meiner Spenderin zu treffen, wäre ich jetzt nicht hier."

Calebs Grinsen war mindestens so strahlend wie die Lichter von London unter ihnen.

Megan umklammerte die Stange, an die sie sich anlehnte. Sie war kalt, aber fest. „Vor dieser Reise hatte ich zu viel Angst, um ein Abenteuer zu erleben. Aber guck mich jetzt an. Ich bin hier. Ich habe mich meinen Ängsten gestellt. Und ich fühle mich toll, weil ich es getan habe. Ich bin stärker, als ich es jemals für möglich gehalten hätte."

„Ich habe keine Sekunde daran gezweifelt, dass du stark bist."

„Ich aber."

„Was war denn der Grund dafür?" Sein Blick bohrte ein Loch durch ihre Mauern und sie drehte sich wieder zu ihm um. Er zog ihre Hand von dem Handlauf und hielt sie in seiner. Diesmal schob er seine Finger zwischen ihre – eine sehr viel intimere Berührung.

Sie schluckte. Sie konnte den Puls in seinen Fingerspitzen fühlen. „Eine Menge Dinge."

Wann hatte sie das erste Mal diesen Eindruck gehabt? „Einmal, als ich elf oder zwölf war, haben meine Eltern und ich zugeguckt, wie Crystal Fußball gespielt hat. Meine Schwester bewegte sich mit solcher Anmut und Geschwindigkeit. Alles war fließend, wie Wasser, das aus einem Glas strömt – stark, mit Ziel und Präzision."

„Klingt ganz nach Crystal." Ein leichter Druck seiner Handfläche umschloss ihre.

Sie nickte. „Dieser Moment hat mich inspiriert. Ich dachte: *Wir sind Zwillinge. Wenn sie sich so bewegen kann, dann kann ich es vielleicht auch.* Damals hatte ich mich noch nicht mit meiner Krankheit abgefunden. Ich sagte zu meiner Mom, ich wolle auch Fußball spielen." Ihre Stimme zittere und sie merkte, dass sie den Tränen nahe war. Egal, wie oft sie an diesen Augenblick dachte, ihre Gefühle überwältigten sie jedes Mal. „Sie sagte: ‚Ach Liebling, ich wünschte, das könntest du. Aber es geht einfach nicht. Es ist nicht deine Schuld." Crystal wurde mit einem starken Herzen geboren und du mit einem schwachen. Es ist einfach Gottes Wille für dich.'"

Schweigen senkte sich auf sie, als die Kapsel auf der anderen Seite des riesigen weißen Rades Richtung Erde sank. „Nichts gegen deine Mom, aber ich hasse es, wenn Leute solche Dinge über Gottes Willen sagen."

„Wenn es nicht sein Wille war, warum ist es dann so gekommen?" Megan zuckte mit den Schultern. „Obwohl es wahrscheinlich keinen Sinn hat, diese Frage zu stellen."

„Gott kann deine Fragen aushalten, Meg. Wenn du es wissen willst, frag ihn. Eine Beziehung beruht auf Vertrauen und Vertrauen wächst durch Kommunikation."

Hielt sie Gott auf Abstand, indem sie ihre Fragen zurückhielt und nicht wirklich betete? Vielleicht hatte sie ja gar keine richtige Beziehung zu Gott. „Darüber muss ich noch ein bisschen nachdenken."

Calebs Daumen strich über ihre Hand und wärmte sie. „Aber

noch mal zurück zu deiner Mom und zu dem, was sie gesagt hat." Er hob seine freie Hand und legte sie an ihre Wange. „Megan Jacobs, du bist einer der stärksten Menschen, die ich kenne. Es erfordert eine unglaubliche Stärke, weiter zu hoffen, wenn alles gegen einen zu sein scheint. Und das hast du getan. Immer wieder."

Sein Blick ließ sie auf der Stelle verharren, als wäre sie angewurzelt. Sie hätte sich nicht rühren können, selbst wenn sie es gewollt hätte.

„Und es gehört eine ungeheure Stärke dazu, einen jungen Typen dazu zu inspirieren, dass er weitermacht, auch wenn die Ärzte ihm sagen, dass er auf keinen Fall eine zweite Chance bekommt. Das hast du auch getan."

„Caleb." Sie legte ihre Hand auf seine Brust.

„Das ist mein Ernst, Meg." Jetzt berührte seine Stirn ihre und sein Atem wehte über ihre Wangen. „Du hast mich gerettet. Wusstest du eigentlich, dass ich, bevor ich dich kennengelernt habe, jeden Tag überlegt habe, wie ich meinem elenden Leben ein Ende machen könnte? Ich wollte einen Haufen Tabletten schlucken oder in das Arbeitszimmer meines Dads schleichen und die Pistole aus seinem Safe holen oder den Spiegel im Krankenhausbad zertrümmern und damit …"

„Schhh." Jedes Wort war wie ein Stich in ihr Herz. Sie konnte sich nicht vorstellen, dass dieser wundervolle Mann sich das Leben nahm. „Du hast mich auch gerettet, Caleb. Mit dir konnte ich reden. Du hast mich daran erinnert, dass ich nicht allein bin."

„Meg." Er würde sie küssen – und alles andere war ihr egal, sie wollte nur diese neuen Gefühle erkunden und in ihnen untergehen.

Doch bevor der liebliche Ausdruck in seinen Augen bis zu ihren Lippen wandern konnte, ruckelte die Kabine unter ihren Füßen. Sie fuhr zum Fenster herum.

Sie waren wieder auf dem Boden angekommen.

Als die Tür der Kapsel sich geöffnet hatte, stiegen die anderen aus. Eine Frau schob ihre Kinder weiter, warf Megan aber ein kleines Lächeln zu.

Ein Fahrbegleiter scheuchte sie hinaus, um die nächste Gruppe hereinzulassen.

Der Moment war vorbei.

Sie ließ die Hände sinken, räusperte sich und trat aus der Kabine und gleich darauf berührten ihre Füße wieder festen Boden.

Kapitel 27

Die letzte Woche war zauberhaft gewesen.

Aber morgen würde Brian nach Hause reisen. Und auch wenn Crystal und er die Woche mit Reisen verbracht und ihr Zusammensein genossen hatten, hatten sie eigentlich nicht darüber gesprochen, wie die Dinge sich ändern sollten, wenn sie aus diesem Märchen heraustraten und in die Wirklichkeit zurückkehrten.

Sie musste vor seiner Abreise die Zeit finden, ein richtiges Gespräch mit ihm zu führen.

Crystal stieg aus der Straßenbahn und Megan und Brian folgten ihr auf die geschäftige schottische Straße im Herzen von Edinburgh hinaus. Um sie herum waren Touristen und Einwohner der Stadt unterwegs, um verschiedene Geschäfte, Restaurants und Sehenswürdigkeiten zu besuchen.

Crystals Blick wanderte sofort zu der Burg auf der Klippe oberhalb der Princes Street Gardens hinauf. Der kleine Park lag auf der anderen Straßenseite und Edinburgh Castle thronte darüber und zeigte der ganzen Stadt seine Größe und Pracht. Wie seltsam und gleichzeitig fantastisch es doch war, dass jeder etwas so Altes, so Beeindruckendes sehen konnte.

„Wow." Brian trat neben sie und auch sein Blick ging zu der Burg hinauf. „Das nenne ich cool."

Megan näherte sich von Crystals anderer Seite, die Nase in ihren Reiseführer gesteckt. „Hier steht, dass dieser Ort seit der späten Bronzezeit besiedelt ist und dass die Gebäude der Burg, die noch stehen, bis aufs zwölfte Jahrhundert zurückgehen. Unfassbar."

Unfassbar traf es ziemlich gut. Genau genommen hatten sie bei ihrer schnellen Tour durch Cambridge, Oxford und die englische und schottische Landschaft viele unfassbare Sehenswürdigkeiten bestaunt. Heute waren sie schon im Museum von Edinburgh gewesen und hatten in Mary King's Close eine Führung durch die Untergrundstadt mitgemacht.

Der Gedanke daran, wie Brian sie an sich gedrückt hatte, als sie in den engen Gängen ein wenig in Panik geraten war, entlockte Crystal ein Lächeln. Er hatte sie sogar in eine dunkle Ecke gezogen und ein bisschen geknutscht, während der Reiseleiter über die Lebenserwartung im achtzehnten Jahrhundert schwadroniert hatte.

Diese ganze Woche hatte sich wie eine zweite Hochzeitsreise angefühlt – nur dass Megan dabei war.

Ihre Schwester war ungewöhnlich gesprächig und gut gelaunt gewesen, obwohl sie Caleb zurücklassen musste. Natürlich schrieb sie ihm in jeder freien Minute Textnachrichten mit ihrem Handy und sie hatten vor, sich Ende der Woche in Paris noch einmal zu treffen. Megan hatte ihr gestanden, wie sehr sie sich nach seinem Kuss gesehnt hatte und dass der Augenblick viel zu schnell verstrichen war und dass sie Angst hatte, sie würden nicht noch einmal einen solchen Moment erleben.

„Seid ihr bereit für eine Burgführung?“ Megan ging voran zu dem üppigen Gras und den kleinen, buschartigen Bäumen des Parks. Ein asphaltierter Weg wand sich durch den Park bis zur Burg hinauf. Am Tor zum Park war ein Blumenbeet angelegt, das Farbe in den Tag der Passanten brachte. Rot, gelb, lila und blau wehten die Blüten im Wind als Einladung an Crystal einzutreten. Ein großer goldener Brunnen glänzte in der Sonne.

Es war ein herrlicher Ort – und perfekt geeignet für ein gutes Gespräch.

Crystal wandte sich an Megan: „Wäre es für dich in Ordnung, die Burg allein zu besichtigen?“ Und an Brian gerichtet: „Oder hast du ein Problem damit, wenn wir die Führung auslassen?“

Brian zuckte mit den Schultern. „Was immer du willst, ich bin flexibel.“

Megan nickte. „Kein Problem. Ich schicke dir eine SMS, wenn ich fertig bin, dann können wir verabreden, wo wir uns wieder treffen.“ Sie winkte kurz und verschwand gleich darauf in der Menge.

„Ist alles in Ordnung?“ Ihr Mann ergriff Crystals Hand.

„Ja, aber wir müssen reden. Und das können wir nur, wenn wir allein sind.“

Seine Hand drückte ihre kurz. „Sollen wir uns setzen?“

„Gehen wir ein bisschen spazieren.“ Hand in Hand schlenderten sie über den asphaltierten Weg, vorbei an mehreren größeren Blumenkunstwerken: eins zu Ehren von Hans Christian Andersen, ein anderes zur 200-Jahr-Feier, ein weiteres in Form einer riesigen Uhr – eine Erinnerung daran, dass die Zeit niemals stillstand, selbst wenn man hoffte, sie würde es tun.

„Ich will nicht, dass du morgen abreist." Crystals Blick war auf den Gehweg gerichtet. „Vor allem nicht, ohne zu wissen, wo wir stehen."

Eine Pause. „Wo wir stehen? Ich liebe dich mehr als je zuvor."

Bei diesen schönen, wundervollen Worten musste sie unwillkürlich aufblicken. „Wirklich?"

„Wirklich. Aber unsere gegenseitige Liebe war auch nie das Problem."

„Da hast du recht." Sie biss sich auf die Innenseite ihrer Wange, bis sie Blut schmeckte. Denn sie – sie war das Problem gewesen. „Ich lerne im Moment viel über mich selbst. Vor allem, dass ich nicht so stark sein muss, wie ich immer gedacht habe. Dass ich verletzlich sein kann und das ist in Ordnung. Aber so schwer. Und so unangenehm. Aber Verletzlichkeit ist kein Zeichen von Schwäche. Ich glaube, sie bedeutet, dass wahre Stärke durchscheint."

Sie hielt inne. Sie waren am Ende des Weges angekommen, dem Ende des Parks. Sie könnte weiterlaufen, zu den anderen Touristen, und damit vor ihren Problemen fliehen. Oder sich mit ihrem Mann hinsetzen und sich dem stellen, wovor sie sich in all den Jahren versteckt hatte.

Sie zog ihn zu einem freien Platz im Gras und sie setzten sich einander gegenüber auf den Boden, während sie sich weiter an den Händen hielten.

„Ich habe Angst, Brian. Ich glaube, ich habe immer Angst gehabt."

„Angst wovor?"

„Angst davor, die Kontrolle zu verlieren – über mich selbst, meine Situation, mein Leben." Sie atmete aus und suchte nach den Worten, die erklären würden, was sie selbst nicht ganz verstand. „Als meine Schwester ihre Diagnose bekam, ist unsere ganze Familie durcheinandergeraten. Seitdem waren die Dinge nicht mehr so wie vorher. Wir haben Pläne gemacht, dann ging es Megan schlecht und wir mussten alles absagen. Ich wusste nie, ob Megan den Anfall überleben würde. Das Leben war eine einzige große Unbekannte."

„Und das fandest du schrecklich."

Sie nickte. „Vermutlich war ich irgendwann besessen von dem Gedanken, wenn ich mein eigenes Leben unter Kontrolle habe, würde das schmerzliche Gefühl der Unsicherheit nachlassen oder sogar ganz verschwinden. Dieser Wunsch nach Kontrolle ist jahrelang in mir gewachsen, aber nach Megans Operation hat sich alles zugespitzt. Ich wurde dieser Roboter, der sich nur auf Leistung konzentriert hat – jemand, der seine Gefühle ignoriert hat, weil ich solche Angst hatte, dass sie mich zerreißen würden. Träne um Träne."

Brians Daumen strich über ihre Hand und etwas in ihr zerbrach.

„All die Dinge, die du getan hast, um dein Leben zu kontrollieren, Crys ... sie sind nur eine Illusion. Letzten Endes hast du keine Macht über irgendetwas."

„Ich glaube, das weiß ich jetzt." Sie riss mit der freien Hand einen Grashalm aus. „Aber ich weiß nicht, was das für unser Leben bedeutet. Denn ich liebe meine Arbeit immer noch, umso mehr, da ich gerade meine Leidenschaft wiederfinde."

„Niemand verlangt von dir, dass du das aufgibst. Ich wollte immer nur, dass du die Arbeit in ein Gleichgewicht mit allem anderen bringst."

„Und was bedeutet das dann konkret?"

Brian zuckte mit den Schultern. „Dass du versuchst, mehr Zeit mit mir zu verbringen. Die Beziehung über die Arbeit stellst. Offen für Gespräche bist, wenn es zu hektisch wird."

Sie neigte den Kopf ein wenig zur Seite und dachte nach. „Das kann ich machen."

„Und vielleicht noch, dass du Diskussionen nicht auf ‚später' verschiebst, wenn du sie eigentlich gar nicht führen willst." Ihr Mann musterte sie. „Zum Beispiel die Frage, wann wir Kinder haben wollen."

„Oder sogar ... ob überhaupt." Hatte sie das wirklich laut ausgesprochen? Schnell fuhr sie fort: „Denn du willst unbedingt Kinder haben. Aber ich weiß nicht, ob ich welche haben möchte."

„Meinst du, das wäre mir nicht längst klar?" Brians Worte waren leise, aber sie taten ihr dennoch in der Seele weh. „Ich verstehe nur nicht, warum. Liegt es daran, dass du sie nicht kontrollieren kannst?“

„Ja.“ Ein Schluchzer erschütterte ihren Körper, aber sie hielt die Tränen zurück. Die Erinnerung an den kleinen Jungen auf der Chinesischen Mauer tauchte wieder auf. „Aber vor allem, dass ich sie nicht beschützen kann. So wie Mom und Dad Megan nicht beschützen konnten.“

„Oh, Crys, daran habe ich nie gedacht.“

Crystal drehte sich um und Brian schlang von hinten die Arme um ihre Taille. Sie lehnte den Kopf an seine Brust. „Ich weiß nicht, was ich tun soll.“

„Ich auch nicht.“ Brian seufzte und vergrub sein Gesicht in ihrem Haar. „Ich weiß nur, dass ich eine Familie möchte. Ich habe niemanden, der meinen Familiennamen weiterträgt. Keine Blutsverwandten, von denen ich wüsste. Ich wünsche mir das so sehr, dieses Vermächtnis.“

Als sie die Leidenschaft in der Stimme ihres Mannes hörte – das tiefe Verlangen eines kleinen Jungen, der irgendwohin gehören will –, hätte Crystal weinen können. Wie konnte sie nur so selbstsüchtig sein? „Gut.“ Sie legte eine Hand auf seinen Unterarm und zwang sich, die Worte auszusprechen. „Wenn wir wieder zu Hause sind, können wir es versuchen.“

Die Angst schlug ihre Krallen in sie und fügte ihr Wunden zu, die sie bluten ließen. Oh, wie sehr wünschte sie, dieses Ungeheuer los zu sein. Aber wie? Der Gedanke, dass sie Brian hätte verlieren können, dass es immer noch passieren könnte, wenn sie keinen Weg fand, sich zu verändern ...

„Nein, Crys. Nicht so.“ Die Lippen ihres Mannes berührten ihren Hals. „Wenn wir Kinder bekommen, obwohl du keine willst, fürchte ich, wirst du mich irgendwann dafür hassen.“

Sie konnte nicht leugnen, dass das tatsächlich möglich war, auch wenn sie das wütend machte. „Ich weiß nicht, was du von mir willst.“ Und sie konnte die Enttäuschung nicht aus ihrer Stimme verbannen. Sie war das Streiten leid, so leid. „Ich habe doch Ja gesagt. Was soll ich denn sonst noch machen?“

„Schieb die Angst nicht einfach beiseite. Setz dich mit ihr auseinander. Du hast solche Angst vor dem, was geschehen könnte, dass du die Freude, die das Leben bietet, gar nicht genießen kannst."

Sie setzte zu einer Antwort an, aber kein Wort kam ihr über die Lippen.

„Sieh dich doch mal um. Wenn du nicht beschlossen hättest, ein Risiko einzugehen und diese Reise zu machen – wenn du in deinem ‚perfekten Plan' stecken geblieben wärst –, dann wärst du jetzt nicht hier. Ich wäre nicht hier. Du wärst bei der Arbeit und ich würde vielleicht zu Hause meine Sachen packen, weil du mich zum letzten Mal weggestoßen hast."

Die Tatsache, dass er tatsächlich daran gedacht hatte, sie zu verlassen, ließ das Blut in ihren Adern gefrieren.

Die Angst kratzte weiter, ihre Kehle war wie zugeschnürt.

„Aber stattdessen sind wir hier und reden. Ich sehe, dass du endlich mit den Dingen kämpfst, die jahrelang in dir verschüttet waren. Und ich bin unglaublich stolz auf dich. Weißt du, warum?"

„Nein." Ihre Stimme zitterte.

„Weil es bedeutet, dass du dich endlich der Angst in deinem Innern stellst. Sie war schon immer da. Aber spürst du, wie sie sich wehrt? Du dachtest, du hättest diese Angst unter Kontrolle, aber eigentlich hatte sie dich in der Hand. Es ist Zeit, dass die Angst nicht mehr die Oberhand gewinnt. Wäre deine Zeit nicht besser investiert, wenn du die großen Dinge – den Wunsch nach Kontrolle und die Sorgen, die du dir machst – Gott überlässt und stattdessen all die Möglichkeiten zur Freude genießt, die er dir geschenkt hat?"

Freude.

Was war das eigentlich? Sie versuchte, sich an einen einzigen Augenblick reiner Freude in den letzten drei Jahren zu erinnern, oder in den letzten zwanzig. Aber es gelang ihr nicht. Sicher war sie manchmal glücklich gewesen, aber froh?

Diese Freude schien nicht zu existieren, wie ein Mythos, den sie nie ganz begreifen würde.

Bisher hatte sie es nicht bemerkt, aber von dem Konzertpavillon im Park drang Musik herüber. Einige junge Tänzerinnen hatten einen Auftritt und ihre grüngoldenen Kleider drehten sich im Kreis. Sie wirbelten herum und zogen Crystal mit jedem Schritt mehr in ihren Bann. Auch wenn nicht jeder Tanzschritt perfekt war – sie waren beileibe keine Profis – und es Augenblicke gab, in denen ihre Pirouetten unkontrolliert schienen, tat das der Schönheit ihrer Bewegungen keinen Abbruch.

Konnte Crystals Leben auch so sein? Es enthielt Gelegenheiten zur Freude. Ihre Beziehung zu Brian, zu Megan, zu ihren Eltern. Vielleicht Kinder. Sogar die Arbeit.

Aber es würde bedeuten, dass sie alle Vorsicht in den Wind schlagen, den Kopf in den Nacken legen und tanzen musste, ohne zu sehen, wohin dieser Tanz sie führte.

Kapitel 28

19. Einen gut aussehenden Fremden im Regen küssen.

Küsse sind echt stark – jedenfalls scheint es so zu sein, denn aus eigener Erfahrung kann ich dazu nichts sagen.

Küsse sind auch geheimnisvoll. Denn einerseits sind sie etwas ganz Normales. Menschen küssen sich ständig. Aber andererseits, wenn ich ein Buch lese oder mir einen Liebesfilm anschaue, ist es mir egal, ob es ganz normal ist. Trotzdem halte ich erwartungsvoll die Luft an und warte auf jenen perfekten Augenblick, in dem die Charaktere sich küssen und die ganze Welt in Ordnung ist.

Dieser Moment ist natürlich noch vollkommener, wenn es regnet.

Der Regen macht die Dinge irgendwie besonders. Er ist reinigend. Er bringt neues Leben.

Küsse erfordern auch einen gewissen Mut. Denn man nimmt dabei ein Geschenk an und schenkt gleichzeitig einem anderen Menschen etwas von sich selbst. Und was ist mutiger, als einen attraktiven Fremden zu küssen?

Ich habe das Gefühl, ich bin zu lange tot gewesen. Und voller Angst.

Deshalb scheint es mir genau das Richtige zu sein, um aufzuwachen und mich mutig zu machen, wenn ich im Regen einen Fremden küsse.

Kapitel 29

27. Juli
Titel Blogeintrag: Der aufregendste Punkt auf der Liste: Unsere Reise nach Südfrankreich
Text Blogeintrag:
Sollte ich mir bisher vorgemacht haben, dass ich in diesem Blog so wirke, als wäre ich perfekt (oder ganz bei Trost), wird diese Illusion spätestens mit diesem Eintrag zerstört sein …

Die Wettervorhersage hatte Regen angekündigt.

Sie hatte den Punkt lange genug vor sich hergeschoben. Es war keine Woche mehr, bis sie nach Hause fliegen würden. Deshalb musste Megan heute den neunzehnten Punkt auf Amandas Liste erledigen: *Einen gut aussehenden Fremden im Regen küssen.*

Megan streckte sich auf der gepolsterten Liege aus und sah zu, wie die türkisfarbenen Wellen auf den weißen Sandstrand der französischen Riviera zurollten. Crystal war vor zehn Minuten losgezogen, um sich etwas zu trinken zu holen, und war noch nicht zurück.

Überall um sie herum blätterten einheimische Franzosen und Touristen in den neuesten Zeitschriften, die Frauen trugen Bikini und plauderten mit ihren Freundinnen, wateten ins Wasser und tranken Champagner aus schlanken Gläsern. Segelboote und Jachten waren am Horizont zu sehen. Sie ließen sich treiben, wohin der Wind sie wehte. Die Sonne schien vom Himmel herunter und ließ Hoffnung für eine leuchtende Zukunft herabstrahlen.

Und doch fühlte Megan Verzweiflung in sich aufsteigen. Wie würde sie das nur hinbekommen? Sie war noch nie gut im Flirten gewesen. Vielleicht, wenn sie sich Crystals Selbstbewusstsein auslieh. Ihre Schwester war gut darin, die Aufmerksamkeit anderer Leute auf sich zu lenken.

Das Schlimmste war jedoch … na ja, Megan war noch nie geküsst worden.

Beinahe geküsst schon, aber eben nicht geküsst. Dieser Augenblick im London Eye mit Caleb hatte ein loderndes Feuer in ihr entfacht. Ihre ganze Welt hatte plötzlich auf dem Kopf gestanden und sie hatte alles ganz anders gesehen als vorher. Und sie hatte Caleb mit ganz anderen Augen betrachtet als jemals zuvor ...

Wie sollte sie da einen anderen Mann küssen, wenn sie doch die ganze Zeit an Caleb denken musste?

Sie nahm den weichen, breitkrempigen Hut, den Crystal mitgebracht hatte, und setzte ihn sich auf den Kopf, während sie den Kokosduft ihrer Sonnenmilch einatmete. Wenn es nicht anfing zu regnen, konnte Megan gar nichts tun. Dann konnte sie genauso gut die Sonne genießen, also machte sie die Augen zu. Die Hitze verschlang sie geradezu, sodass sie alle ihre Gedanken und Sorgen über das, was vor ihr lag, vergaß.

„Wach auf, Meg."

Crystals Stimme und eine Berührung an der Schulter rissen Megan aus ihren Gedanken. Ihr Körper fühlte sich groggy an, so als hätte sie geschlafen. Vielleicht hatte sie das ja tatsächlich. Sie blickte sich um, im Mund ein pelziges Gefühl. Die Leute verließen ihre Liegestühle, weil Regentropfen vom dunklen Himmel tropften.

Oh nein.

„Gehen wir zu dem Restaurant auf der anderen Straßenseite." Crystal zog eine kurze Jeans über ihre Bikinihose und schob sich die Sonnenbrille ins Haar.

Megan setzte sich hin und sammelte ihre Habseligkeiten ein. Zusammen liefen sie zu dem Lokal und ein Schwall kühler klimatisierter Luft schlug ihnen entgegen, als sie eintraten. Drinnen gab es rustikale braune Tische, an denen Menschen auf Holzstühlen saßen, und eine runde Bar in der Mitte. In der Ecke stand ein Sofa im Patchworkdesign und die Wände waren mit Farbklecksen in Rot und Orange verziert. Das Licht war dämmrig und passte zu der Stimmung draußen.

Crystal zeigte auf einen freien Tisch weiter hinten und sie gingen darauf zu. Als sie sich zwischen den vielen Gästen hindurchschoben, hielt Megan Ausschau nach einem attraktiven Mann, der sie vielleicht küssen würde.

Gut, dass sie heute noch nicht viel gegessen hatte. Sie hatte schon ein ganz flaues Gefühl im Magen, weil sie etwas so Wagemutiges tun sollte. Calebs Augen blitzten in Gedanken vor ihr auf und sie wirkten irgendwie gekränkt. Einen anderen Mann zu küssen, wenn sie doch nur ihn küssen wollte, schien ihr wie Verrat.

Aber es stand nun einmal auf Amandas Liste, also musste sie es auch tun. Seit Sheila Daily vorgeschlagen hatte, dass sie die ganze Liste veröffentlichte – um Rechenschaft abzulegen und die Spannung zu erhöhen –, warteten ihre Leser gespannt darauf, was bei diesem Punkt passieren würde.

Und bei dem Gedanken daran wurde Megan ganz mulmig.

Jetzt stieß sie mit Crystal zusammen, die gerade abrupt vor dem Tisch stehen geblieben war, den sie gesehen hatten. Denn in diesem Augenblick wollten sich zwei gut aussehende Männer in Surfershorts und ohne T-Shirt dort hinsetzen. Einer hatte einen Ehering am Ringfinger der linken Hand, der andere aber nicht. Er blickte auf und grinste Megan an.

Wenn ihr jemals eine Gelegenheit auf dem Silbertablett serviert worden war, dann hier.

„Komm mit", flüsterte sie Crystal zu und ging weiter auf den Tisch zu. Megan setzte selbst ein Lächeln auf. „Wir wollten uns gerade diesen Tisch angeln, aber wie es aussieht, wart ihr schneller."

„Sorry. Ist ziemlich voll hier." Der Mann mit dem Ehering nahm eine Speisekarte und fing an, sie zu überfliegen.

Sein Freund fuhr sich mit der Hand durch das blonde Haar. Er sah beinahe so aus wie der junge Matthew McConaughey, mit gebräuntem Teint und Grübchen in den Wangen. „Wir haben noch Platz, wenn ihr euch dazusetzen wollt."

„Das würden wir gerne, danke." Megan zog einen Stuhl neben dem Mann heraus und wandte sich zu Crystal um, die überrascht dreinblickte. Ihre Schwester setzte sich auf den letzten freien Stuhl und murmelte ein Dankeschön. „Höre ich da einen amerikanischen Akzent? Boston vielleicht?"

Der unverheiratete (hoffte sie wenigstens) Mann gab ihnen eine Speisekarte. „Volltreffer. Massachusetts, geboren und aufgewachsen. Ich heiße übrigens Greg und das ist Ryan. Ihr habt aber auch einen Akzent. Mittlerer Westen?"

„Minnesota." Sie schüttelten sich die Hände. Gregs Handschlag war fest, aber sie musste sofort an einen anderen Mann denken, der im Riesenrad hoch über London ihre Hand gehalten hatte. Sie räusperte sich. „Ich heiße Megan und das ist meine Schwester Crystal."

„Ich sehe eine eindeutige Ähnlichkeit."

„Wir sind Zwillinge. Das ist ja wohl nicht schwer zu sehen." Crystal presste die Lippen zusammen und sah Megan mit offener Missbilligung an. Was hatte sie für ein Problem? Megan musste diesen Punkt von der Liste abhaken und sie hätte erwartet, dass Crystal ihr dabei behilflich sein würde.

Megan wandte ihre Aufmerksamkeit wieder Greg zu. „Seid ihr beruflich hier oder zum Vergnügen?" Megan nahm eine Haarsträhne und wickelte sie um ihren Zeigefinger, wie sie es bei anderen Frauen beobachtet hatte, wenn sie flirteten. Ihre eigenen Haare waren dafür eigentlich ein bisschen zu kurz, aber vielleicht sah es ja nicht so dämlich aus, wie es sich anfühlte.

Wieder erschien ein Grinsen auf Gregs vollkommenem Gesicht. „Wir sind beide Anwälte und vertreten einen Klienten hier an der Riviera."

„Ach so, dann also dienstlich."

„Ja. Aber gegen ein bisschen Vergnügen hätte ich auch nichts einzuwenden." Er zwinkerte Megan zu und sie senkte den Blick auf die Speisekarte, während ihre Wangen rot wurden.

Neben ihr räusperte Crystal sich.

„Was ist mit euch? Was macht ihr so?"

„Meine Schwester ist Architektin und ich bin in einer Bibliothek ... also, ich fange einen neuen Job als Bibliothekarin an, wenn wir wieder zu Hause sind." An dem Tag, nach dem sie London verlassen hatten, hatte sie Kara angerufen und ihr von ihrer Entscheidung erzählt. Megan konnte einfach nicht genügend Gründe nennen, warum sie Nein sagen sollte. Außerdem hatte es viele Vorteile, wenn sie die Stelle annahm. Sie musste nur in ihrer Freizeit zielstrebig ihren Reisejournalismus weiter verfolgen.

„Ich fand Bibliothekarinnen immer besonders sexy."

„Du liebe Güte." Crystal sagte es hinter vorgehaltener Hand, aber Megan trat sie leicht gegen das Schienbein. Nicht dass sie ihrer Schwester ihre Reaktion verübeln konnte. Greg übertrieb ein bisschen. Aber sie brauchte einen attraktiven Typen, und das war er.

Eine Bedienung kam und sie nahmen das Tagesgericht. Greg bestellte eine Runde Drinks, aber Crystal lehnte dankend ab. Was in aller Welt war nur mit ihrer Schwester los? Erinnerte Greg sie an jemanden, den sie nicht mochte? Ja, er war ein Casanova, aber nichts an ihm schrie „Stalker“ oder „Serienmörder“.

Das hielt Crystal natürlich nicht davon ab, während ihrer Mahlzeit kleine Seitenhiebe in seine Richtung auszuteilen und ihm unangenehme Fragen zu stellen. Doch er ließ sich nicht davon irritieren und widmete seine Aufmerksamkeit immer wieder Megan.

Obwohl es sich irgendwie komisch und falsch anfühlte, berührte Megan wie zufällig Gregs Arm oder streifte mit dem Fuß sein Bein; dabei sah sie ihn bewundernd an und lachte, als er einen dämlichen Anwaltswitz erzählte. Sie traute sich regelrecht aus ihrer Haut – aber ging es bei dieser Reise nicht genau darum, damit Amandas Träume wahr werden konnten?

Als sie fertig waren mit dem Essen, lehnte Megan sich näher zu Greg. Sie musste sicher sein, dass sie mit ihm allein war, damit sie sich im Regen küssen konnten, sonst hätte das alles nichts gebracht. „Hast du Lust, ein bisschen abzuhängen? Allein?“ Das letzte Wort brachte sie nur mit Mühe über die Lippen.

Sein breites Grinsen sagte ihr, dass er gegen die Idee nichts einzuwenden hatte. „Klar. Gehen wir.“ Greg nahm ihre Hand und stand auf.

Doch bevor Megan sich noch rühren konnte, packte Crystal sie am Arm. „Ich muss auf die Toilette. Kannst du mitkommen, Meg?“

Greg stieß Ryan an, der während des Essens die meiste Zeit auf sein Handy gestarrt oder Textnachrichten verschickt hatte. „Frauen. Sie gehen immer zu zweit aufs Klo.“

Ryan blickte kurz auf und nickte, bevor er sich wieder seinem Smartphone zuwandte.

Megan stand auf und berührte mit den Fingern ganz leicht Gregs Hand. „Bin gleich wieder da. Können wir uns draußen treffen?“ Sie kam sich völlig idiotisch vor.

Er blickte in Richtung Tür. „Es regnet.“

„Ich weiß. Deswegen ja.“

Er zog die Augenbrauen hoch, aber seine Mundwinkel zuckten und er lachte kurz auf. „Klar, was immer dich anmacht."

Crystal schleifte Megan hinter sich her zur Damentoilette und schob sie durch die Tür.

„Autsch." Megan rieb sich den Arm. „Was ist denn mit dir los?" Der Vorraum vor der Toilette war klein und sie standen an den Handtuchspender gedrückt.

Die Augen ihrer Schwester blitzten und sie stemmte die Hände in die Hüften. „Was mit *mir* los ist? Was ist mit *dir* los? Ich habe noch nie gesehen, dass du dich so benommen hast."

„Wie benommen? Es ist doch nur ein harmloser Flirt."

Crystal verdrehte die Augen. „Flirten ist eine Sache. Weißt du eigentlich, was der Typ denkt, Megan?"

„Dass ich ihn mag."

„Dass du mit ihm schlafen wirst."

Wieder meldete sich das flaue Gefühl in Megans Bauch. „Was? Nein, das will ich doch gar nicht ..."

„Ich weiß das natürlich. Aber er ganz eindeutig nicht."

Eine Toilettenspülung ertönte in dem engen Raum und eine zierliche Frau kam aus der Kabine. Ihr Blick wanderte zwischen den Schwestern hin und her.

Sie schwiegen, bis die Frau sich die Hände gewaschen hatte und gegangen war.

Dann wandte Crystal sich wieder Megan zu. „Ich nehme an, du versuchst, den Punkt mit dem Küssen von der Liste abzuhaken, weil es regnet. Habe ich recht?"

„Ja, klar." Sonst würde sie sich niemals so verhalten. Vor allem nicht, wenn sie daran dachte, was sie für Caleb empfand.

„Du hättest dir doch jemanden suchen und sagen können: ‚Meine Schwester hat gesagt, ich würde mich nicht trauen, einen süßen Typen im Regen zu küssen. Kannst du mir helfen?'"

Megan sank gegen die Wand. „Daran habe ich gar nicht gedacht."

„Jetzt musst du dem Kerl sagen, dass du dich gar nicht mit ihm im Regen treffen willst, um *du weißt schon was* zu machen. Dass du nur einen Kuss willst."

Bei dem Gedanken daran, Greg zu küssen, wurde ihr jetzt so schlecht, dass sie sich am liebsten im Klo eingeschlossen hätte, um sich zu übergeben. Crystal musste ihren Gesichtsausdruck richtig gedeutet haben. Ihre Stimme klang jetzt sanfter. „Ich kann rausgehen und es ihm sagen, wenn du willst."

Einen Moment lang war Megan versucht, ihr die Sache zu überlassen. Aber sie hatte sich diese Suppe selbst eingebrockt und sie würde sie auch auslöffeln. „Nein, das mache ich schon selbst."

„Ich bin drinnen, wenn du mich brauchst."

„Danke." Megan verließ die Toilette und schlängelte sich durch die Menge, bis sie die Eingangstür erreicht hatte. Sie öffnete sie und sah Greg unter der Markise stehen. Als er sie sah, leuchteten seine Augen auf, aber jetzt wusste sie, warum. Konnte sie ihn trotzdem noch küssen?

Er packte ihre Hand und führte sie um die Ecke zu einer Gasse, dann legte er die Hände um ihre Taille und schob sie gegen die Mauer des Lokals, wo der Himmel sie sehen konnte, aber sonst niemand. Hey, der Typ ließ wirklich nichts anbrennen.

Der Regen fiel jetzt in Strömen um sie herum.

Greg senkte die Lippen an ihr Ohr. „Was hattest du dir denn für unser kleines Abenteuer überlegt?"

Sie fröstelte und versuchte, sich aus seinen Armen zu winden. „Ich fürchte, ich habe dich unwissentlich auf die falsche Fährte gelockt."

Er runzelte die Stirn. „Wie meinst du das?"

„Ich wollte dich nur im Regen küssen, nicht ..."

Anstatt loszulassen, zog Greg sie sogar noch näher. Das fühlte sich ganz anders an als damals, als Caleb sie im Arm gehalten hatte. Ihre Lunge zog sich zusammen, sodass sie Mühe hatte zu atmen.

Vor ihrem geistigen Auge erschien Frank, der versucht hatte, sie im Hotel in Peru anzufassen. Bei der Gelegenheit war sie nur entkommen, weil jemand sie gestört hatte. Aber im Moment war niemand anders zu sehen.

Megan stieß gegen Gregs breiten Brustkorb, aber er rührte sich keinen Zentimeter. „Lass los." Ihre Zähne begannen zu klappern. „Ich will wieder reingehen."

„Warum denn, Baby?" Er bewegte eine Hand und fing an, unter ihr Shirt zu greifen. Seine Finger waren wie Eis auf ihrem Bauch. „Küssen finde ich okay."

Megan würde ihren Kuss von einem attraktiven Mann im Regen bekommen, aber nicht so.

Sie legte die Arme um Gregs Nacken und zog ihn zu sich herunter, um gleich darauf das Knie nach oben zu reißen. Er stöhnte und krümmte sich. Megan rannte um die Ecke, wobei sie auf dem glatten Asphalt ausrutschte, aber sofort wieder aufstand. Dann griff sie nach der Tür zum Lokal und fiel Crystal in die Arme.

Ihr Atem ging keuchend, aber ihr Herz fühlte sich stark an. Denn diesmal hatte sie sich nicht auf jemand anders verlassen, der sie retten musste.

Sie hatte es allein geschafft.

Kapitel 30

Der Entwurf war perfekt.

Crystal lehnte sich auf ihrem Stuhl zurück und starrte auf ihren Laptop. Da hatte sie gedacht, sie würde am Montag in einer Woche nichts haben, was sie präsentieren konnte, und stattdessen hatte sie den perfekten Entwurf. Es waren nicht Stunden um Stunden mit Brainstorming und Architekturbesichtigungen erforderlich gewesen, um sie zu inspirieren.

Stattdessen hatte die Freude darüber, die eigenen Gefühle endlich zuzulassen, gegen den Schutzwall gedrückt, den sie um ihre Seele herum errichtet hatte, und ihn mit ihrer sanften Strömung weggeschwemmt.

Sie hatte sich inspirieren lassen von den wechselnden Farben des Tadsch Mahal, der Langlebigkeit des römischen Kolosseums, der Majestät des Edinburgh Castles und von den Launen eines verliebten Mädchens. Das Stadtviertel, das sie auf den Seiten dieses Entwurfs geplant hatte, würde Jeff Lerner umhauen. Sie konnte noch immer kaum glauben, dass in ihren Gedanken die perfekte Mischung aus moderner und alter Welt zusammengefunden hatte, um eine solche Kreativität auszulösen.

Aber nicht nur ihr Sachverstand war beteiligt gewesen. Sie hatte ihr Herz investiert und das machte den Unterschied.

Auf dem Hotelschreibtisch vibrierte ihr Handy. Obwohl es schon spät war, war der Tag in New York noch nicht zu Ende, deshalb wunderte es sie nicht, als sie Tonys Namen auf dem Display sah – trotz der Tatsache, dass Samstag war. Irgendwie hatte sie ihn überreden können, ihren jüngsten Entwurf noch anzusehen, obwohl er bereits entschlossen gewesen war, sich für Merediths Pläne zu entscheiden. Wahrscheinlich rief er an, weil er ein Update wollte.

„Crystal hier."

„Ich hoffe, du hast gute Neuigkeiten."

„Habe ich. Ich bin gerade fertig geworden."

„Freut mich zu hören. Ich habe die ganze Woche auf diesen Entwurf gewartet."

„Jetzt ist er so weit. Also immer schön die Ruhe bewahren, wie der Engländer sagt."

„Engländer?" Tony lachte. „Wo bist du, in London?"

„Nein, in Paris. Wir sind heute Nachmittag angekommen und werden uns ein paar Tage hier umsehen, bevor wir nach Hause fliegen." Dann hatte sie noch fast eine ganze Woche Zeit bis zur Präsentation am 6. August.

„Darüber muss ich mit dir reden." Tony zögerte. „Mr Lerner hat uns gebeten, die Präsentation eine Woche vorzuverlegen. Auf diesen Montag."

„Also übermorgen?" *Nein, nein, nein.* Jetzt, wo sie die perfekte Idee hatte, wollte sie diese auch selbst präsentieren.

„Genau. Du musst also so schnell wie möglich in einen Flieger steigen. Und vergiss nicht, mir den Entwurf zu schicken, damit ich ihn durchsehen und hier vor Ort alles vorbereiten kann. Du kümmerst dich nur darum, dass du rechtzeitig hier bist."

„Das geht nicht. Meine Schwester verlässt sich auf mich, Tony." Sie hatte geschworen, Megan nicht im Stich zu lassen. Sie konnte jetzt nicht abreisen.

„Ich verlasse mich auch auf dich und ich bin nun wirklich mehr als geduldig gewesen, Crystal."

Sie seufzte. „Ich weiß, aber ..."

„Und muss ich dich wirklich daran erinnern, was davon abhängt? Du gegen Meredith. Leitende Architektin. Mein Ruf steht auf dem Spiel, weil ich dir die ganze Zeit den Rücken gestärkt habe, während du weg warst. Ich will schließlich nicht wie ein Idiot dastehen."

„Du machst mich fertig, Tony." Aber er hatte recht. Sie konnte nicht alle ihre Verpflichtungen zu Hause ignorieren, nur weil sie und Megan für die nächsten Tage Pläne gemacht hatten. Crystal sah auf ihre Uhr. Vielleicht konnten sie die letzten Punkte auf der Wunschliste in den nächsten zwölf bis achtzehn Stunden erledigen und dann nach Hause fliegen. Es wäre nicht ideal, aber wenigstens würde sie dann alle ihre Versprechen halten.

„Ich werde morgen im Flieger sitzen." Sie schob ihre Computermaus hin und her, öffnete ein neues E-Mail-Formular, hängte ihren Entwurf an und klickte auf *Senden*. „Und ich habe dir gerade meinen Entwurf geschickt. Ich bin wirklich stolz darauf, Tony. Er ist ... ganz mein Stil."

„Das hoffe ich. Denn Meredith hat selbst ein ziemlich starkes Stück geliefert."

Die Möglichkeit, dass sie gegen Meredith verlieren könnte, nagte immer noch ein wenig an ihr, aber sie war von ihrem eigenen Entwurf so überzeugt, dass sie keine Angst hatte, er könnte abgelehnt werden. „Möge der beste Entwurf gewinnen."

„Das ist die richtige Einstellung. Ich sehe mir an, was du geschickt hast, und wenn ich Fragen habe, melde ich mich, bevor ich heute nach Hause gehe. Sorge du dafür, dass du am Montagmorgen im Büro bist. Die Besprechung ist um eins. Obwohl, wenn ich darüber nachdenke ... komm am besten morgen Nachmittag, wenn das geht. Am besten direkt vom Flughafen. Meredith und ich gehen noch ein paar letzte Einzelheiten durch."

„Das muss ich mit Brian klären." Es war schließlich ein Sonntag. Und er würde nicht begeistert sein, wenn sie gleich wieder verschwand, nachdem sie gerade erst angekommen war.

Im Hintergrund hörte sie Papierrascheln. „Okay, ich muss Schluss machen. Sag mir Bescheid, wenn du gelandet bist."

„Mach ich."

Crystal beendete das Gespräch und stieß sich vom Schreibtisch ab. Dieses Hotelzimmer war kleiner als die anderen, aber es war alles da, was Megan und sie brauchten. Vor ihrem Fenster lockte die romantischste Stadt der Welt mit ihrem pulsierenden Leben. Sie trat ans Fenster und blickte zum Eiffelturm hinüber, der in der Ferne aufragte, während sie mit dem Finger über die Fensterscheibe fuhr und die Lichter mit ihren Fingerspitzen nachzeichnete. Sie wünschte, Brian wäre hier bei ihr und könnte das auch sehen.

„Es ist hübsch, nicht wahr?"

Crystal fuhr herum und sah Megan zur Tür hereinkommen.

Ihre Schwester zog die Jacke aus und warf ihre Handtasche aufs Bett.

„Wunderschön. Hast du den Abend genossen?"

„Ja. Ich kann nicht fassen, dass du dir den Louvre hast entgehen lassen. Ich bin geblieben, bis sie mich rausgeworfen haben." Megans

Augen leuchteten und ihre Wangen waren gerötet. Heute schien es ihr viel besser zu gehen als gestern, als sie diesen aufdringlichen Kerl in Südfrankreich hatte abwehren müssen. Crystal war hinausgelaufen, wild entschlossen, dem Typen eine Abreibung zu verpassen, aber er hatte noch immer zusammengekrümmt und stöhnend an der Mauer gelegen.

Und da war es ihr endlich ganz und gar bewusst geworden – Megan konnte auf sich selbst aufpassen.

„Freut mich, dass es dir Spaß gemacht hat." Die Unterhaltung mit Tony noch frisch in Erinnerung, zog Crystal an der Gardine. „Was hältst du davon, wenn wir heute Abend noch mal losziehen?"

„Ich glaube, dafür bin ich zu müde. Morgen haben wir auch einen vollen Tag." Megan ließ sich auf ihrer Bettkante nieder und massierte sich den Nacken.

Crystal seufzte und ging zu ihrem eigenen Bett. Sie setzte sich, zog ein Kissen auf ihren Schoß und schlang die Arme darum. „Tony hat gerade angerufen. Er hat gesagt, ich werde schon diesen Montag in New York gebraucht."

„Was?" Megans Hand erstarrte. Sie ließ sie auf den Schoß sinken. „Warum?"

„Die Präsentation, an der ich gearbeitet habe, wurde verschoben."

„Können sie das einfach so machen?"

„Leider ja." Crystal dehnte ihre nackten Füße. „Der Kunde hat um einen früheren Termin gebeten. Er ist nicht verpflichtet, unserer Firma den Auftrag zu geben, also müssen wir uns nach seinem Terminplan richten."

Megan kaute auf ihrer Unterlippe. „Können sie ihm nicht sagen, dass ihre Architektin im Ausland ist?"

„So funktioniert das nicht."

„Aber Crystal ..."

„Ich weiß, dass es ätzend ist. Ich dachte, wir könnten den Eiffelturm heute Abend besichtigen und morgen einen ganz frühen Gottesdienst besuchen, dann sind wir fertig."

„Ich habe noch keinen Fremden im Regen geküsst." Die Enttäuschung über ihren gescheiterten Versuch war ihr immer noch anzusehen.

„Das kannst du auch zu Hause machen. Der Punkt ist nicht an einen bestimmten Ort gebunden. Minnesota ist dafür genauso gut wie Paris."

Megan zog eine Schnute und seufzte dann. „Stimmt schon. Ich wollte nur alles erledigen, während du hier bei mir bist. Und die Leser erwarten es."

„Aber du hast keinen Einfluss darauf, wann es regnet." Crystal blickte zu Megan hinüber und sah, dass ihre Schwester Tränen in den Augen hatte. „Ich sehe keine andere Lösung, Meg. Ich muss nach Hause."

„Du willst wirklich los?" Ihre Schwester brauchte den Rest dessen, was sie dachte, gar nicht auszusprechen: *Du verlässt mich ... schon wieder?*

Die Erinnerung an diesen Augenblick im Krankenhaus – als Crystal nicht den Mut gehabt hatte, bei Megan in ihrem Zimmer zu bleiben – verfolgte sie. Und obwohl sie das Thema während ihrer Auseinandersetzung am Flughafen in Spanien angeschnitten hatten, war es danach nicht mehr zur Sprache gekommen.

Crystal hatte sich für ihr Verhalten nie richtig entschuldigt.

Sie holte tief Luft. „Diesmal ist es etwas anderes." Ein gedämpftes Martinshorn ertönte vor ihrem Fenster. Crystal erhob sich und ging unruhig auf und ab. „Damals war ich ein Feigling. Ich war egoistisch. Du weißt nicht, wie schwer es war, mit den Schuldgefühlen zu leben, dass du krank warst und ich nicht. Ich war stark und du warst schwach, körperlich gesehen. Es war so, als hätte ich dir die Kraft gestohlen, als wir bei Mom im Bauch waren. Und dann war da die Angst, dass du – der Mensch, den ich mehr liebte als alles andere auf der Welt – jeden Augenblick aus meinem Leben verschwinden könntest."

Crystals Hände zitterten, als die Wahrheit endlich aus ihr herausfloss, und sie blieb stehen und lehnte sich an die Wand. „Damit konnte ich nicht umgehen, Megan. Und es tut mir leid. Ich weiß, dass du gesagt hast, du hättest mir verziehen, aber ich weiß nicht, wie. Es fällt mir wahnsinnig schwer, mir selbst zu verzeihen."

Megan hatte den Mund leicht geöffnet und blinzelte schnell.

Aber anstelle von Tränen erschien in den Augen ihrer Schwester ein Licht. Verständnis. Hoffnung.

Wortlos stand Megan auf und ging zu Crystal. „Natürlich verzeihe ich dir. Es ist vergessen." Sie starrten sich lange an, dann legte Megan die Arme um Crystals Schultern.

Konnte die Vergangenheit wirklich so fortgewischt werden, ihr Verhalten nicht länger eine Anklage gegen sie?

Aber Megans nächste Worte waren noch schockierender. „Und was ist mit dir? Verzeihst du mir jetzt auch? Ich ... hab das nicht gewusst. Dass du dich so gefühlt hast. Und ich habe mir nicht die Mühe gemacht, die Dinge mit deinen Augen zu sehen."

„Es gibt nichts, was ich dir verzeihen müsste. Nichts davon war deine Schuld."

„Bitte, Crystal!"

„Also gut. Ich verzeihe dir." Crystal erwiderte die Umarmung ihrer Schwester und löste sich dann von ihr. Sie legte den Kopf ein wenig schief. „Macht es dir wirklich nichts aus, dass ich morgen abreise?"

„Ich wünschte, du müsstest nicht weg, aber ich verstehe es."

„Danke." Crystal sah Megan in die Augen. „Wenigstens reise ich diesmal voller Hoffnung ab und ohne Angst. Und ich lasse eine schöne, selbstbewusste Frau hier zurück, die ganz und gar fähig ist, das hier allein durchzuziehen."

„Zum ersten Mal kann ich das irgendwie glauben." Und dann kamen Megan doch noch die Tränen. „Aber selbst wenn ich allein klarkomme, werde ich meine Schwester immer brauchen. Also versprich mir bitte, dass es nicht drei Jahre dauern wird, bis wir uns wiedersehen." Megan sank wieder auf ihre Bettkante und klopfte auf den Platz neben sich.

Crystal setzte sich und legte den Kopf an Megans Schulter. „Versprochen."

Da war das Gefühl wieder, das sich in ihr niederließ.

Freude.

Wenn es zwischen ihr und Megan besser werden konnte und sie das Lerner-Projekt bekam und sie und Brian auf dem eingeschlagenen Weg weitermachten, sobald sie wieder zu Hause war – dann konnte sie vielleicht doch alles haben.

Vielleicht würde sie es sogar noch einmal mit Gott versuchen. Immerhin war er Brian sehr wichtig und Nana hatte immer gesagt,

Wunder würden in die Jobbeschreibung von Gott fallen. Wenn dieser Augenblick zwischen Megan und ihr kein Wunder war, was dann?

Vor allem hatte Crystal sich vielleicht getäuscht. Vielleicht musste die Vergangenheit keine bittere Narbe sein, die ihr Herz verunstaltete. Vielleicht konnte das Leben ja wirklich ein unglaubliches Abenteuer sein, das sie nicht selbst erschuf, sondern das aus Arbeit und Kummer und Liebe bestand.

Vor allem Liebe.

Kapitel 31

29. Juli
Titel Blogeintrag: Das Juwel Frankreichs: Notre-Dame
Text Blogeintrag:
Hast du schon mal das Gefühl gehabt, du solltest zu einem bestimmten Zeitpunkt an einem bestimmten Ort sein? Ich nicht ... jedenfalls bis heute.

Megan trank noch einen Schluck aus ihrem Pappbecher. Der Kaffee des Zimmerservice gab ihr nicht den Kick, den sie sich erhofft hatte, aber er war besser als nichts. Und sie brauchte eindeutig einen Kick. Crystal und sie hatten noch lange geredet und dann nur vier Stunden geschlafen, bevor ihre Schwester um sieben Uhr morgens den Flieger nehmen musste.

Sie stand von ihrem Stuhl an dem winzigen Hotelschreibtisch auf und riss die Vorhänge auf. Die Sonne schien hell. Um acht herrschte auf den Straßen von Paris schon geschäftiges Treiben. Und bildete sie sich das nur ein oder konnte sie den köstlichen Duft von Kakao und frisch gebackenem Brot riechen?

Heute würde ein guter Tag werden. Sie würde so viel wie möglich von der Wunschliste erledigen, und zwar zusammen mit Caleb.

Vielleicht konnten sie ja sogar da weitermachen, wo sie im London Eye aufgehört hatten. Wenn die ständigen Textnachrichten im Laufe der vergangenen Wochen ein Indikator waren, wurden ihre wachsenden Gefühle für Caleb von ihm erwidert.

Ein Klopfen hallte durch das Zimmer. Sie schüttelte ihre Nervosität ab und ging zur Tür, die sie schwungvoll aufriss. „Hi." Ihr Versuch einer lässigen Begrüßung resultierte in einem Quieken. Sie räusperte sich.

Caleb stand da, die Hände in den Taschen seiner Jeans, ein entspanntes Lächeln im Gesicht. „Selber hi." Er nahm sie in die Arme und vergrub sein Gesicht in ihrem Haar. „Du riechst gut."

Die Schmetterlinge in ihrem Bauch schlugen Kapriolen.

Er löste sich von ihr und legte den Kopf ein wenig schief. „Bist du bereit für das nächste Abenteuer?"

Megan widerstand dem Drang, sich noch einmal in seine Arme zu werfen. „Bin ich. Warte kurz." Sie schüttete den restlichen Kaffee ins Waschbecken, warf den Becher in den Mülleimer und griff nach ihrer Handtasche. „Crystal musste heute Morgen unerwartet abreisen, also sind wir zwei allein."

„Ist alles in Ordnung?"

„Oh ja, nur die Arbeit. Deshalb musste sie nach Hause." Megan zeigte auf die Tür, aber Caleb machte einen Schritt zur Seite und gab ihr zu verstehen, dass sie vorangehen sollte. Der leichte Druck seiner Hand auf ihrem Rücken lenkte sie hinaus.

„Wie schade, dass sie nicht dabei sein kann." Sie gingen zu den Aufzügen.

„Findest du?" Megan wandte sich zu ihm um und zog eine Augenbraue hoch.

Er lachte. „Es macht mir nichts aus, dass ich dich ganz für mich habe, aber für dich ist es doch sicher schwierig. Und das tut mir leid."

Sie lächelte und stieß ihn mit dem Ellbogen an. „Zuerst war ich verunsichert. Aber wir haben geredet – fast die ganze Nacht – und jetzt ist es okay. Erstaunlicherweise macht mich der Gedanke, dass ich meine Reise allein zu Ende bringe, nicht so nervös, wie ich dachte."

„Und allein bist du ja im engeren Sinne auch nicht."

„Stimmt." Sie streckte die Hand aus und drückte seinen Arm. „Ich bin froh, dass du hier bist."

„Ich auch." Er ergriff ihre Hand und hielt sie den ganzen Weg über bis zur Hotellobby und zur Metro, wo sie einen Zug zu einer Haltestelle in der Nähe von Notre-Dame nahmen.

Als sie sich dem weißen Gebäude mit den beiden aufragenden Türmen näherten, konnte Megan mit einem Mal nicht mehr atmen.

Und es hatte nichts mit ihrer körperlichen Kondition zu tun – eher mit ihrer geistlichen.

„Diese Kirche ist einfach atemberaubend." Megan starrte die Kathedrale an, vor der sie stand. Warum war sie so anders als all die anderen sakralen Gebäude, die sie während dieser Reise besichtigt hatte? Der Hals tat ihr schon weh, weil sie den Kopf so weit in den Nacken legen musste, aber irgendetwas löste in Megan eine Sehnsucht aus nach ... mehr.

„Und von hier aus siehst du nur eine Seite.“ Caleb legte ihr eine Hand auf den Rücken und führte sie um die Ecke. „Du musst die berühmten Strebebögen sehen. Und den Blick von der anderen Seite der Seine aus – der ist einfach gigantisch.“

Caleb hatte recht. Jede Seite hatte etwas anderes und Neues zu bieten. Zuerst äußerte sie ihre Begeisterung bei jeder Entdeckung, als sie die jahrhundertealte Kirche betrachtete, doch dann wurde sie still und war einfach dankbar dafür, dass sie das alles mit eigenen Augen sehen durfte. „Gehen wir hinein.“

Als sie sich durch die Tür schoben, senkte sich eine Art himmlische Stille auf sie. Wandleuchten beschienen die verschiedenen Säulen der gotischen Kathedrale. Die gewölbte Decke schwebte hoch über ihnen und Megans Blick wurde nach vorne gelenkt, wo vor einem wundervollen gebogenen Bleiglasfenster die Pfeifen einer großen Orgel aufragten. Überall in der Kirche liefen Menschen umher, einige setzten sich auf die hölzernen Stühle, andere sahen sich ehrfürchtig staunend um.

Ja, dieses Gebäude war eine Touristenattraktion, aber sie war mehr als das. Etwas Heiliges pulsierte hier.

Megan hatte das Gefühl, dass Caleb sie beobachtete, also wandte sie sich zu ihm um. „Was ist?“

Er beugte sich vor und flüsterte: „Ich mache nur gerade ein mentales Bild von diesem Augenblick.“

„Warum kein echtes? Es würde länger halten.“ Sie zeigte auf die Profikamera, die er um den Hals trug.“

„Das bezweifle ich ernsthaft.“

Sie schluckte. Da war er wieder, dieser ernste Unterton in seiner Stimme, der ihr sagte, dass sie noch viel zu besprechen hatten.

„Komm. Die Messe fängt an.“ Caleb zog sie sanft zu zwei Stühlen im hinteren Bereich.

Megan war mit ihrer Großmutter ein paarmal bei einer Messe gewesen, deshalb war sie etwas vertraut mit einigen der Traditionen, die ganz anders waren als in ihrer Gemeinde zu Hause. Trotzdem war es nicht einfach zu erkennen, was sie tun sollten, wenn der ganze Gottesdienst in einer anderen Sprache abgehalten wurde.

Caleb und sie richteten sich nach den anderen, wenn diese aufstanden oder sich setzten, und Megan summte mit, wenn sie eine Melodie erkannte.

Aber vor allem nutzte sie die Gelegenheit, mal wieder zu beten. Seit einer Ewigkeit hatte sie es nicht mehr gemacht.

Hi, Gott.
Es fühlt sich echt komisch an, mit dir so formlos zu reden. Für mich warst du immer dieser allmächtige Herrscher im Himmel, jemand mit einem eisernen Willen, der darüber entscheidet, was hier auf der Erde geschieht. Und das bist du ja auch. Und das tust du auch.
Aber ich glaube, vielleicht bist du mehr als das.
Meine Erfahrungen haben einen Einfluss darauf genommen, wie ich dich sehe – und wie ich mich selbst sehe. Vielleicht war ich ein bisschen sauer auf dich, weil du mich schwach gemacht hast. Aber wie kann ich sauer auf dich sein, wenn du deine Meinung geändert und mich gerettet hast?
Obwohl, wenn du es nicht getan hättest, hätte ich dann überhaupt das Recht, dir böse zu sein?
Würde ich trotzdem sagen, dass man dir vertrauen kann, auch wenn du mich nicht gerettet hättest? Glaube ich, dass deine Vertrauenswürdigkeit – oder deine Güte – irgendwas mit mir zu tun hat? Oder ist es etwas Immerwährendes, das sich nicht ändert, egal, was mit mir geschieht?
Ich habe keine Antworten. Vielleicht werde ich die auch nie bekommen. Aber ich bin auf der Suche.

Während die Messe weiterging, beruhigte Megan ihre Seele. Schließlich hatte ihre Nana immer gesagt: *„Du kannst Gott nicht reden hören, wenn du nicht zuhörst.“* Was sie zu hören hoffte, wusste sie selbst nicht.

Und dann tat sich etwas in ihr.

Es war, als würde Gott sie anstoßen ... in eine Richtung.

So wie das Gefühl, das sie gehabt hatte, als sie überlegt hatte, ein Kleid zu tragen, das ihre Narbe offenbarte. Oder als sie an die Haustür der Abbotts geklopft hatte, um sie zum ersten Mal zu besuchen. Oder als sie mit Caleb im London Eye gestanden hatte und ihn beinahe geküsst hätte.

Mut. Das war es, oder? Er schubste sie in Richtung Mut. Und sie hatte sich gewehrt.

Gewehrt, weil sie Angst gehabt hatte, dass sie nicht gut genug war. Dass sie niemals so mutig sein könnte wie Crystal. Dass sie nicht das Zeug dazu hatte, das Leben als Abenteuer zu leben.

Aber war das Leben an sich nicht schon ein Abenteuer? Vor dreieinhalb Jahren hatte sie gedacht, sie würde nicht lange genug leben, um das herauszufinden. Aber Gott hatte ihr das Leben wiedergegeben. Er hatte ihr Fähigkeiten verliehen, die sie gebrauchen und nicht vergraben sollte. Und dann hatten sich Gelegenheiten geboten, wie die Chance zu dieser Reise oder die Artikel für Sheila Daily.

Und wieder einmal war sie am Zug. Was würde sie mit diesen Gelegenheiten anfangen? Sich an ihre alte Schwachheit klammern oder die Hand nach der neuen Stärke ausstrecken, die sie in sich selbst entdeckte?

Irgendwann war die Messe zu Ende und die Leute standen auf, aber Megan blieb sitzen. Die Hände lagen immer noch auf ihrem Schoß und sie merkte erst, dass sie auf ihrer Unterlippe kaute, als sie ein bisschen Blut schmeckte.

Etwas hielt sie von der Freiheit ab, die der Mut ihr bot.

Ihre Hände wanderten zu ihrer Handtasche, zogen den Reißverschluss auf, griffen hinein und zogen ihr Notizbuch heraus, in dem sie immer ihre Pulswerte aufgezeichnet hatte. Caleb saß neben ihr und schwieg, als spürte er, dass sie noch etwas Zeit brauchte. Megan fuhr mit den Fingerspitzen über den glatten Einband des Notizbuches, dessen Seiten mit nutzlosen Informationen gefüllt waren.

Dieses Notizbuch bot ihr keine Sicherheit. Es war nur ein Ritual, damit sie sich in der großen, gefährlichen Welt der unbekannten Dinge besser fühlte, was ihre Gesundheit betraf.

Megan stand auf und legte das Notizbuch auf den Platz, auf dem sie gesessen hatte. Dann hielt sie Caleb die Hand hin. „Fertig?"

Er nahm ihre Hand und zusammen gingen sie hinaus in den Sonnenschein eines Tages, randvoll mit Chancen und Möglichkeiten.

Kapitel 32

25. Mein Herz verschenken.

Ich wollte mich immer verlieben.

Natürlich frage ich mich, ob jemand wie ich jemals einem anderen Menschen so ganz und gar vertrauen kann, dass meine Geheimnisse keine Rolle mehr spielen. Und selbst wenn das Vertrauen kein Problem wäre, wie kann ich jemals den Mut aufbringen, einem Jungen meine ganze Vergangenheit zu erzählen?

Neulich habe ich Mom gefragt, woher sie wusste, dass sie meinen Dad liebt. Ich hab die Antwort noch im Ohr. „Er hilft mir, so mutig zu sein, wie ich kann."

Und deshalb glaube ich, um jemals wahrhaft zu leben, muss ich irgendwann das tun, was mir am allerschwersten fällt: mein Herz verschenken.

Kapitel 33

30. Juli
Titel Blogeintrag: Crêpes, der Eiffelturm und die Erfüllung eines Traumes, von dem ich gar nicht wusste, dass ich ihn hatte
Text Blogeintrag:
Die besten Dinge im Leben sind diejenigen, die dich überraschen ...

Sie war beinahe fertig mit der Liste. Aber wie sollte sie danach in ihren Alltag zurückkehren?

Megan lief neben Caleb durch die Straßen von Paris und blieb gelegentlich stehen und betrachtete die Fenster der Bäckereien und kleinen Souvenirläden. Gestern waren sie nach ihrem Besuch in Notre-Dame in einen Zug nach Versailles gestiegen und hatten den Park und den vergoldeten Palast von König Ludwig XIV. besichtigt. Obwohl es nicht auf ihrer Liste stand, hatte sie sich von Caleb überzeugen lassen, die kleinere Stadt unbedingt anzuschauen. Da sie noch einen Tag in Paris hatten, war Megan einverstanden gewesen. Heute standen eine Menge Sehenswürdigkeiten auf dem Programm und jetzt näherten sie sich endlich dem Eiffelturm.

Um Amandas Liste zu erledigen, musste sie nur unter dem Turm stehen, seine Lichter nachts betrachten ... und einen attraktiven Fremden im Regen küssen. Crystal hatte recht. Sie könnte mit dem letzten Punkt warten, bis sie zu Hause war.

Wenn die Wolken am Horizont jedoch ein Hinweis waren, würde sie vielleicht heute Abend die Chance erhalten – wenn sie einen gut aussehenden Typen fand, der bereit war, eine fremde Frau zu küssen.

Und wenn sie bereit war, es vor Caleb zu tun.

Grr.

„Ich kann nicht fassen, dass dies unser letzter Tag hier ist." Ein leichter Wind kam auf und Megan zog ihre Jacke enger um ihre Schultern.

„Ich weiß. Die Zeit ist nur so verflogen." Caleb würde morgen zu seinem nächsten Job als Fotograf aufbrechen – ein langer Trek durch Tibet, der bis zu zwei Monate dauern konnte – und sie würde nach Minnesota zurückkehren. Ihre neue Stelle sollte ein paar Tage später beginnen und damit würde sie wieder in der Realität ankommen.

Hoffentlich würden all die Dinge, die sie hier erlebt hatte, nicht nur Erinnerungen bleiben. Vor allem wollte sie, dass die Lektionen, die sie gelernt hatte, ihr Leben in Zukunft prägten, und sie war fest entschlossen, ihren Traum vom Schreiben weiter zu verfolgen. Es mochte etwas langsamer gehen, als sie sich erhofft hatte, aber sie hatte eine klare Vision und würde sich diesmal von nichts aufhalten lassen.

„Worauf freust du dich am meisten bei der Tibetreise?" Sie kamen an einer Crêperie vorbei, in der ein Bäcker im Fenster stand und die dünnen Pfannkuchen herstellte. Er rührte den Teig in einer Schüssel an und goss ihn dann auf eine Platte. Als ein Kunde herauskam, fing Megan etwas von dem süßen Duft auf und seufzte unwillkürlich. Dann riss sie den Blick los und ging weiter.

Caleb verlangsamte seine Schritte und drehte sich um. „Wolltest du eine Crêpe?"

„Was? Nein, nein." Trotz all der Versuchungen auf dieser Reise war es ihr gelungen, ungesunde Speisen zu meiden und ihre strikte Diät einzuhalten.

Ihr Notizbuch aufzugeben, war eine Sache, aber eine Ernährungsumstellung könnte ihre Gesundheit gefährden. Welchen Sinn hatte es, das Schicksal an ihrem letzten Tag hier herauszufordern? „Gehen wir weiter. Es ist nicht mehr weit bis zum Eiffelturm."

„Der Eiffelturm kann warten. Du kannst Paris nicht verlassen, ohne eine richtige Crêpe gegessen zu haben." Caleb nahm ihre Hand und zog sie zur Tür der Bäckerei.

Sie wehrte sich. „Nein, wirklich. Ich möchte keine."

„Megan, du bist ein Strich in der Landschaft. Ein bisschen Mehl und Zucker kannst du gut verkraften." Caleb schob die Unterlippe vor und sah sie mit großen Augen an – ein jämmerlicher Versuch eines Hundeblicks. „Bitte, bitte?"

Sie konnte das Lachen, das in ihr aufstieg, einfach nicht zurückhalten. „Versuch ja nicht den alten Trick."

„Oh doch, ich versuche alles." Caleb drückte ihr die Hand. Sie versuchte, das Kribbeln zu ignorieren, das die Berührung auslöste. „Aber ich werde dich nicht zwingen. Manche Leute sind halt einfach keine richtigen Touristen, weil ein echter Tourist alles probiert, was eine Kultur zu bieten hat."

Sie verdrehte die Augen. „Also gut. Dann esse ich einen winzigen Bissen von deiner Crêpe.

„Besser als nichts." Sie gingen hinein. Eclairs, Croissants, Muffins und vieles mehr waren kunstvoll in einer Vitrine am Tresen arrangiert. „Was für eine möchtest du?"

„Es ist deine Crêpe."

Calebs Mund verzog sich zu einem schiefen Grinsen. „Klar."

Er bat sie, einen Tisch zu suchen, und ging dann zum Tresen und gab seine Bestellung auf. Megan fand einen Tisch mit Sitzbank in der Ecke am Fenster. Während sie darauf wartete, dass er zurückkam, verschwand das letzte Sonnenlicht und die Lichter der Geschäfte rings um sie herum gingen an. War dies wirklich der letzte Abend ihrer Reise? Eigentlich wollte sie nicht, dass sie zu Ende ging. Sie wollte nicht ins wirkliche Leben zurückkehren. Und Caleb verlassen, das wollte sie auch nicht.

„Hier, bitte schön." Caleb schob sich ihr gegenüber auf die Bank und stellte einen Teller mit einer aufgerollten Crêpe in die Mitte. Sie war mit Bananenscheiben gefüllt und mit Schokoladensoße und Puderzucker garniert.

Megan nahm eine Gabel und trennte ein Stück von dem Pfannkuchen ab, bedacht darauf, ein Stück Banane zu ergattern. Ein kleiner Bissen würde sicher nicht schaden, oder?

„Wovor hast du eigentlich solche Angst?"

„Davor, wieder krank zu werden." Die Antwort kam wie aus der Pistole geschossen, sodass sie keine Zeit hatte, darüber nachzudenken. Ihr Blick begegnete dem von Caleb und in seinem Blick lag Verständnis.

„Das verstehe ich. Aber von einer Crêpe kannst du doch nicht wieder krank werden."

„Mein Arzt hat gesagt, ich soll mich gesund ernähren und Sport machen. Ich will alles tun, was in meiner Macht steht, damit ich nie wieder in dieses Krankenhauszimmer zurück muss, Caleb."

„Hey." Er streckte die Hand über den Tisch und ergriff ihre Finger – etwas, das er in letzter Zeit oft getan hatte. Mit dem Daumen fuhr er ihr über den Handrücken und die Knöchel. „Wenn jemand das versteht, dann ich. Aber ich habe vor einigen Jahren beschlossen, mein Leben nicht von meinem Zustand bestimmen zu lassen. Ich esse gesund, weil, na ja, weil es wichtig ist. Aber wenn uns ein schwaches Herz nicht umgebracht hat, wird auch nichts passieren, wenn wir uns gelegentlich mal etwas gönnen."

Sie zögerte. „Ich weiß, dass es dumm ist, so zu denken, aber wenn es irgendeine Methode gibt zu verhindern, dass ich das noch mal durchmachen muss, dann werde ich mich an diese Methode halten."

Sein Daumen fuhr unbeirrt über ihre Hand. „Das ist überhaupt nicht dumm. Wir haben etwas erlebt, das andere nicht verstehen können. Aber was gewinnst du damit, wenn du es so krampfhaft festhältst? Gott hat entschieden, dein Leben zu verschonen. Verschwende es nicht, indem du nicht wirklich lebst."

Was er da sagte, entsprach beinahe wortwörtlich den Gedanken, die sie in Notre-Dame gehabt hatte.

Sie spürte, wie ihr die Tränen kamen. Aber nein. Sie würde nicht weinen. Diesmal würde sie stark bleiben. „Es ist doch nur eine dämliche Crêpe."

Aber das war es nicht. Ganz und gar nicht. Diese Crêpe war ein Symbol. So wie der Entschluss, ihre Narbe zu zeigen. Und ihr Notizbuch in der Kirche liegen zu lassen. All das war ein Sich-Lösen, ein Wegwerfen der alten Megan.

Mit ihrer freien Hand nahm sie die Gabel wieder und schob sich einen Bissen der Crêpe in den Mund. Und diese Süße, die da auf ihrer Zunge explodierte! Schokolade und Banane vermischten sich auf vollkommene Weise und sie musste fast ein wenig seufzen, als sie jeden Moment genoss.

Caleb nickte und grinste. „Hab ich doch gesagt."

„Still." Sie bot ihm einen Bissen an und er zog ihn mit den Zähnen von ihrer Gabel. Dann spießte sie noch ein Stückchen auf und sie aßen, redeten und lachten, bis alles aufgegessen war.

Dann stand Megan auf. „Komm, wir haken den nächsten Punkt von der Liste ab."

Caleb folgte ihr zur Tür hinaus. Er schob die Hände wieder in die Hosentaschen und sie gingen weiter bis zum Eiffelturm. Das Bauwerk kam näher und näher, bis es in all seiner Pracht über ihnen thronte. Die weißen Lichter sahen vor dem schwarzen Himmel beeindruckend aus und etwas daran, wie sie unter diesem Turm stand, gab ihr das Gefühl, unbesiegbar zu sein.

Als sie das Gesicht nach oben wandte, traf sie ein Wassertropfen auf der Stirn. „Oh-oh."

„Was?"

„Ich glaube, ich habe gerade …" Die Schleusen des Himmels öffneten sich und sie standen in einem heftigen Regenguss. Megan kreischte und blickte sich nach einem Unterstand um.

Caleb zeigte auf ein Restaurant in der Nähe und legte den Arm um sie, als könnte er sie vor der Nässe bewahren. Sie liefen ein paar Schritte, aber dann blieb Megan stehen. „Warte." Dies war die perfekte Gelegenheit. Abgesehen von der Tatsache, dass Caleb hier war.

Es gab keine perfekte Antwort. Sie musste einfach die Liste fertig abarbeiten.

Ihre Blicke huschten hin und her, aber sie fand niemanden in der Nähe, der nicht irgendwo Zuflucht suchte, geschweige denn einen attraktiven Fremden.

„Was machst du da?"

Megans nasse Haare klebten an ihrem Gesicht. „Ich muss jemanden finden, den ich küssen kann."

Caleb hörte auf, sie in Richtung Trockenheit und Wärme zu ziehen. Stattdessen sah er sie fragend an. „Äh, was?!"

Offenbar hatte er nicht die ganze Liste gelesen, die sie online gestellt hatte. „Für Amandas Wunschliste. Der letzte Punkt – ich muss im Regen einen Fremden küssen." Der Regen trommelte jetzt auf den Gehweg und sie musste so laut sprechen, dass es ihr vorkam, als würde sie schreien. „Ich dachte, ich müsste bis zu Hause warten, aber es regnet und es ist der letzte Abend, fast so, als wäre das ein Zeichen. Vielleicht soll ich die Sache wirklich jetzt erledigen."

„Du musst einen Fremden küssen?" Ein Schatten legte sich über seinen Blick, so wie damals, wenn Megans Krankenschwester ihn nach einem seiner nächtlichen Besuche im Krankenhaus wieder in sein Zimmer zurückgeschickt hatte.

Sie zuckte mit den Schultern. „Ach, vergiss es. Ist sowieso niemand hier. Komm." Megan machte einen Schritt auf das Restaurant zu und das Wasser in ihren Schuhen machte schmatzende Geräusche.

„Warte, Megan."

Sie drehte sich um. Der Regen lief ihm über die Wangen und durchnässte sein weißes Hemd und seine Jacke, sodass sein muskulöser Oberkörper besonders gut zur Geltung kam. Die Haare klebten ihm an der Stirn. Er sah aus wie ein begossener Pudel.

Ein ausgesprochen süßer begossener Pudel.

Sie ging zurück. „Was ist?" Ihre Zähne klapperten.

Er nahm sie in seine Arme. „Dir ist ja ganz kalt."

Sie legte den Kopf an seine Brust und schmiegte sich an ihn. „Ich weiß."

„Und du sollst im Regen einen Fremden küssen." Trotz der hupenden Autos und des rauschenden Regens konnte sie seinen Herzschlag hören – schnell, wie ihr eigener.

„Ja."

„Wie wäre es mit mir?"

Sie hob den Kopf und blickte zu ihm auf. „Hast du nicht mitbekommen, dass es ein Fremder sein soll? Du bist doch kein Fremder."

„Doch, irgendwie schon. Wir haben beide ein neues Herz, also sind wir andere Menschen als damals, als wir uns kennengelernt haben. Und diese Reise hat dich verändert – du bist nicht mehr dasselbe Mädchen, das ich im Krankenhaus getroffen habe. Und ich bin nicht mehr derselbe Mann."

Megan konnte den Blick nicht von ihm abwenden. „Willst du mich küssen?"

„Was ist das denn für eine Frage?" Caleb starrte sie an. „Jeder Mann, der ein bisschen Verstand im Kopf hat, würde das wollen."

Oh.

In diesem Augenblick war es ihr egal, ob es für die Liste zählte oder nicht. Aber vielleicht konnte es das auch. Das Herz, das sie gerade noch hatte schlagen hören, war ihr neu. Dieser Caleb – er bedeutete ihr mehr als jemals zuvor. Zusammen waren sie Fremde, am Anfang einer neuen Reise.

Sie wich seinem unverwandten Blick nicht aus. Die Regentropfen hingen in seinen Wimpern und jeder Nerv in ihrem Körper stand trotz der Kälte in Flammen. Und dann spürte sie diesen inneren Schubs wieder, in Richtung Mut, hin zum Leben. Zu Caleb.

„Meg? Sag was."

„Halt den Mund und küss mich."

Caleb grinste und beugte sich zu ihr hinunter. Seine Lippen legten sich auf ihre und plötzlich stand sie nicht mehr da, sondern sie flog. Calebs Arme wanderten von ihrer Taille die Arme hinauf bis zu ihrem Hals und ihren Wangen. Ganz vorsichtig hielt er ihr Gesicht in Händen und löste sich dann von ihr, um ihr in die Augen zu sehen. „Hi. Ich heiße Caleb. Freut mich, dich kennenzulernen."

„Ich bin Megan." Sie legte ihre Hände auf seine. „Und das war die beste Begrüßung meines Lebens."

Zum fünften Mal rückte Crystal den Stapel mit Kopien ihres Entwurfs auf dem Konferenztisch zurecht. Der Raum war leer, aber in ein paar Minuten würden die zwölf Sitze vor ihr mit Jeff Lerner und seinen Geschäftspartnern besetzt sein, abgesehen von Tony und mindestens einem anderen Partner.

Sie ging im Besprechungsraum auf und ab und zupfte einen Fussel von ihrem schwarzen Blazer. Ihre Absätze klackerten auf dem gefliesten Boden, als sie zum Fenster ging. Der Raum könnte mehr Licht vertragen. Mit einer Handbewegung betätigte Crystal eine Taste und die Jalousien gingen auf und gaben den Blick auf einen diesigen Sommertag in New York frei. Die Skyline raubte ihr immer wieder den Atem, aber heute fehlte ihr etwas. Vielleicht war das eine natürliche Folge des Reisens. Jetzt würde sie Manhattan mit Rom, Paris und London vergleichen – mit den anderen großen Städten der Welt.

In der Fensterscheibe konnte sie ihr Spiegelbild sehen. Die Luftfeuchtigkeit im Raum und draußen war so hoch, dass selbst ihr glattes Haar sich ein wenig kräuselte, aber sie hatte alles getan, um ein professionelles Äußeres zu präsentieren. Eine Wiederholung ihres letzten Auftritts würde es nicht geben. Heute war sie ausgeschlafen, hatte kein Magengeschwür und war bereit, den nächsten Schritt auf der Karriereleiter in Angriff zu nehmen.

Auf dem Tisch vibrierte ihr Handy. Crystal ging schnell hinüber, um zu sehen, wer ihr eine Nachricht geschickt hatte. Sie war von Brian:

Viel Glück bei deiner Präsentation heute. Ich liebe dich und bin stolz auf dich, egal, wie das Ergebnis ist. Abendessen im Le Chalet um sechs? Und anschließend können wir vielleicht Edinburgh wieder aufleben lassen.

Ihr Herz flatterte bei der Erinnerung an ihre letzte gemeinsame Nacht. Sie hatte ihn noch nicht gesehen, als sie nach Hause gekommen war, weil er gerade seine 24-Stunden-Schicht begonnen hatte, als ihr Flieger gelandet war. Als sie auf dem Weg ins Büro bei der Wache vorbeigefahren war, hatte sie ihn nicht angetroffen, da er gerade bei einem Einsatz gewesen war. Also hatte sie stattdessen mit Tony und Meredith ein spätes Abendessen im Büro zu sich genommen. Sie sehnte sich danach, Brian wieder in die Arme zu schließen. Sie hatten noch sehr viel zu besprechen, aber ihr Herz war mehr denn je bereit dazu, in die Zukunft zu blicken.

Ein Lächeln huschte über ihre Lippen, als sie ihre Antwort schrieb:

Ich werde da sein. Mach dich auf die Nacht deines Lebens gefasst.

Seine Erwiderung kam prompt:

Ich kann es kaum erwarten.

„Worüber freust du dich denn so?“ Tony kam ins Zimmer, die Brille auf die Nasenspitze abgesenkt.

„Ich bin optimal auf die Präsentation vorbereitet, das ist alles.“

„Gut.“ Tony sah auf seine Armbanduhr. „Wo ist Meredith? Sie sollte doch ...“

„Hier bin ich, Boss.“ Meredith kam hereingestürmt, auf den Armen einen Stapel mit Präsentationen in den gleichen Mappen, wie Crystal sie auch verwendet hatte. Crystal hatte keine Gelegenheit gehabt, sich Merediths Entwurf genauer anzusehen, aber das bewundernde Flüstern einiger junger Kollegen in der Kaffeepause heute Morgen war nicht zu überhören gewesen.

Meredith war eins achtzig groß und brauchte die hohen Absätze, die sie trug, eigentlich nicht, aber zusammen mit ihrem schicken neuen Hosenanzug gaben sie ihr eine sehr imposante Ausstrahlung. Sie warf Crystal ein Lächeln zu, als wollte sie sagen: „Möge die beste Frau gewinnen."

„Entschuldigung, Sir?" Die Praktikantin Jamie streckte den Kopf zur Tür herein. „Ihr Ein-Uhr-Termin ist da."

„Perfekt." Tony erhob sich. „Ich bin gleich wieder da, meine Damen."

In den wenigen Augenblicken, die er fort war, überprüften Crystal und Meredith noch einmal den Beamer und Laptop, um zu sehen, ob alles einwandfrei funktionierte. Dann führte Tony eine Gruppe Männer und eine Frau herein. „Mr Lerner, es ist mir ein Vergnügen, Ihnen zwei meiner Architektinnen vorzustellen, Crystal Ballinger und Meredith Wilson."

Jeff Lerner war jünger und viel lässiger, als Crystal ihn sich vorgestellt hatte, wenn man bedachte, wie erfolgreich und wohlhabend er war. Er sah aus wie Ende dreißig oder Anfang vierzig, trug Jeans, ein Beatles-T-Shirt und einen Blazer. Er kam näher und gab ihnen beiden die Hand und ein breites Grinsen machte seine positive Einstellung deutlich. „Es ist wirklich klasse, Sie alle kennenzulernen. Darf ich Ihnen meine Geschäftspartner vorstellen?" Er ratterte die Namen der sechs männlichen Kollegen herunter und wandte sich dann an die Frau. „Und diese reizende Dame ist meine Frau Jenny."

Die schüchterne Frau verbeugte sich leicht und streckte ihre zarte Hand aus. Sie wirkte jünger als Mr Lerner, eher Crystals Alter. Es war äußerst ungewöhnlich, dass eine Ehefrau bei einer solchen geschäftlichen Besprechung anwesend war, aber vielleicht arbeitete sie ja in Lerners Team.

„Nachdem wir uns alle kennengelernt haben, nehmen Sie doch bitte Platz und machen Sie es sich bequem." Tony deutete auf die Stühle und alle folgten seiner Aufforderung. Im letzten Moment schlüpfte Steven Perretti, ein Partner ihrer Firma, herein und blieb hinten im Raum stehen. „Wir wissen, wie kostbar Ihre Zeit ist, Mr

Lerner, deshalb haben wir zwei verschiedene Präsentationen vorbereitet, um Ihnen einen Eindruck von den verschiedenen Entwürfen zu geben, die unsere Firma liefern kann."

„Klingt super. Dann präsentieren Sie mal."

Tony nickte und wandte sich an Meredith. „Meredith, fang doch bitte an."

Meredith ließ ihr 1000-Watt-Lächeln erstrahlen und nahm ihren Stapel mit Entwürfen. Sie reichte die Mappen herum und begann mit ihrer Präsentation, wie sie das James-Lawrence-Gebäude und seine Umgebung in ein hochmodernes Stadtviertel verwandeln würde, das man in einer Art happy IKEA-Feeling durchschritt. Es war sehr gut durchdacht und Meredith hatte an alles gedacht, sogar an einen ausgeklügelten Indoorspielplatz, auf dem Kinder gleichzeitig spielen und lernen konnten. Während der Präsentation warf Crystal dem Kunden immer wieder verstohlene Blicke zu, um seine Reaktion abzuschätzen. Er schien Meredith und ihren Entwurf zu mögen.

Als Meredith mit ihrem Vortrag fertig war, stellten Lerner und seine Partner verschiedene Fragen. Crystal merkte, wie ihre Hose an ihren verschwitzten Beinen kleben blieb. Sie musste Ruhe bewahren, was deutlich einfacher gewesen war, bevor sie begonnen hatte, sich mit ihren eigenen Gefühlen auseinanderzusetzen.

Endlich war sie an der Reihe. Sie erhob sich von ihrem Stuhl und warf allen ein geübtes Lächeln zu. „Danke für diese tolle Präsentation, Meredith." Sie gab Lerners Team ihren eigenen Entwurf. „Als ich über dieses Viertel nachdachte, habe ich überlegt, wo ich gerne leben würde. Ich dachte darüber nach, was einen Ort zum Zuhause macht – denn wenn man sich in seinem eigenen Viertel nicht zu Hause fühlt, wo dann?"

Das Lächeln und Nicken ihrer Zuhörer machten ihr Mut fortzufahren. „Und dann habe ich darüber nachgedacht, wo ich im Moment lebe und wie wenig dieser Ort der Vorstellung von einer Nachbarschaft, einer Gemeinschaft entspricht. Nicht, weil die Menschen unfreundlich wären, sondern weil es nicht viele Plätze gibt, an denen die Menschen sich versammeln und die Zusammengehörigkeit spüren können, nach der sie sich sehnen. Schließlich lebe ich in einer typischen Wohnung in New York City."

Sie klickte die nächste Folie ihrer Präsentation an, die eine Karte des betreffenden Areals zeigte. „Sie werden an meinem Entwurf bemerken, dass ich sehr darauf geachtet habe, mehrere Gelegenheiten für echte Begegnung einzubauen, vor allem Räume, die Menschen selbst gestalten können. Zum Beispiel Flächen für Wandgemälde, an denen sie ihren Platz im Viertel dauerhaft geltend machen können. In den Häusern selbst große Gemeinschaftsräume anstatt kleiner Nischen, die nie jemand benutzt. Und so weiter."

Sie fuhr fort, ihre Ideen zu erläutern, wobei sie sich weniger auf die eigentliche Präsentation konzentrierte, sondern mehr aus dem Herzen sprach. Megan wäre stolz auf sie. „Das James-Lawrence-Gebäude hat schon lange einen besonderen Platz in meinem Herzen und es wäre mir eine Ehre, wenn ich dabei helfen könnte, sein volles Potenzial zu verwirklichen."

„Das ist alles ausgesprochen interessant." Mr Lerner beugte sich vor, die Ellbogen auf den Tisch und das Kinn in die Hand gestützt. „Sagen Sie, was hat diesen Entwurf inspiriert?"

„Ich komme gerade von einer wunderbaren Reise durch Europa zurück, die ich zusammen mit meiner Schwester unternommen habe." Crystal gebrauchte wie automatisch die Hände, um ihre Emotionen zu betonen. Sie konnte förmlich spüren, wie die Leidenschaft aus ihren Fingerspitzen sprudelte. „Dort fiel mir auf, wie Altes und Neues sich vermischte und zwar in vollkommener Harmonie. Dass neue Aspekte das Ganze interessant machten, aber das Alte die dauerhafte Wirkung hatte, die wir uns im Leben wünschen. Und das ist der Kern dieses Stadtviertels, dieser Gemeinschaft." Sie tippte auf die Mappe mit dem Entwurf. „Ich persönlich würde gerne dort leben."

„Und ich auch." Mrs Lerner – Jenny – richtete sich auf ihrem Stuhl auf und in ihren Augen lag ein unbeschreibliches Leuchten. Sie wandte sich an ihren Mann. „Das ist es, Jeff."

Mr Lerner tätschelte die Hände seiner Frau, die sie auf der Tischplatte gefaltet hatte. Dann wandte er sich an Meredith, Tony und Crystal. „Ich habe Ihnen das nicht gesagt, aber wir haben selbst vor, die ersten Bewohner dieses Viertels zu sein. Ich weiß, dass es oft nicht sehr klug ist, Geschäftliches und Privates zu vermischen, aber wir haben bislang keinen Wohnort gefunden, der all die Werte, die uns wichtig sind, in sich vereint. Wir haben uns nach etwas Frischem gesehnt, aber – und daran erinnert Jenny mich regelmäßig – nicht alles, was neu und modern ist, ist auch gut."

Meredith rührte sich auf ihrem Stuhl.

„Nach dieser Vorrede möchte ich Sie bitten, den Entwurf fertigzustellen und den Aufbau dieses Projekts auf den Weg zu bringen." Lerner lächelte Crystal an. „Diesen Entwurf meine ich."

„Es freut mich sehr, das zu hören." Crystal brachte die Worte kaum heraus, ohne dass ihre Stimme brach.

Sie hatte es geschafft.

Alle reichten sich die Hände. Tony würde den Vertrag noch am selben Nachmittag schicken und Mr Lerner wollte ihn unterschreiben, sobald seine Anwälte ihn durchgesehen hatten. Dann würde Crystal eng mit seinem Team zusammenarbeiten, um einen abschließenden Entwurf zu erstellen, der abgesegnet werden konnte, bevor die Bauarbeiten begannen.

Jenny Lerner ging auf Crystal zu. Eine Träne lief über ihre Wange. „Danke. Ich hätte mir keinen besseren Ort vorstellen können, um meine Kinder großzuziehen."

„Es ist mir eine Freude." Crystal nickte. „Wie viele haben Sie?"

„Oh, noch keine." Jennys Wangen röteten sich ein wenig. „Aber hoffentlich bald. Und Sie?"

„Kinder?" Ihre Unterhaltung mit Brian im Park von Edinburgh kam ihr in den Sinn. Sie hatten nicht noch einmal über das Thema gesprochen, waren noch nicht zu einem Entschluss gekommen – zunächst hatte sie ihm ihre Ängste gestanden und jetzt wanden sie sich in ihrem Herzen. „Nein. Wir haben ... Ich bin nicht sicher ..."

„Tut mir leid, es steht mir nicht zu, Sie danach zu fragen." Jenny drückte Crystals Arm. „Nochmals danke." Dann wandte sie sich um und ging zu ihrem Mann und seinem Gefolge.

Jennys Anwesenheit hatte dem Raum eine gewisse Leichtigkeit verliehen, aber als sie fort war, fühlte er sich wieder stickig an. Aber warum? Crystal müsste doch eigentlich auf Wolke sieben schweben. Sie hatte alles erreicht, was sie angestrebt hatte. Das wurde ihr erst jetzt richtig bewusst. Sie wandte sich an Tony. „Und?"

Er warf Perretti einen Blick zu und der nickte. Dann grinste Tony und streckte die Hand aus. „Es ist mir ein Vergnügen, dir die Stelle als leitende Architektin anzubieten, mitsamt einem neuen Büro, einer Gehaltserhöhung und ein paar neuen Aufgaben."

„Wirklich?"

„Wirklich."

Ein Wonneschauer durchfuhr sie, voller Kraft und Gewissheit. Sie nahm Tonys Hand und schüttelte sie euphorisch, dann schlang sie die Arme um ihn und drückte ihn.

Tony löste sich aus der Umarmung und grinste. „Seit wann bist du denn unter die Gefühlsmenschen gegangen?"

„Ich habe mich verändert, Tony. Hast du das nicht gemerkt?"

„Doch." Ihr Chef strich sich über den Bart. „Hoffentlich genug, um hier früh Schluss zu machen und zu feiern."

„Klar. Das wäre toll. Um sechs bin ich zum Essen verabredet, aber bis dahin habe ich Zeit."

„Perfekt. Ich muss noch den Vertrag rausschicken und dann rufe ich die Leute zusammen. Sagen wir vier Uhr?" Als sie zustimmte, ging er zur Tür hinaus und den Gang entlang zu seinem Büro.

Die anderen waren auch alle gegangen. Sie griff zu ihrem Handy und rief Brian an – Mailbox. Er musste im Kraftraum sein. Crystal ging zu ihrem Schreibtisch und setzte sich. Obwohl sich in ihrem Kopf alle möglichen Dinge überschlugen, sollte sie wahrscheinlich sehen, was an E-Mails für sie eingegangen war.

Crystal fuhr ihren Computer hoch und fing an zu arbeiten. Ehe sie sichs versah, blickte sie auf und die Uhr. Sie stand auf kurz nach fünf. „Oh nein." Sie stand auf und ging über den Flur zu Tonys Büro. „Hast du gesehen, wie spät es ist?"

Ihr Chef warf einen Blick auf seine Uhr. „Mist. Tut mir leid. Es gab ein paar Fragen von der Rechtsabteilung zu dem Vertrag, deshalb hat es länger gedauert. Gehen wir."

Sie durfte ihr Essen mit Brian nicht verpassen. „Um sechs Uhr bin ich verabredet."

Tony machte eine wegwerfende Handbewegung. „Sag ab. Dies ist ein großer Tag. Die anderen sind wahrscheinlich längst in der Bar. Außerdem hast du jahrelang für diesen Augenblick gearbeitet. Zeit zu feiern."

„Ich habe Brian noch nicht gesehen, seit ich von meiner Reise zurückgekommen bin."

„Lade ihn ein, mit uns zu feiern." Ihr Chef schob seinen Laptop in eine Tasche und holte Schlüssel, Portemonnaie und ein paar andere Gegenstände aus seiner Schreibtischschublade. „Ich sammele die letzten Nachzügler ein und dann gehen wir ins Smith's auf der Fifth Avenue."

Was sollte sie sagen? Das ganze Büro hatte vor, ihre Beförderung zu feiern. Sie musste sich etwas einfallen lassen. „Gib mir eine Sekunde, damit ich mit Brian sprechen kann."

Sie ging den Gang entlang, zog ihr Handy heraus und wählte.

„Hi, Crys. Wie ist es gelaufen?"

„Hast du meine Nachricht auf der Mailbox nicht gehört?"

„Nein, sorry. Ich war unterwegs und hab sie nicht mitgekriegt."

„Ich hab's geschafft. Ich habe den Auftrag bekommen – und die Beförderung."

„Ich wusste, dass du es draufhast. Ich bin total stolz auf dich." Er zögerte. „Ich bin fertig und wollte gerade zur Tür raus. Ich will mich vergewissern, dass sie unseren Lieblingstisch reserviert haben, um den ich gebeten habe. Klingt so, als hätten wir sogar noch mehr zu feiern als die Tatsache, dass du wieder zu Hause bist."

Sie kaute auf ihrer Unterlippe. Es würde ihm nicht gefallen. „Ich tu das wirklich ungern, aber könnten wir das Essen ein bisschen nach hinten schieben? Oder auf morgen Abend? Mein Team trifft sich zum Feiern."

Sein Schweigen sprach Bände. Dann: „Wir haben uns noch gar nicht gesehen und morgen habe ich Dienst."

„Stimmt. Hatte ich vergessen." Sie spielte mit ihren Haaren und schlang sie sich um die Finger. „Ich weiß nicht, was ich machen soll, Brian. Ich will ja mit dir essen gehen, aber …"

„Dann komm mit mir essen, Crys."

„So einfach ist das nicht. Die anderen sind schon alle in der Bar."

„Dann sollen sie eben ausnahmsweise ohne dich feiern."

„Aber sie feiern doch mich! Da muss ich dabei sein." Warum konnte er das denn nicht verstehen? Aber es sah wahrscheinlich so aus, als wäre die alte Crystal zurück. „Es ist nicht so wie vorher. Ich mache das nicht für meine Karriere. Ich finde nur, dass es unhöflich ist, die anderen zu versetzen."

„Aber mich versetzt du."

Sie zog eine Grimasse. Er hatte recht. Aber bevor sie etwas erwidern konnte, kam Tony um die Ecke, den Mantel überm Arm und die Laptoptasche über der Schulter. Er zeigte in Richtung Aufzüge und seine Lippen formten das Wort „Komm".

Crystal hob einen Finger. Wenn sie doch nur einen Augenblick Zeit hätte, um nachzudenken ...

„Weißt du was, Crys? In Ordnung. Geh zu den anderen. Wir reden, wenn du nach Hause kommst."

Etwas an seinem Tonfall ließ die Alarmglocken in ihrem Kopf schrillen, aber auch Tonys ungeduldige Miene sprach Bände.

„Ich werde es heute Abend wiedergutmachen. Versprochen. Und ich werde versuchen, mich so schnell wie möglich loszueisen."

Brian legte auf, ohne sich zu verabschieden. Einen Moment lang starrte Crystal nur auf ihr Handy.

Tony räusperte sich. „Bist du so weit?"

Höchstens eine Stunde. Länger würde sie nicht bleiben. Das war genügend Zeit, um ein Glas Wein zu trinken und mit den anderen anzustoßen. Dann würde sie zu Brian nach Hause eilen und ihm zeigen, dass dies nur eine Ausnahme war. Sie war nicht mehr derselbe Mensch, der vor über einem Monat abgereist war. Sie hatte sich verändert und diese Situation war nicht der Gegenbeweis.

„Ja."

Crystal folgte Tony aus dem Büro und zu Smith's Bar, während ihr Herz sie anflehte, in die entgegengesetzte Richtung zu gehen.

Kapitel 34

Der Regen hatte vor etwa zwanzig Minuten aufgehört, aber Caleb hielt Megans Hand immer noch fest. Nach dem wundervollen Augenblick unter den Lichtern des Eiffelturms hatte er nach oben gezeigt. „Gehen wir rauf."

„Das steht nicht auf der Liste. Wir müssen das nicht."

„Bist du mit der Liste nicht fertig?

„Doch." Megan hatte mit einem Gefühl der Erleichterung gerechnet, aber das kam nicht – wahrscheinlich wurde es nur durch andere, wichtigere Emotionen überlagert.

„Dann wird es Zeit, dass du deine eigene Liste erstellst."

Sie gingen in ein Geschäft, um darauf zu warten, dass es aufhörte zu regnen. Der Eigentümer gab ihnen Handtücher und sie trockneten sich ab, so gut es ging. Dann traten sie wieder auf die Straße hinaus und reihten sich in die Schlange derer ein, die mit dem Aufzug bis zur obersten Plattform des Eiffelturms fahren wollten. Als sie oben ankamen, staunte Megan über die Schönheit der Stadt. Hier waren Caleb und sie viel höher, als sie es in London gewesen waren, und die Stadt erstreckte sich zu ihren Füßen, so weit das Auge reichte. Durch den Regen lag eine Klarheit in der Luft, die einen neuen Anfang verhieß.

Als Megan an das Geländer ging, trat Caleb hinter sie und legte die Arme um ihre Taille. Dann stützte er sanft sein Kinn auf ihrem Kopf ab, sodass sie ganz von ihm umfangen war. Vor ein paar Jahren wäre es noch eine völlig seltsame Vorstellung gewesen, so an ihren besten Freund geschmiegt dazustehen. Aber jetzt ... es wäre ein seltsames Gefühl, es nicht zu tun.

„Wie lange, Caleb?"

„Bis wann?"

„Nein. Ich meine, wie lange hattest du das schon vor?"

„Seit dem ersten Tag, an dem wir uns begegnet sind."

Sie drehte sich um und sah ihn an, seine Arme noch immer um ihre Taille. „Komm schon, im Ernst."

„Du meinst, das sei nicht mein Ernst? Ich war vom ersten Tag an in dich verknallt, Megan. Aber ich war ziemlich sicher, dass du mich nie so betrachten würdest." Er lehnte sich an sie und drückte noch einen Kuss auf ihre Lippen, sanft und süß. „Ich kann es immer noch nicht glauben."

„Ich auch nicht." Ihr Kopf war ganz durcheinander und ihr Herz hüpfte.

Caleb wandte sich dem Horizont zu. „Sieh dir das an, Meg."

„Was meinst du?" Es gab so viel zu sehen.

„Das alles. Die funkelnden Lichter. Die tiefe Dunkelheit weiter oben am Himmel. Wie die Stadt summt und sich bewegt und atmet. Sie lebt."

Die Wolken zogen weiter und gaben den Blick auf den Mond frei. Es war Vollmond. Von hier oben sah er größer und strahlender aus. „Hm, du hast recht."

„Das ist die Aussicht auf dein restliches Leben, wenn du es willst." Calebs warmer Atem berührte ihre Haut bei seinen geflüsterten Worten.

„Das will ich. Ich will es auf jeden Fall."

„Dann komm mit mir nach Tibet."

„Was?" Sie wich einen Schritt zurück und der Bann dieses innigen Augenblicks war gebrochen. „Und was soll ich da machen?"

„Die Geschichten schreiben, die ich fotografiere. So wie wir es immer vorhatten."

Oh, Caleb.

Sie musste ihm unbedingt von ihrer neuen Stelle erzählen, konnte es jetzt nicht länger vor sich herschieben. „Ich wünschte, das ginge, aber ich habe zugesagt, noch in dieser Woche als Bibliotheksassistentin anzufangen." Sie erklärte ihm die Sache mit der neuen Stelle.

„Ist die Arbeit in der Bibliothek wirklich das, was du mit deinem Leben anfangen willst?"

Er beugte sich vor und legte seine Stirn an ihre. Oh, in diesen Augen könnte sie sich verlieren.

„Ich will ja nicht für immer dort bleiben. Dieser Job ist nur ein

Sprungbrett. Außerdem habe ich schon zugesagt. Da kann ich jetzt nicht einfach einen Rückzieher machen."

„Natürlich kannst du das. Sag deiner Chefin, dass du es dir anders überlegt hast."

Er machte es ihr wirklich nicht leicht. „Selbst wenn ich kein Problem damit hätte, muss ich noch meine restlichen Krankenhausrechnungen abbezahlen. Das ist einfach so."

„Ich sage ja nicht, dass du wie eine Bettlerin leben sollst." Caleb trat einen Schritt zurück und runzelte die Stirn. „Mein Honorar ist gar nicht so schlecht. Alle meine Reisekosten werden bezahlt und dazu verdiene ich noch. Und das würdest du auch."

„Aber du bist doch Freiberufler, nicht wahr? Das kommt mir nicht sehr sicher vor. Ich brauche einen Job, auf den ich mich verlassen kann." Mom und Dad brauchten keine Miete von ihr, aber sie würde gerne so bald wie möglich ausziehen. Und das konnte sie nicht, bis sie alle ihre Schulden bezahlt hatte.

Eins nach dem anderen. Irgendwann würden ihre Träume schon wahr werden.

„Es ist sicher genug. Gott hat mir gegeben, was ich brauche, Meg."

„Das mag ja sein, aber es gibt noch andere Faktoren, die wir nicht bedacht haben, als wir Kinder waren. Machst du dir denn nie Gedanken, wenn du irgendwohin reist, wo es keine Herzspezialisten gibt? Gibt es in Tibet überhaupt gescheite Krankenhäuser? Was ist, wenn du einen Rückfall hast, während du über die tibetische Hochebene wanderst?"

„Ich könnte überall, jederzeit einen Rückfall haben. Aber ich will mein Handeln doch nicht von meinen Ängsten bestimmen lassen."

„Das will ich auch nicht." Nichts war so schrecklich wie der Gedanke an einen Rückfall – aber es war eine Sache, darauf zu vertrauen, dass Gott das Nötige zum Leben schenkte, und eine andere Sache, ohne Not leichtsinnig zu sein. „Aber es ist etwas, worüber ich nachdenken muss."

Caleb umfasste mit seinen Händen das Geländer vor ihnen, sodass die Adern an seinen Armen hervortraten. „Ich liebe das Leben, Megan, mein Leben, und die Risiken machen mir nichts aus. Aber es hat immer etwas gefehlt. Du. Wir haben diesen Traum zusammen geträumt. Willst du das nicht mehr? Bist du wirklich damit zufrieden, einfach nach Hause zurückzukehren und aufzugeben?“

Moment mal! „Ich habe mir wirklich gut überlegt, ob ich diese Stelle annehmen soll. Es hat nichts mit Aufgeben zu tun. Es ist eine praktische Entscheidung, der nächste Schritt. Ich habe immer noch vor, nebenher zu schreiben. Und in der Zwischenzeit bezahle ich meine Schulden ab.“

„Aber wenn du mit mir kämst, könntest du beides gleichzeitig tun.“

Etwas an Calebs Vorschlag löste in Megan den Wunsch aus, Ja zu sagen, ohne darüber nachzudenken. Etwas anderes hielt sie jedoch zurück. „Ich habe Verpflichtungen. Ich kann meine Zusage nicht einfach zurückziehen, und das bedeutet, dass ich nicht mit dir nach Tibet fahren kann.“

Das ging ihr alles zu schnell. Sie konnte nicht klar denken. „Aber vielleicht können wir eine gemeinsame Reise planen, wenn ich mich in den neuen Job eingearbeitet habe, und genau das tun, wovon wir immer geredet haben. Stück für Stück könnten wir an unserem Traum arbeiten.“

„Als wir im Krankenhaus lagen, hatten wir alle Zeit der Welt, Pläne zu schmieden. Warum sollten wir jetzt, wo wir sie verwirklichen können, noch warten?“ Sie spürte den Druck seiner Hand auf ihrer Schulter und drehte sich wieder zu ihm um. „Außerdem, woher weiß ich, dass du mich nicht wieder versetzt wie damals in London?“

Diese Bemerkung traf Megan wie ein Schlag in die Magengrube. Er hatte ihr verziehen – aber die Angst vor der Zurückweisung war offenbar geblieben. „Das würde ich nicht tun. Diesmal nicht. Gerade jetzt nicht.“ Nicht, nachdem sich zwischen ihnen alles geändert hatte.

Hinter ihnen erinnerte ein Angestellter sie, dass sie noch fünf Minuten hatten, weil der Turm bald schließen würde.

„Du weißt nicht, was du tun wirst, wenn du erst mal in dein altes Leben zurückgekehrt bist.“

Sie wollte ihm widersprechen, fand aber die Worte nicht. Was war, wenn er recht hatte?

Ihre Arme zuckten, weil sie ihn wieder berühren wollte. Stattdessen vergrub sie die Hände in ihrer Jackentasche. „Ich weiß nicht, was ich sagen soll. Können wir das nicht klären, wenn ich wieder zu Hause bin?“

Er starrte sie einen Moment lang an und seine Miene war angespannt. „Ich glaube nicht, dass das eine gute Idee ist. Jahrelang habe ich hiervon geträumt, von uns. Und jetzt fühlt es sich an wie eine Sackgasse. Wenn wir die Dinge offenlassen ... Ich kann die Hoffnung einfach nicht länger am Leben erhalten, Meg.“

Oh, wie sehr es ihr doch das Herz zerriss – einerseits zog es sie zu Caleb hin und zum Abenteuer, andererseits nach Hause zu ihren Verpflichtungen ... und ihrer Sicherheit.

Und plötzlich konnte sie nicht mehr hierbleiben. Ihr neu gefundener Mut hatte sie verlassen.

„Es tut mir leid. Es tut mir wirklich leid. Mach's gut, Caleb. Pass auf dich auf. Ich ...“ Sie drehte sich um und schlüpfte in den Aufzug, kurz bevor die Tür sich schloss. Schnell ging es abwärts, in Richtung Erdboden. Sobald die Tür aufging, drängte sie sich an den anderen vorbei und eilte so schnell die Straße entlang zu ihrem Hotel, als wäre sie auf der Flucht.

Was war nur mit ihr los? Nach allem, was sie bewältigt hatte, warum lief sie davon?

Es waren Calebs Worte: *„Du weißt nicht, was du tun wirst, wenn du erst einmal in dein altes Leben zurückgekehrt bist.“* Das war die Krux bei der Sache, nicht wahr? Es war leicht, eine Reise zu machen und die Wunschliste einer anderen zu erfüllen, den Traum eines anderen Menschen zu leben – aber alles zurückzulassen, was bequem und vertraut war, bei dem Versuch, ihren eigenen Traum zu leben, das war etwas anderes. Sie hatte gedacht, sie hätte so viel erreicht, aber all das war eine Farce gewesen und gar keine echte Mutprobe.

Megan beschleunigte ihre Schritte und rannte durch die Straßen von Paris, vorbei an geparkten Autos, Menschen, Tieren und allem anderen, was ihr im Weg war. Sie trat in Pfützen und Schlamm spritzte auf ihre Hosenbeine.

Aber der Angst konnte sie nicht davonlaufen.

Und das konnte nur eines bedeuten. Ihre Mutter hatte damals recht gehabt. Megan hatte ein schwaches Herz.

Und es hatte nichts mit dem Muskel zu tun, der in ihrer Brust schlug. Auch wenn es ihr so vorgekommen war, als würde Gott sie zu Mut und Stärke drängen, sie hatte nicht wirklich das Zeug dazu, mutig zu sein.

Crystal konnte nicht fassen, dass es schon zehn Uhr war und sie immer noch nicht zu Hause war.

Sie hielt ihre Handtasche auf dem Schoß, während sie mit den Bewegungen der U-Bahn mitging. Wieder warf sie einen Blick auf die Uhr und stöhnte. Sie waren erst um halb sechs in der Kneipe gewesen und natürlich hatten alle ihr einen ausgeben wollen. Mehrere Gläser Wein später hatte Crystal heftige Kopfschmerzen.

Mindestens fünf Mal war sie aufgestanden, um nach Hause zu gehen, weil sie sich Sorgen darüber machte, was Brian sagen würde, aber dann war wieder ein anderer Partner oder ein Kollege gekommen und hatte sie gezwungen, beim Karaoke mitzumachen, oder etwas anderes hielt sie davon ab zu gehen.

Als sie sich endlich von allen losgeeist hatte, erfuhr sie, dass die U-Bahn-Strecke wegen Bauarbeiten geschlossen war. Also musste sie einen Umweg nehmen und hatte dann noch eine halbe Stunde im Zug festgesessen, weil es auf der Strecke einen Unfall gegeben hatte. Eine SMS, mit der sie Brian von den widrigen Umständen berichtete, blieb unbeantwortet.

Sie betete von ganzem Herzen, dass er Verständnis hatte.

Endlich hielt die U-Bahn an ihrer Haltestelle und sie sprang auf und lief zur Tür hinaus und die Treppe hinauf, so schnell ihre hohen Absätze sie trugen. Oben angekommen rannte sie nach Hause, trotz der Blasen, die sich an ihren Zehen bildeten. Als sie die Eingangstür aufriss, lag die Wohnung im Dunkeln. Ein Miau war die einzige Begrüßung, die sie erhielt, und dann rieb Sybil sich an ihren Beinen. Vielleicht schlief Brian schon oder war gar nicht hier. Crystal ging durch das Wohnzimmer mit der angrenzenden Küche und dann zum Schlafzimmer.

Und dort war er. Er saß beinahe reglos auf der Bettkante und starrte auf den Boden.

„Brian?“ Hörte er die Angst in ihrer Stimme?

Sein Kopf drehte sich zu ihr um, mechanisch wie bei einem Roboter. „Wie war die Feier?" In seinem Tonfall lag eine Mischung aus Erschöpfung, Einsamkeit und Enttäuschung und es versetzte Crystal einen Stich.

Sie zog eine Grimasse, schaltete das Licht ein und setzte sich neben ihn.

Daraufhin stand er auf und setzte sich auf den Stuhl, der in der Ecke stand. Das tat weh. Richtig weh.

„Sieh mich an, Brian. Bitte."

Sie konnte sehen, wie schwer es ihm fiel, aber er hob den Kopf nicht.

„Ich wollte nur eine Stunde bleiben, aber es wurde ... kompliziert. Wirst du mir verzeihen?"

„Ich weiß nicht, wie."

„Es tut mir leid. Glaub mir, ich wollte nichts lieber, als hier bei dir zu sein. Aber es kamen immer wieder neue Leute, als ich gehen wollte, und ..." Die Ausreden klangen selbst in ihren eigenen Ohren lahm.

Brian fuhr sich mit der Hand über den Nacken. „Es sieht nicht so aus, als würdest du etwas anders machen." Seine Stimme klang nicht wütend. Sie brach ihm. „Ich bin dir gar nicht wichtiger als sie."

„Ich saß in der Klemme, weil ständig jemand etwas von mir wollte." Ihre Worte zerrten an ihren eigenen Nerven. „Aber ich drücke mich nicht richtig aus. Natürlich ist unsere Ehe wichtiger. Aber dies war eine einmalige Sache, Brian. In Zukunft werde ich meine Prioritäten anders einteilen und unserer gemeinsamen Zeit die oberste Priorität einräumen, das verspreche ich dir."

„Das Problem mit dem Versprechen ist – du musst es gelegentlich halten, sonst hören die Leute auf, dir zu glauben."

Autsch. „Ich versuche es. Ich gebe mir wirklich Mühe."

Brian stand auf, ging an den Wandschrank und zog einen Rollkoffer heraus. Seinen Rollkoffer. Dabei hatte er Tränen in den Augen.

Hey, was war das? Crystal sprang auf. „Was soll das?"

„Ich gehe."

„Du kannst doch nicht gehen, wo ich gerade erst nach Hause gekommen bin."

„Und was ist anders geworden?" Er hielt inne und strich sich übers Kinn. „Ich kann nicht hierbleiben und hoffen, dass die Dinge sich ändern werden. Ich dachte, die Reise hätte etwas bewirkt. Nach Edinburgh dachte ich, wir hätten endlich etwas von unserer Beziehung zurückgewonnen, das wir verloren hatten. Klar, es war nicht perfekt, aber es war ein Fortschritt. Aber jetzt bist du wieder da und bei der ersten Gelegenheit wirfst du alles weg."

„Du hast recht. Ich habe es vermasselt. Es tut mir leid." Sie trat näher und berührte zaghaft seinen Arm. „Gib mir noch eine Chance."

„Ich liebe dich mehr als alles andere auf diesem Planeten, Crys." Wieder brach ihm die Stimme und sein Brustkorb bebte.

Seine Worte gaben ihr Hoffnung, Mut. Sie schlang die Arme um ihn. „Dann bleib hier. Bitte." Ihr Blick trübte sich und sie vergrub das Gesicht an seiner Brust.

Mit sanften Händen löste Brian ihre Arme. „Ich dachte, vielleicht wollten wir doch dasselbe. Aber *dies* ist nicht das Leben, das ich will. Ich will wissen ..." Mit dem Handrücken wischte er sich eine Träne fort. Oh, was war er für ein guter Mann! Wie sehr sie ihn doch verletzt hatte. Sie würde alles zurücknehmen, wenn sie könnte.

Er atmete aus. „Ich will wissen, dass es meiner Frau ebenso wichtig ist wie mir, was mit dieser Ehe geschieht."

Jedes seiner Worte war wie ein Hieb und sie hatte keine Mauer mehr um ihr Herz herum, um die Stiche abzuwehren. „Es ist mir wichtig. Ich schwöre es, Brian. Ich werde es wiedergutmachen."

„Taten sprechen lauter als Worte. Du kannst es nicht wiedergutmachen, Crys."

Aber das hatte sie bei Megan auch gedacht – und Megan hatte ihr verziehen. Brian würde das auch tun. Oder?

„Diese Gelegenheit zur Freude? Sie ist vertan. Vielleicht für immer." Die letzten Worte flüsterte er nur noch.

„Für immer? Was meinst du damit?" Er konnte doch wohl nicht sagen ... Ganz sicher wollte er sich nicht scheiden lassen.

Sein Unterkiefer zuckte. „Ich weiß nicht."

„Wie soll es denn zwischen uns besser werden, wenn du gehst?" Sie streckte die Hand aus, aber seine blieb reglos an seiner Seite.

Irgendwann ließ sie ihre Hand auch wieder sinken und schob sie dann unter den anderen Arm.

„Ich weiß nicht, ob es besser werden kann." Seine Stimme war traurig. So furchtbar traurig. Er nahm den Koffer und ging den Flur entlang in Richtung Wohnungstür.

Crystal folgte ihm eilig. Sie würde nicht kampflos aufgeben. „Warte."

Brian drehte sich mit hängenden Schultern um.

„Du kannst jetzt nicht gehen. Ich lass dich nicht."

„Ach Crys." Er schüttelte den Kopf. „Wann wirst du es jemals lernen? Du kannst nicht alles kontrollieren." Dann drehte er sich um und verschwand zur Tür hinaus im Treppenhaus – und vielleicht für immer aus ihrem Leben.

Und es gab nichts, was sie tun konnte, um ihn aufzuhalten.

Kapitel 35

Der neunstündige Flug von Paris zum JFK-Flughafen war die Hölle gewesen. Die reine Hölle.

Der Typ neben ihr hatte wirklich laut geschnarcht. Das Pärchen auf der anderen Seite des Ganges hatte unablässig geknutscht. Und Megan hatte die ganze Zeit auf ihren Computerbildschirm gestarrt und krampfhaft versucht, ihren letzten Blogeintrag zu formulieren und den nächsten Artikel zu schreiben. Immerhin hatte sie einen Abgabetermin bei Sheila. Aber es tat zu weh, alles noch einmal zu durchleben.

Die Deadline kam und verstrich.

Ja. Die Hölle.

Der ursprüngliche Plan war gewesen, nach ihrem letzten Tag in Paris direkt nach Hause zu fliegen, aber dafür war sie noch nicht bereit. Wie ironisch. Sie war nicht bereit dazu, sich auf Caleb und sein Leben einzulassen, aber sie konnte sich auch nicht vorstellen, wieder zu Mom und Dad zu ziehen.

Stattdessen hatte sie in New York einen Zwischenstopp eingelegt, um Crystal zu besuchen.

Ihre Schwester wusste nicht, dass sie kam. Megan hatte versucht, sie anzurufen, konnte sie aber nicht erreichen. Also würde es eine Überraschung sein müssen und sie hoffte, dass es Crystal und Brian nichts ausmachte.

Megan näherte sich der Wohnungstür – Mom hatte ihr nur zu gern Crystals Adresse gegeben und noch hinzugefügt: „Ich bin ja so froh, dass du sie endlich besuchst“ – und hob die Hand, um an die rote Tür zu klopfen. Der Klang hallte im leeren Flur wider. Megan sah auf ihre Uhr: 18 Uhr. Hoffentlich war Crystal schon von der Arbeit zurück. Wenn nicht, würde Megan sich einfach ein ruhiges Café suchen und versuchen, nicht einzuschlafen.

Auf der anderen Seite der Tür tat sich nichts. Vielleicht hatte sie nicht laut genug geklopft. Sie schlug noch einmal gegen die Tür, diesmal etwas kräftiger.

„Megan?“ Sie fuhr herum und sah Crystal hinter sich auf dem Gang, ihre Aktentasche in einer Hand, den Schlüssel in der anderen. „Was machst du denn hier?“

„Überraschung.“

Ihre Schwester biss sich auf die Lippe und nahm Megan dann in die Arme.

„Tut mir leid, dass ich hier so einfalle. Ich habe versucht, dich anzurufen. Ich dachte, ich komme auf dem Heimweg vorbei und ...“ Megans Stimme zitterte, aber Crystal schien ihren Kummer gar nicht zu bemerken.

Crystal ließ Megan los, steckte den Schlüssel ins Schloss und schloss auf. „Es tut gut, dich zu sehen. Komm rein.“ Ihre Schwester nahm einen von Megans Koffern und zog ihn in die Wohnung.

Megan folgte mit ihrem anderen Gepäck. Als sie ins Wohnzimmer kamen, musterte sie Crystals schicke Wohnung mit den gelben Gardinen, den schwarzen Ledermöbeln und den Tischplatten aus Granit.

„Hast du meine Nachricht bekommen? Es wäre schön, wenn ich hier übernachten könnte.“ Megan ließ sich auf den Zweisitzer fallen. „Aber ich kann mir auch ein Hotel suchen, wenn es euch nicht passt.“

„Nein, die Nachricht habe ich nicht gesehen. Aber sei nicht albern.“ Crystal nahm Megans Sachen und ging damit den Flur entlang. Kurz darauf kam sie aus einem Zimmer auf der rechten Seite. Sie setzte sich auf die Armlehne der Couch. „Ich bin froh, dass du da bist. Du hast mich nur überrascht.“

„Wenn du sicher bist. Sollen wir was essen gehen? Ich habe noch nichts gegessen.“

„Wir könnten was bestellen.“ Crystal griff zu ihrem Handy. „Ist Chinesisch okay?“

„Noch besser.“ Megan zog ihre Schuhe aus und schob sie unter den Couchtisch. „Kommt Brian bald nach Hause?“

Ihre Schwester zögerte und Megan glaubte ihren Kiefer zucken zu sehen. Aber Crystal schüttelte nur den Kopf. „Nein.“

„Alles klar." Vielleicht arbeitete er. Oder es steckte mehr dahinter.

Es wurde still im Zimmer, als Crystal auf dem Display ihres Smartphones scrollte. „Es gibt einen neuen Chinesen hier in der Straße. Den rufe ich an. Was möchtest du haben?"

„Wie wäre es mit Rindfleisch und Brokkoli?"

Crystal nickte und bestellte daraufhin das Essen. Megan fand das Gästezimmer und schlüpfte in ihre Schlafanzughose und ein T-Shirt. Dann schickte sie ihren Eltern eine SMS, um ihnen zu sagen, dass sie heil angekommen war und morgen bei ihnen vorbeikommen würde. Bei einem schnellen Blick in ihre E-Mails sah sie, dass mehrere Nachrichten von Sheila Daily eingegangen waren. Schuldbewusst öffnete sie die letzte E-Mail.

> Megan,
> es überrascht mich, dass du deine Deadline verpasst hast und nicht gesagt hast, warum. Meine Anrufe und Mails hast du ignoriert, also kann ich nur vermuten, dass du eine Art Notfall hattest. Schreib doch bitte oder ruf an, damit ich weiß, dass du okay bist, ja? Und bitte lass mich wissen, wann du deinen letzten Artikel abgeben kannst. Die Leser wollen wissen, wie die letzten Punkte auf der Liste gelaufen sind.
> Sheila

Sheila dachte, dass Megan einen Notfall gehabt hatte. Wie sollte sie ihr denn die Wahrheit sagen – dass sie den Abgabetermin einfach deshalb nicht hatte einhalten können, weil es in diesem Augenblick zu weh tat, anderen ihr Herz zu öffnen?

Megan klickte auf *Antworten*, aber nach ein paar Minuten verwarf sie das leere Formular und schloss den Laptop wieder.

In diesem Moment streckte Crystal den Kopf zur Tür herein. „Hilfst du mir dabei, Kekse zu backen?"

„Klar." Vielleicht würde sie sogar einen davon essen. Aber bei dem Gedanken tauchte sofort das Bild auf, wie sie mit Caleb Crêpe gegessen hatte. Würde sie von jetzt an alles an ihn erinnern?

Megan folgte Crystal in die Küche. Ihre Schwester holte aus dem Kühlschrank Butter und Eier. Dann holte sie Mehl, Backpulver, Salz und Zucker aus einem Schrank. Sie nahm ein paar Rührschüsseln aus Plastik und fing an, die Zutaten abzuwiegen und in eine Schüssel zu geben.

„Warum bist du hier, Megan?“ Crystal blickte nicht auf, sondern arbeitete weiter – abwiegen, ausschütten. Abwiegen, ausschütten.

„Meine Schwester zu besuchen ist doch Grund genug, oder?“

Jetzt blickte Crystal auf und zog eine Augenbraue hoch. „Ich freue mich darüber, aber mir scheint, du hast noch etwas anderes auf dem Herzen.“

„Also gut.“ Megan nahm das Handrührgerät und Crystal reichte ihr die Schüssel. Das Surren des Mixers erfüllte die kleine Küche, während Megan Butter und Zucker verrührte. Sie vermischten sich zu einer schaumigen Grundlage. „Ich war noch nicht bereit, mich meinem Leben nach dem Abenteuer zu stellen.“

„Nach dem Abenteuer?“ Crystal schlug ein Ei in die Schüssel. „Oder nach Caleb?“

Megan zielte mit dem Rührgerät auf das Ei und sah dabei zu, wie es sich mit der schaumig geschlagenen Butter und dem Zucker vermischte. „Beides.“

„Was ist passiert?“

Megan erzählte ihr alles. Während sie die Geschichte herausließ, formte sich der Plätzchenteig langsam in der Schüssel, als das Mehl und die anderen Zutaten hinzugefügt wurden. „Ich wollte unbedingt stark und mutig sein, aber ich konnte einfach nicht Ja sagen.“

„Er hat viel von dir verlangt, deshalb finde ich, dass es nicht verkehrt war, Nein zu sagen.“ Crystal griff nach der Schüssel. Sie nahm einen Teigspatel und hob Schokostückchen unter den Teig. Aus der langsamen Bewegung wurde schnell ein Rühren – ein ziemlich energisches Rühren. „Auch wenn die Männer in unserem Leben etwas sehr Vernünftiges von uns wollen und wenn du Nein sagst, kann das am Ende dein Leben ruinieren. Vielleicht sogar, ohne es zu wollen.“

Ihre Stimme brach und die Schüssel glitt ihr aus den Fingern und fiel auf den gefliesten Boden. Crystal starrte nur auf den Teig, der sich auf dem Fußboden verteilt hatte, machte aber keine Anstalten, ihn aufzuwischen.

Megan blinzelte und musterte ihre Schwester. „Warum habe ich denn plötzlich das Gefühl, dass du nicht mehr von mir sprichst?“

Jetzt griff Crystal endlich nach den Papiertüchern. Sie knüllte einige in der Hand zusammen und sank auf die Knie, aber noch immer wischte sie nichts von dem Teig vom Boden auf.

Stattdessen lehnte sie sich zurück und ließ den Kopf an die Küchenschränke sinken. In ihrer Hand hielt sie immer noch die Küchenrolle. „Meine Ehe zerbricht gerade. Brian ... Er hat mich gestern verlassen."

„Was meinst du mit verlassen?"

„Ich glaube, er will sich scheiden lassen." Wie versteinert starrte Crystal weiter auf die umgedrehte Schüssel.

Megan hob die Plastikschüssel auf und tat ihre schmutzigen Papiertücher hinein. Dann nahm sie Crystal die anderen Tücher aus der Hand und stellte die Schüssel auf die Arbeitsplatte. „Ich bin mir sicher, dass das nicht stimmt. Ich habe doch gesehen, wie verliebt ihr beide seid."

„Das reicht aber nicht."

Crystal erzählte ihr von der Beförderung und von ihren Auseinandersetzungen und von all den Problemen, die zu dieser Situation geführt hatten. Sie hatte so viel Kummer in sich hineingefressen und bis jetzt hatte Megan nicht einmal gewusst, dass ihre Schwester Trost brauchte.

„Ich habe alles vermasselt."

Megan drückte Crystal den Arm. „Du hast einen Fehler gemacht." Sie zog die Knie an ihre Brust. Die Fliesen waren kalt unter ihren nackten Füßen. „Das wird ihm klar werden und dann kommt er zurück."

„Vielleicht."

Eine Zeit lang schwiegen sie beide.

Dann wandte Crystal sich an Megan. „Ich wollte die Unterhaltung nicht auf meine Probleme lenken." Ihre Stimme war leise. „Zurück zu dir. Du hast gesagt, dass du stark und mutig sein wolltest. Das hat mich an etwas sehr Tiefschürfendes erinnert, was der Reiseleiter im Kolosseum über Stärke gesagt hat. Vielleicht hilft es dir, das zu hören."

„Was hat er denn gesagt?"

„Im Wesentlichen, dass wir von uns aus nicht wirklich stark sein können. Dass es eine andere Kraftquelle gibt. Ich weiß noch immer nicht, wie ich zu Gott stehe, aber du scheinst einen stärkeren Glauben zu haben als ich." Wieder drückte Megan ihr den Arm. „Jedenfalls hat er meiner Meinung nach gesagt, dass Gott uns stark machen will, was immer das bedeutet."

Megan hatte ursprünglich geglaubt, Gott hätte sie schwach gemacht. Und dann war sie sicher gewesen, dass er sie dazu aufforderte, stark zu sein.

Konnte es sein, dass er etwas ganz anderes von ihr wollte?

Keine Minute länger konnte sie hier im Bett liegen und den Duft seines Rasierwassers einatmen.

Crystal setzte sich auf und löste das Haargummi aus ihrem Pferdeschwanz. Das Haar fiel ihr über die Schultern und sie kämmte mit den Fingerspitzen die Knötchen heraus. Dann schaltete sie ihre Nachttischlampe ein, die den Raum in ein angenehmes Licht tauchte. Schließlich nahm sie ein Notizbuch zur Hand und einen Stift vom Nachttisch. Megan schlief im Zimmer nebenan, deshalb war Crystal leise, als sie zum Schaukelstuhl schlich.

Mit dem Stift über dem Papier fiel ihr schließlich der perfekte Titel für ihre Liste ein: *Operation Brian zurückholen.*

Und dann dachte sie nach. Und überlegte. Und wägte ab.

Zwei Stunden vergingen und sie hatte immer noch keine einzige Idee, wie sie Brian dazu bewegen sollte, nach Hause zu kommen. Es war wieder genau wie bei dem Lerner-Projekt.

Sie war aufgeschmissen.

Frustriert riss Crystal das Blatt aus ihrem Notizbuch, zerknüllte es und warf es auf den Boden. Sie biss die Zähne zusammen und kämpfte gegen die aufsteigenden Tränen an. Nein. Sie würde nicht weinen. Dieses Mal nicht. Als sie das letzte Mal ihren Gefühlen freien Lauf gelassen hatte, wäre sie beinahe erstickt. Das würde sie nicht noch einmal zulassen.

Aber wie sollte man die Schleusentore geschlossen halten, wenn ein ganzer Ozean aus Liebe und Reue dagegendrängte?

Crystal stand auf und ging zu ihrem begehbaren Kleiderschrank. Sie tastete nach dem Lichtschalter und betätigte ihn. Brians Seite war beinahe leer, aber die Sachen für die kältere Jahreszeit hatte er zurückgelassen. Sie nahm einen grauen Pullover vom Bügel und zog ihn über den Kopf. Dies war der Pullover, den er getragen hatte, als er ihr den Heiratsantrag gemacht hatte. Er ließ seine blauen Augen wunderbar leuchten. Crystal krallte die Finger in den Stoff und hielt ihn sich an die Nase, um den Duft ihres Mannes einzuatmen.

Nur würde er vielleicht nicht mehr lange ihr Mann sein.

Sie sank auf den Boden der kleinen Kammer und lehnte sich an die Wand, aber etwas stach ihr in den Rücken. „Autsch." Crystal drehte sich um und sah eine alte Kiste, auf der groß mit Edding geschrieben stand *Crystals Sachen*. Neugierig machte sie den Deckel auf, dabei fiel ihr Blick auf den Gegenstand, der obenauf lag – eine alte Schmuckschatulle, die Nana ihr vor ihrem Tod gegeben hatte. Crystal hatte seit Jahren nicht mehr an das alte Ding gedacht.

Vorsichtig holte sie die Schatulle heraus und betrachtete sie. Sie war rosa und hatte feine goldene Verzierungen. Crystal erinnerte sich daran, dass sie diese Schatulle als Kind in Nanas Zimmer gesehen und den Deckel geöffnet hatte, um die winzige Ballerina darin tanzen zu sehen. Immer wieder hatte sie die Spieluhr aufgemacht und der klassischen Musik zugehört, während sie zusah, wie die Ballerina sich drehte, denn sie wusste, dass die eine Bewegung die andere verursachte. Und sie hatte gewusst, auch wenn sie Megans Schicksal nicht in der Hand hatte, konnte sie wenigstens das Schicksal der Ballerina bestimmen.

Bis sie es irgendwann nicht mehr konnte.

Crystal war elf Jahre alt gewesen und hatte wieder einmal bei Nana geschlafen, während Megan und ihre Eltern in einen anderen Bundesstaat gefahren waren, um bei einem anderen Krankenhaus eine zweite Meinung einzuholen.

Die Spieluhr stand, wo sie immer stand, auf dem Frisiertisch in Nanas Zimmer. Crystal ging hinüber und strich liebevoll über den Deckel. Dieses Schmuckkästchen mochte klein sein und für jemand anders klang es vielleicht albern, aber es war etwas, das sich niemals änderte. Sie konnte sich darauf verlassen, dass dieses Kästchen immer am selben Ort zu finden war, wenn sie zu Nana kam.

Sie betätigte den kleinen Hebel an der rechten Seite und öffnete dann den Deckel. Aber etwas stimmte nicht. Die Musik ertönte wie gewohnt, aber die Ballerina bewegte sich nur langsam, mühsam. Vielleicht musste man ein bisschen nachhelfen …

Crystal zog an der Tänzerin und erstarrte, als die Ballerina sich von ihrem Untersatz löste. Ihre Finger zitterten, als sie versuchte, die kleine Figur wieder zu befestigen, aber sie war abgebrochen. Crystal hatte sie kaputt gemacht.

„Ist hier alles in Ordnung?" Nanas Stimme hinter ihr ließ Crystal herumfahren.

„Ich …" Crystal hielt die Ballerina hoch und vor Scham konnte sie den Blick nicht vom Boden heben. „Ich wollte sie reparieren. Es tut mir leid."

„Ach, Liebes." Nana kam näher, kniete sich vor sie hin und umarmte sie. „Alles, was zerbrochen ist, kann auch wieder ganz gemacht werden."

Wenn das doch nur stimmte.

Crystal löste sich aus der Umarmung und starrte auf die Ballerina in ihrer Hand. Die Haare der Figur waren dunkelbraun wie die von Crystal und Megan und sie trug ein blaues Ballettkostüm. Crystal hatte sich immer vorgestellt, diese Ballerina zu sein. Aber Blau war Megans Lieblingsfarbe. Und die Ballerina lächelte – genau wie Megan, die nie aufhörte zu lächeln, trotz all der Anfälle, wenn sie bewusstlos wurde, trotz der Untersuchungen im Krankenhaus und der Tatsache, dass sie keinen Sport mehr machen konnte.

Sie ließ die winzige Figur auf den Boden fallen.

Nana hob sie auf. „Ich bin gleich wieder da." Ein paar Minuten später kam sie mit Sekundenkleber zurück. Vorsichtig tat sie einen Tropfen davon auf das kleine Podest und setzte die Ballerina darauf. Als sie losließ, blieb die Figur stehen.

Dann drehte Nana sich um. „Ich gebe zu, dass sich nicht alles so leicht reparieren lässt. Das Leben ist eben nicht perfekt. Es ist chaotisch. Es folgt keinem Muster oder Plan. Aber zum Glück wissen wir, dass der oberste Chef alles im Griff hat." Sie drückte Crystal die Hand. „Und er ist der Sekundenkleber der Herzen."

Crystals Finger zitterten, als sie den Hebel betätigte und jetzt, beinahe zwanzig Jahre später, die Schatulle öffnete.

Die Ballerina tanzte immer noch.

Und in diesem Augenblick wollte Crystal auch tanzen. Unabhängig davon, welche Risiken damit verbunden waren oder ob sie Brian jemals wiederbekommen würde oder ob Megan oder einem anderen geliebten Menschen etwas Schreckliches zustieß – sie musste glauben, dass es diese Freude immer noch gab.

Und es fing damit an, dass sie nicht mehr auf sich selbst vertraute, sondern auf jemanden, der tatsächlich die Macht hatte, Zerbrochenes wieder zusammenzufügen.

Nana und ihre Eltern glaubten. Megan auch, obwohl sie eindeutig ihre Zweifel hatte. Und ihr geliebter Brian ... sein Glaube war immer felsenfest gewesen.

Vielleicht war es an der Zeit, dass Crystal auf etwas anderes setzte als auf sich selbst. Denn der Versuch, alles unter Kontrolle zu haben, hatte die Ballerina in ihrem Leben ganz eindeutig kaputt gemacht – und Crystals Fähigkeit zu tanzen blockiert.

Crystal stellte die Schmuckschatulle auf den Boden und stand auf. Dann ging sie zu Megan und öffnete leise die Zimmertür. Eine schwarze Steppdecke lag über der schlafenden Gestalt ihrer Schwester. Mit leisen Schritten ging Crystal zu der unbenutzten Bettseite. Sie hob die Decke hoch, kroch darunter und suchte Megans Nähe.

Ihre Schwester wachte auf und drehte sich zu Crystal um. „Hi." Dann legte sie im Halbschlaf die Arme um sie – so wie damals, als sie klein gewesen waren.

Mehr brauchte es nicht. Crystal schloss die Augen und ließ endlich jemand anderen ihre Tränen sehen. Die Schluchzer kamen schnell und geräuschvoll.

„Ach, Schwesterherz." Megan zog sie näher und strich Crystal übers Haar. „Ist ja gut. Alles wird gut."

Sie schmiegte sich an Megan und hörte das Herz ihrer Schwester schlagen, ein kraftvoller Rhythmus an ihrem Ohr. Ihre Tränen liefen auf Megans Shirt und bildeten Flecken auf dem Kissen. Aber irgendwann entspannte Crystals Körper sich und zum ersten Mal seit Jahren schlief sie ruhig ein.

Kapitel 36

Vielleicht musste sie wieder hier sein, wo alles begonnen hatte, um die Reise wirklich zu beenden.

Vom Vorgarten aus blickte Megan an dem riesigen Haus der Abbotts hinauf. Die Strahlen der Spätsommersonne spiegelten sich in den Fenstern. Ein Windspiel klingelte leise in der warmen Brise, die andeutete, dass der Herbst nicht mehr fern war.

Sie war seit drei Wochen zu Hause und hatte gedacht, sie würde sich irgendwie anders fühlen. Kultiviert. Befreit. Aber das normale Leben war schnell wieder weitergegangen. In ihre neue Tätigkeit in der Bibliothek hatte sie sich leicht eingefunden.

Immer noch kamen Kunden herein, von denen viele sagten, sie hätten Megans Blog gerne gelesen. Sie fragten, was sie als Nächstes plane, als erwarteten sie, dass Megan jeden Moment zu einem neuen Abenteuer aufbrechen müsste.

Aber das würde nicht geschehen. Da sie Sheilas E-Mail nie beantwortet hatte, war die Chance, weitere Artikel für das Online-Reisejournal zu schreiben, vom Tisch und andere Anfragen hatte sie nicht gehabt. Ja, sie hatte irgendwann einen kurzen letzten Blogeintrag verfasst, in dem sie allgemein etwas über die Fertigstellung der Liste erzählte, aber das hatte sie erst Wochen nach ihrer Rückkehr getan und es war ein trauriges Ende ihres epischen Abenteuers.

Sie hatte gehofft, wenigstens wie früher weiterleben zu können, aber auch das war nicht der Fall. Seit jener Nacht bei Crystal hatte Megan über das nachgedacht, was ihre Schwester gesagt hatte: dass Gott sie stärken wollte.

Aber wenn das stimmte, warum fühlte sie sich dann immer noch so … unvollständig?

Und dann war ihr gestern Abend Amandas Tagebuch in die Hände gefallen, das in ihrem noch immer unausgepackten Koffer schlummerte. Vielleicht musste sie die Aufzeichnungen zurückgeben, um das Gefühl zu haben, dass sie die Sache ganz abgeschlossen hatte.

Sie holte Luft und klingelte bei den Abbotts, während sie mit der anderen Hand den Riemen ihrer Handtasche umklammerte. Nach ein paar Augenblicken öffnete Charlene Abbott die Tür. Diesmal trug sie die Haare offen und sie lockten sich um ihre Schultern. „Megan." Sie streckte die Hand aus und nahm Megan in die Arme. „Du liebes Mädchen."

„Hi." Es war eine unzureichende Antwort, aber was sollte sie sonst sagen?

Charlene ließ sie los. „Komm rein, komm rein." Sie führte Megan ins Wohnzimmer und sank auf die Couch, wo sie neben sich auf das Polster klopfte.

„Danke, dass ich so spontan vorbeikommen konnte."

„Du bist hier immer willkommen, Megan. Gary ist bei einer Ärztekonferenz, aber er hätte dich auch gerne getroffen."

„Grüß ihn doch bitte von mir."

„Das mache ich natürlich. Möchtest du einen Eistee? Kaffee? Wasser?"

„Nein danke. Ich werde dich auch nicht lange stören."

„Sei nicht albern." Charlene legte den Kopf schief. „Ich weiß, dass diese Reise bestimmt nicht einfach war, aber für uns hat sie eine Menge bedeutet. Deine Blogeinträge zu lesen und dir zu folgen, war beinahe so, als ob ..." Sie beendete den Satz nicht, weil ihr die Stimme versagte. „Es war beinahe so, als könnten wir Amanda dabei zusehen, wie sie all diese Dinge tut. Und wir werden dir für immer dankbar sein."

„Gern geschehen. Es hat Spaß gemacht." Sie lachte leise. „Nicht alles, aber ich habe eine Menge über mich selbst gelernt. Ich bin noch immer dabei, aber es hat den Prozess losgetreten."

„Freut mich, das zu hören."

Ein paar Momente des Schweigens füllten die Leere zwischen ihnen. In der Ecke schlug eine große Standuhr vier Uhr.

„Eigentlich bin ich gekommen, um Amandas Tagebuch zurückzugeben." Megan holte es aus ihrer Handtasche. Sie starrte auf das Bild vom Eiffelturm auf dem Einband des Buches, bevor sie es schnell umdrehte und dann den Arm ausstreckte.

„Danke." Charlene griff danach und seufzte, als sie das Buch wieder in Händen hielt. „Es ist ein rührendes Stück von Amandas Seele."

„Es war wundervoll. Und ich konnte kaum fassen, wie viele Dinge wir gemeinsam hatten." Megan faltete die Hände auf dem Schoß. „Ich wünschte nur, es wäre für Amanda gut ausgegangen. Sie hatte all diese Hoffnungen und Träume. Und ihre furchtbare Vergangenheit. Ich meine ..."

„Du musst ihren letzten Tagebucheintrag lesen."

„Das habe ich. Ich habe alles mehrfach gelesen."

Charlene schüttelte den Kopf. „Sie hat dieses Buch ganz vollgeschrieben und dann ein neues angefangen. Sie hat nur einmal hineingeschrieben, aber es waren die kostbarsten Worte, die sie hätte schreiben können. Wir haben sie sogar rahmen lassen. Ich bin gleich wieder da." Sie stand auf und verließ das Zimmer. Wenige Minuten später kam sie zurück, einen Holzrahmen in der Hand, der ein Blatt Papier einfasste. „Lies es, wenn du magst. Ich werde gehen, damit du ungestört bist."

„Danke. Dass ihr sie mit mir geteilt habt."

Charlene legte eine Hand auf ihr Herz. „Es war uns eine große Freude." Dann ging sie durch die Schwingtür in die Küche.

Megan wandte sich wieder dem Rahmen zu, den sie in Händen hielt. Er enthielt zwei Seiten in Amandas markanter Handschrift. Geschrieben hatte sie dies nur drei Wochen vor ihrem Tod.

Letzte Woche ist Onkel Joe gestorben.

Ich war im Matheunterricht, als ich die Nachricht bekam, dass Mom mich früher abholen würde. Also packte ich meine Sachen zusammen und ging zum Sekretariat, und als ich sie sah, wusste ich, dass etwas nicht stimmte. Ihre Haare waren ganz wirr und die Wimperntusche war unter ihren Augen verschmiert. Außerdem – und das war wirklich ein Zeichen – trug sie eine Trainingshose. Mom geht nie mit Trainingshose auf die Straße.

Sie breitete die Arme aus, ich schlüpfte hinein und sie hielt mich, während sie schluchzte. „Es ist vorbei", flüsterte sie mir ins Ohr.

Mom ist am Boden zerstört, aber ich spüre auch, dass sie erleichtert ist. Erleichtert, weil sie sich keine Sorgen mehr darüber machen muss, wie er wohl reagieren wird, wenn er aus dem Gefängnis kommt. Erleichtert, dass sie ihn nicht wiedersehen muss. Erleichtert, weil ich nach vorne blicken kann.

Aber für mich ist es nicht vorbei.

Ich dachte immer, ich würde irgendwann eine große Auseinandersetzung mit ihm haben. Ja, ich musste beim Prozess aussagen, aber das zählt in meinen Augen nicht. Ich wollte ihm in die Augen sehen, nur wir beide, ich als Erwachsene und er als reumütiger Sünder, und ich wollte ihm sagen, was er mir angetan hat. Wie ich mich seinetwegen gefühlt habe. Wie er mich ausgebremst hat. Dass seine Taten mein Leben für immer verändert haben.

Ich dachte wohl, das würde mir inneren Frieden bringen. Dann würde ich endlich die Dämonen los, die mich in meinen Träumen besuchten – wenn ich ihm entgegentreten und ihm ins Gesicht sagen könnte, dass er mich nicht mehr in der Gewalt hat, dass ich frei bin. Ich dachte, wenn ich es einer Therapeutin am helllichten Tag erzähle, zählt es nicht, weil andere mir helfen.

Aber ich habe nachgedacht. Vielleicht zählt es doch.

Was ist, wenn es im Leben nicht um den einen großen Augenblick geht, sondern um viele kleine Momente, die sich unterwegs zu einem großen Ganzen zusammenfügen? Könnte die Summe all dieser Augenblicke auch Frieden bedeuten?

Oder vielleicht ist Frieden woanders zu finden.

Amy hat mir einmal verraten, dass ihr eigener Friede von Jesus kommt. Was für ein merkwürdiger Gedanke. Wie kann Friede von einem Typen kommen, der vor zweitausend Jahren gelebt hat?

Als ich das zu Amy gesagt habe, hat sie mir etwas in der Bibel gezeigt. Es war ein Vers aus Jesaja und sie sagte, dass er sich auf Jesus bezieht. Er war ihr sehr wichtig, also habe ich ihn aufgeschrieben: „Der Geist Gottes des Herrn ist auf mir, weil der Herr mich gesalbt hat. Er hat mich gesandt, den Elenden gute Botschaft zu bringen, die zerbrochenen Herzen zu verbinden, zu verkündigen den Gefangenen die Freiheit, den Gebundenen, dass sie frei und ledig sein sollen; zu verkündigen ein gnädiges Jahr des Herrn."

Amy zeigte auf den zweiten Teil: „den Gefangenen, dass sie frei und ledig sein sollen". Sie sagte: „Verstehst du nicht, Amanda? Das bist du. Und das bin ich. Das sind wir alle. Jesus ist gekommen, um uns frei zu machen."

Ich bringe es nicht über mich, durch die Tür in die Freiheit zu treten. Aber warum? Gefällt mir meine Gefängniszelle etwa? Vielleicht ist es bequem dort. Ich weiß, was mich erwartet. Da habe ich meine Identität gefunden.

Dort habe ich mich von der Angst in Ketten legen lassen, aber ich kann den Schlüssel sehen. Er hängt an der Wand gegenüber. Ich recke und strecke mich und stöhne, aber was auch immer ich tue, ich kann ihn irgendwie nicht erreichen.

Das habe ich Amy erzählt. Und sie sagte. „Das ist ja das Tolle. Du musst den

Schlüssel nicht selbst ergreifen. Deine Ketten sind schon aufgeschlossen. Du musst dich nur entscheiden, sie abzulegen."

Endlich habe ich die Wahl. Vermutlich hatte ich das die ganze Zeit.

Deshalb bin ich bereit, den ersten kleinen Schritt zu machen, meine Freiheit zu schmecken, dieses feuchte Gefängnis der Vergangenheit hinter mir zu lassen. Zu laufen und nicht müde zu werden, zu gehen und nicht ohnmächtig zu werden ...

Und wie die Sonne meine Haut küsst, auf eine Weise, die ich nie für möglich gehalten hätte. Es ist besser, tief greifender und herrlicher als alle meine Träume zusammen.

Megan starrte auf Amandas kurvige Handschrift auf der letzten Seite. Wie Amanda hatte sie mit aller Kraft versucht, den Schlüssel zu fassen – und hatte gar nicht gemerkt, wie lose die Fesseln, die sie zurückhielten, eigentlich waren.

Und sie konnte die Freiheit vor ihrer Nase entweder annehmen oder in dem Gefängnis, das sie sich selbst gebaut hatte, verkümmern.

„Ich wähle das Leben, Amanda. So wie du wähle ich das Leben."

Kapitel 37

„Ich weiß nicht mehr, wann ich das letzte Mal im Sommer hier war.“ Crystal sah sehr nachdenklich aus, als sie über das Ufer des Minnesota Lakes hinausblickte, umgeben von einer Mischung aus hohen Pinien und anderen Pflanzen.

Sie hatte seit ihrer Reise fast fünf Kilo abgenommen und sah blasser aus, als Megan sie in Erinnerung hatte. Es war kein Wunder, denn fast fünf Wochen waren vergangen, seit Brian ausgezogen war. Megan fragte gelegentlich, wie es lief, aber sie wollte nicht den Finger in eine offene Wunde legen.

Megan sah zu, wie die Sonne hinter dem Horizont verschwand. Als sie die Türen zu Jeffreys Bootshaus aufmachte, quietschten die Scharniere. Ihre Freunde liehen Megan und Dad seit Jahren ihr Ruderboot. „Und beinahe hättest du es auch in diesem Sommer nicht geschafft.“ Der Tag der Arbeit, das inoffizielle Ende des Sommers in Minnesota, war in zwei Tagen und Crystal war für ein langes Wochenende hergekommen.

„Ich musste noch die letzten Einzelheiten bei dem Lerner-Projekt fertigstellen.“ Ihre Schwester half Megan, das Ruderboot an den Rand des Sees zu ziehen. „Das Wohnviertel wird sogar noch besser, als ich es mir ursprünglich erträumt habe. Ich wünschte, ich könnte selbst dort einziehen.“

Megan stöhnte, als das Holz ihr in die Handflächen schnitt. „Warum tust du es dann nicht?“

„Es ist für Familien gedacht.“ Crystal richtete sich auf und wischte sich die Hände an ihrer Jeans ab. „Die Häuser sind für mich allein zu groß.“ In ihren Augen war der Schmerz deutlich zu sehen und sie machte sich daran, die Ruderblätter von der Wand zu nehmen.

„Oh.“ Arme Crystal. „Hast du in letzter Zeit mit Brian gesprochen?“

„Nein.“ Ihre Schwester stieg ins Boot, schaukelte ein wenig hin und her und suchte einen festen Stand, bevor sie sich setzte. „Ich versuche, seinen Wunsch zu respektieren und ihm Zeit zu geben."

Megan reichte ihr die Ruderblätter und stieß dann das Boot vom Ufer ab, bevor sie mit einer geübten Bewegung hineinsprang. „Das ist bestimmt schwer."

„Du hast ja keine Ahnung." Crystal begann zu rudern, hinaus zur Mitte des kleinen Sees. „Ich fühle mich die ganze Zeit, als wäre ich im Niemandsland. Die Arbeit ist im Moment das Einzige, was mich noch davon abhält, völlig durchzudrehen. Dieses Projekt ist ein Geschenk des Himmels. Aber die Leitungsaufgaben sind heftiger, als ich erwartet hatte."

„Es macht dir keinen Spaß?"

Crystal seufzte. „Es ist nur eine Menge, worauf man achten muss, und ich kann nicht mehr so viel an den eigentlichen Projekten arbeiten. Ich hoffe, dass es bald ein bisschen weniger wird. Andererseits habe ich so weniger Zeit, an Brian zu denken."

„Hast du ihn denn gar nicht angerufen? Ihm gesagt, dass du dir noch eine Chance wünschst?"

„Ich habe schon öfter überlegt, ihm eine Nachricht zu schicken oder anzurufen, aber dann rede ich es mir immer wieder aus. Meiner Meinung nach wird er mit mir reden, wenn er so weit ist."

„Ich weiß nicht. Meinst du nicht, du solltest etwas tun und um ihn kämpfen?" Megan biss sich auf die Lippe. „Nicht, dass ich eine Expertin in Sachen Liebe wäre oder so." Nicht einmal ansatzweise. Sie hatte sich den perfekten Mann entgehen lassen. Aber sie würde nicht mehr im Selbstmitleid schwelgen. Jetzt würde sie nach vorne schauen und tun, was sie konnte, um die Freiheit zu leben, die ihr geschenkt worden war.

Crystals Atem ging keuchend und sie hörte auf zu rudern. Das Wasser schwappte an den Bootsrumpf und ein Vogel krähte. Der Geruch von gegrillten Burgern zog von einem der Ferienhäuser am Ufer herüber. „Als er gegangen ist, hat er mir gesagt, dass ich nicht alles steuern kann. Ich habe Angst, dass er einen Schritt von meiner Seite als Versuch deutet, die Situation zu kontrollieren."

„Aber wie soll er dann erfahren, dass du dich verändert hast, wenn du es ihm nicht zeigst?"

„Ich weiß nicht." Ihre Schwester zog die Augenbrauen zusammen und fing wieder an zu rudern. „Erzähl mir von dir. Hast du dich entschieden und bewirbst dich für den Job als Redaktionsassistentin in Minneapolis?"

„Ja, habe ich." Seit sie letzte Woche Amandas Tagebuch gelesen hatte, hatte sie darauf gewartet, dass Gott ihr zeigen möge, was ihr „erster kleiner Schritt" sein könnte. Als Crystals Freundin vor ein paar Tagen die Stellenbeschreibung geschickt und Crystal sie an Megan weitergeleitet hatte, hatte sie das als Zeichen verstanden. Es war keine Stelle als Reisejournalistin, aber es war ein Schritt auf dem Weg zu dem, was sie eigentlich tun wollte – viel mehr als der Job in der Bücherei, der sie bis jetzt weder herausgefordert noch besonders interessiert hatte.

Und doch ... „Aber seit ich gestern die Bewerbung abgeschickt habe, bin ich irgendwie innerlich unruhig."

„Wie meinst du das?"

„Ich weiß nicht. Ich muss immer an unsere Reise zurückdenken. Am Ende hatte ich erwartet, irgendwie einen Triumph zu empfinden. Ich habe all die Wünsche auf der Liste erfüllt, aber trotzdem ..."

„Fühlst du dich nicht so?" Crystal blickte sie nachdenklich an.

„Genau." Megan griff nach den Ruderblättern, um Crystal abzulösen. Sie schrie auf, als ihr ein plötzlicher Schmerz durch die Hand fuhr.

Sie ließ die Riemen los und sah sich ihre Handfläche im abendlichen Sonnenlicht an. Ein Splitter hatte sich unter ihre Haut geschoben. Sie versuchte, ihn mit dem Fingernagel herauszuziehen, aber es gelang ihr nicht.

„Megan."

Sie hob den Kopf und sah ihre Schwester an, deren Stimme jetzt ganz anders klang. „Was?"

„Du hast das Gefühl, die Liste nicht vollständig erledigt zu haben, weil du es nicht getan hast."

„Wovon redest du? Natürlich habe ich das." Megan wandte sich wieder dem Splitter zu. Wie konnte sie das Ding nur herausbekommen?

„Gab es nicht einen Punkt, von dem du gesagt hast, dass Amanda ihn bereits erledigt hatte?"

„Mein Herz verschenken'. Das hat sie getan, als ihr Herz mir gespendet wurde." Megan legte die Hand mit dem Splitter auf ihre Brust und fühlte das regelmäßige Schlagen darin.

„Aber du hast gesagt, du wolltest die ganze Liste erfüllen." Crystal gestikulierte, als wollte sie ein Orchester dirigieren. „Du musst alles selbst machen. Und das heißt, du musst auch dein Herz verschenken, Megan. Wobei ich glaube, dass du das schon längst getan hast – du gestehst es dir nur noch nicht ein."

Megans Herzschlag beschleunigte sich, ein Rhythmus der Wahrheit unter ihren Fingern. „Caleb ..." Schon der Name auf ihren Lippen ließ sie zusammenzucken. Seit Paris hatte sie nichts mehr von ihm gehört – aber sie hatte selbst auch nicht den Versuch gemacht, mit ihm Kontakt aufzunehmen. „Er lebt sein Leben inzwischen ohne mich weiter."

Hatte er das nicht sogar gesagt? Dass er nicht länger hoffen konnte, was wahrscheinlich bedeutete, dass er das Thema einer Beziehung mit Megan aufgegeben hatte.

Der Gedanke tat weh. Sie betrachtete ihre Hand und bearbeitete erneut den Splitter. Aber er blieb stecken und die Haut rundherum war schon ganz rot und geschwollen.

„Zeig her." Crystal nahm Megans Hand und mit ihren langen Fingernägeln gelang es ihr, das winzige Holzstückchen aus ihrer Haut zu entfernen. Sofort ließ der Schmerz nach. „Ich habe in letzter Zeit gelernt, dass man Liebe nicht nur gibt, um sie zurückzubekommen. Du musst dein Herz ganz weggeben. Das steht auch auf der Liste. Es geht nicht darum, eine Beziehung zu haben oder zu heiraten oder gemeinsam Kinder zu bekommen. Du musst den ersten kleinen Schritt tun. Das ist der einzige Teil, der in deiner Macht steht."

Ein Schauer lief Megan über den Rücken. „Was hast du gesagt?"

„Du musst dein Herz …"

„Nein, nicht diesen Teil. Du hast etwas davon gesagt, dass ich den ersten kleinen Schritt tun muss."

„Ja, und?"

Megan lachte und fuhr sich mit dem Finger über die vom Splitter befreite Handfläche. „Okay, Gott." Die geflüsterten Worte flogen über den See. „Ich höre."

Grillen und Zikaden spielten ihnen eine Sinfonie, als die Schwestern im Schein des Vollmonds zum Haus zurückgingen. Bald sahen sie das Haus – ein so vertrauter Anblick, aber er hatte lange nicht mehr zu Crystals Leben gehört. Die schlichte weiße Farbe mit den blauen Kanten blätterte schon ein wenig ab, ein neuer Anstrich war fällig, aber der Blumengarten um die Terrasse herum erblühte mit Lilien, Margeriten und Astern.

Egal was in ihrem Leben geschehen war, diesen Garten hatte Mom nie vernachlässigt.

Megan hatte nicht viel gesagt, seit sie das Boot am Strand zurückgelassen hatten. Crystal hoffte, das bedeutete, sie würde endlich wieder mit Caleb Kontakt aufnehmen. Ihre Schwester hatte es verdient, mehr als jeder andere Mensch, den sie kannte, dass sie ihr persönliches Glück fand.

Als sie sich dem Haus näherten, entdeckte Crystal eine Gestalt auf der Schaukelbank. Mom saß in eine Decke gehüllt dort, einen Becher in den Händen. Die Bank bewegte sich leicht im Wind, während Moms Blick in die Ferne gerichtet war.

Crystal hatte an diesem Nachmittag mit Mom und Dad gegessen, als sie angekommen war, hatte aber noch keine Zeit mit einem von beiden allein verbracht. Vor allem Mom war überrascht gewesen, wie sehr Crystal sich verändert hatte – sowohl körperlich als auch emotional. Zum Glück hatten sie nicht gefragt, warum Brian nicht mitgekommen war. Vielleicht hatte Megan sie auf den aktuellen Stand gebracht.

Die Frauen gingen die Stufen zur Veranda hinauf und Moms Blick wanderte zu ihnen. Sie lächelte und zum ersten Mal seit längerer Zeit schienen die Sorgenfalten um ihre Augen weniger ausgeprägt zu sein. „Wie war es auf dem See?"

„Gut, Mom. Richtig gut." Megan beugte sich vor und gab ihr einen Kuss auf die Stirn. „Was machst du denn ganz allein hier draußen?"

„Ich denke nur nach." Sie führte den Becher an ihre Lippen und trank einen Schluck. „Ich habe mir einen Kakao gemacht. Wollt ihr auch einen?"

„Nein, danke, ich gehe rein. Ich muss etwas Wichtiges erledigen, das nicht warten kann." Megan warf Crystal einen Blick zu, der Anflug eines Lächelns auf ihren Lippen. Dann ging sie hinein.

„Und wie ist es mit dir?" Auch Mom sah Crystal an, ihre Miene offen und einladend. Abgesehen von Updates per E-Mail mehrmals die Woche und manchmal am Telefon, als sie auf Reisen gewesen waren, hatte Crystal in letzter Zeit nicht oft mit Mom geredet. Genau genommen war heute das erste Mal seit Megans Operation, dass sie sich sahen.

Ein einziges Gespräch würde nicht alles zwischen ihnen ändern. Aber es war ein Anfang.

„Ich brauche keinen Kakao. Aber ich setze mich gerne zu dir."

Bei dem Ausdruck reiner Freude auf Moms Gesicht hätte Crystal beinahe geweint. Denn ... sie hatte ihre Mom vermisst. Vielleicht hörte eine Tochter nie auf, sich nach ihrer Mutter zu sehnen, auch wenn sie stritten oder unterschiedlicher Meinung waren. Crystal setzte sich neben ihrer Mutter auf die Bank und die warf Crystal ein Stück von der Decke über den Schoß und drückte ihr Knie. Ein paar Augenblick saßen sie einfach nur da und schaukelten, während sie die Sterne betrachteten, die über ihnen funkelten, und dem stillen Abend lauschten.

„Es tut meinem Herzen gut zu sehen, dass ihr zwei endlich wieder besser miteinander auskommt. Das war immer eines meiner Gebete."

„Du hast auf jeden Fall dein Möglichstes getan, um eine Versöhnung herbeizuführen." Crystal lachte leise bei dem Gedanken an all die Versuche ihrer Mutter, sie und Megan zusammenzubringen. Endlich hatte es funktioniert, obwohl Mom nicht hatte ahnen können, dass ihre Bitte, Crystal solle Megan die Reise ausreden, die Sache verändern würde.

„Ich vermute, Gott hatte seinen eigenen Zeitplan, was das betrifft." Mom stellte ihren Becher auf den Boden. „Ich habe mich noch gar nicht bei dir bedankt."

Crystal drehte sich ein wenig, um Mom anzusehen. „Wofür?"

„Dafür, dass du Megan begleitet hast. Ich habe mir weniger Sorgen gemacht, weil ich wusste, dass du dabei warst." Mom atmete hörbar aus. „Nach all der Zeit sollte man meinen, ich hätte aufgehört, mir ständig Gedanken zu machen, aber mich um Megan zu sorgen, ist wie atmen. Für mich ist es ganz normal."

Was sollte Crystal dazu sagen? Sie hatte immer gewusst, dass Moms Leben sich um Megan drehte. Und es war lächerlich anzunehmen, das würde sich ändern, nur weil Megan jetzt gesund war.

„Um dich habe ich mir auch immer Sorgen gemacht, aber auf andere Weise." Mom hob eine Hand und schob Crystal die Haare hinters Ohr. Die Berührung war ganz sanft, ganz zärtlich.

Crystal biss sich auf die Innenseite ihrer Wange.

„Du warst diejenige, die die Dinge in Angriff genommen hat. Unglaublich begabt und fähig. Und praktisch veranlagt. Aber das hat manchmal auch seinen Preis."

Vielleicht wusste Mom mehr, als sie gedacht hatte. „Du musst dir um mich keine Sorgen machen, Mom. Es geht mir so gut wie lange nicht." Was ironisch war, wenn man den Zustand ihrer Ehe bedachte. Aber obwohl sie Brian mit einer Heftigkeit vermisste, die ihr Angst machte, und der Gedanke daran, was geschehen würde, sie beinahe verrückt machte, war da auch ein innerer Friede, weil sie wusste, dass es nicht ihre Verantwortung war, die Sache zu reparieren.

Mom strich ihr übers Haar und Crystal legte unwillkürlich den Kopf an die Schulter ihrer Mutter. Wann hatte sie wohl das letzte Mal so dagesessen? Der Duft von Moms Chloe-Parfüm hing in den Falten ihres Pullovers.

„Eine Mutter macht sich unweigerlich Sorgen um ihre Kinder." Moms Stimme drang wieder in Crystals Bewusstsein. „Obwohl Gott mir in den letzten paar Monaten eine Menge beigebracht hat, was den Unterschied zwischen Sorgen und Bedenken betrifft."

„Wie meinst du das?"

„Wenn ich mir Sorgen mache, dann gebe ich Gott dadurch zu verstehen, dass ich ihm nicht ganz vertraue. Ich mache mir Gedanken über Dinge, die nicht in meiner Macht stehen. Irgendwie dachte ich immer, mir Sorgen zu machen, wäre Teil meiner emotionalen DNA, etwas, das ich nicht ändern kann. Aber in der Bibel steht, dass wir uns nicht sorgen sollen. Es ist sogar ein Befehl. Dein Vater hat mich daran erinnert. Ganz einfühlsam natürlich." Sie lachte leise. „Wenn Gott sagt, dass wir uns keine Sorgen machen sollen, dann muss es auch möglich sein."

Crystal runzelte die Stirn. „Aber wie stellst du das so einfach ab?"

„Das habe ich mich auch immer gefragt. Aber da kommen die Bedenken ins Spiel." Moms Lippen verzogen sich zu einem Lächeln. „Wir können Gott unsere Bedenken sagen. Das ist fast so wie Sorgen, nur vertrauen wir darauf, dass er es zu einem guten Ergebnis führt und er Frieden und Trost gibt. Egal was passiert."

„Aber ..." Die Frage blieb in Crystals Kehle hängen und wollte doch heraus. „Wie kannst du ihm bei manchen Dingen vertrauen? Zum Beispiel was das Leben deiner Kinder betrifft. Wieso bist du nicht verrückt geworden in all den Jahren, in denen Megan krank war?" *Und wie sollte ich nicht verrückt vor Angst werden, wenn ich jemals Kinder haben sollte?*

„Wer hat denn gesagt, dass ich nicht verrückt geworden bin? Ich habe ihm nicht immer vertraut. Es gab so viele Momente, in denen ich betend zu Gott gekrochen bin, mir vorgestellt habe, wie ich mit den Fäusten gegen seine Brust hämmere und heule und ihm genau sage, was ich von dem halte, was er in Megans Leben gemacht hat. In unser aller Leben."

Oh, Mom. „Hast du es jemals bereut, Kinder zu haben? Die ganzen Sorgen und der Kummer ... Es kommt mir so vor, als wäre das mehr, als man ertragen kann." Die Frage war heraus, bevor Crystal sie zurückhalten und überlegen konnte, ob sie die Antwort wirklich hören wollte.

„Niemals." Die Antwort kam wie aus der Pistole geschossen. Mom drehte Crystals Kinn zu ihr, bis sie einander in die Augen sahen. „Gott hat mich immer wieder daran erinnert, dass er sich sogar um die Spatzen sorgt – und dass er Megan noch mehr liebt, als ich es tue. Und obwohl ich viele Jahre damit verbracht habe, Megans Herzschlag zu zählen und mich zu fragen, ob der nächste Schlag ihr letzter sein würde, wusste ich tief im Innern doch, dass ich nichts tun konnte, damit ihr Herz weiterschlug. Das lag nicht in meiner Hand. Also musste ich mit jedem Schlag ihres Herzens lernen, Gott immer mehr zu vertrauen."

„Aber wie?"

„Indem ich mich auf das konzentriert habe, was ich in der Hand *hatte* – die Fähigkeit, jeden Augenblick voller Freude zu leben. Selbst in den schwierigen Zeiten."

Da war das Wort wieder: *Freude*. Und man konnte sich für die Freude entscheiden.

„Du und deine Schwester, und natürlich auch euer Vater, habt mir mehr Freude im Leben geschenkt, als ich es mir jemals hätte vorstellen können. Ihr wart Gottes besonderes Geschenk an mich. Ein Geschenk, um das ich nicht einmal bewusst gebeten hatte."

Sehnsucht stieg in Crystals Seele auf. Sie hatte sich gegen die Vorstellung von einem solchen Geschenk gewehrt, weil sie nur an den Schmerz gedacht hatte, den es auslösen könnte. Aber wenn sie es recht überlegte ... Was, wenn sie es stattdessen annehmen könnte?

„Hast du gehört, Crystal?"

„Ja." Eine Träne kullerte Crystal über die Wange. „Ich höre dich."

Kapitel 38

1. September
Titel Blogeintrag: Der wirklich letzte Punkt auf der Liste
Text Blogeintrag:
Ich weiß, dass mein letzter Post den Titel „Der letzte Punkt auf der Liste" trug. Aber heute ist mir etwas bewusst geworden. Durch die Hilfe meiner Schwester.
Ich war noch gar nicht fertig.
Denn als Amandas Eltern mir ihre Liste aushändigten, sagten sie, ihre Tochter hätte den Punkt *25 Mein Herz verschenken* bereits erledigt. Auf meiner Reise habe ich mich darauf konzentriert, die ersten vierundzwanzig Wünsche zu erfüllen. Und das habe ich auch getan. Aber als ich wieder zu Hause war, hatte ich das Gefühl, dass etwas noch nicht erledigt war. Es kam mir nicht so vor, als hätte ich erreicht, was ich tun wollte. Ich versuchte, die Leere mit Alltag zu füllen, weil ich dachte, wenn alles wieder in den gewohnten Bahnen läuft, würde ich mich wieder ganz normal fühlen.
Aber diese Reise hat mich verändert, und zwar mehr, als mir bewusst war. Normal gibt es für mich nicht mehr.
Und dann hat Crystal mich daran erinnert, dass ich mir vorgenommen hatte, die ganze Liste zu erledigen – und das hatte ich nicht. Und auch wenn ich mein Herz nicht so verschenken kann, wie Amanda es getan hat, kann ich es im übertragenen Sinne tun.
Genau genommen habe ich es schon getan.
Hol tief Luft
Ich habe meine Gefühle vergraben, weil sie neu sind und ich nicht wusste, was in aller Welt ich damit anfangen sollte. Sie haben mich in Hochstimmung versetzt, aber mir gleichzeitig auch Angst gemacht. Die Menschen glauben, ich sei mutig, weil ich so viel Schweres im Leben durchgemacht habe, aber ich verrate

jetzt mal ein kleines Geheimnis: Dafür, mich zu verlieben, musste ich viel mehr Mut zusammennehmen als dafür, dem Tod ins Auge zu sehen.
Ja, mich verlieben. So. Ich habe es ausgesprochen. (Okay, geschrieben.)
Während meiner Reise in diesem Sommer habe ich mich in meinen besten Freund verliebt. Ich habe ihn immer geliebt, aber nicht auf diese Weise. Damals habe ich ihn geliebt, weil er während meiner Krankenhausaufenthalte für mich da war. Ich habe ihn geliebt, weil er mich zum Lachen gebracht hat, als niemand sonst es konnte. Ich habe ihn geliebt, weil er mir Reiseführer geschenkt hat und zusammen mit mir geträumt hat. Ich habe ihn geliebt, weil er mir Hoffnung gegeben hat, dass mein Leben irgendwann anders sein würde.
Und dann, als das Leben anders war, habe ich mich von ihm abgewandt. Er lebt sein Leben auf ganz mutige, sorglose Weise und ich wusste nicht, wie ich mutig oder sorglos sein sollte. Ich bewundere ihn sehr. Aber mehr als das liebe ich ihn.
Ja, Caleb Watkins – ich liebe dich.
Ich liebe dich, weil du mich forderst. Weil du mir die heilige Sicht der Dinge zeigst. Weil du in einem Kuss die Kunst zum Leben erweckst. Weil du für mich kämpfst. Weil du nichts zurückhältst. Dafür, wie du bist und wie du sein wirst, gehört dir mein Herz und wird dir immer gehören, egal, ob du in Minnesota oder Paris bist ... oder in Tibet.
Und selbst wenn du diese Liebe nie erwidern solltest, wird es mir ein Trost sein zu wissen, dass ich getan habe, was in meiner Macht steht, um mein Herz zu verschenken.
Amanda, deine Wunschliste ist erfüllt. Danke für die Gelegenheit, durch meine Reise so viel über mich selbst zu lernen. Danke für all das, was du warst.
Vor allem danke ich dir dafür, dass du mir dein Herz geschenkt hast. Es ist Stärke und Atem und Leben für mich. Ich hätte mir kein besseres wünschen können.

Megan las die Worte noch einmal auf ihrem Computerbildschirm durch. Es juckte ihr in den Fingern, den ganzen Eintrag wieder zu löschen – aber nein, sie musste es tun. Das wusste sie mit der gleichen Gewissheit, mit der sie ihren eigenen Namen kannte.

Sie klickte auf *Veröffentlichen* und sah zu, wie der Blogeintrag online ging.

Kapitel 39

Der Herbst war gekommen und im Büro lief die Arbeit wieder auf Hochtouren. Crystal klickte auf die nächste E-Mail, in der von einer brenzligen Situation die Rede war, die sie regeln musste. Jetzt, wo sie leitende Mitarbeiterin war, musste sie mehr steuern und verwalten und arbeitete weniger kreativ als vorher.

Die Schmerzen hinter ihren Augen wurden so normal wie ihre nie enden wollende E-Mail-Liste.

Jamie kam in Crystals neues Büro, einen dicken Stapel Unterlagen auf dem Arm. „Wo soll ich die hier hinlegen?"

„Was ist das?"

„Die Entwürfe von Meredith und Jason für das Sloma-Projekt."

„Okay." Crystal rieb sich die Stirn. Ihr normalerweise aufgeräumter Schreibtisch war unter dem Papierkram völlig vergraben. Papier überall. Sie verschob einige Stapel, um einen freien Platz zu schaffen. „Hier ist gut."

„Super." Jamie legte den Stapel ab und zog die schicke Bluse zurecht, die Crystal ihr in London gekauft hatte. „Brauchst du sonst noch etwas? Ich kann dir unten in der Kantine ein Sandwich holen. Dein Zwei-Uhr-Termin kommt in einer halben Stunde und ich habe gesehen, dass du noch nicht zu Mittag gegessen hast."

„Oh." Wann hatte sie eigentlich das letzte Mal Zeit für irgendetwas gehabt? Gestern Abend hatte sie so lange am Schreibtisch gesessen, dass sie im Büro übernachtet hatte. Das war besser, als in ihre leere Wohnung zurückzufahren. Dann war sie um vier Uhr früh aufgestanden und hatte seitdem ohne Pause gearbeitet. Abgesehen von dem Kaffee, den sie heruntergewürgt hatte, hatte sie seit irgendwann gestern nichts mehr gegessen oder getrunken.

Aber es war nicht nur die viele Arbeit. So ungefähr musste Trauer sich anfühlen, wenn sie die Gefühle tatsächlich zuließ.

Jamie stand immer noch da und wartete auf eine Antwort.

Crystal räusperte sich. „Nein, danke. Ich brauche nichts."

Die Praktikantin nickte und ging. Crystal hatte gerade angefangen, sich über einen der Papierstapel herzumachen, als Tony hereinkam. Er musterte sie von oben bis unten. „Hast du wieder hier geschlafen?"

„Ja."

Sein Blick war mitfühlend und er tippte auf einen der Stapel auf ihrem Schreibtisch. „Ich weiß, dass es mehr Verantwortung bedeutet und vieles, woran du dich erst gewöhnen musst. Aber glaub mir, bald wirst du es im Griff haben."

Würde sie das wirklich? Sie hatte gedacht, leitende Architektin zu sein, wäre befriedigender, als es tatsächlich war. Und weil Brian immer noch nicht wieder da war, fühlte sie sich innerlich nur tot.

Obwohl das nicht ganz stimmte. Es gab einen Hoffnungsschimmer, der immer dann in ihr aufleuchtete, wenn sie an die Spieluhr und ihre Bedeutung dachte. Jemand anders hatte ihr Leben in der Hand. Sie musste nur weitermachen und ihre Gefühle zulassen, Heilung zulassen.

Doch ein Teil von ihr wehrte sich gegen diese neue Hoffnung. Dieser Teil sagte ihr, wenn sie sich nur ausreichend bemühte, könnte sie einen Plan schmieden und Brian zurückholen. Seit ihre Schwester gefragt hatte, was sie eigentlich dafür tat, um für ihre Ehe zu kämpfen, fragte sie sich gelegentlich, ob sie vielleicht doch etwas unternehmen sollte. Nicht nur herumsitzen und warten.

Aber dann las sie wieder etwas oder sah etwas oder hörte etwas. Und es ermahnte sie stillzuhalten – und zu vertrauen.

„Hallo, Erde an Crystal." Tony klopfte auf den Schreibtisch und Crystal fuhr zusammen. „Hast du gehört, was ich gesagt habe?"

„Nein, tut mir leid." Sie musste erschöpfter sein, als sie dachte.

„Ich habe gesagt, ich möchte bis heute Abend deine Durchsicht des Greyson-Entwurfs sehen."

Dieser Entwurf lag schon seit zwei Tagen in ihrem Fach und sie hatte noch nicht einmal einen Blick darauf geworfen. „Das könnte schwierig werden."

„Ich weiß, dass du das schaffst." Nach einem schnellen Blick auf seine Armbanduhr winkte Tony und wandte sich zum Gehen.

In der Vergangenheit hätte sie es gerne irgendwie hingekriegt und wäre stolz darauf gewesen, sich die Dinge gefügig zu machen. Aber wollte sie das wirklich immer noch?

„Warte, Tony."

Er streckte den Kopf wieder zur Tür herein. „Was denn? Ich hab's eilig."

„Ich weiß, aber ich muss dir etwas sagen." Wie benommen stand Crystal auf. Wollte sie das wirklich tun? „Kannst du bitte die Tür zumachen?"

Ihr Chef rückte seine Brille zurecht und runzelte die Stirn, tat aber, worum sie gebeten hatte. „Das klingt nicht gut."

Sie ging um ihren Schreibtisch herum und trat auf ihn zu. „Du warst ein toller Mentor für mich, Tony. Du hast mich angefeuert, mich gefordert und mich zu einer besseren Architektin gemacht. Du hast immer daran geglaubt, dass ich eine gute Partnerin sein würde, und du hast mir geholfen, an einen Punkt zu kommen, an dem dieses Ziel irgendwann in erreichbarer Nähe sein wird."

Tony legte den Kopf schief. „Was ist los, Crystal?"

„Viel. Viel ist los. In meinem Kopf, in meinem Leben, in meinem Herzen."

„Und wohin führt das alles?"

„Zu ... meiner Kündigung." Einen Moment lang schlug sie sich die Hand vor den Mund. „Also, keine komplette Kündigung. Aber ich bin nicht mehr sicher, ob ich leitende Architektin sein will. Wenigstens will ich nicht die ganze zusätzliche Arbeit, die damit zusammenhängt. Dieser Job ist nicht das, was ich mir erhofft hatte. Ich vermisse die kreative Arbeit. Ich habe das Gefühl, nur noch mit der Betreuung der jungen Kollegen beschäftigt zu sein, und ich habe keine Zeit mehr für meine eigenen Projekte. Ich vermisse es, eine Vision zu haben und sie dann auch umzusetzen. Ich vermisse ... ja, die Freude am Beruf. Denn im Moment bringt diese Arbeit mir keine Freude."

Tony holte tief Luft. „Das zu hören hätte ich jetzt wirklich nicht erwartet."

„Ich weiß. Und ich hatte auch nicht vor, es zu sagen." Crystal sprach schnell weiter. „Wenn du meinst, dass es nicht funktioniert, wenn ich in meine alte Position zurücktrete, dann verstehe ich das.

Selbst wenn du einverstanden bist, muss ich das Arbeitspensum reduzieren. Du musst verstehen, dass dieser Job nicht mein ganzes Leben ist. Er ist wichtig – das meine ich damit nicht. Ich will nur nicht mehr mit ihm verheiratet sein."

Tony sah sie an, als dächte er über ihre Worte nach. „Ich muss mit den Partnern darüber reden und besprechen, wie wir weiter vorgehen wollen." Ihr Chef nahm die Brille ab und rieb sich die Nasenwurzel. „Aber ich muss dich warnen. Sie könnten beschließen, dass sie niemanden behalten wollen, der sich nicht hundertprozentig für diese Firma einsetzt. Wir wollen ehrgeizige Mitarbeiter haben. Dadurch mischt unsere Firma in der Baubranche ganz vorne mit."

In der Vergangenheit hätte eine solche Bemerkung Crystal wie ein Schlag in die Magengrube getroffen. Aber jetzt ... „Das ist ein Risiko, das ich eingehe."

Er sah sie prüfend an und nickte dann kurz.

Als Tony gegangen war, saß Crystal eine Weile nur da, völlig erschöpft. Sie sah auf die Uhr, rief Jamie an und bat sie, ihre restlichen Termine für den Nachmittag abzusagen. Dann nahm sie ihre Handtasche, ließ ihren Laptop zurück und eilte aus dem Bürogebäude hinaus in die frühherbstliche Luft.

Heute war zum ersten Mal zu spüren, dass es Herbst wurde, denn eine kühle Brise fuhr über ihre Wangen und wehte ihr die Haarsträhnen um den Mund. Es war lange her, dass sie den Wechsel der Jahreszeiten bewusst wahrgenommen hatte.

Als sie zu Hause ankam, warf Crystal ihre Arbeitskleidung ab und zog ihre Schlafanzughose an – und eins von Brians T-Shirts, einfach so. Obwohl er seit sechs Wochen weg war, konnte sie immer noch etwas von seinem Duft entdecken.

Sie setzte sich aufs Sofa, schaltete den Fernseher ein und zappte gedankenlos durch die Sender. Aber nichts weckte ihr Interesse und so schaltete sie den Apparat wieder aus. Was folgte, war eine ohrenbetäubende Stille.

Vielleicht sollte sie Brian anrufen. Ihr Entschluss heute würde ihm zeigen, dass sie sich verändert hatte.

Sie griff nach ihrem Handy.

Sei still ...

Das leise Flüstern in ihrer Seele erstickte sie beinahe und sie legte das Telefon weg, rollte sich auf der Couch zusammen und zog eine Wolldecke über sich. Sie merkte, wie sie langsam eindämmerte.

„Crystal?" Die Stimme klang wie in einem Traum.

Sie schlug die Augen auf und sah, dass Brian vor dem Sofa hockte. Er hatte die Hand ausgestreckt und fühlte ihre Stirn. Seine Hand auf ihrer Haut bewies ihr, dass er echt war. „Bist du krank?"

Sie schüttelte die Benommenheit ab und setzte sich auf. „Nein, warum?"

„Warum bist du dann zu Hause? Es ist vier Uhr nachmittags."

„Ich ... Warte, warum bin ich denn hier?" Sie hatte Mühe, einen klaren Gedanken zu formulieren, aber dieser eine Gedanke kam ihr sofort. Er trug sein blaues Rettungsdiensthemd und Jeans. Sein Haar war frisch geschnitten, aber die Stoppeln an seinem Kinn verrieten ihr, dass er sich seit mehreren Tagen nicht rasiert hatte. Er sah sogar noch attraktiver aus als sonst.

Brian sprang auf und fuhr sich mit einer Hand durch sein kurzes Haar. „Ich bin gekommen, um meine restlichen Sachen zu holen."

Seine Worte waren wie ein Schlag in die Magengrube. „Ach so." Sie fuhr sich durchs Haar. Worte formten sich auf ihrer Zunge – flehende Worte, entschuldigende Worte, aber sie klangen irgendwie nicht richtig. Also saß sie nur dort und starrte ihn an.

Er trat von einem Bein aufs andere. „Wie ist es bei dir?" Er hatte den Blick von ihr abgewendet und fing an, die Zeitschriften auf dem Couchtisch zurechtzurücken.

Wie sollte sie diese Frage beantworten? Tausend Antworten fielen ihr ein, aber nur eine kam heraus. „Traurig."

„Obwohl du deinen Traumjob hast?" Er stand auf und sah sie an. „Tut mir leid, das war nicht fair."

„Ich habe es verdient." Crystal biss sich auf die Lippe. Sollte sie etwas sagen? Oder manipulierte sie die Situation, wenn sie es ihm erzählte? Sie wartete auf einen neuerlichen Hinweis, still zu sein. Aber als sie den nicht verspürte, entschied sie sich. „Ich habe Tony heute gesagt, dass ich den Posten als leitende Architektin nicht mehr will."

Er verschränkte die Arme. „Warum?"

„Es gab viele Gründe. Vor allem war der Job nicht so, wie ich ihn mir vorgestellt habe. Sie zögerte. „Eine Menge Dinge sind nicht so, wie ich sie mir vorgestellt habe.“

„Zum Beispiel?“

„Ich hätte nie gedacht, dass ich mich mit Megan und meinen Eltern versöhnen würde. Und ich hätte auch nie gedacht, dass wir beide an diesen Punkt kommen könnten, an dem wir alles zu verlieren drohen ...“ Ihre Kehle war mit einem Mal wie zugeschnürt. „Aber mir wird allmählich bewusst, dass die Dinge nicht immer so laufen, wie ich es will. Manchmal ist das gut, manchmal ist es schlecht, aber ich bin den Versuch leid, meine Umstände selbst zu bestimmen. Glaub mir, ich habe oft überlegt, wie ich dich dazu bringen könnte, wieder nach Hause zu kommen. Aber ich habe mit aller Kraft versucht, diesen Kontrollreflex in mir zu beherrschen.“

„Einfach so?“

„Nein. Es war ein Prozess. Aber dass du nicht da warst, hat mir viel Zeit zum Nachdenken gegeben. Und zum Fühlen. Und zu erkennen, dass du die ganze Zeit recht hattest.“ Sie stand auf. Ihre Hände sehnten sich danach, ihn zu berühren, aber Crystal faltete sie stattdessen. „Ich liebe dich, Brian, und ich möchte, dass unsere Ehe gelingt. Aber mir ist klar geworden, dass ich das nicht hinbekomme. Jedenfalls nicht allein.“

Ein schwaches Licht huschte über Brians Züge, war aber gleich wieder verschwunden. „Ich würde ja gerne glauben, dass du dich geändert hast. Aber wie kann ich das?“

Die Frage war berechtigt. „Ich habe keinen Einfluss darauf, was du glaubst. Ich kann dich nur bitten, mir zu vertrauen. Aber unabhängig davon, ob du dich entscheidest zurückzukommen oder nicht, bin ich fest entschlossen, in meinem Leben andere Prioritäten zu setzen. Ich will ein Leben, das mir Freude machte. Wahre Freude ist nicht ein vorübergehendes Gefühl, das von Leistung und Erfolg kommt, sondern sie hat ihre Wurzeln in etwas anderem außerhalb von mir selbst.“

Einen Moment lang starrte ihr Mann sie nur an. „Wer bist du und was hast du mit meiner Frau gemacht?“

Ihre Lippen verzogen sich zu einem kleinen Lächeln. „Ich habe überhaupt nichts gemacht. Das hat alles Gott bewirkt. Ich war zerbrochen und wusste es nicht einmal. Er hat mich einfach mit Sekundenkleber repariert."

Brian hob die Arme und legte seine Hände um ihr Gesicht, während sein Blick in ihren Augen forschte. „Wirklich?"

„Wirklich."

„Ich habe dich vermisst. Die wahre Crystal."

„Ich auch. Du weißt ja gar nicht, wie sehr."

Sein Daumen strich ihr über die Wange. „Ich hätte nicht so lange wegbleiben sollen. Das hat nicht geholfen. Vergibst du mir?"

„Wenn du mir vergibst." Geschah all dies wirklich? Hatte sich alles so gefügt, wie sie es sich vorgestellt hatte – oder sogar noch besser?

Er kam ihr näher und küsste sie, ehrfurchtsvoll, so als könnte sich alles in Luft auflösen.

Sie hatte ihn gebeten, ihr zu vertrauen, und er hatte es getan. Einfach so. Vielleicht konnte sie ihm auch ein solches Vertrauen entgegenbringen. Nicht, weil sie es musste, sondern weil sie ihrem Mann etwas schenken wollte.

„Ich bin gleich wieder da." Sie lief ins Bad und fand, was sie suchte. Dann ging sie zu ihm zurück ins Wohnzimmer und hielt ihm ein kleines Etui hin.

Er trat auf sie zu und betrachtete die Packung Tabletten in ihrer Hand. Seine Augen weiteten sich, als er erkannte, was das war. Und was es bedeutete.

„Ich muss ehrlich sein. Ich habe immer noch Angst. Aber jetzt weiß ich, was ich mit diesen Ängsten tun kann." Sie ließ die Antibabypillen in den Mülleimer fallen und schob die Arme um ihren Mann. „So. Das war der erste Schritt. Hast du Lust auf den zweiten?"

Ein schelmisches Grinsen erschien auf seinen Lippen und er hob sie hoch. „Ich dachte schon, du würdest nie fragen."

Kapitel 40

„Ich kann immer noch nicht fassen, dass du gehst." Kara schob ihren Stuhl hinter dem Schreibtisch zurück und kam auf Megan zu.

„Ich auch nicht." Megan legte das letzte gerahmte Foto in ihre Kiste zu all den Dingen, die sich im Laufe der Jahre angesammelt hatten – Poster von ihren Lieblingsbüchern, Grußkarten mit Zitaten aus *Stolz und Vorurteil*, Bilder mit Stammkunden und so manches mehr. „Aber ich möchte mich noch einmal für dein Verständnis bedanken."

„Ich will doch, dass du glücklich bist." Kara stand auf und schlang Megan die Arme um den Hals. „Wir werden dich vermissen. Nicht nur hier in der Bibliothek, sondern überhaupt in Little Lakes."

„Ich weiß. Es ist verrückt." Ein paar Tage, nachdem Megan ihre Bewerbung für die Stelle der Redaktionsassistentin bei der *Minnesota Republic* abgeschickt hatte, war sie zu einem Vorstellungsgespräch nach Minneapolis gereist und hatte kurz darauf die Stelle bekommen. Durch den Kontakt zu Crystals Freundin einen Fuß in der Tür zu haben, war hilfreich gewesen, ebenso wie die Tatsache, dass die Tageszeitung die Stelle schnell besetzen wollte.

„Ich kann immer noch nicht glauben, dass ich den Job bekommen habe." Megan schloss den Karton.

„Ich freue mich wirklich für dich." Kara kaute auf ihrer Unterlippe. „Und ... sonst irgendwas?"

„Nein." Es war beinahe zwei Wochen her, dass Megan in einem Blogeintrag ihr Innerstes nach außen gekehrt hatte, sodass die ganze Welt es sehen konnte – und sie hatte kein Wort von Caleb gehört.

Ihre Chefin zog eine Grimasse. „Tut mir leid, Liebes."

Megan zuckte mit den Schultern und versuchte, die Enttäuschung nicht an sich heranzulassen. „Es sollte wohl nicht sein."

„Dann ist er ein Idiot." Kara richtete sich auf. „Aber wechseln wir das Thema. Bist du für heute fertig?" Sie sah auf die Uhr. „Wir schließen in einer halben Stunde, da kannst du ruhig früher gehen, wenn du willst."

„Nein, es ist eigentlich ganz nett, dass sonst niemand hier ist. Ich habe zu Debra gesagt, dass sie früher Feierabend machen kann, wenn ich noch einmal die Reisebücher einräumen darf."

„Das verstehe ich vollkommen." Kara setzte sich wieder an ihren Computer und nahm die Maus in die Hand. „Ich werde so leise wie möglich sein."

Megan lachte. „Danke." Sie ging um den Schreibtisch herum zu dem Wagen mit Büchern, die ihre neue Kollegin ihr hingestellt hatte. In der Ferne hörte sie das Klingeln der Glocke über der Tür zur Bücherei.

Als sie den Wagen durch den Gang mit Reiseliteratur schob, ließ sie den Blick über die Bücher auf den Regalen wandern. So viele der Orte, die in diesen Büchern beschrieben wurden, hatte sie mit eigenen Augen gesehen. Hatte erlebt, wie sie im schwindenden Tageslicht aussahen. Hatte bei Führungen ihrer Geschichte nachgespürt und sich vorgestellt, wie es wohl gewesen wäre, bei ihrer Entstehung dabei zu sein.

Dann blieb ihr Blick an einem Titel hängen: *Reise nach Tibet.*

Eine unsichtbare Kraft zog ihre Hände zu dem mittelgroßen Reiseführer. Sie zog ihn aus dem Regal und schlug ihn in der Mitte auf, wo mehrere Seiten mit Hochglanzfotos schneebedeckte Berggipfel, riesige Paläste mit roten Dächern und einen blauen Himmel über einer völlig trostlosen Landschaft zeigten.

„So schön es dort ist, eine Reise nach Tibet hat einen großen Nachteil."

Das Buch fiel Megan aus der Hand und sie fuhr herum – und da stand Caleb mit einem verlegenen Gesichtsausdruck und genauso attraktiv, wie er auf dem Eiffelturm gewesen war.

Irgendwie brachte sie eine Antwort heraus. „Wirklich? Und was ist das?"

„Das Internet ist lausig da." Er schob den Wagen beiseite und trat auf Megan zu. Sie stieß mit dem Rücken an das Regal hinter ihr.

Er war hier. Und jetzt stützte er einen Arm an dem stabilen Regal ab und beugte sich über sie. Sie konnte den minzigen Geruch seiner Zahnpasta riechen.

Sie versuchte, lässig zu tun. Aber es ging nicht. „Hattest du ein schönes Abenteuer, abgesehen von der Internetversorgung?“ Ihre Stimme zitterte.

„Weißt du, es war nicht so toll, wie ich mir erhofft hatte.“

„Ach ja?“ Das Herz in ihrer Brust flatterte.

„Ja. Während ich dort war, habe ich angefangen, von einem anderen Abenteuer zu träumen. Also war es nicht so richtig befriedigend.“ Seine Mundwinkel zuckten.

Er warf ihr einen Köder zu. Gut. Sie würde anbeißen. „Und was für ein Abenteuer war das?“

„Das Abenteuer, das mit dir beginnt und endet, Meg.“ Mit seiner freien Hand schob er ihr den Pony aus den Augen. „Es tut mir leid, dass ich nicht eher kommen konnte. Es tut mir leid, dass ich dich überhaupt habe gehen lassen, als wäre ein Leben mit dir kein ausreichend großer Traum. Ich war furchtbar dumm. Aber als ich deinen Post gelesen habe, bin ich sofort hergekommen.“

„Ist schon in Ordnung.“ Sie biss sich auf die Unterlippe und er bemerkte es.

„Nein, ist es nicht. Denn ich hätte dir schon vor langer Zeit sagen sollen, wie viel du mir bedeutest. Ich hätte …“

„Schhh.“ Megan legte ihm die Fingerspitzen auf die Lippen. „Ich lerne allmählich, dass *wäre*, *hätte*, *könnte* in die Vergangenheit gehört. Sag es mir jetzt.“ Sie lächelte. Na, war das mutig, oder was?

Er beugte sich noch weiter vor, bis ihre Nasenspitzen sich berührten. „Du hast all die Gründe, warum du mich liebst, so wunderbar formuliert, aber ich habe nur einen Grund für dich, Megan Jacobs. Ich liebe dich, weil du bist. Und das genügt mir. Es hat mir immer genügt.“

Und dann berührten sich ihre Lippen und ein Vorgeschmack des herrlichen Traums, von dem Amanda geschrieben hatte, leuchtete auf und in seinem Gefolge die Freiheit.

Dank

Bevor ich Schriftstellerin wurde, hatte ich keine Ahnung, wie viel Arbeit in die Entwicklung und Herstellung eines Romans fließt. Ich bin den im Folgenden genannten Personen unendlich dankbar, weil sie dabei geholfen haben, dieses Buch zu dem zu machen, was es heute ist:

Rachelle Gardner: Du hast mich nie aufgegeben und du hast mir auch nicht erlaubt, jemals aufzugeben. Danke, dass du an mich geglaubt hast, auch wenn ich selbst es nicht tat. Dass du auf meiner Seite bist, ist ein Riesensegen. Du bist die beste Agentin der Welt.

Karli Jackson: Du hast meine Vision für dieses Buch gesehen und mir geholfen, den Blick zu schärfen. Deine Vorschläge und Änderungen haben diese Geschichte auf eine höhere Ebene gehoben. Es war eine Freude, mit dir zusammenzuarbeiten. Danke!

Mom: Ich werde nie all die Liebe und Zuversicht vergessen, mit der du mich in jedem Augenblick, den wir hier gemeinsam auf der Erde hatten, überschüttet hast. Danke dafür, dass du mein größter Fan bist, sogar vom Himmel aus. Dein Vermächtnis lebt in der Figur Megan weiter, die Freude und Hoffnung ausstrahlte, selbst als sie dem Tod ins Auge sah.

Dad: Wie der Vater in diesem Buch hast du immer Worte der Wahrheit und Liebe in meinem Leben gesprochen. Danke dafür, dass du mich aufgebaut und mir gesagt hast, dass ich das schaffe. Und danke für die Geschichte von dem Raketenmann, die du geschrieben hast, als ich klein war. Du ahnst nicht, wie viel es mir bedeutet hat, dass du dich mit meinen Hobbys beschäftigt hast.

Nancy Harrel und Kristin Walker: Ihr beide seid wieder einmal Supermuttis für mich! Danke dafür, dass ihr auf die Kinder aufgepasst habt, wenn ich einen Abgabetermin hatte, und dafür, dass ihr mich wie eine eurer eigenen Töchter behandelt habt. Es ist ein Segen, dass ich von so tollen Frauen so viel übers Leben lernen kann.

Gabrielle Meyer, Melissa Tagg, Alena Tauriainen und Susan May

Warren: Euch danke ich für eure Hilfe beim Brainstorming für dieses Buch! Ich bin froh, dass so wunderbare Seelen den Weg des Schreibens mit mir gehen.

Elliott und Theodore: Ich danke Gott jeden Tag für euch beide. Ihr seid mein größtes Geschenk und ich bin unendlich dankbar dafür, dass Gott mich als eure Mama ausgesucht hat, trotz meiner Ängste.

Mike: Danke dafür, dass du so viele Opfer bringst, damit ich meine Träume verwirklichen kann. Ich liebe dich.

Meinen Leserinnen: Ich weiß, dass es viele Bücher gibt, die Sie lesen könnten, deshalb freue ich mich sehr, dass Sie dieses hier in die Hand genommen haben. Ich bete, dass Gott Sie segnen möge.

Und zum Schluss danke ich dir, Jesus, für die Freiheit, die du schenkst. Hilf uns allen, so mutig zu sein, dass wir sie für uns in Anspruch nehmen können.

Anregungen für Gesprächsgruppen

1. Welches von Megans und Crystals Reisezielen würden Sie besonders gerne irgendwann sehen?
2. Welche Punkte stehen auf Ihrer persönlichen To-do-Liste und warum?
3. Megan lässt sich von ihrer Angst daran hindern, ihre Träume zu verwirklichen. Haben Sie schon einmal etwas Ähnliches erlebt?
4. Wie hat die Tatsache, dass sie mit einer kranken Schwester aufwuchs, Crystal beeinflusst? Wie hätte sie vielleicht besser damit umgehen können?
5. Welche Rolle haben Megans Eltern – vor allem ihre Mutter – dabei gespielt, wie Megan sich selbst und ihre Krankheit sah?
6. Amanda schreibt eine Wunschliste, um die Probleme aus ihrer Vergangenheit zu überwinden. Können Sie mit dem Gedanken, schmerzliche Erfahrungen aus der Vergangenheit durch Freude und Hoffnung für die Zukunft zu ersetzen, etwas anfangen? Warum oder warum nicht?
7. Megan fühlt sich zwischen Sicherheit und Abenteuer hin- und hergerissen. Haben Sie schon einmal einen ähnlichen inneren Kampf erlebt?
8. Als Crystal die Spieluhr findet, erinnert sie das an etwas, das Nana einmal zu ihr gesagt hat: „Das Leben ist nicht perfekt. Es ist unordentlich. Es folgt keinem Muster oder einem Plan. Aber zum Glück wissen wir, dass der oberste Chef alles im Griff hat. Und er ist der Sekundenkleber der Herzen." Inwiefern hat Crystal versucht, ihr eigenes Leben selbst zu reparieren? Wann haben Sie bei anderen (oder bei sich selbst) gesehen, wie jemand das nach einer Tragödie oder einer schweren Erfahrung versucht hat? Was bedeutet es konkret, wenn wir darauf vertrauen, dass Gott uns wieder „zusammenklebt"?
9. Megan hat Mühe zu verstehen, warum Gott sie am Leben gelassen hat und Amanda sterben musste. Sie fragt sich auch, wa-

rum sie mehr als zwanzig Jahre warten musste, um geheilt zu werden. Haben Sie jemals mit einer ähnlichen Frage gerungen? Zu welchem Schluss sind Sie gekommen?

Weitere Romane von FRANCKE

Katie Ganshert
Das Motel der vergessenen Träume
ISBN 978-3-86827-709-8
384 Seiten, Paperback
auch als e-Book erhältlich

Das Leben von Carmen Hart scheint perfekt: Sie ist die beliebteste Wetterfee seit Bestehen ihres Fernsehsenders, verheiratet mit einem Traummann, lebt in einem Traumhaus. Zum vollkommenen Glück fehlt ihr nur noch das Baby, von dem sie schon so lange träumt. Doch ein unbeherrschter Moment droht ihr alles zu nehmen, was sie sich mühevoll aufgebaut hat. Als Carmen sich in das alte Motel flüchtet, das seit Generationen im Besitz ihrer Familie ist, stößt sie dort zu ihrer Überraschung auf ihre Halbschwester. Carmen bleibt keine andere Wahl, als die 17-Jährige bei sich aufzunehmen. Gemeinsam renovieren sie das alte Motel.

Doch lassen sich zerbrochene Beziehungen genauso leicht reparieren wie zerbrochene Fenster? Und haben lang vergessene Träume tatsächlich die Macht, die Gegenwart zu ändern?

Katie Ganshert
Das Leben ist nie perfekt
ISBN 978-3-96362-040-9
334 Seiten, Paperback
auch als e-Book erhältlich

Nach zehn Jahren im Modebusiness steht Ivy Clarks Modelkarriere vor dem Aus. Ihre letzte Chance: ein Fotoshooting für eine Brautmodenkollektion in einem verschlafenen Inselstädtchen in South Carolina. Ivy ist alles andere als begeistert. Zumal die Auftraggeberin ausgerechnet Marilyn Olsen ist. Deren kürzlich verstorbener Ehemann hatte lange Zeit eine Affäre – und war Ivys Vater.

Als sich zu allem Übel auch noch herausstellt, dass Marilyns Neffe Davis, der seit Jahren keine Kamera mehr in den Händen gehalten hat, die Fotos schießen soll, ist Ivys Stimmung endgültig im Keller. Warum will Marilyn ausgerechnet sie für den Job? Warum muss Davis der irritierendste Mann sein, dem Ivy je begegnet ist? Und warum scheinen in Greenbrier alle unbedingt hinter Ivys perfektes Äußeres schauen zu wollen? Wissen sie denn nicht, dass da längst nichts mehr ist?

Irene Hannon
Cranberrysommer
ISBN 978-3-96362-006-5
318 Seiten, Paperback
auch als e-Book erhältlich

Es ist der Name, der Michael Hunter in den malerischen Küstenort Hope Harbor zieht. Einen Hafen der Hoffnung kann der ausgebrannte Geschäftsmann aus Chicago nun gut brauchen. Doch dann hat das einzige Motel im Ort geschlossen und er bringt, kaum in der Stadt, eine Fahrradfahrerin zu Fall. Kann eigentlich noch mehr schiefgehen?

Zum Glück ist Tracy Campbell nicht nachtragend. Sie verpflichtet ihn kurzerhand für ihre Wohltätigkeitsorganisation und bringt ihn außerdem dazu, auf ihrer Cranberryfarm zu helfen. Und schon bald weht eine Brise der Veränderung durch Hope Harbor, die nicht nur für Michael und Tracy, sondern auch für etliche andere Menschen Heilung und Hoffnung mit sich bringt.

Irene Hannon
Der Weg zu den Dünen
ISBN 978-3-96362-043-0
336 Seiten, Paperback
auch als e-Book erhältlich

Nachdem ihm überraschend gekündigt wurde, flieht der Anwalt Eric Nash in seinen Heimatort Hope Harbor. Nur um dort feststellen zu müssen, dass sein Elternhaus die reinste Baustelle ist. Zu seinem Entsetzen hat sein Vater beschlossen, sich endlich seinen Traum von einem Bed & Breakfast zu erfüllen, und kurzerhand die unlängst zugezogene Architektin BJ Stevens mit dem Umbau beauftragt. Statt der Ruhe, die er sucht, um seinen nächsten Karriereschritt zu planen, sieht Eric sich also mit Lärm und Dreck konfrontiert – und einer kratzbürstigen Bauleiterin, der er keinen Millimeter über den Weg traut. Wie kann jemand eine Karriere in der Großstadt an den Nagel hängen und freiwillig in ein Kaff wie Hope Harbor ziehen? Bestimmt hat diese BJ irgendetwas zu verbergen …

Denise Hunter
Barfuß am See
ISBN 978-3-86827-516-2
304 Seiten, Paperback
auch als e-Book erhältlich

Madison McKinley kennt in diesem Sommer nur ein Ziel: Die junge Tierärztin will die örtliche Segelregatta gewinnen. Dabei hat sie panische Angst vor dem Wasser. Doch der Regattasieg war der große Traum ihres verstorbenen Zwillingsbruders und Madison ist fest entschlossen, diesen Traum Wirklichkeit werden zu lassen. Für Michael – und für sich. Damit sie endlich Frieden findet. Aber wird diese Rechnung aufgehen?

Es verspricht ein spannender Sommer zu werden: nicht nur in sportlicher, sondern auch in beruflicher Hinsicht … und völlig unerwartet sogar in Sachen Liebe.

Denise Hunter
Eines Tages werden wir tanzen
ISBN 978-3-86827-594-0
318 Seiten, Paperback
auch als e-Book erhältlich

Noch vor wenigen Monaten träumte Jade McKinley von einem Neuanfang. Sie zog nach Chicago und arbeitete an ihrem Durchbruch als Musikerin. Nun kehrt sie nach Hause zurück – zerbrochen, desillusioniert, schwanger. In ihrer Verzweiflung schmiedet sie einen aberwitzigen Plan: Sie will heiraten, damit ihr Kind nicht ohne Vater aufwachsen muss, aber ihr Herz plant sie nie wieder zu verschenken.

Doch wo soll sie einen passenden Heiratskandidaten hernehmen? Jade bittet ausgerechnet Daniel bei der Suche um Hilfe, den besten Freund ihres Bruders. Sie ahnt nicht, dass sie ihn damit vor eine unmögliche Herausforderung stellt ...